W0302304

Die Chroniken von Mistle End
Die Jagd beginnt

Benedict Mirow wurde 1974 in München geboren. Der Ethnologe und Regisseur schreibt und produziert seit vielen Jahren Dokumentarfilme und erstellt Filmporträts über Künstler der internationalen Kunst und Kulturszene. Nach Zeiten in Afrika und Wien lebt und arbeitet Benedict Mirow nun mit seiner Tochter und zwei Katzen in München und schreibt phantastische Romane für Kinder.

www.mistle-end.de

Die Chroniken von Mistle End bei Thienemann:

Band 1:
Der Greif erwacht

Bereits erschienen

Band 3:
Der Untergang droht

Erscheint im November 2021

Mehr über unsere Bücher, Autoren und Illustratoren auf:
www.thienemann.de

Benedict Mirow

Die Chroniken von
MISTLE END
DIE JAGD BEGINNT

Thienemann

Für meine große und kleine Familie,
auf vier Pfoten und zwei Beinen.

Kapitel 1

DIE GAUKLER SIND DA

Cedrik atmete ruhig und tief. Jetzt ging es für ihn um alles. Er ließ den Drachen nicht aus den Augen, hielt den Bogen bis zum Äußersten gespannt und wartete auf den richtigen Moment. Das Monster fauchte bedrohlich.

»Du musst schon irgendwann schießen. Sonst schaffst du das nie!« Elliot lehnte lässig am Baum und grinste spöttisch.

Cedrik überhörte die Bemerkung seines Freundes einfach und konzentrierte sich weiter auf sein Ziel. Auch wenn es sich bei dem Ungeheuer vor ihm nicht um einen Drachen, sondern um eine verzauberte Blechdose handelte. Am Dach der Bretterbude, über ihm, stand auf einem Schild in verschnörkelten Buchstaben *Zur großen Drachenjagd* und drei kleine Rostmonster hüpften krachend und scheppernd über den Tisch, brüllten unflätige Bemerkungen und stießen dabei kleine Rauchwolken aus.

Zwei Pfeile hatte Cedrik schon verschossen, der letzte musste einfach sitzen.

Gleich! Wenn er ...

»Für jemanden aus der Stadt ist es wirklich keine Schande, wenn mal ein Pfeil danebengeht«, unterbrach Elliot seine Gedanken. »Oder zwei. Ich mein, das ist okay, wer kann da schon viel erwar–«

Jetzt!!!

Der Pfeil flitzte von der Sehne, direkt auf das magische Ziel, doch die Dose machte einen Satz, wich dem Angriff geschickt aus und kreischte hämisch. Daneben.

Enttäuscht reichte Cedrik seinem Freund den Bogen.

Elliot hob theatralisch die Arme. »Ach herrje, kein einziger Treffer! Ich zeig dir, wie man das macht.« Er schnappte sich drei neue Pfeile und schob Cedrik augenzwinkernd zur Seite. Doch kurz bevor er anlegte, hörte der ihn leise murmeln.

»Was hast du da eben gesagt?«, fragte er misstrauisch.

»Ich, äh, nichts. Doch nun sieh und staune, wie ich, Elliot Golden aus Mistle End, diese drei schrecklichen Drachen mit nur einem einzigen Schuss –«

Weiter kam er nicht. Ein Falke ließ sich im Sturzflug auf ihn fallen, fing sich mit gespreizten Flügeln ab, packte den Pfeil von der Sehne und flatterte damit auf den Baum.

»Emily!!! Bist du irre?«, rief Elliot empört.

Ein leises PLOPP! und statt eines Falken saß ein blond gelocktes Mädchen auf dem Ast. Wütend wedelte die Gestaltwandlerin mit dem Pfeil. »Ha! Ein schöner Freund bist du! Du hast den Pfeil verzaubert! Schäm dich, Bruderherz! Und so was will ein Hexenmeister sein!«

»Echt jetzt?!« Cedrik war fassungslos, musste aber sofort grinsen, als er Elliots peinlich berührten Gesichtsausdruck sah.

»Und dabei hast du es nicht mal richtig gemacht. Ich möchte wetten, dein Zauber funktioniert gar nicht!«

Sie sprang vom Ast, riss ihrem Bruder den Bogen aus der Hand, nicht ohne ihn tadelnd anzufunkeln, legte an und ließ den Pfeil von der Sehne surren, ohne auch nur hinzusehen. Der Pfeil flog eine Kurve, umkreiste die johlenden Blechdosen und verschwand irgendwo im Hinteren der Bretterbude.

»Siehst du! Als wäre es so einfach, mit –«

»Aua! He! Was soll das?«, ließ sich eine dröhnende Bassstimme aus der Marktbude vernehmen. »Welcher Trottel schießt denn mit verzauberten Pfeilen auf mich?!«

Emily erstarrte und ließ den Bogen fallen, als wäre er auf einmal glühend heiß.

Cedrik lachte schallend, packte Emily und Elliot, zog sie mit sich und prustend und kichernd machten die drei Freunde, dass sie außer Reichweite des erbosten Schießbuden-Trolls kamen. Sie flitzten um eine Ecke, tauchten unter den Armen einer erstaunten Besenverkäuferin durch und waren schon mitten im Getümmel verschwunden.

Latha na Cailliche, oder der Tag der alten Hexe, wie sie

es hier in den Bergen Schottlands nannten, war in vollem Gange. Jung und Alt, Hexen, Menschen, Elben, Zwerge, und allerhand andere magischen Geschöpfe aus Mistle End und den umliegenden Highlands waren schon seit den frühen Morgenstunden auf den Beinen. Die Gassen des Dorfes und der ganze Marktplatz mit dem im Boden eingelassenen Hexenstern war voller Stände, die nicht nur antik wirkende, dafür fröhlich singende Gartengeräte, seltene Kräutersamen oder wundersam schnell wachsende Blumenzwiebeln anboten, sondern auch zischende Zaubertränke, Wunder-Zucker-Lutschbonbons, und verwunschene Küchengeräte.

Dabei sahen die meisten Dinge auf den ersten Blick eigentlich ganz normal aus.

Sind sie aber nicht, dachte Cedrik und lächelte.

Wie die Lichterketten, die zwischen den kleinen Holzbuden gespannt waren. Auch er hatte erst nach einer ganzen Weile bemerkt, dass das Licht nicht etwa von Glühbirnen ausging, sondern von winzigen, kichernden Elfen, die wie Spatzen auf einer Wäscheleine saßen. Ihr ganzer, kleiner Körper schien von innen zu leuchten, und wenn sie aufgeregt mit den Flügeln flatterten, regnete es goldene Funken.

Flirrelfen. Cedrik war ein klein wenig stolz, weil er ihren Namen kannte.

Mistle End und seine magischen Bewohner waren zwar nicht mehr völlig neu für ihn, trotzdem konnte er manchmal noch immer nicht ganz glauben, dass er wirklich hier war. Und dass er dazugehörte.

Vorsichtig warf er einen Seitenblick auf seine beiden Begleiter. Schon früh am Morgen hatten sie ihn heute abgeholt. Gleich nachdem der alte Bühnenwagen und die Pferdekutschen mit den Artisten des berühmten, magischen »Circus Paradise« über das Kopfsteinpflaster der engen Gassen gerumpelt war und mit hellem Geklingel und quietschender Drehleier die Ankunft des fahrenden Volkes verkündet hatte. Seit Tagen schon waren die Zelte und Marktstände aufgebaut worden, und mit dem Eintreffen der Gaukler konnte das Fest nun endlich beginnen.

Die Stimmung war ausgelassen, alles lachte, quietschte, kicherte oder flatterte aufgeregt mit den Flügeln. Es gab allerhand Bekanntes und Unbekanntes zu essen und trinken – und mehr als einmal bot Cedrik Anlass zu Gelächter, wenn er tapfer »Bulläugigen Schlabberquark« oder »Krossgebackene Hörzwabbler« probierte.

»Uah, das schmeckt ja genauso, wie es sich anhört«, hatte Cedrik mit vollem Mund gestammelt und alle Willensstärke aufbringen müssen, das gewöhnungsbedürftige Essen nicht sofort wieder auszuspucken.

Und trotzdem war er überglücklich. Es gab auf diesem Marktplatz mehr zu sehen und zu entdecken, als er es sich noch vor wenigen Wochen hätte vorstellen können.

Ja, im ganzen Dorf war tatsächlich nichts, wie es zunächst schien. Dafür sorgte der Zauber des Greifen, der das Refugium der Hexen vor den Blicken nicht eingeweihter Menschen verbarg. Bis vor Kurzem noch hatte auch Cedrik sich für einen ganz normalen Jungen gehalten. Aber normal, was heißt das schon. Bis zur Greifenprüfung, bald nach ihrer Ankunft im Dorf, als er erfahren hatte, dass er ein Druide war. *Ein Kind der Erde*, hatten sie ihn genannt, und nicht alle im Dorf waren über seine Ankunft erfreut gewesen. Er selbst hatte erst langsam verstanden, was das eigentlich für ihn bedeutete – Druide sein.

Seine Mutter, die er bei der Prüfung das erste Mal in seinem Leben getroffen hatte, war eine Baumnymphe, so viel wusste er. Eine Ewige. Und von ihr hatte er die Fähigkeit geerbt, nicht nur mit Tieren, sondern auch mit Pflanzen zu sprechen. Und sie zu kontrollieren.

Nein. Eher sie um einen Gefallen zu bitten.

Meistens taten die Tiere und Pflanzen dann auch, was er von ihnen erwartete. Wahrscheinlich konnte er noch einiges mehr, aber ganz genau wusste er es nicht. Er übte fleißig und hatte das Gefühl, tatsächlich schon ein wenig besser geworden zu sein, aber Fragen über das »Wie« und »Warum« konnte er eigentlich niemandem stellen.

Der einzige andere Druide, der vielleicht etwas hätte wissen können und mit dem er seine Erfahrungen und Entdeckungen hätte teilen können, war spurlos verschwunden. Corvus Crutcher, den alle nur Crutch nannten, war ein Junge in seinem Alter und wie er ein Druide.

Mit einem Rabendämon als Vater und einer Dornhexe als Mutter.

Mein dunkler Zwilling, dachte Cedrik und erschauderte. Trotzdem waren sie Freunde gewesen, bis zu einem dramatischen Kampf auf der Dorfmauer, der Cedrik fast das Leben gekostet hatte. Dabei hatte ihn Crutch nicht nur unbeabsichtigt um ein Haar getötet, sondern ihn auch wieder zurück ins Leben geholt. Ihn geheilt. Mithilfe der Erde.

Die Erinnerungen an Crutch, den er trotz allem noch für seinen Freund hielt, lasteten schwer auf ihm. Er hatte das Gefühl, ihn im Stich gelassen zu haben. Er fehlte ihm.

Dass er sich nun mit Emily und Elliot seit heute Morgen vom magischen Treiben auf dem Frühlingsfest verzaubern ließ, tat ihm nicht nur deswegen gut. Es gab so viel zu entdecken und so viel zu lernen, dass er jede Gelegenheit nutzte, alles um sich herum wissbegierig aufzusaugen.

Doch auch er selbst sorgte noch immer für allerhand Aufsehen. Im Dorf kannte ihn inzwischen fast jeder, aber aus den Highlands ringsum, den Bergen und Wäldern, den Flusstälern und kargen Hochmooren waren anlässlich der Festlichkeiten Trolle, Quellwichte, Waldgeister und andere magische Wesen in das Dorf gekommen.

Sie strichen schon den ganzen Tag um ihn herum, beäugten ihn aus der Ferne oder grüßten ihn freundlich.

Und irgendwie hoffnungsfroh. Dass mit ihm und Crutch seit vielen Jahren wieder Druiden in Mistle End aufgetaucht waren, schien sich wie ein Lauffeuer über die Highlands verbreitet zu haben und so waren sie von nah und fern gekommen, um ihn zu sehen.

Er fühlte sich unwohl in seiner Haut. So viel Aufmerksamkeit gefiel ihm gar nicht.

Hoffentlich sind sie nicht enttäu– AAAAH!

Ein Junge, nur etwa halb so groß wie Cedrik, mit wilden Locken und knallroten Bäckchen, war wie ein Sack Kartoffeln auf die Straße gekracht. Wie aus dem Nichts, auf das harte Kopfsteinpflaster. WUMMS!

»Autsch! Ist dir etwas passiert? Hast du dir wehgetan?«

Erschrocken beugte sich Cedrik über den Jungen, prallte aber sofort wieder zurück, als dieser sich unvermittelt aufrichtete und ihn frech angrinste. Zahnlücke inklusive. Cedrik seufzte erleichtert.

Eine Bande kleiner Trollkinder hatte es sich augenscheinlich zur Aufgabe gemacht, ihn auf Teufel komm raus zu unterhalten. Und als sie mitbekommen hatten, dass Cedrik noch nie zuvor in seinem Leben gesehen hatte, wie zäh und schmerzfrei die kleinen Berggeister waren, schmissen sie sich bei jeder Gelegenheit und laut juchzend von Bäumen oder Hausdächern, krachten lachend auf das Kopfsteinpflaster der engen Gassen, rappelten sich strahlend wieder auf und knallten sich stolz alte Bretter, Äste und Krüge um die Ohren, dass es nur so schepperte.

Das verrückte Spiel währte so lange, bis es Elliot endlich reichte.

»Wenn ihr jetzt nicht mal aufhört, verwandle ich euch in Kaninchen. Oder Mäuse! Oder beides!«, schimpfte der genervte Hexenmeister und schüttelte zornig seine Faust in Richtung der wenig beeindruckten Trollkinder. Danach hatten sie wieder Ruhe, was Cedrik jedoch tatsächlich sogar ein bisschen bedauerte. Auch wenn er immer wieder schrecklich erschrocken war, wenn eines der jungen Trollmonster kreischend vor ihm auf die Straße geknallt war, konnte er doch selten ein erleichtertes Lachen unterdrücken, wenn ihn die Kleinen mit ihren dreckverschmierten Gesichtern glücklich anhimmelten.

Cedrik und seine Freunde ließen sich durch die ausgelassene Menge treiben und landeten endlich vor dem kleinen Theaterwagen, der hinter dem steinernen Brunnen mit der mächtigen Greifenfigur im Schatten der uralten Eiche seinen Platz gefunden hatte.

Obwohl auf der Bühne mit dem roten Samtvorhang im Augenblick niemand stand, warteten die Zuschauer geduldig auf die nächste Nummer der magischen Gaukler.

Elliot stöhnte. »Oh Mann, wir haben schon das meiste verpasst!« Er hatte einen halb aufgeweichten Programmzettel vom Boden aufgesammelt und überflog die angekündigten Darbietungen des »Circus Paradise«. »Die bulgarischen Blumenelfen – verpasst! Die chinesischen

Schwerttänzer – vorbei! Die Troll-Drillinge – war auch schon! Alles durch!« Er zog eine Grimasse, knüllte den Zettel zusammen und trat ihn wie einen Fußball in die Luft.

»Kommt denn überhaupt noch etwas?«, wollte Emily wissen.

»Irgendeine afrikanische Hohepriesterin und als Höhepunkt ein Crannog. Wenigstens den sehen wir noch, das wird sicher spannend.«

»Einen was?«, fragte Cedrik, aber bevor ihm einer der beiden antworten konnte, brandete Applaus auf und ein Mädchen betrat die einfache Bretterbühne. Mit schwarzen, zu Zöpfen geflochtenen Haaren, einer dunkelroten Lederjacke und Jeans sowie perlenbesetzten Motorradstiefeln sah sie so ganz anders aus, als er sich eine afrikanische Hohepriesterin vorgestellt hatte.

Und sie war kaum älter als er.

Okay, der kleine, vergoldete Hühnerschädel, den sie an einer Kette um den Hals trug, sah magisch aus, irgendwie. Aber sonst?

Sie stellte sich in die Mitte der Bühne, kreuzte ihre Arme vor der Brust und schloss die Augen.

Cedrik konnte sehen und hören, wie sie mal leise vor sich hin murmelte, dann wieder Worte ausspie, als seien sie Gift.

Er verstand nicht, was sie sagte, in dieser fremden Sprache, die überhaupt nicht nach Wörtern klang, so wie er es kannte. Eher nach einer Mischung aus Stöhnen, Keuchen und Knurren. Dann war es, als liefe ein Schauer über ihren Körper. Sie krümmte sich, warf ihren Kopf nach hinten und schrie auf. Die Kraft und Energie, die von dem Mädchen ausging, waren so stark, dass Cedrik unwillkürlich die Luft anhielt.

Ihre Arme zuckten. Sie holte Atem, brüllte heiser, sank hart in die Knie und erbrach einen Schwall schwarzer, zäher Flüssigkeit.

Die Menge schrie auf, doch die Rufe des Ekels und Entsetzens verwandelten sich schnell in Begeisterung, als sich aus der Pfütze ein Mann erhob. Seine Haut war wie verbrannte Kohle, mit Rissen, unter denen flüssige Lava zu brodeln schien. Beißende Rauchschwaden waberten über die Bühne und der ganze Körper der Erscheinung schien zu flirren. Das Wesen war halb Schlange, halb Mensch und wechselte ununterbrochen und in verrückter Geschwindigkeit von Mann zu Tier. Es kauerte auf Händen und Knien, brüllte. Ließ sich als Mann auf den Boden fallen, wälzte sich hin und her, zischte und züngelte, ganz die große schwarze Schlange, die immer wieder seinen Platz einzunehmen schien.

»Ist er nicht prächtig anzusehen? Ist er nicht schauerlich-schaurig?« Der Mann, der nun aus dem Schatten des roten Bühnenvorhangs tänzelte, trug einen abgewetzten, zusammengestückelten Anzug, jeder Arm und jedes Hosenbein aus einem anderen Stoff und in einer anderen Farbe. Mit ausgebreiteten Armen und stolzgeschwellter Brust schritt er um die Hohepriesterin und die Kreatur, die sie gerufen hatte. »Seht ihn euch an, Damballah, die große Schlange, oberster Dämon und Herrscher des dunklen Dschungels, beschworen und gebändigt von unserer wundervollen Aissa!«

Den Kopf des Mannes zierte eine fantasievoll geschmückte und selbst gebastelte Krone aus Blech, unter kräftigen blonden Locken blitzte der Schalk aus blauen Augen. Übertrieben würdevoll zeigte der Kauz auf das Mädchen, das nun mit dem Dämon eine Art geistigen Ringkampf auszufechten schien. »Aissa, die Wundersame! Aissa, die Heilige! Aissa, die geheimnisvolle Hohepriesterin aus dem Königreich Dahomey, an der Westküste Afrikas! Niemand kann Dämonen so bezwingen wie die junge Meisterin des Voodoo!«

Die Menge jubelte. Das Mädchen warf einen fragenden Blick auf den Mann im bunten Anzug, der nickte kurz. Sie riss beide Arme mit einem tiefen, seltsam gurgelndem Schrei nach oben. Der Mann, nein, der Dämon, wurde hochgeschleudert, schien sich in der Luft zu verknoten, streckte sich wieder und fiel, nun endlich ganz in der Gestalt einer riesenhaften Würgeschlange auf die Bühne. Komplett schwarz, mit leuchtend grünen Reptilienaugen und viel zu großen Fangzähnen fauchte sie in Richtung Publikum. Erschrocken wichen die Menschen, Hexen und Elben ein paar Schritte zurück, allein ein Zwerg, grimmig grinsend, blieb seelenruhig stehen und reckte der Schlange auf der Bühne sein Kinn entgegen, gerade so, als wollte er sagen: *Komm ruhig her, ich fürchte dich nicht!*

Die Schlange hatte sich aufgerichtet und wiegte sich sanft hin und her. Sie zischte und züngelte – und ließ dabei den mutigen Zwerg nicht eine Sekunde aus den Augen.

»Was macht der da? Ist der irre?«, hörte Cedrik Elliot stottern, und doch gerade, als er etwas erwidern wollte, stieß die Schlange nach vorn, das Maul weit aufgerissen und raste auf den Zwerg zu. Aber noch ehe sie ihre Beute erreichen konnte, schnalzte das Mädchen auf der Bühne laut mit der Zunge, ballte ihre Hand zu einer Faust und riss die Riesenschlange wie an einer unsichtbaren Leine zurück. Die Schlange wand sich hin und her, von magischen Kräften gehalten. Dann: Eine erneute, schnelle Bewegung mit der geballten Faust – und die Schlange fiel krachend zurück auf die Bühne, wurde schlaff, rollte hin und her, und verwandelte sich schließlich wieder in die Pfütze brodelndes Schwarz, das zischend und blubbernd durch die Ritzen des Bretterbodens versickerte.

Aissa, die Voodoo-Priesterin, verbeugte sich und das Publikum applaudierte.

Elliot klatschte und johlte begeistert. »Der Hammer! Der Wahnsinn, oder? Ist das nicht stark?!«

Ohne mit der Wimper zu zucken, sprang das Mädchen von der Bühne und verschwand in der Menge.

Emily verdrehte die Augen. »Dass du immer so übertreiben musst, Brüderchen ...«

»Wieso denn? So was sieht man selbst in Mistle End selten.« Noch immer Feuer und Flamme klopfte er Cedrik mit viel Schwung auf die Schulter. »Findest du nicht auch, Cedrik? War doch super, oder? Wow, war die gut! Und der Dämon: Voll gruselig!«

»Ich dachte, der Crannog wäre der Höhepunkt der Show«, erwiderte seine Schwester verschmitzt. »Sie sollen einen Käfig voller Deimoni haben.«

»Einen Käfig voller was?«, fragte Cedrik.

»Feuerdämonen! Angeblich dürfen die dann zum Schluss das Winterfeuer anzünden.« Sie zeigte auf einen hoch geschichteten Scheiterhaufen etwas abseits der Bühne. »Ein letztes Opfer für den Winter, dann ist es mit der kalten Jahreszeit endgültig vorbei.«

Erneut brandete Applaus auf. Der Gaukler mit dem bunten Anzug trat an die Bühnenrampe und machte eine tiefe Verbeugung, während hinter ihm ein schmächtiger Bühnenarbeiter einen schweren, mit einem Tuch verdeckten Gegenstand unter lautem Geächze und Gestöhne auf die Bühne schob.

»Verehrtes Publikum, hochgeschätztes magisches Volk von Mistle End, willkommen zum spannendsten Nachmittag eures langweiligen Lebens: Ich bin Basil, König der Gaukler, Träger des dunklen Humors und Bewahrer des blendenden Witzes! Spaßmacher und Streitbringer,

Freund des Einen und des Anderen. Gleich geht es weiter, hier und jetzt, im ›Circus Paradise‹, dem Zirkus der Gegensätze! Doch zuerst ... ein Geschenk!« Er richtete sich auf und seine Krone gerade und warf mit ausladendem Schwung eine Handvoll leuchtend roter Blüten in die Menge. »Für das verehrte Publikum und meine geliebten Untertanen!« Der König der Gaukler tänzelte leichtfüßig auf der Bühne hin und her, und verteilte die Blumen wie Kusshände. »Kommt näher, die Show geht weiter, kommt nur her!«

Die Zuschauer schoben und drängelten, kurz brandete Unruhe auf, als sich die vorderen über das Geschiebe der weiter hinten stehenden Dorfbewohner beschwerten.

»Staunen Sie und erleben Sie als nächsten und letzten Höhepunkt auf den Brettern der Spaßmacher, die gefährlichen, die glühenden, die sprühenden, die gefürchteten ... Deimoni!« Das letzte Wort hatte er fast geschrien. Er wirbelte herum und zog mit einer raschen Geste ein Tuch von dem, was sich nun als rostiger Käfig entpuppte.

»Wusste ich's doch«, stieß Elliot begeistert aus.

Die Menge wogte hin und her, die Stimmung schwankte zwischen Furcht und Faszination.

»Oh, das sind aber viele! Deimoni sind garstige, übellaunige Biester. Halb Kobold, halb Dämon. Ich hab gehört, die stecken alles sofort in Brand, wenn man nicht aufpasst«, bemerkte Emily misstrauisch.

Cedrik versuchte einen Blick auf die wirbelnden Dämonenkobolde zu erhaschen. Mit ihren goldenen Mützen und Westen aus rötlich schimmerndem Samt sahen sie eigentlich aus wie Figuren aus einem alten Marionettentheater, nur dass sie sich mit aberwitziger Geschwindigkeit bewegten und bei jeder Drehung schillernde Flammen hinter sich herzogen. Sie schimpften und zeterten und rüttelten an den eisernen Gitterstäben. Ihre kleinen, faltigen Gesichter glühten zornig.

»Was hast du denn? Das sind Feuerteufel! Was willst du anderes von ihnen erwarten!?«, erklärte Elliot gleichermaßen amüsiert wie fasziniert.

Die Gaukler hatten fast ein Dutzend der kleinen Dämonen in den engen Käfig zusammengepfercht, in dem sie nun, böse Flüche ausstoßend, hin und her flitzten, dass die Funken flogen.

»Keine Mühen haben wir gescheut und alle Finger haben wir uns verbrannt, um sie von der eiskalten, Feuer speienden Insel im Norden hierher, in dieses wunderbare Dorf zu bringen – zu den feinen Bürgern von Mistle End!«

Die Leute wurden ungeduldig. »Jetzt quatsch nicht, sondern zeig uns endlich was Spannendes!«

Der Mann auf der Bühne grinste unverschämt. »Mein hochverehrtes Publikum, begrüßen Sie nun mit mir den einzig würdigen Gegenspieler des Feuers, den flabbrigen, den dunklen und düsteren, den platschenden und spritzigen Crannog!«

Cedrik stieß überrascht die Luft aus. Der Mann, der nun die Bühne betrat, war anders als all die Wesen, die er bisher in Mistle End gesehen hatte. Er hatte im Grunde eine menschliche Figur, war aber viel größer. Der Mann war kräftig gebaut, hatte dunkles, schulterlanges Haar und riesige blaue Glubschaugen, die ununterbrochen hin und her rollten. Cedrik hatte das unangenehme Gefühl, dass der Fischmann jeden Einzelnen auf dem Marktplatz kurz musterte. Sein Kinn zierte ein mächtiger Bart, unter dem gelbliche Kiemen hervorblitzen. Gekleidet war er in ein aus vielen Stoffbahnen und Streifen bestehendes Gewand, das silbrig schimmerte. Und ... er floss! Das Wasser strömte nur so aus ihm heraus. Aus seinen Haaren und aus seinen Ärmeln. Wenn er sich bewegte, gluckste und blubberte es und ein ganzer Schwall Wasser ergoss sich auf die Bühne, wo sich sofort Pfützen bildeten.

»Ist das ... das ist ein Wassermann, oder?«

»Quatsch! Wassermänner gibt's nur im Märchen, Cedrik«, widersprach Elliot amüsiert. »Das ist ein Crannog.«

»Riecht irgendwie interessant hier, oder?«, fragte Emily trocken.

»Ja, nach altem Fisch«, ergänzte Elliot und verzog das Gesicht.

Der Crannog bewegte sich schwerfällig wie ein Molch auf dem Trockenen, und stellte sich unmittelbar an die Bühnenkante. Sein Blick schweifte nervös über den Marktplatz, dann riss er seine Arme nach oben, streckte die Hände in die Luft und sprühte feinen Wassernebel über die Anwesenden. In den winzigen Wassertropfen brach sich das flackernde Licht der Dämonenkobolde und zauberte einen Regenbogen in die Luft.

Die Menge jubelte begeistert.

»Und nun, mein hochverklärtes Publikum, meine Damen, meine Herren, werden Sie Zeugen der Magie der Elemente, wenn der uralte Kampf des ewigen Feuers ...«, er zeigte auf die Deimoni, dann auf den Crannog, »... mit dem unergründlichen Wasser seine Fortsetzung auf dieser Bühne erlebt!«

Der Crannog hatte sich nun stumm in Richtung des Käfigs mit den Deimoni gedreht und die Hände vor sein Gesicht erhoben. Unablässig strömte das Wasser aus seinen Ärmeln.

»Das Feuer hat uns einst Thor geschenkt, mit Blitz und Donner. Wild war es, zerstörerisch und alles verzehrend. Und doch haben wir es gebändigt ... mit der Hilfe des Wassers! Und *DAS* ...« Seine Stimme senkte sich zu einem Flüstern. »... hat das Feuer dem Wasser nie verziehen.« Mit den letzten Worten hatte er den Riegel des Käfigs zur Seite gezogen und die Tür mit einem Ruck aufgerissen.

Sofort stürzten sich die Deimoni in einem wahren Feuersturm auf den Crannog. Innerhalb von Sekunden hatten sie ihn in eine grell-lodernde Feuersäule verwandelt. Flammen wirbelten um seinen Körper, die Deimoni rasten in atemberaubender Geschwindigkeit um den Crannog. Doch er stand ganz unbewegt da, die Hände noch immer vor dem Gesicht.

»Beim Hexenkessel, die grillen ihn ja!«, stieß Emily hervor.

Der Mann neben Elliot drehte sich zu ihnen um. Sein Blick war gehässig, als er sagte: »Selber schuld. Wer mit dem Feuer spielt, erntet Blasen.«

Cedrik runzelte die Stirn.

In diesem Moment begann sich der Fischmann zu bewegen. Langsam nahm er die Hände herunter. Es zischte und dort, wo die Wasserströme auf das brausende Feuer trafen, stieg dichter Dampf auf. Dann – eine schnelle Bewegung – und ein Feuerteufel flog, einen fauchenden Flammenschweif hinter sich herziehend, hoch in die Luft. Dann noch einer, und noch einer.

Der Fischmann schien die Deimoni, einen nach dem anderen, aus der Feuersäule zu pflücken.

»Er jongliert mit ihnen«, rief Elliot begeistert.

Ein Teil der Menge war entzückt und Applaus brandete auf. Vereinzelt waren jedoch auch Buhrufe zu hören. Die Stimmung war seltsam angespannt.

Der Fischmann stand inmitten der wirbelnden Deimoni und warf sie, einen nach dem anderen, in die Luft, fing sie auf und wiederholte das Spiel, bis das Wasser und die Funken nur so spritzten.

Ein Zwerg schob sich mürrisch zwischen Elliot und

Emily und brummte ungehalten: »Könnt ihr gefälligst Platz für die kleinen Leute machen, ihr Quatschquabbler?«

Elliot sah Cedrik erstaunt an und zuckte ratlos mit den Schultern.

Emily dagegen ignorierte die unhöfliche Rempelei und musterte den Crannog mit zusammengekniffenen Augen.

»Was hast du, Emily? Alles okay?«, fragte Cedrik verwundert.

Aber bevor Emily antworten konnte, ohne Vorwarnung, begann der Crannog seinen Angriff: Mit einer weit ausholenden Bewegung packte er einen der Deimoni aus der Luft und schmiss ihn in einem hohen Bogen über die Menge. Jedoch nicht auf das vorbereitete Winterfeuer, wie Cedrik erschrocken feststellte, sondern geradewegs auf eines der umstehenden Häuser. Wie ein Komet mit einem mächtigen Feuerschweif flog der Kobold über den Marktplatz und landete unter wütendem Geheul in einer wahren Funkenexplosion auf dem Dach. Dann warf der Crannog den nächsten. Es ging einfach so weiter, ein kreischender Deimoni nach dem anderen zischte durch die Luft. Ehe das völlig verdutzte Publikum reagieren konnte, hatte der Crannog all die kleinen Feuerdämonen über die Menge hinweg auf die Häuser geworfen.

»Was tut er da?«, rief Emily panisch.

Innerhalb kürzester Zeit hatten die Dächer an verschiedenen Stellen Feuer gefangen, die Deimoni rasten wie tollwütig über die Schindeln, sprangen Funken sprühend von Dach zu Dach, von Haus zu Haus. Lange würde es nicht mehr dauern und das ganze Dorf würde in Flammen stehen!

»Warum tut er das?« Cedrik war völlig aufgebracht. Hastig sah er sich um. Was war hier los?

Ringsum brach Streit aus, Hexen, Zwerge und Elfen beschuldigten sich gegenseitig, schuld am Angriff des Crannog zu sein.

»Du! Das ist alles deinetwegen! Du bist schuld!«

»Wer? Ich!? Blödsinn!«

»Wenn du den Fischmann nicht provoziert hättest, hätte er die Deimoni nicht geschmissen!!«

»Ach ja, und wenn du nicht ...«

Emily raufte sich die Haare. »Hört auf zu streiten, wir müssen das Feuer löschen!«

Aber niemand hörte auf sie und es schien fast so, als interessierten die Brände, kaum hatten sie begonnen, niemanden mehr. Bei zwei, drei Dächern loderten die Flammen bereits hoch in den Himmel, aber die Leute auf dem Marktplatz hatten nichts Besseres zu tun, als sich lautstark zu streiten. Keiner kam auf die Idee, etwas gegen das drohende Inferno zu unternehmen. Sogar Elliot hatte sich mit dem grimmig dreinblickenden Zwerg von vorher in die Wolle gekriegt.

Es war wie verhext: Das ganze Dorf war kurz davor in Flammen aufzugehen, aber nur vereinzelt waren Leute zu sehen, die versuchten, das Feuer zu bekämpfen.

Emily packte Cedrik am Arm. »Der Fischmann!«

»Was?«

»Der Crannog! Er ist weg! Da ist was faul!«

Cedrik drehte sich zur Bühne. Dort stand mit offenem Mund Basil, der selbst ernannte König der Gaukler, neben dem leeren Käfig und starrte abwechselnd auf die brennenden Häuser und die streitende Menge vor ihm. Vom Crannog keine Spur.

Emily kämpfte sich zur Bühne. Cedrik folgte ihr. »Wo ist er hin? Wo ist der Crannog?« Wütend boxte sie dem Gaukler auf den Fuß. »He, Sie! Wo ist der Fischmann?«

Und endlich, als würde er aus einer Trance erwachen, entdeckte der Gaukler die zwei Freunde vor der Bühne. Mit aschfahlem Gesicht zeigte er auf den Greifenbrunnen, der unweit der Bühne unter der mächtigen Eiche stand. »Er ist da reingesprungen.«

Emily wirbelte herum. »Cedrik, hol du Elliot aus dem Streit da raus und dann ruft meine Mutter! Beeil dich!«

»Und du? Was machst du?«

»Ich folge dem Fischmann!«

»Wie?!«

Ohne ein weiteres Wort rannte Emily zu dem alten Ziehbrunnen. Spöttisch grinste sie Cedrik über das Wasser hinweg an. »Ich schwimme ihm nach. Mal sehen, wo er hin ist!« Damit kletterte sie auf den Rand des Brunnens, schloss für einen kurzen Moment die Augen – und ließ sich mit weit ausgebreiteten Armen nach vorne kippen. Kurz schien es, als würde sie in der Luft stehen bleiben. Dann, ein zischendes Geräusch, sie drehte sich um ihre eigene Achse – PLOPP! – und fiel als Fischotter in den Brunnen.

»Wo ift fie hin?« Elliot war hinter Cedrik aufgetaucht, etwas ramponiert. Er sah aus, als hätte er den Ringkampf mit dem Zwerg verloren und hielt sich nun die blutende Nase.

»Sie will dem Crannog nachschwimmen. Und sie hat gesagt, wir sollen eure Mutter holen ... Mensch, Elliot, weißt du eigentlich, dass du ziemlich heftig aus der Nase blutest?!«

»Ja, weif if ... Mom ift fon da!« Erschöpft zeigte er mit dem Daumen hinter sich.

Tatsächlich, Esmeralda und zwei weitere Hexen hatten sich auf der Bretterbühne der Gaukler in einem Halbkreis aufgestellt und streckten ihre Arme gen Himmel. Der Lärm der streitenden Dorfbewohner war so laut, dass Cedrik nicht hören konnte, was die drei sagten, aber er konnte sehen, wie sie konzentriert vor sich hin murmelten.

»Was tun sie da?«, fragte er Elliot atemlos.

»Elementezfauber. Fie verfuchen ef regnen tfu laffen. Fehr fschwierig.«

Blitze zuckten über den Himmel und ließen den Dorfplatz gespenstisch aufleuchten. Donner grollte und Wolkentürme bildeten sich. Wind brauste durch die Gassen, aber es fiel kein Regen. Nichts.

Es müsste schneien. Es schneit hier doch sonst auch immer! Schnee würde das Feuer ersticken, dachte Cedrik. Er fühlte sich schlecht. Warum konnte er nicht helfen? Da war er schon ein Druide, aber er hatte keine Ahnung, was er tun sollte.

Der Sturm wurde immer stärker, und Cedrik konnte sehen, wie die jüngste der drei Hexen erschöpft schwankte und sich an ihrer Hexenschwester festhalten musste, damit sie nicht in die Knie sank.

»Verbammt. Wenn ef nift klappt, wird unf daf gampfe Dorf abbrennen«, sagte Elliot düster.

Er hatte recht. Ringsum waren zwar inzwischen einige Dorfbewohner dabei, das Feuer mit Eimern und Gartenschläuchen zu löschen, aber kaum hatte irgendwo ein Dach aufgehört zu brennen, entfachte an einer anderen Ecke ein johlender Dämon ein neues Feuer, das sich langsam, aber sicher von einer kleinen Flamme in einen brennenden Dachstuhl verwandeln würde.

Cedrik wurde wütend. Auf sich selbst. Er konnte mit Pflanzen sprechen, mit Tieren auch. Konnte er nicht vielleicht auch irgendwie mit den Wolken …

»CFEDRIK, PAFF AUF!«

Er wirbelte herum und sah gerade noch wie ein großes, für einen Menschen viel zu behaartes Gesicht mit einem erstaunten, aber etwas dümmlichen Ausdruck in beängstigender Geschwindigkeit näher kam. Der riesenhafte Bergtroll hatte das Gleichgewicht verloren und stürzte mit rudernden Armen auf ihn zu.

Panisch kniff Cedrik die Augen zusammen.

Kapitel 2

DER HIRSCHMANN

Wo bin ich?

Er stand in einem Wald, einem Sommerwald. Vor sich eine Art Tunnel aus prächtigen, grünen Bäumen, die sich sanft über einen grasbedeckten Pfad beugten. Das Laubdach war dicht und nur gelegentlich brachen goldene Sonnenstrahlen durch die Dämmerung des Waldes und zeichneten Muster in die von Insekten flirrende Luft. Cedrik konnte am Ende des Pfades eine Lichtung erkennen, sonnendurchflutet.

Er hörte eine Männerstimme.

Lachen.

Langsam folgte er dem Pfad.

Ein Mann, gekleidet in einen hellen Leinenanzug, mit einem stattlichen Hirschgeweih, das aus seinem Kopf zu wachsen schien, saß im Schneidersitz auf einem Felsblock. Ihm gegenüber, mitten auf der Lichtung, stand eine

Hirschkuh, friedlich grasend. Erstaunt sah der Mann auf und musterte Cedrik freundlich.

»Bist du es tatsächlich«, sagte er erfreut und es klang mehr wie eine Feststellung als eine Frage.

Cedrik sah sich verwundert um. »Wo bin ich?«

Über der Wiese flatterten Schmetterlinge, junge Büsche blühten am Waldrand und durch die Wipfel der Bäume ringsum rauschte sanft der Wind.

»Wo bin ich hier?«

»Ich habe dich gerufen. Ich wollte, dass wir uns kennenlernen.«

Die Stimme des Mannes klang sanft und erinnerte Cedrik an das Murmeln einer Quelle.

»Aber warum?«, fragte er, von tiefer Unruhe gepackt.

Der Mann lächelte milde. »Du gehörst zu meiner Familie.«

»Und wer ... wer bist du?«, fragte Cedrik und ahnte die Antwort schon. Und er fürchtete sich vor ihr.

»Ich bin Cernunnos, der Gott des Waldes.« Er wartete einen kleinen Moment, bevor er fortfuhr. »Und ich bin der Vater deiner Mutter. Ich bin dein Großvater.«

Cedriks Mund war trocken und er bemerkte, dass er vor Aufregung leicht zitterte. Wenn der Mann auf dem Felsen wirklich Cernunnos war, sprach er die Wahrheit. Der Gott des Waldes war sein Großvater. Und Cedriks Mutter, eine Nymphe, eine seiner Töchter. Cedrik hatte sie erst vor Kurzem kennengelernt, bei der Greifenprüfung im Wald.

Als sie ihm geholfen hatte, den Drachen zu besiegen. Einen echten Drachen. Mit der Kraft der Erde.

Danach hatte er nichts mehr von ihr gehört. Sie war einfach wieder verschwunden. Aber er hatte mithilfe seines Vaters alles über Nymphen gelesen, und tatsächlich waren sich die Mythologen alle einig, dass die Baumgeister von Cernunnos, dem Gott des Waldes, abstammten. Seinem Großvater.

Cedrik holte tief Luft.

»Wo ist sie? Meine Mutter, mein ich.« Er stotterte. »Ich möchte sie wiedersehen.«

Cernunnos schüttelte den Kopf. »Das geht nicht.«

»Aber wieso nicht?« Cedriks Herz schlug ihm bis zum Hals.

»Sie hat einen schweren Fehler gemacht, als sie sich mit einem Sterblichen eingelassen hat. Deinem Vater. Das hätte niemals geschehen dürfen.« Sein Blick ruhte klar und fest auf Cedrik. »Wir mussten sie dafür bestrafen«, sagte er leise.

Cedrik schluckte. »Was habt ihr mit ihr gemacht?«

»Wir haben sie in ihren Baum gebannt. In ihrem Wald.«

»Aber ...«

»Genug jetzt, Cedrik. Ich habe dich nicht gerufen, um mit dir über deine Mutter zu streiten. Wir müssen uns sputen. Wir haben nicht endlos Zeit und du musst jetzt genau zuhören.«

Cedrik biss sich auf die Lippen und nickte. Die Vorstellung, seine Mutter in einem Baum gefangen zu wissen, schmerzte ihn.

Nymphen sind Baumwesen, versuchte er sich zu beruhigen. *Es wird ihr gut gehen. In ihrem Baum.*

»Du selbst und deine Freunde seid in großer Gefahr«, fuhr Cernunnos beunruhigt fort. »Das Dorf steht in Flammen, und ihr unternehmt nichts. Warum tut niemand etwas dagegen? Euer Zuhause brennt und keiner versucht, es zu löschen. Was ist bloß los mit euch Sterblichen? Seht ihr nicht, was geschieht? Könnt ihr die Zeichen nicht deuten?«

»Aber die Hexen sind doch gerade dabei, es regnen ...«, wollte Cedrik einwenden, Cernunnos ließ ihn allerdings nicht ausreden.

»Hinter all dem steckt mehr als die paar Dämonenkobolde. Hexenmagie vermag nicht zu verhindern, was gerade geschieht. Ihr werdet von einer dunklen Macht angegriffen, Cedrik!«

Cedrik zuckte hilflos mit den Schultern. Er hatte keine Ahnung, wovon der Mann sprach.

»Kannst du uns nicht helfen? Du bist immerhin ein ... Gott!«

Der Hirschmann schüttelte heftig den Kopf. »Nein, wir dürfen uns nicht in die Belange der Menschen einmischen. Das darf nicht geschehen, aus gutem Grund. Ihr Menschen seid für euer Handeln selbst verantwortlich. Aber du bist kein Gott und kein Mensch. Du bist ein

Druide. Es ist an dir, das Dorf zu retten. Du musst Beira zu Hilfe rufen!«

»Aber ... ich kenne keine Beira«, sagte Cedrik erschrocken.

Cernunnos wischte seine Frage unwirsch zur Seite. »Du wirst sie gleich kennenlernen.« Er senkte kurz angestrengt die Lider. »Was feiert ihr heute? Hast du vergessen, was heute für ein Tag ist? Heute ist der Tag der alten Hexe! Der Winter geht und der Frühling kommt. Aber wenn du dich beeilst, erwischst du sie noch!« Seine grünen Augen bekamen einen dunklen Glanz. »Für die schöne Brighid räumt sogar die Winterkönigin ihren Thron. Beira ist die älteste unserer Schwestern. Streng, aber gerecht. Wie der Winter.« Er lachte und es klang wie das Keckern junger Dachse. »Bitte sie um Schnee! Sie ist mächtiger als die meisten von uns. Und sie wird dir deine Bitte nicht abschlagen können.«

Die Hirschkuh zuckte zusammen und riss den Kopf nach oben, den Blick auf den Waldrand gerichtet.

Sie wittert Gefahr, dachte Cedrik.

Cernunnos straffte sich und schien zu lauschen.

Dann hörte Cedrik es auch. Ein dumpfes Dröhnen, das anschwoll und schnell näher zu kommen schien. Ihn erfasste Panik.

Cernunnos sprang behände von seinem Stein und packte ihn an den Schultern. »Du musst gehen. Sofort. Und finde sie!«

»Aber wo?!«, fragte Cedrik atemlos.

»Nicht in der Welt der Menschen!« Noch einmal wurde sein Ausdruck weich. »Sprich mit der Wölfin!« Er lächelte und schubste Cedrik hart nach hinten.

Kapitel 3

DIE GOLDENE WELT

Cedrik schnappte nach Luft und stolperte ein paar Schritte zurück. Der Troll krachte nur wenige Handbreit vor ihm in den Schnee und stöhnte laut.

Cedrik keuchte schwer. Hatte er die letzten Minuten vergessen zu atmen? Wie lange war er fort gewesen? Es konnte auch nicht nur eine Sekunde gewesen sein. Der Troll war eben erst hingefallen. Was war gerade passiert? War das wirklich sein Großvater? Cernunnos, der Gott des Waldes?

»Mann, daf war knapp! Waf ift blof lof mit dir?« Elliot stand auf der anderen Seite des benommenen Bergtrolles und hob fragend Schultern und Hände. »If dachte fschon, er erwifft dich. Du haft dich überhaupt nicht gerührt, fstandft da wie ein Sftein und hast nur ins Leere geftarrt. Allefs okay mit dir?«

Cedrik rieb sich den Kopf. Wenn es stimmte, was sein

Großvater gesagt hatte, musste er helfen. Dann war es an ihm, das Feuer zu löschen.

Gespannt sah er zu den drei Hexen auf der Bühne. Die Hexen rechts und links von Esmeralda wirkten angeschlagen, aber auch die Mutter von Elliot und Emily machte den Eindruck, als müsste sie all ihre Kraft aufbringen, den Hexenkreis aufrechtzuerhalten. Und doch schienen all ihre Bemühungen erfolglos. Von Regen war weit und breit noch immer keine Spur.

»Cfedrik?! Hey, Cfedrik!«

Er musste den Winter zurückrufen. Er musste Beira finden! Aber wie zur Hölle sollte er das anstellen? Ringsum entstanden dort, wo die Deimoni ihren teuflischen Tanz aufführten, immer neue, kleine Brände.

»Cfedrik! Waf ift lof! Fag waf!«

Wo war diese Beira? Nicht in der Welt der Mensch, hatte sein Großvater gesagt. Und endlich verstand Cedrik.

Hastig wandte er sich an seinen Freund, der ihn zunehmend verwundert anstarrte. »Elliot, hör mir zu. Ich glaub, ich kann deiner Mutter helfen. Und dem Dorf! Aber du musst auf mich aufpassen, okay? Ich mein, falls wieder so ein Trolltrottel auf mich knallt, dann ziehst du mich weg, ja?!«

Elliot hob mit gespielter Hilfslosigkeit die Hände. »Natfürlich! Mach ich doch eh immer!« Sein Freund sprang über den nun schnarchenden Troll und stellte sich neben ihn. »Und jetzft?«

Ohne zu antworten, setzte sich Cedrik auf seine Fersen, legte seine Hände in den Schoß und schloss die Augen. Er holte tief Luft und versuchte das Prasseln der Flammen und das Streiten der Umstehenden auszublenden. Sein Atem wurde langsamer und er wurde ganz ruhig.

Mein Großvater ist ein Gott.
Meine Mutter eine Nymphe.
Und ich bin ein Druide.

Wieder war da das Rauschen, die unzähligen Stimmen und das Licht des Lebens um ihn herum. Cedrik war froh, dass er die letzten Wochen genau das immer wieder geübt hatte, den Wechsel zwischen den Welten. Er verließ die Welt der Menschen und betrat die »andere«, die »goldene Welt«, wie er sie insgeheim nannte. Wie auch die letzten Male erschienen ihm hier die Menschen, Tiere und Pflanzen in leuchtendem Gold, vor einem ansonsten grauen, eher undeutlichem Abbild der Szenerie. Er stand auf, in dieser Welt, während sein menschlicher Körper einfach sitzen blieb, als würde er schlafen. Bewacht von Elliot, seinem Freund.

In der goldenen Welt ging er ein paar Meter, abseits, an den Rand des Platzes und sah sich um: Alles, was Leben in sich trug, schimmerte in diesem warmen, brennenden Licht. Die Magie der drei Hexen auf der Bühne dagegen leuchtete blau. Esmeraldas Zauberkraft kräftig pulsierend, die der beiden anderen eher blass und flackernd. Sie schienen ihre Magie zu bündeln, zumindest schoss aus ihrer Mitte ein steter Strom bläulicher Funken in den Himmel. Pure Hexenmagie wirbelte um sie herum, und dort, wo der Magiestrahl der Hexen auf die Wolken stieß, brodelte der Himmel. Doch Cedrik konnte auch spüren, wie müde die drei sein mussten. *Sie schaffen es nicht*, dachte er.

Er bewegte sich leicht und schnell, in dieser Welt. Er hatte gelernt, dass er sich mit seinem Geist von seinem Körper entfernen konnte. Er wusste nicht wie lange, oder wie weit, und so hoffte er, dass er überhaupt finden konnte, was er suchte. Doch so sehr er sich auch bemühte, im Chaos der Streithähne konnte er nichts erkennen. Überall waren blaue Lichtblitze von streitenden Hexen zu sehen und der Zorn der Menschen brannte heller als die von den Deimoni entzündeten Häuser. Er fluchte. Hatte er sich getäuscht? Wie sollte er Beira hier finden?

Er rannte, nein, er flog fast um den Platz, spähte in alle Richtungen, und fand sie endlich, im Schatten des Holzstoßes, der ihr zu Ehren hätte entzündet werden sollen.

Und sie war nicht allein.

Die alte Wölfin saß aufrecht, den Schwanz elegant um ihre Pfoten gelegt. Neben ihr stand eine wunderschöne, junge Frau. Gekleidet in sanft fallendes Tuch lächelte sie freundlich und sah Cedrik erwartungsvoll an.

Hier, in dieser Welt, leuchteten die Wölfin und die Frau

so hell, dass Cedrik kaum hinsehen konnte. Als er sich ihnen näherte, wurde ihm klar, dass ihn nicht nur die Frau, sondern auch die Wölfin fixierte. Die Kraft, die von ihr ausging, ließ Cedrik zittern.

Die Wölfin musste Beira sein, die Winterkönigin.

Wie sein Großvater gesagt hatte.

Und das neben ihr war bestimmt Brighid. Göttin des Frühlings, Göttin der Dichtkunst, der Heilkunst und der Schmiede. *Für die schöne Brighid räumt sogar die Winterkönigin ihren Thron.*

Die beiden rührten sich nicht, blieben ganz still stehen, doch als er nur noch wenige Schritte entfernt war, ließ die Wölfin ein bedrohliches Knurren vernehmen.

»Komm nicht näher.«

Cedrik erschrak. Ihre Stimme klang eiskalt. Die Wölfin erschien ihm auf einmal riesengroß, viel größer, als er eben noch vermutet hatte. Ihr Blick war missbilligend, Brighid dagegen beobachtete ihn immer noch freundlich interessiert, schwieg aber.

Mutig fasste er sich ein Herz und trat einen letzten kleinen Schritt nach vorn.

»Wir brauchen deine Hilfe, Beira«, sagte er leise.

Die Wölfin reagierte nicht.

»Wir brauchen den Winter, damit ...«

»Warum sollte ich dir helfen?«, fragte Beira ruhig.

»Weil ... ich nicht für mich bitte«, erwiderte Cedrik mit belegter Stimme. »Das Dorf brennt und ...«

»Und du weißt nicht, was du tun sollst.«

»Doch«, widersprach er vorsichtig. »Ich bitte dich um Schnee. Schnee würde das Feuer ersticken, und Mistle End wäre gerettet.« Er schluckte.

Die Wölfin zog die Lefzen nach oben und entblößte so eine Reihe scharfer Zähne. Cedrik hatte das unangenehme Gefühl, dass die Göttin grinste.

»Ein Druide bittet mich um einen Gefallen. Das ist schon sehr lange nicht mehr geschehen.« Sie lachte ein klirrendes Lachen, das sich nach brechendem Eis anhörte. »Und du hast keine Angst vor mir?«

Wieso Angst? Fieberhaft überlegte er, ob er irgendetwas vergessen hatte.

»Du bist tapfer. Oder verrückt. Oder beides.« Sie lachte erneut. »Das gefällt mir.«

Cedrik schluckte. Das lief nicht ganz so, wie er erwartet hatte. Nervös sah er zu Brighid, doch von ihr war keine Hilfe zu erwarten. Sie lächelte nur amüsiert.

Die Wölfin war nun aufgestanden und kam ein paar wiegende Schritte auf ihn zu. Dabei hatte sie die Ohren angelegt und sah ihn noch immer unmittelbar an. Die Luft um sie herum schien zu flirren. »Du kannst den Sturm rufen, um dir zu helfen. Du könntest Taranis bitten, den Donnerer selbst, und ihn fragen, ob er ein Unwetter schickt. Und dennoch kommst du zu mir.«

Cedrik wagte kaum zu atmen.

Die Wölfin legte den Kopf schief. »Aber es ist zu spät.

Ich kann dir nicht helfen. Meine Schwester wird heute den Thron besteigen. Meine Zeit ist für dieses Jahr beendet. Es sein denn ...«

Beira hob den Kopf und wandte sich an die Göttin neben ihr. Brighid runzelte die Stirn und sah nun die flammende Wölfin an.

Sie hielten einen Moment inne, als würden sie miteinander kommunizieren. Ohne Worte. Dann nickte Brighid und die Wölfin knurrte leise. Zufrieden schleckte sie sich das Maul. »Du hast Glück, Druide«, sagte sie leise. »Meine Schwester mag dich.«

Brighid lächelte ihm noch einmal zu, dann beugte sie sich vor, krümmte sich zusammen und fing an, immer heller zu leuchten. Aus ihr brachen gleißende Flammen hervor und Cedrik musste sich geblendet abwenden. Doch als er es wagte, wieder hinzusehen, war anstelle der Frühlingsgöttin eine rote Füchsin erschienen. Die Ohren aufmerksam gespitzt, die hellbraunen Augen ausdruckslos auf Cedrik gerichtet.

Und dort, wo eben noch die Wölfin gestanden hatte, stützte sich nun eine alte Frau, mit grauer Haut, in einen dunklen Wollmantel gewickelt, schwer auf einen Stock. Ihre Stimme war dieselbe, aber es klang düster, als sie einen knochigen Finger auf Cedrik richtete. »Du wirst dafür bezahlen müssen.« Sie kniff die Augen zusammen. »Nicht heute, aber eines Tages.«

Cedrik erschrak. Tief in seinem Inneren wusste er, dass

sie recht hatte. Dass all das hier nicht stattfand, nicht stattfinden konnte, ohne dass er dafür einen Preis erbringen musste. Irgendwann.

Die Angst davor traf ihn so hart und plötzlich, dass er zusammenzuckte. Die Verbindung in die goldene Welt brach ab, die Göttinnen verschwanden und er fand sich vor Elliot wieder, auf dem Boden zusammengesunken. Er zitterte.

»Allef klar? Hatfs geklappt?«

»Ich ... ich weiß nicht«, stotterte Cedrik und kam mühsam auf die Beine. Der Schritt in die andere Welt hatte ihn viel Kraft gekostet. Mehr als sonst?

Nein, das war es nicht, was Beira gemeint hatte. Aber was dann? Welchen Preis würde er zahlen müssen? Was bedeuteten die Worte der Göttin?

Doch bevor er sich weiter darüber Gedanken machen konnte, spürte er etwas Feuchtes auf seiner Nasenspitze. Er sah nach oben und Freude stieg in ihm auf. Aus den Wolken fielen dicke, schwere Schneeflocken und tanzten auf die Erde. Erst einzelne, dann immer mehr, bis sie zu Abertausenden in einem nicht enden wollenden Strom vom Himmel tanzten und sich todesmutig auf die gierigen Flammen warfen.

»Es schneit!«

Und wie es schneite! Die ersten Schneeflocken schmolzen in der Hitze der brennenden Dächer, aber es wurden mehr und mehr, bis nach ein paar Minuten ein wahrer

Schneesturm losbrach. Der Wind peitschte den Schnee in die lodernden Feuer, die sich aufbäumten, flackerten, dann immer schwächer wurden und schließlich erstarben. Erstickt unter einer dicken, weißen Schicht Schnee, die sich auf die nun nur noch an wenigen Stellen vor sich hin schwelenden Hausdächer wie eine schützende Decke legte. Kaum war das Feuer gelöscht, ebbte der Sturm ebenso schnell ab, wie er begonnen hatte.

»Elliot, es hat funktioniert!«

»Warft du daf, Mann? Hafpft du ef pfschneien laffen?«

Doch der Blizzard hatte nicht nur das Feuer gelöscht. Es war, als hätte der kalte Schnee die Gemüter der Streitenden gekühlt und ringsum beeilten sich die beschämten Dorfbewohner, sich um den entstandenen Schaden zu kümmern. Die Hexen beendeten den magischen Zirkel, woraufhin die jüngste der drei völlig erschöpft zu Boden stürzte. Während sich die Dritte um ihre wie benommen auf der Bühne kauernde Hexenschwester kümmerte, kam Esmeralda keuchend auf sie zu. »Dankt den Göttern für den Schnee!«

»Es hat tatsächlich geklappt, es hat geschneit!«, rief Cedrik voller Begeisterung.

Esmeralda warf ihm einen erstaunten Blick zu. »Nun, das hat es in der Tat, auch wenn wir eigentlich versucht hatten, es regnen zu lassen. Irgendetwas scheint unsere Magie blockiert zu haben. Warum es dann Schnee wurde, weiß ich auch nicht genau.«

Elliot starrte Cedrik mit offenem Mund an, sagte aber kein Wort. Der biss sich verlegen auf die Lippen.

»Alastair und Gregory sind schon dabei, diese abscheulichen, kleinen Feuerdämonen einzufangen. Ihr Spiel ist bald zu Ende«

Erst jetzt bemerkte Esmeralda die blutige Nase ihres Sohnes. »Elliot – was ist hier passiert? Und wo ist deine Schwester?«

»Ich weif ef nicht, Mama.«

»Elliot, jetzt hör endlich ...« Sie zog scharf die Luft ein. »Mein Sohn, du bist ein Hexer!«

»Ich weif nicht, wie ...«, murmelte Elliot unglücklich.

Entnervt wisperte Esmeralda ein paar Worte in der Sprache der Hexen, wischte Elliot über die Nase und verschaffte ihrem Sohn damit sofortige Linderung.

»Danke, Mama«, seufzte dieser erleichtert.

»Also, was ist hier passiert. Und wo ist Emily?«

»Sie ist dem Fischmann hinterher«, rief Cedrik aufgeregt.

»Dem Crannog? Hat er das alles hier angerichtet? Das kann nicht sein!«

»Aber er war es«, antwortete Cedrik. »Er hat die Deimoni auf die Dächer geworfen. Er hat das Dorf in Brand gesteckt. Und als sich alle gestritten haben, ist er in den Brunnen gesprungen und abgehauen.«

»Es haben sich alle gestritten, sagst du?« Esmeralda musterte ihn nachdenklich. »Das ist seltsam.« Und an ihren Sohn gewandt: »Elliot, warum hast du dich geprügelt?«

»Der Zwerg hat angefangen!«

»Und worüber habt ihr euch gestritten?«

Elliot starrte seine Mutter mit offenem Mund und leicht dämlichem Gesichtsausdruck an.

Esmeralda runzelte die Stirn und ließ ihren Blick schweifen, so als suche sie irgendetwas. Sie machte ein paar Schritte durch den frisch gefallenen Schnee, bückte sich plötzlich und hob etwas auf.

»Tatsächlich! Sieh an, sieh an.«

Es waren die zertretenen Reste einer der roten, sternförmigen Blumen, die der Gaukler zu Beginn der letzten Darbietung ins Publikum geworfen hatte.

»Hier, probier es aus!« Sie hielt Cedrik die Blume entgegen.

Verwirrt lächelte er Esmeralda an. »Ich ...«

»Schon gut. Fass sie ruhig an. So macht man das doch als Druide, oder?«

Ohne weiter zu zögern, nahm Cedrik die Blume in die Hand. Zuerst spürte er nichts. Doch als er die Augen schloss und sich auf die Pflanze konzentrierte, dauerte es nur einen kleinen Moment, bis ihn die Emotionen überfluteten: Wut, Aggression, Spott und ... eine aberwitzige Lust, irgendwas kaputt zu machen. Er zuckte zusammen und ließ die Blume fallen. »Diese Blume ...« Er schluckte. »Ist sie verrückt?«

Esmeralda zwinkerte ihm zu. »Ach, so erscheint sie dir?«

Sie ließ die Blume in ihrer Manteltasche verschwinden. »Eine Streitblume. Sehr selten, möchte wissen, wo die herkommt.«

»Der Gaukler?!«

»Vom Gaukler«, erwiderte Cedrik verblüfft. »Der hat sie in die Menge geworfen!«

»Aber, was ... was ist eine Streitblume?!«, wollte Elliot wissen.

»Eine Zauberblume. Ihr Geruch erzeugt bei den meisten Menschen einen regelrechten Wutanfall. Deswegen hast du dich mit dem Zwerg gestritten.«

»Und Cedrik? Warum ist er nicht wütend geworden? Oder Emily?«

»Erstaunlich, nicht wahr? Cedrik ist ein Druide, dass bei ihm so ein Pflanzenzauber wirkt, ist höchst unwahrscheinlich. Und Emily ist eine Gestaltwandlerin. Auch wenn sie noch nicht alle Zauber beherrscht, so stecken doch alle Lebewesen in ihr.«

»Aber ...«

»Ja, Elliot, sogar Pflanzen. Zumindest theoretisch. Und damit ist sie immun gegen die allermeisten Tier- und Pflanzengifte. Aber wo ist sie denn nun eigentlich? Warum kommt sie nicht zurück? Immer muss ich mir Sorgen um euch Kinder machen!«

Als hätte sie auf ihr Stichwort gewartet, sprang mit einem gewaltigen Satz der Fischotter aus dem Brunnen, platschte auf den Boden und zappelte wild im Schnee.

PLOPP!

Triefnass und völlig außer Atem stand Emily vor ihnen.

»Emily! Im Winter schwimmen! Bist du noch bei Sinnen? Du erfrierst ja, mein Kind!«

Sofort fing Esmeralda an, Zauberformeln vor sich hin zu murmeln und dabei wild mit ihren Armen über die Kleider ihrer Tochter zu streichen.

»Er ist weg!«, erklärte Emily bibbernd. »Ich bin dem Crannog nachgeschwommen, habe ihn dann aber unter der Bibliothek aus den Augen verloren. Er war auf einmal verschwunden! Es sah fast aus, als ob ...«

»Was war denn?«, fragte Cedrik. »Nun erzähl schon!«

»Als ob er sich aufgelöst hätte. Er war einfach weg!«

»Bist du dir sicher?«, fragte Elliot misstrauisch. »Der ist doch bestimmt nur abgetaucht. Ich könnte mir vorstellen, dass der Typ ziemlich gut schwimmen kann. Mit den Schwimmhäuten und so.«

»Er ist nicht nur abgetaucht! Und schwimmen kann ich als Fischotter auch gut, das kannst du mir glauben. Ich war direkt hinter ihm – und auf einmal war er weg! Nicht mehr da!« Sie grinste erleichtert. »Danke, Mama! Mir ist schon viel wärmer!«

Esmeralda lächelte kurz, seufzte dann aber schwer. »Was du erzählst, ist schlimm. Das Sich-Auflösen, das Eins-Werden mit dem Element, ist eine uralte Gabe.

Nur die wenigsten und ältesten der Crannog beherrschen sie. Wir haben es mit einem sehr mächtigen Gegner zu tun. Das heißt, er kann jetzt quasi überall sein. Kommt, Kinder, das ist nichts für euch. Außerdem musst du schleunigst aus der Kälte. Der Wäsche-Trocken-Zauber hilft nicht gegen nasse Haare. Cedrik, ist dein Vater zu Hause?«

»Ja, er müsste daheim sein! Er ist vor der Vorstellung schon wieder nach Hause gegangen, weil er noch ein Buch fertig lesen wollte.«

»Das ist gut! Geht jetzt alle in das Haus der O'Connors und wärmt euch auf. Ich hole euch dort später ab, ich muss den Dorfrat einberufen! Beeilt euch, Kinder, sonst holt sich Emily noch den Tod!«

Esmeralda drehte sich um, raffte ihren bordeauxroten Samtmantel hoch und stakste durch den Schnee Richtung Ratshalle davon.

Emily wartete einen kurzen Moment, bis ihre Mutter außer Hörweite war, dann wirbelte sie herum und wandte sich an Cedrik und Elliot. »Denkt ihr auch, was ich denke?«

»Wieso?«

»Was?«

Emily schnappte sich Elliots Schal und wickelte ihn sich um den Hals. »Wenn ich den Crannog unterhalb der Bibliothek verloren habe ...«

Elliot riss die Augen auf. »Du willst doch nicht ...«

»Natürlich!« Emily klatschte in die Hände und flitzte los.

»He, halt, wo geht sie denn hin?«, fragte Cedrik verblüfft.

Elliot schnaufte genervt. »Sie will sich dieses Scheusal schnappen!«

»Aber hat eure Mutter nicht eben gesagt, der sei gefährlich?!«

»Und ob!« Elliot brüllte Emily hinterher. »Wir sollen zu Cedrik nach Hause und uns aus der Sache raushalten. Hast du das schon vergessen?«

Ohne sich umzudrehen oder auch nur langsamer zu werden, lachte Emily laut auf und rief über ihre Schulter: »Ach, und seit wann hörst du auf unsere Mutter?«

Elliot verzog das Gesicht und tippte sich auf die fast verheilte Nase. »Und ich dachte, ich hab heute schon genug Abenteuer erlebt.«

Cedrik wollte Emily eben hinterher, als ihn Elliot zurückhielt. »Hey, Cedrik, warte!«

Obwohl er sich sicher sein musste, dass Emily sie nicht mehr hören konnte, flüsterte er leise: »Das mit dem Schnee, das warst du, oder?«

Cedrik nickte. Und konnte sich ein aufgeregtes Grinsen nicht verkneifen.

»Cool«, sagte Elliot anerkennend. »Du hast es echt drauf, Mann.«

»Lass uns schauen, dass wir Emily nicht verlieren«, sagte Cedrik verlegen. »Wenn der Crannog wirklich in der Bibliothek ist, wird sie unsere Hilfe brauchen.«

Elliot nickte und sie rannten los.

Kapitel 4

NICHT DIE BÜCHER! BITTE NICHT!

Die Bibliothek von Mistle End war ein besonderer Ort in diesem sowieso schon ziemlich ungewöhnlichem Dorf, fand Cedrik.

Hier wurden unzählige uralte Bücher, Pergamente und Schriftrollen aufbewahrt. Seltene Enzyklopädien, Spruchsammlungen, Bücher mit Abbildungen seltener Heil- und Giftpflanzen, kurz: alles, was Hexen im Lauf der Jahrhunderte geschrieben hatten.

Wenn die Bibliothek beim Angriff der Deimoni Feuer gefangen hätte ... Cedrik schauderte es bei der Vorstellung.

Sie hetzten die verzierte Wendeltreppe nach oben.

Elliot keuchte. »Ich möchte noch einmal betonen, dass ich gegen meinen Willen hier bin, ja, dass du mich quasi gezwungen hast, mitzukommen ...«

»Ja, Elliot«, erwiderte Emily trocken.

»... und mich also folgerichtig keinerlei Schuld trifft, wenn das Donnerwetter unserer Mutter über uns hereinbrechen wird.«

»Okay!« Emilys Stimme klang frostig.

»Falsch, es wird nicht über uns, sondern nur über dich hereinbrechen! Denn mich trifft ja keine Schuld!«

»Klappe, Elliot!!!«

»Es reicht, Elliot!!!«

Cedrik und Emily grinsten sich an. Sie hatten beide fast gleichzeitig gesprochen.

Elliot grummelte und sie erreichten endlich die letzte Stufe. Erschrocken blieben sie stehen.

Das Tor zum großen Lesesaal stand sperrangelweit offen.

Emily spähte misstrauisch ins Innere der Bibliothek. Niemand war zu sehen. »Wo ist denn Mister Elderling?«

Cedrik bekam ein komisches Gefühl im Magen. Die Bibliothek wurde von Mr Elderling verwaltet, einem nur Handteller großen Bücherelf mit Schmetterlingsflügeln, der in einem kleinen Gewächshaus gleich am Eingang der Bibliothek sein Büro und seine Wohnstatt hatte. Cedrik schürzte die Lippen. Warum hatte er sie nicht schon längst verscheucht? Seit ihrem letzten Besuch in der Bibliothek waren seine Gefühle ihnen gegenüber, na ja ... gemischt gewesen.

»Mister Elderling, sind Sie hier?«, säuselte Emily freundlich. Sie war an das kleine, von einem seltsamen blauen Licht erhellten Glashaus mit den exotischen Blumen getreten und klopfte vorsichtig an die Scheibe.

»Mister Elderling? Sind Sie zu Hause?«

Elliot unterbrach seine Schwester aufgeregt. »Hey, warte mal ... Schschh!«

»Was ist denn jetzt schon wieder?«

»Sei doch mal leise, Emily!«

Dann hörte Cedrik es auch. Ein hohes Schluchzen, ein wenig entfernt. »Da weint jemand!«

Das Schluchzen verstummte für einen Augenblick, dann wurde sich lautstark die Nase geputzt.

»Dort, er ist irgendwo hinter diesem Regal«, rief Emily und stürmte in die Bibliothek.

Sie fanden Mr Elderling wie ein kleines Häufchen Elend zusammengekauert in einer dunklen Ecke hinter einem Haufen seiner geliebten Bücher. Er hatte sich in den Schatten gepresst, seine Flügel hingen merkwürdig schlaff an seiner Seite und er selbst, alles um ihn herum, die Bücher in den Regalen, der Boden, alles war klitschnass. Er wimmerte.

»Mister Elderling, was ist denn passiert?« Emily wirkte furchtbar aufgewühlt.

»Das siehst du doch ...«, sagte Elliot heiser.

Mr Elderling schluchzte lauf auf. »Oh nein! Oh nein, nein, nein!«

»Mister Elderling, ich bin es, Elliot! Mit Emily und Cedrik! War der Crannog hier?«

Der kleine Schmetterlingsmann schluchzte noch einmal herzzerreißend und versuchte sich unter seinen zusammengefallenen Flügeln zu verstecken.

»Was ist mit ihm?«, fragte Cedrik geschockt. Er hatte einen Kloß im Hals.

»Stell dir einfach einen Schmetterling vor, über den ein Eimer Wasser geschüttet wird ...«, antwortete Elliot düster.

Emilys Ton klang streng und mitfühlend zugleich. »Mister Elderling! Was ist hier geschehen?!«

»Ach, Kinder! Kinder, Kinder ...«

»Nun erzählen Sie schon«, rief Emily nun doch etwas ungeduldig.

»Lass ihn, siehst du nicht, dass er Zeit braucht!«, unterbrach sie Elliot aufgebracht.

»Zeit? Haben wir die noch?«, krächzte Mr Elderling verschnupft. »Dieser Abscheuliche! Er hat alles nass gemacht!« Der Schmetterlingsmann wimmerte leise.

»Wer?«, fragte Emily vorsichtig.

»Er und sein Wasser! Er kam herein, klopfte nicht einmal an, stürmte in die Bibliothek, und sprühte alles nass! Wollte das Buch haben, das Buch ... das Buch! Oh nein!« Mr Elderling sprang auf, rannte zu einem Regal auf der anderen Seite der Halle und schrie verzweifelt.

»Er hat es mitgenommen! Er hat es mitgenommen!«

»Was hat er? Wovon redet er!?«, rief Elliot atemlos.

»Das Buch! Er hat das Buch!!« Mr Elderling war völlig außer sich.

Cedrik kniete sich vor den zitternden Bücherelf und nahm vorsichtig seine kleinen Hände. »Mister Elderling, welches Buch?!«

Mr Elderling heulte noch einmal laut auf, sank erschöpft in sich zusammen und flüsterte mit halb erstickter Stimme: »Das Buch der verschollenen Pfade!«

Kapitel 5

DAS BUCH DER VERSCHOLLENEN PFADE

»Was? Das Buch der verschollenen Pfade? Bist du dir ganz sicher?«, fragte Esmeralda erschrocken.

»Das hat er gesagt, ja«, antwortete Emily.

»Und der Crannog hat es ...«

»Er hat es mitgenommen, ja. Stimmt doch, Cedrik! Oder?«

Erschöpft nickte Cedrik und nahm noch einen Schluck von der heißen Schokolade mit Marshmallows. Die Wärme tat ihm gut. Der Angriff der Deimoni, seine Begegnung mit den Göttern, der völlig verzweifelte Mr Elderling, all das hatte ihm ganz schön zugesetzt.

Er und Emily saßen in der Küche am Aberdeen Square Nr. 13, dem alten Schulgebäude von Mistle End, und tranken Tee und heißen Kakao. Sie erzählten Emilys Mutter und seinem Vater Aengus von dem Vorfall in der Bibliothek. Elliot hatte sich bereit erklärt, bei Mr Elderling zu bleiben und Wache zu schieben, falls der Crannog noch einmal zurückkommen sollte. Außerdem half er dem Bücherelf, ein wenig von dem Chaos zu beseitigen, dass der Fischmann angerichtet hatte.

»Nur gut, wenn ich auch mal was für ihn tun kann«, hatte Elliot gemurmelt und sich gleich an die Arbeit gemacht.

Esmeralda umklammerte ihren Becher so fest, dass ihre Fingerknöchel weiß hervortraten. Als sie ihr von dem Vorfall in der Bibliothek erzählt hatten, war das befürchtete Donnerwetter ausgeblieben. Was Cedrik ziemlich überrascht hatte. Die Mutter seiner besten Freunde seufzte stattdessen und wirkte ehrlich besorgt. »Das erklärt, warum er danach spurlos verschwunden ist.«

»Darf ich fragen, um was es sich dabei handelt? Dieses ›Buch der verschollenen Pfade‹, was ist das für ein Buch?«, fragte Aengus O'Connor. Bücher waren seine Leidenschaft. Vor allem Bücher über Fabelwesen und Magie. Obwohl er selbst keinerlei magischen Fähigkeiten besaß. Oder vielleicht genau deswegen.

»Natürlich, verzeihen Sie, Mister O'Connor«, antwortete Esmeralda freundlich. »Dieses Buch ist für unsere Gemeinschaft ein großer Schatz und eine große Bedrohung zugleich. Es hätte auf keinen Fall in die Hände von jemandem gelangen dürfen, von dem wir nicht wissen, was er damit vorhat.«

»Ich verstehe noch nicht ganz ...«

»Dazu muss ich ein wenig ausholen. In der Zeit der großen Hexenverfolgungen war es mitunter hilfreich, wenn die Hexen etwas Abstand zwischen sich und ihre Verfolger bringen konnten ...«

»Die Inquisition! Keine sehr ruhmreiche Zeit für die Menschen«, warf Aengus ernst ein.

»Das ist richtig, spielt aber jetzt keine Rolle. Die besten und klügsten Hexen und Hexer beschlossen damals, ein geheimes Wegenetz aufzubauen, mit dessen Hilfe man große Entfernungen in kürzester Zeit überbrücken konnte.«

»Die verschollenen Pfade«, entfuhr es Cedrik.

»Nun, damals waren sie noch nicht verschollen. ›Pfade der Freiheit‹ nannten wir sie in jenen Tagen. Erst als viele Jahre später die Hexenjagden ihr Ende gefunden hatten, wurden die Pfade mit einem Geheimniszauber belegt und gerieten in Vergessenheit. Man hatte schon damals begriffen, dass diese Pfade nicht nur eine Chance, sondern auch eine Gefahr für Mistle End darstellen konnten. Daher wurden alle Bücher verbrannt, bis auf eines. Das eine Exemplar, das wir in unserer Bibliothek versteckt hielten und das, als weiterer Schutz, mit einem Zauber belegt wurde. Es lässt sich nicht abschreiben, nicht fotografieren, nicht kopieren. Es gibt nur dieses eine einzige Exemplar.«

»Aber warum?«, fragte Emily neugierig.

»Viele, wenn nicht die meisten der Pfade führen hierher. Mistle End entwickelte sich damals zum einzigen

Refugium, zur einzigen Zuflucht, die den Hexen blieb. In dieses Dorf floh, wer den Häschern der Inquisition entkommen konnte.«

Emily sah ihre Mutter mit weit aufgerissenen Augen an.

Esmeralda erzählte weiter. »Hatte man erst einmal eine der geheimen Pforten durchschritten, war die Flucht fast geschafft. Die verzauberten Pfade brachten den Fliehenden in Sicherheit. Hierher, nach Mistle End.« Sie seufzte. »Diese Pforten existieren noch immer, auch wenn kaum einer davon weiß. Das bedeutet aber, dass jeder, der dieses Geheimnis kennt und weiß, wo die Türen zu finden sind, bei uns im Dorf erscheinen kann, ohne Vorwarnung. Einfach so!« Sie schnippste mit den Fingern.

»Aber ...« Cedrik zögerte. Seine Gedanken überschlugen sich. Was, wenn der Rabendämon hinter dem Anschlag steckte? Hatte das sein Großvater vielleicht gemeint?

»Denkst du auch, was ich denke, Cedrik?«, fragte Emily. »Das war bestimmt Crutch!«

Cedrik erschrak. Nein, das konnte nicht sein! Das nicht!

Esmeralda schüttelte streng den Kopf. »Wir wissen nicht, ob er hinter dem Anschlag steckt. Es kann jeder gewesen sein.«

»Er wollte Alastair töten und die Macht in Mistle End an sich reißen. Das heißt ja wohl, er ist zu allem fähig!«

Aengus, der Cedriks geschockten Gesichtsausdruck bemerkt zu haben schien, räusperte sich. »Kann denn jeder die Pfade benutzen?«

»Nur wer weiß, wo die Pforten sind, kann die Pfade auch betreten. Die Pforten selbst aber sind durch einen mächtigen Zauber versteckt. Sie sind nicht aufzuspüren. Ohne das Wissen um ihre Macht, sind es ganz normale Türen.«

»Aber die Positionen dieser Pforten sind in dem Buch verzeichnet, nicht wahr?«, fragte Aengus.

Esmeralda nickte. »Das ist richtig. Das Buch ist Karte und Wegweiser zugleich. Nicht nur, dass sämtliche Pforten mit ihren Standorten genau beschrieben werden. Auf dem Rücken des Buches ist ein Kompass aufgemalt, der immer in Richtung der nächstgelegenen Tür zeigt, damit der Besitzer des Buches im Zweifelsfall schnell fliehen konnte.«

»Und was sind das für Türen? Haben sie irgendein Zeichen, eine Markierung oder so?«, fragte Emily.

Esmeralda schüttelte den Kopf. »Nein, nichts. Meist sind es ganz normale Türen. Einfache Haustüren, Zimmertüren, Gartentore. Man sieht ihnen nicht an, dass sie einen durch ganz Großbritannien schicken können. Aber sobald man den Zauber aktiviert, schreitet man über die verzauberte Schwelle und kommt an einem völlig anderen Ort wieder raus. Wie von einem Zimmer ins nächste.«

Sie schwiegen nachdenklich.

Schließlich ergriff wieder Cedriks Vater das Wort. »Also

ist der Crannog durch eine dieser Pforten verschwunden. Könnten wir die Tür nicht einfach, ähem, abschließen? Sodass er nicht zurückkommen kann?«

Esmeralda stöhnte. »Wir könnten, wenn wir wüssten, welche Tür er benutzt hat.«

»Das wissen wir nicht? Gibt es denn so viele magische Pforten?«, wollte Cedrik wissen.

»Oh ja, leider! Es gibt so viele Pfade nach Mistle End, dass im Grunde jede Tür hier im Dorf irgendwo hinführt.«

»Aber warum hast du uns nie davon erzählt?« Emily klang empört.

»Ich habe euch doch gerade erklärt, warum ihre bloße Existenz bereits eine Gefahr für das Dorf darstellt! Natürlich mussten wir es geheim halten! Ich selbst habe die Pfade höchst selten benutzt. Nur in Notfällen, wie neulich, beim Angriff der Raben auf den Rat.« Sie warf Cedrik einen kurzen Blick zu.

Emily saß kerzengerade am Tisch, die Hände zu Fäusten geballt. »Das heißt, Crutch und die Dornhexen ...« Esmeralda hob warnend den Zeigefinger und Emily korrigierte sich sofort. »... oder irgendein anderer Fiesling kann jederzeit irgendwo im Dorf auftauchen und wir können nichts tun, außer warten?«

»Da wir keine Spur haben, ist Warten im Moment wohl das Einzige, das wir tun können«, erwiderte Esmeralda bedrückt.

»Dann ist nun also die alles entscheidende Frage, was der Crannog mit dem Buch vorhat«, sagte Aengus.

»Richtig. Ich glaube kaum, dass er selbst irgendetwas damit im Schilde führt. Wir haben mit den Paladinen gesprochen und den Crannog überprüft, soweit es ging. Er ist schon seit Jahren bei vielen Gelegenheiten hier gewesen, er ist altbekannt. Selbst Basil, der Gaukler, kann sich nicht erklären, was in ihn gefahren ist.«

»Und die Streitblumen?«, fragte Cedrik.

»Ein dummer Zirkustrick, mit dem er die Aufmerksamkeit des Publikums zerstreuen wollte, falls bei der Nummer mit dem Feuer etwas schiefgeht. Die Deimoni waren wohl etwas gereizt gewesen, der Crannog hatte ihn darum gebeten.«

»Der Gaukler und die anderen vom Zirkus ... Wusste wirklich niemand sonst vom Plan des Crannog?«, fragte Aengus.

»Nein, niemand. Sie sind alle genauso geschockt wie wir und wollen so schnell wie möglich aufbrechen. Es tut ihnen unendlich leid«, erwiderte Esmeralda und schüttelte den Kopf. »Der alte Gaukler ist fast schon ein Freund, wir glauben ihm. Er hatte nichts mit der Sache zu tun. Das ist sicher auch der Grund, warum die Greifen nichts unternommen haben. Die wichtigste Frage muss deshalb lauten: Für wen hat der Crannog das Buch gestohlen?«

Die Haustür wurde aufgerissen und ein Paar hastig ausgezogene Stiefel später stürmte Elliot in die Küche. Er war knallrot im Gesicht, er musste sich furchtbar beeilt haben. »Der Wasserspritzer hat das Buch nicht für sich gestohlen, da ist sich Mister Elderling sicher. Der Crannog hat sich geradezu entschuldigt, und gesagt, dass er das Buch mitnehmen musste. Er hat immer wieder irgendwas von ›Sie wollen es haben!‹ und ›Ich habe keine Wahl!‹ geblubbert. Mister Elderling vermutet, dass zwei Brüder aus London hinter dem ganzen Spektakel stecken. Zwei Buchhändler, die Gebrüder Tywyll. Die sind wohl schon seit Jahren hinter diesem Buch her!«

»Wie geht es Mister Elderling?«, wollte Emily wissen.

»Er putzt und putzt. Und macht sich große Vorwürfe.«

Esmeralda stöhnte auf. »Aber es ist doch nicht seine Schuld!«

»Sag du ihm das!« Elliot schnappte sich einen Becher mit heißer Schokolade und schlürfte lautstark.

»Wer sind diese beiden ... Wie heißen die noch mal?«, fragte Aengus O'Connor.

»Die Gebrüder Tywyll. Kennst du die?«, erwiderte Cedrik aufgeregt. Sein Vater hatte ihn, seit er denken konnte, auf der Suche nach alten Büchern durch wahrscheinlich alle Antiquariate Londons geschleift. Es hätte ihn nicht gewundert, wenn sie bei den Brüdern schon das eine oder andere Exemplar gekauft hätten.

Aber sein Vater schüttelte den Kopf. »Nein. Ich dachte erst, der Name erinnert mich an ... irgendetwas, aber nein ... noch nie gehört.«

Esmeralda schürzte die Lippen. »Es ist schon eine Weile her, aber ich denke, ich bin ihnen einmal in London begegnet. Unangenehme Zeitgenossen. Möchte bloß wissen, was sie mit dem Buch vorhaben. Aber das ist keine Frage, deren Antwort heute noch gefunden werden könnte.« Sie richtete sich auf und bedachte ihre Kinder mit einem strengen Blick. »Und vor allem nicht von euch! Es ist spät geworden.«

Die Goldens verabschiedeten sich herzlich und die Freunde verabredeten sich für den nächsten Tag.

Danach schickte Aengus Cedrik ins Bett, um sich wieder seinen Studien zu widmen. »Da ist noch dieses eine Buch, das ich ... ähm, ich muss noch mit Willoughby ... oder willst du noch, puh, die Küche aufräumen? Ach, ja, nein. Na ja.« Er strahlte. »Gute Nacht, Cedrik!«

Kapitel 6

AUF LEISEN SCHWINGEN

Als Cedrik schließlich das Geschirr abgespült hatte und endlich die Treppe nach oben stieg, war sein Vater bereits wieder komplett hinter den Stapeln zerlesener Bücher versunken und suchte in alten Geschichten nach Hinweisen über Baumnymphen. Leise diskutierte er mit Willoughby Finneghan, seines Zeichens ehemaliger Kapitän und gegenwärtiger Meeresgott im Teppich, darüber, wo sich Cedriks Mutter wohl aufhalten könnte. Der ehemalige Kapitän eines Fischerbootes war zu einem wahren Freund und anregenden Gesprächspartner für Aengus geworden. Nach seinem Tod im Kampf mit einem Meeresungeheuer war der Fischer von seiner Frau, einer recht begabten Hexe, als Erinnerung im Teppich wiedererweckt worden. Und nun lag eben jener Teppich in O'Connors Arbeitszimmer und so hörte Cedrik die beiden abends oft diskutieren, bis spät in die Nacht.

Auch heute hörte er Satzfetzen wie »Lichterwald, oben, im Norden« und »... noch nie jemand dort gewesen.« Sie sprachen über den Lichterwald, den Ort, an dem sein Vater die Heimat der Nymphen vermutete. Niemand wusste genau, wo er lag.

Er hielt einen Moment inne und warf einen langen, nachdenklichen Blick auf seinen Vater. Ob er ihm sagen sollte, dass er mit seinem Großvater gesprochen hatte – einem echten Gott? Da fiel ihm die Drohung der Wintergöttin wieder ein und es lief ihm kalt den Rücken runter. Was hatte Beira bloß gemeint? Welchen Preis hatte er zu zahlen? Wenn er das nächste Mal seinem Großvater begegnen sollte, würde er ihn fragen.

»Cedrik? Du bist noch nicht im Bett? Ist irgendwas?«

»Oh! Es ist nichts, Dad! Gute Nacht, ihr beiden!«

Verlegen drehte sich Cedrik um und rannte die Treppe nach oben. Kurz bevor er die Tür zu seinem Zimmer schloss, hörte er noch seinen Vater leise rufen: »Schlaf gut, Cedrik!«

Aber Cedrik schlief nicht gut. Er kam einfach nicht zur Ruhe, zu sehr hatten in die Ereignisse des vergangenen Tages aufgewühlt. Unruhig wälzte er sich im Bett hin und her. Schließlich sprang er auf und stieg die Treppe nach oben, in sein Turmzimmer. Hier hatte er eine weite Sicht über das Dorf und die umliegenden Berge. Hier war er dem Greif während seiner ersten Nacht in

Mistle End begegnet, und in vielen Nächten darauf. Er stellte sich an das offene Fenster und starrte in die Dunkelheit. Die kühle Nachtluft strömte ins Zimmer und umspielte seine nackten Füße. Es hatte, bald nachdem die Brände gelöscht waren, wieder aufgehört zu schneien und der rot-glühende Sonnenuntergang hatte für den kommenden Tag klares und sonniges Wetter angekündigt. Morgen, so wusste Cedrik, würde Brighid ihre Regentschaft antreten. Dann war der Winter für dieses Jahr endgültig vorbei. Er schnaufte nachdenklich. Der Frühling hatte einen Tag später begonnen, weil er den Winter gebeten hatte zu bleiben. Zu einem Preis, den er nicht kannte. Und den er eines Tages würde bezahlen müssen.

Er fühlte sich einsam. Er schloss die Augen, weitete vorsichtig seinen Geist und versuchte in die umliegende Landschaft zu spüren.

Wo bist du, Skye?

Irgendwo in der silbrigen Schwärze über den Hügeln hörte er einen Adler rufen. Cedrik riss die Augen auf und suchte den nächtlichen Himmel ab.

Ich sehe dich nicht!

Aber ich sehe dich, antwortete die raue und doch junge Stimme in seinem Kopf.

Cedrik lächelte. *Das ist keine Kunst. Du bist ein Adler!*

Sein Adler!

Emily hatte ihn auf die Idee gebracht, mit ihr zu sprechen. Nachdem er das junge Goldadlerweibchen aus dem Devils Elbow vor den Tierkämpfen gerettet hatte, war sie in seiner Nähe geblieben. Immer wieder hatte er sie gesehen, meist aus der Ferne, als stolze Silhouette am Himmel, aber viel zu oft, als dass er die Begegnungen noch als Zufall hätte abtun können. Und als sie ihn beim Kampf auf der Mauer vor den Attacken des Rabendämons beschützt hatte, war ihm endlich klar geworden, dass sie von nun an zu ihm gehörte. Sie hatten viel geübt in den letzten Wochen. Und inzwischen konnten sie sich schon ein wenig unterhalten.

Es rauschte über ihm und der große Raubvogel bremste seinen Sturzflug mit kraftvollen Schlägen seiner Schwingen nur wenige Handbreit vor Cedrik ab. Jedes Mal, wenn er den Goldadler sah, durchströmte ihn ein Gefühl von Stolz. Und Zärtlichkeit.

Der Vogel landete, umschloss das Fensterbrett mit seinen Krallen und legte den Kopf schief.

Du bist unruhig, stellte das Weibchen fest. *Die Menschen im Dorf sind aufgeregt.*

Cedrik nickte und lächelte müde. *Ja das ist wahr. Es ist viel passiert.*

Sie streiten. Die Menschen haben ihr Nest angezündet.

Cedrik lachte leise auf. *Sie haben ihr Nest nicht selbst angezündet. Aber du hast recht. Sie streiten viel zu viel.* Er streichelte sie liebevoll und sie begann mit ihrem scharfen Adlerschnabel sanft an seinen Fingern zu knabbern.

Als er seinem Vater glücklich von Skye erzählt hatte, hatte dieser in seinen Büchern nachgeforscht und herausgefunden, dass nahezu jeder Druide ein Seelentier, eine Art Tier-Gefährten gehabt hatte, der ihn begleitete und eine Verbindung in die Welt der Tiere darstellte. Einen Freund.

Eine Freundin, korrigierte sich Cedrik.

Er hatte das Adlerweibchen, das sich schnell von den Strapazen der Gefangenschaft erholt hatte, nach der Insel im Norden, aber auch nach dem Himmel benannt, über den sie herrschte.

Skye, wir werden wachsam sein müssen. Uns drohen stürmische Zeiten. Lass mich wissen, wenn du das Gefühl hast, dass etwas nicht in Ordnung ist.

Die Menschen sind unruhig, wiederholte die Stimme des Adlerweibchens ungewohnt weich.

Genau, wenn die Menschen unruhig sind. Cedrik seufzte. *Der Winter ist vorbei, aber die Dunkelheit ist zurückgekehrt. Wir müssen auf der Hut sein.*

Ohne ihn noch einmal anzusehen, stieß sich der große Vogel ab und schwang sich mit mächtigen Flügelschlägen in die Luft.

Schlaf jetzt, Baumjunge.

Cedrik lachte leise. So hatte sie ihn noch nie genannt. Er sah ihr nach. Der Mond ließ Skyes Gefieder silbern aufleuchten und Cedrik spürte, wie frei sie war.

Nur wenige Augenblicke später war sie verschwunden

und er war endlich bereit, einzuschlafen. Müde stolperte er die Wendeltreppe nach unten, warf sich auf sein Bett und schloss die Augen.

Kapitel 7

AB NACH LONDON!

Es klopfte an der Scheibe. Seit er in Mistle End wohnte, ein durchaus übliches morgendliches Weck-Ritual für Cedrik.

»Cedrik? Cedrik! Bist du wach?«

Jetzt schon.

Elliot, auf einem Besen in der Luft schwebend, rüttelte am Fenster. Oben hörte Cedrik ein leises PLOPP!, dann Schritte, und Emily lehnte sich weit über das Geländer der Treppe nach unten. Er sah nur ihren Kopf, der ins Zimmer ragte. »Lässt du dein Turmfenster nachts immer auf?«, fragte sie lächelnd.

Cedrik sprang fröhlich aus dem Bett. »Für Skye! Damit sie reinkommen kann, wenn es stürmt.« Er freute sich immer, wenn die beiden bei ihm auftauchten. Er entriegelte das untere Fenster, und Elliot schwang sich geschickt vom Besenstiel auf das Fensterbrett.

»Warum bist du nicht oben rein, wie Emily?«

Elliot schaute erst Cedrik an, dann seine Schwester, die lässig grinsend die Wendeltreppe nach unten lief. »Oben war ein Fenster offen?«

Sie ersparte ihrem Bruder die offensichtliche Antwort und wandte sich an Cedrik. »Zieh dich an, Druide. Wir wissen jetzt, wie wir diese Brüder Tywyll finden.«

»Im Ernst?« Cedrik schlüpfte rasch in Jeans und Pullover. »Wie?«

»Nun, die Brüder Tywyll sind doch Buchhändler, die sich auf magische Bücher spezialisiert haben ...«

»... mit einem Laden in London«, ergänzte Elliot schelmisch.

Cedrik war verwirrt. »Und?«

»Kommst du mit?«, fragte Emily verschmitzt.

»Wohin?« Cedrik war sich nicht sicher, ob er nicht irgendetwas Wichtiges überhört hatte. Wovon sprachen die Geschwister? Und warum grinste Elliot so breit?

»Nach London natürlich!«

Cedrik keuchte. »Nach London?! Aber da sind wir ewig unterwegs! Die Reise hierher hat Stunden gedauert. Das war echt der Horror, glaubt mir, das macht man nicht mal eben einfach so.«

Emily klatschte begeistert in die Hände. »Doch, ganz genau so macht man es. Einfach so!«

Elliot nickte Emily zu. »Yep. Ganz einfach, indem man durch eine Tür schreitet.«

Cedrik kniff die Augen zusammen. Hatten die beiden etwa ... »Ihr habt eine Tür nach London gefunden?!«

Emily grinste wie ein Honigkuchenpferd. »Wir wissen jetzt, welches die Tür ist, die Mutter immer für ihre superwichtigen ...«

»… und supergeheimen …«

»... Reisen nach London benutzt.«

»Aber wie ...«

»Emily hat ein irres Gehör!« Elliot lehnte sich zufrieden an die Fensterbank. »Wer so oft wie sie als Katze durch die Gegend schnurrt, hört eben irgendwann die Mäuse husten.«

Seine Schwester fiel ihm ungeduldig ins Wort. »Ich hab mitbekommen, wie Mum und Dad über die Türen gesprochen haben, dass sie keine Ahnung haben, wie viele Türen es gibt und dass sie wenigstens diese eine unbedingt von den Paladinen bewachen lassen müssen, die sie kennen. Sie haben sicher schon alles in die Wege geleitet, deswegen sollten wir uns beeilen.«

»Aber das ist großartig! Wo ist sie? Welche Tür ist es?«

»Bekommst du dann eigentlich Hunger? Ich mein, wenn du die Mäuse hörst.« Elliot lachte auf.

»So ein Quatsch, Blödmann!«

»Die Tür! Welche Tür ist es denn jetzt?«

»Das errätst du nie.« Emily hatte eindeutig beschlossen, Elliot nicht weiter zu beachten.

»In eurem Garten. Die Tür vom alten Gartenhaus.«

Gartenhaus? Sprach Emily von dem Geräteschuppen hinter den kahlen Rosenbüschen?

»Die Tür vom Schuppen führt nach London?«

»Und dort werden wir die Brüder Tywyll finden.«

»Aber ... Mehr wisst ihr nicht? Jetzt im Ernst!«

Die beiden Geschwister warfen sich verwirrte Blicke zu.

»Wir wissen, wie sie heißen und wo wir sie finden«, sagte Emily verunsichert.

Cedrik schüttelte den Kopf. »Das mit der Tür ist der Hammer, schon klar. Aber London ist riesig, versteht ihr? Da gibt es Millionen von Menschen und Hunderte, wenn nicht Tausende von Buchläden. Und was ist das mit dieser Tür überhaupt? Habt ihr eine Ahnung, was oder wer uns auf der anderen Seite erwartet?«

»Moment mal, wir sind ja nicht blöd.« Elliot hob beschwichtigend die Hände. »Wir wissen, wie groß London ist. Und wir wissen ganz genau, dass es nicht leicht wird, die beiden zu finden. Gut, wir wissen nicht genau, wo wir rauskommen, aber wir haben einen perfekten Plan, wie wir die Brüder aufstöbern.«

»Nämlich mit deiner Hilfe«, ergänzte Emily.

»Äh ...« Cedrik war fassungslos. »Wie bitte?«

War das der ganze Plan? Wie sollten sie denn auf diese Weise in London ein Brüderpaar finden, das vielleicht gar nicht gefunden werden wollte?

»Schau mal, das ist eigentlich ganz einfach. Hoffen wir jedenfalls.« Elliot sprach jetzt hastig, er verschluckte sich fast an den Worten. »Wir suchen eine Person aus London. Und wir brauchen jemanden, der sich in London auskennt. Du bist doch aus London, oder nicht?«

»Wir suchen zwei Brüder, die mit Büchern handeln«, fuhr Emily engagiert fort. »Dein Vater besitzt Unmengen von Büchern. Warst du nie mit ihm unterwegs, wenn er nach alten Ausgaben gesucht hat?«

»Ja, schon. Aber ...«

»Eben! Und da dein Vater Bücher ÜBER magische Wesen gesucht hat, liegt es nahe, dass da auch die Bücher VON magischen Wesen nicht weit gewesen sein durften!«

Cedrik stutzte. So hatte er das noch nie gesehen. »Vielleicht habt ihr recht.« Langsam gefiel ihm die Idee. Ein Tag in London hörte sich nicht nach dem schlechtesten aller Abenteuer an. Er nickte langsam.

Elliot stieß erleichtert die Luft aus. »Danke, Mann! Ohne dich wäre das sicher nur halb so lustig!«

»Wann wollt ihr aufbrechen? Ich sag meinem Vater, dass er seine Sachen packen soll. Er wird uns sicher ...«

»Nicht so hastig, warte mal!« Emily schnalzte missbilligend mit der Zunge. »Sag deinem Vater mal lieber nichts.«

»Warum denn nicht?«

Sie trat von einem Fuß auf den anderen. »Ich glaube nicht, dass dein Vater etwas erlauben würde, was unsere Mutter streng verbietet, oder?«

»Eher nicht, nein.«

»Nun, unsere Mutter ist absolut dagegen. Sie sagt immer, London ist nichts für junge Hexen. Viel zu gefährlich, als dass wir uns darum kümmern sollten, sagt sie.«

Elliot grinste breit. »Viel zu spannend, als dass wir uns nicht darum kümmern könnten, sagen wir.«

Emily und Elliot sahen ihn erwartungsvoll an. »Was ist? Bist du immer noch dabei?«

Cedrik leckte sich die Lippen. So eine Chance konnte er sich nicht entgehen lassen. Was sollte an London gefährlich sein? London war super! »Aber ganz bestimmt, was denkt ihr denn!? Wann soll's losgehen?«

Emily nickte zufrieden. »Wenn wir uns beeilen, sind wir vor den Paladinen im Garten und dann sind wir im Handumdrehen in London. Auf magischen Pfaden reist man schnell!«

»Habt ihr das schon mal gemacht?«, fragte Cedrik neugierig.

»Nein«, antwortete Elliot unbekümmert. »Aber so schwer kann das nicht sein.«

Cedrik durchzuckte ein beunruhigender Gedanke. »Und wie öffnet man diese Türen? Braucht es nicht irgendeine Art Schlüssel, um die Magie zu aktivieren? Damit wir auch wirklich die geheimen Pfade betreten können?«

»Tja, Kumpel«, sagte Elliot und grinste breit. »Damit kommst schon wieder du ins Spiel. Ich habe beim Aufräumen Mister Elderling ein wenig ausgequetscht, und er hat mir ...«

»Du hast was?«, fragte Cedrik entsetzt.

»Nicht so! Ich habe nur ein-, zweimal nachgefragt, er hat erzählt wie ein Wasserfall. Im Ernst, die Worte sind nur so aus ihm rausgesprudelt!«

»Und?«

»Wir müssen etwas von dem Ort in der Hand halten, zu dem wir reisen wollen. So konnten die Hexen sicherstellen, dass nur derjenige, der von einem Bewohner Mistle Ends eingeladen wurde, auch wirklich nach Mistle End reisen konnte.«

Cedrik verstand sofort. »Ach! Und deswegen brauchen wir jetzt etwas aus ...«

»Genau! Wir brauchen irgendwas aus London!« Emily nickte eifrig. »Das hast du doch, oder?«

Cedrik grinste breit. Er hatte schon eine Idee, was sie nehmen konnten.

Kapitel 8

DIE GEHEIME PFORTE

Zu dritt standen sie im Garten der O'Connors, der nach dem vielen Schnee nun braun und so nass war, dass jeder Schritt im Gras leise schmatzte. Brighid hatte die Sonne und warmen Wind mitgebracht und so tropfte nun ringsum das Tauwasser von den Bäumen und Dächern.

Jeder von ihnen hielt eine Seite von Cedriks altem Mathematikheft in der Hand. Er grinste.

Londoner Algebra als magischer Schlüssel.

Wer hätte gedacht, dass Mathe einmal so sinnvoll sein konnte!

Er hatte seinem Vater einen Zettel geschrieben und auf sein Bett gelegt. Mit ein bisschen Glück würde er ihn erst spät am Nachmittag entdecken, wenn er von einem seiner endlosen Besuche in Mr Elderlings Bibliothek nach Hause kommen würde. Aber dann wären sie im besten Fall ja auch schon wieder zurück. Mithilfe der Kieselsteine, die sie in ihre Taschen gesteckt hatten, würden sie durch die Tür wieder nach Hause reisen können.

Auf dem Zettel stand nicht viel:

Hi Dad,
bin mit Emily und Elliot unterwegs nach London.
Mach Dir keine Sorgen, bin bald wieder da.
Hab Dich lieb!
Cedrik

Er hatte Emily und Elliot nichts von der Nachricht gesagt. Er wusste nicht genau, warum nicht. Aber es wäre ihnen sicher nicht recht gewesen. Trotzdem, er wollte einfach nicht, dass sein Vater sich unnötig Sorgen machte. London, was sollte da schon passieren. Irgendwie freute er sich auf die alte Heimat.

»Sollen wir das wirklich machen?«, fragte Elliot seine Schwester. Er klang auf einmal nicht mehr so überzeugt. »Was, wenn Mum es wirklich ernst gemeint hat? Und in London irgendwelche Monster auf uns warten. Von wegen zu gefährlich und so.«

»In London gibt es keine Monster. Bestimmt nicht«, erklärte Cedrik und unterdrückte mühsam ein Lächeln.

»Ach, und du bist dir da so sicher?«

»Kneifst du, Elliot?«, entfuhrt es Emily, die ihren Bruder mit großen Augen ansah.

»Nee, ich mein ja nur. Weißt du, was uns da auf der anderen Seite erwartet? London, das ist schon eine ganz andere Wel–«

»Ich mach's!«, sagte Cedrik.

»Du?!«, fragte Elliot verblüfft.

»Ja, ich geh als Erster durch die Tür.«

»Aber du ...«

»Natürlich ich! Wir haben schließlich keine Ahnung, wohin genau diese Tür uns in London bringen wird. Und ihr habt es selbst gesagt: Der Einzige von uns, der sich dort auskennt, bin ich. Also mache ich den Anfang. Und eins weiß ich ganz genau: Monster gibt es in London keine!«

Entschlossen machte Cedrik einen Schritt auf das kleine Häuschen am Ende des Gartens zu. Es war ihm vorher nie groß aufgefallen, dabei sah es eigentlich aus wie eine kleine, zierliche Kopie ihres eigenen Hauses. Es musste tatsächlich uralt sein, die Mauer war mit Moos besetzt und die hölzernen Fensterrahmen trugen stumpfe Gläser. Kein Wunder, dass er das Haus noch nie richtig wahrgenommen hatte. Es war fast vollständig von einem großen Rosenstrauch überwuchert.

Die Tür wirkte ganz normal. Alt, natürlich, aber ansonsten war nichts daran auffällig.

Ein kleines, mit Spinnenweben verhangenes Fenster in der Tür erlaubte ihm, einen Blick ins Innere zu werfen. Nichts als verstaubte Gießkannen, Rechen, eine Schubkarre und unzählige Blumentöpfe.

»Pass auf, ja? Ich mein, so ein Zauber kann eine ganz schöne Kraft haben«, sagte Elliot nervös. »Man weiß nie, was das mit einem macht.«

Cedrik nickte verkrampft. Aber hatte nicht auch Esmeralda gesagt, die Reise über die verschollenen Pfade ginge ganz einfach? Bestimmt war es das auch.

Wie von einem Raum in den anderen.

Ganz einfach.

Er holte tief Luft und wollte eben nach dem Türgriff greifen, als ihn Elliots Stimme stoppte.

»Bist du dir auch ganz sicher?«

Obwohl er seinen Freund hinter sich nicht sehen konnte, vermochte er sich dessen zweifelnden Gesichtsausdruck lebhaft vorstellen. Er nickte, biss die Zähne zusammen und legte die Hand auf die Klinke. Sein Herz klopfte ihm bis zum Hals. Er wandte sich noch einmal kurz zu den Geschwistern um, grinste schief, dann drückte er den Türgriff nach unten, öffnete den Schuppen und machte einen schnellen Schritt über die Schwelle.

Nichts geschah.

Enttäuscht, und irgendwie auch erleichtert, drehte er sich wieder zurück zu seinen Freunden. »Es hat nicht funktioniert. Zumindest finde ich nicht, dass das hier aussieht wie Lond–«

Wie von einer gewaltigen Welle gepackt, wurde er nach hinten gerissen und tauchte in einen Strudel aus Lärm, Wind und Licht. Er wurde hin und her geschleudert, jemand zerrte an seinem Arm. Oder hielt er ihn fest? Hoppla, das war ja gar nicht sein Bein! Oder!? Und was wuchs da eigentlich aus seiner Schulter? War das ein Besen? Er spürte Übelkeit in sich aufsteigen. So musste sich eine Kröte in einem kochenden Hexenkessel fühlen. Nur dass er hier nicht von einem Zaubertrank, sondern von Wirbeln aus Licht, Wolken, Landschaften und allerhand seltsamen Gegenständen umgeben war. Mal stand er auf dem Kopf, dann hatte er das Gefühl, durch einen Strudel zu stürzen. Was machte die Kutsche denn da? Da, ein Leuchtturm! Nein, das ist Big Ben! Dann ein kurzer Moment von Dunkelheit und Stille, ein Zischen, ein Rauschen – und er krachte hart auf den Boden.

Kapitel 9

ST ETHELDREDAS CHURCH

Cedrik stöhnte. Ihm war nicht gut. Gar nicht gut. Erschöpft wollte er sich eben aufrichten, als sein Blick auf schwarze, polierte Lederschuhe fiel. Verdutzt sah er nach oben. Vor ihm stand ein stark übergewichtiger Priester, der wohl gerade versucht hatte, sich in sein Messgewand zu zwängen. Die Arme über dem Kopf im Talar verkeilt, stand er da, ganz starr, wie eingefroren. Allein die kleinen, nervös blinzelnden Äuglein in seinem knallroten Gesicht verrieten, welches Entsetzen sich gerade in seinem Inneren ausbreiten musste.

Wo bin ich?

Seine Übelkeit war sofort verflogen. Hektisch sah Cedrik sich um. Die Mauern schienen aus uraltem Sandstein, ringsum standen Chorstühle aus dunklem Holz, es roch nach Weihrauch und Kerzen. In einer Ecke stapelten sich Liederbücher.

Ist das eine Kirche? Eine Sakristei?

Der kurze Moment der Stille wurde unterbrochen von zwei weiteren Gestalten, die krachend aus einem Wandschrank hinter ihm herausbrachen und polternd neben und auf ihm landeten. Der Priester schrie entsetzt auf, Cedrik sprang auf seine Füße und zog Elliot und Emily vom Boden hoch. Zu dritt stürmten sie aus der Kammer. Vor ihnen lag das Seitenschiff einer uralten Kirche, in der gerade die Gemeinde dabei war, sich zu versammeln. Ein gutes Dutzend verblüffter Kirchgänger starrte sie an, die Gebetsbücher in der Hand, die Mäntel über dem Arm.

Durch ein Glasfenster über dem Altar fiel farbiges Licht auf die Anwesenden. Die Musiker, die gerade einen festlichen Choral angestimmt hatten, brachen ab und ein lauter Orgel-Missklang dröhnte durch die Kirche.

Cedrik sprintete los, wich einer älteren Dame mit Rollator aus und rannte vorbei an Taufbecken, Heiligenfiguren und Beichtstühlen Richtung Ausgang.

»Hier lang!«

Dumpfes Gepolter, dann hörte er Elliot fluchen. Blitzschnell drehte er sich um. Sein Freund war in ein Handgemenge mit einer jungen Frau im Gewand einer Messdienerin verwickelt.

»Was soll das, warum halten Sie mich fest?!« Elliot riss sich los und machte, dass er ihnen hinterherkam. Seine Verfolgerin blieb ihm dicht auf den Fersen.

»Bleibt stehen! Was habt ihr in der Sakristei zu su–« Die

junge Frau stolperte über die Gehhilfe der alten Dame, klammerte sich an einem Gestell mit Andachtskerzen fest und fiel krachend mit allem zu Boden.

Die drei Freunde erreichten die Tür, ohne dass sie noch einmal jemand aufhielt. Sie stürmten nach draußen und standen unvermittelt am Ende einer kleinen Sackgasse.

Elliot taumelte und fuhr sich mit der Hand über das Gesicht. »Mir ist so schlecht. Mann, mir ist echt übel! Ist euch nicht auch –«

Cedrik zog sie weiter und in einen dunklen Hauseingang. Die Straße vor ihnen war breit, Autos parkten unter verschnörkelten Laternen und alten Bäumen. Die Häuser waren so ganz anders als in Mistle End. Größer, moderner. Reicher.

Gebaut aus hellem Sandstein, mit weißen Türen und Fensterrahmen. Die Kirche, am Ende der Gasse, etwas nach hinten versetzt, war kleiner und viel älter als die umliegenden Häuser. Schräg gegenüber stand ein roter, doppelstöckiger Bus, auf dessen gelb leuchtender Anzeige *Linie 17 – London Bridge* stand. Er hupte, weil eine dicke, schwarz-weiße Katze mitten auf der Straße saß, gelangweilt ihr Fell putzte und gar nicht daran dachte, Platz zu machen.

»Wir sind in London! Leute, es hat funktioniert! Und ich glaube, ich weiß, wo wir sind! Kommt mit!«

Cedrik packte Elliot am Arm und zerrte ihn und Emily hinter sich her. Sie rannten um eine Ecke und tauchten ein in den steten Strom zahlloser Touristen und Pendler, die sich auf ihrem Weg durch die Londoner City befanden.

Cedrik pochte das Herz noch immer bis zum Hals. »Das ist so irre! Sind wir gerade durch ganz England geflogen? Oder gesprungen? Was war das? Wir standen doch eben noch in unserem Garten und jetzt sind wir hier!«

Elliot neben ihm war kreidebleich und sagte kein Wort, und auch Emily schien es nicht gut zu gehen. Ihre Augen flackerten. Sie taumelte und hielt sich an Cedriks Parka fest. »Cedrik, wir müssen hier weg! Hier ist ... das sind mir zu viele Menschen!« Sie machte eine Geste, die irgendwie alles um sie herum einschließen sollte.

Cedrik stutzte und sah sich um. Die Straße, auf der sie sich befanden, war voll, viel zu voll. Voller Menschen und voller Autos. Grelle Leuchtreklame warb für die neueste Mode, Wettlokale versprachen unglaubliche Gewinne und Kaufhäuser unvorstellbare Rabatte. Es herrschte ein schrecklicher Lärm. Überall quäkte Musik aus versteckten Boxen, Autos hupten, ein Krankenwagen brauste vorbei. Die Luft stank nach Abgasen. Nach Diesel, nach Unrat, nach ... Großstadt. Cedrik kannte das alles. das hier war London, seine alte Heimat – und so anders als Mistle End, das kleine Dorf in den schottischen Highlands. Er verstand Emily nur zu gut.

Also nickte er, machte ihnen ein Zeichen und bog in einen dunklen Durchgang, der sie über einen Hinterhof in eine stille Seitenstraße brachte. Hier war niemand zu sehen, hier war es deutlich ruhiger und der Lärm der Stadt nur noch als fernes Rauschen wahrzunehmen. Die Häuser waren aus Backstein, kleine Treppen führten durch hübsche Vorgärten zu den leicht erhöht liegenden Eingangstüren, die in einem dunklen, königlichen Blau angemalt waren. Ein Fahrradkurier raste klingelnd an ihnen vorbei, aber ansonsten war niemand auf der Straße. Zumindest im Moment.

Elliot hatte sich wieder gefangen, wuschelte sich durch die Haare und betrachtete seine Schwester nachdenklich. »Emily, geht's wieder? Was ist mit dir?«

Emily schüttelte sich. Dann richtete sie sich auf. Sie wirkte erschöpft. »Spürt ihr das nicht? Die Stadt ist ...« Sie zögerte und richtete ihren Blick auf Cedrik. »Diese Stadt ist irgendwie böse.«

Cedrik zog die Augenbrauen nach oben und Elliot tätschelte seiner Schwester beruhigend den Arm. »Also ich find es klasse hier. Aber kann es sein, dass dich die Reise durch die geheime Pforte etwas mitgenommen hat? Mir war eben auch ganz schön übel.«

Emily zuckte mit den Schultern. »Keine Ahnung. Wird schon langsam besser. Irgendwie haben mir all diese Menschen Angst gemacht. Ich hatte auf einmal das Gefühl, dass wir auf keinen Fall hier sein sollten. Egal. Was machen wir jetzt? Wo gehen wir zuerst hin?«

Cedrik beobachtete Emily aufmerksam. Wann immer

sie solche Vorahnungen gehabt hatte, waren sie danach in gefährliche Situationen geraten. Er nahm sich vor, wachsam zu bleiben.

Er erschrak, als Elliot laut aufstöhnte. »Leute, Leute! Ich habe gerade eine Vision!« Er war in sich zusammengesunken, die Hände an die Schläfen gelegt.

»Was ist?«, fragte Cedrik entsetzt.

»Ich sehe einen Laden mit Regalen voller Pilzpasteten, Kartoffelchips, Nüssen und rote Winteräpfel! Und da ... eine ganze Schale voller Hörzquabbler!« Elliot hatte die Augen weit aufgerissen, starrte ins Leere und leckte sich über die Lippen.

Emily grinste gequält. »Mein Bruder will sagen: Hunger!« Sie schlug ihm auf den Oberarm. »Kann es sein, dass du mich mal wieder nicht ernst nimmst?«

Cedrik kam ein Gedanke und mit einem Mal freute er sich noch viel mehr, zurück in London zu sein.

Kapitel 10

EINMAL FISH & CHIPS, BITTE. ABER OHNE FISCH!

»Seht ihr dort drüben, auf der anderen Straßenseite? Das *Black Shark*? Das ist mein Lieblingsladen hier gewesen! Da habe ich mir ganz oft nach der Schule Fish & Chips geholt! Wollen wir?«

Cedrik hatte seine Freunde ein paar Querstraßen weiter zu einem kleinen Platz geführt. Hier waren zwar auch Menschen, aber längst nicht so viele wie zuvor auf der belebten Einkaufsstraße.

Elliot nickte begeistert und zu dritt betraten sie den kleinen Schankraum.

Das *Black Shark* war eine dieser typischen alten Londoner Gaststuben: Dunkle Holzvertäfelungen ringsum, mit kleinen Bootslampen aus Messing, die den Raum in schummeriges Licht tauchten. Vergilbte Abfahrpläne von alten Raddampfern, die schon lange nicht mehr über die Themse fuhren, hingen in vergoldeten Rahmen an der

Wand. Hinter der Bar waren die angebotenen Gerichte und Getränke mit Kreide kunstvoll auf eine Tafel geschrieben, darüber hing ein großer, ausgestopfter Hai, der im Lauf der Jahre schwarz angelaufen war. Die Luft roch nach Bier, Kaffee und Pfeifentabak und am Ende der Theke stand noch immer das Holzmodell eines prachtvollen Viermasters, das Cedrik so gern studiert hatte.

»Okay, das waren einmal Fish mit Double Chips, Tomatensoße und eingelegten Gurken. Und ein großer Tee, das macht 6 Pfund 25. Hier ist Ihr Wechselgeld! Vielen Dank, ich hoffe, Sie kommen bald wieder!« Die Kellnerin stellte das Geschirr beiseite, drehte sich zu den Ankömmlingen und nach einem kurzen Moment der Verwunderung, hellte sich ihr Gesicht auf. »Neee, du?! Dich habe ich ja schon ewig nicht mehr gesehen! Wie geht's dir, Pumpkin?«

»Hi Shirley«, erwiderte Cedrik und grinste verlegen.

»Mmrpf, warum nennt die dich ›Pumpkin‹?«, fragte Emily ungehalten. »Was ist denn das für eine?!«

Shirley, die Kellnerin, war der eigentliche Grund, warum Cedrik vor dem Umzug nach Mistle End ausgerechnet diesen Imbissladen so häufig besucht hatte. Auch wenn die Fish & Chips hier wirklich in Ordnung waren, so unterschieden sie sich nur wenig von den vielen anderen Buden in den Straßen ringsum.

Den Unterschied machte Shirley, ein paar Jahre älter als Cedrik, mit kurzen schwarzen Dreadlocks, blauen, blitzenden Augen und spitzer Zunge. Auf ihren Unterarmen hatte sie verschlungene Tattoos und an ihrer Lippe ein kleines, glitzerndes Piercing. Als sie lächelte, konnte Cedrik strahlend weiße Zähne erahnen.

»Cedrik, wo warst du so lange? Ich hab dich ja ewig nicht gesehen!«

»Hast du das gehört, Elliot? *Cedrik, wo warst du so lange?*«, äffte Emily die Kellnerin leise nach. »Was ist denn das für eine komische Ziege?!«

»Wir sind umgezogen, in den Norden. Aber jetzt bin ich ja wieder da. Zumindest für heute.«

Elliot setzte sich auf einen der Hocker an der Bar und studierte eifrig die Karte.

»In den Norden, im Ernst? Was macht man da? Wölfe jagen? Schafe zählen?« Sie lachte. »Also: Was wollt ihr essen? Frühstück? Für dich das Übliche und für deine Buddys, was darf's sein?«

Elliot hob begeistert die Hand. »Ah, prima! Also, ich hätte gern ...«

»Wir sind nicht seine *Buddys*«, warf Emily gereizt ein. »Wir sind seine Freunde!«

»Oh, sorry!« Shirley schmunzelte. »Nun? Was wollt ihr essen? Wollt ihr auch einen Tee?«

Elliot versuchte es noch einmal mit »Ich hätte gern ...«, wurde aber erneut von Emily unterbrochen.

»Was ist das für ein Tattoo?« Ihre Stimme klang scharf.

»Wie bitte? Ach, das Tattoo? Gefällt es dir?« Doch mit

einem Mal verengten sich Shirleys Augen zu schmalen Schlitzen. »Und warum interessiert dich das noch mal? Wenn ich es mir recht überlege, wüsste ich eigentlich nicht, was dich das angeht.«

Cedrik sah Shirley verwundert an. »Shirley, was ist denn? Sie hat das sicher nicht böse gemeint. Stimmt doch, Emily, oder?«

»Können wir jetzt mal bestellen?«, fragte Elliot ungeduldig. »Also, für mich bitte ein ...«

Shirley stützte sich auf der Bar ab und musterte Emily jetzt misstrauisch. »Langsam geht mir ein Licht auf!«

»Du bist nicht besonders schnell, oder?« Emily funkelte Shirley wütend an.

Die lächelte nur. Aber wirkte dabei gar nicht mehr freundlich. »Der Geruch ... wie du riechst! Ich möchte wetten, dass du weder Fisch noch Fleisch isst, hab ich recht?«, fragte Shirley spöttisch.

Cedrik versuchte erneut, die Situation irgendwie aufzulösen. »He, witzig, Emily, das stimmt doch, oder? Bist du nicht Vegetarierin? Shirley, woher weißt du ... und, äh, riechen wir irgendwie komisch? He, Shirley?!« Cedrik stockte. »Was hast du denn?«

Die Kellnerin hatte jetzt aufgehört zu lächeln. »Könnte ja sein, dass jemand dir deinesgleichen vorsetzt, stimmt's? Aus dem Norden seid ihr, sagtest du?«

Trotzig erwiderte Emily Shirleys Blick, die sich jetzt immer weiter zur jungen Gestaltwandlerin hinunterbeugte.

»Was geht denn hier ab?!«, fragte Elliot.

»Mir reicht's hier, lasst uns abhauen! Ich hab keine Lust auf so was!« Emily wollte aufstehen, aber Elliot hielt sie fest.

»Nicht streiten, Emily! Wollten wir nicht einfach nur was essen!?«

Shirley lachte auf. »Ihr kommt aus den Bergen hierher, um mal wieder richtig satt zu werden? Nun, zu essen haben WIR hier genug!«

Cedrik wurde langsam wütend. »Shirley, Emily, könnt ihr mir mal sagen, was mit euch beiden los ist?! Warum faucht ihr euch so an?«

Emily machte sich von Elliot los und funkelte Cedrik gereizt an. »Kapierst du es nicht? Deine Freundin hier ist ein –«

»Still! Halt die Klappe!« Shirley zischte sie regelrecht an, doch Emily ließ sich nicht beirren.

»... ist ein ...«

Shirley packte Emily grob am Arm.

Cedrik erschrak.

Die Stimme der Kellnerin klang schneidend. »Hör mal zu, du kleines Biest! Ihr glaubt wohl, ihr könntet hier einfach reinspazieren und mir den Tag verderben?! Die anderen Gäste gucken schon. Genug! Ab jetzt! In die Küche mit euch!«

Cedrik hob beschwichtigend die Hände. »Moment mal! Jetzt lass uns doch erst mal ...«

»Du auch! Aber schnell!«

»Wir wollten doch nur was zu essen, aber ... Hey! Was soll das?!«

Shirley, obwohl kaum größer als Cedrik, zog sie alle drei mit erstaunlicher Kraft von den Sitzen und trieb sie nun vor sich her in die Küche.

»Aber ich hab Hunger!«

»Elliot, jetzt hör endlich auf, dauernd vom Essen zu reden«, rief Emily mit kaum unterdrückter Wut.

»Ruhe!« Shirley hatte sie raus aus dem Gastraum, in eine Ecke der weiß gekachelten Küche des *Black Shark* geschubst. Hier war die Luft heiß und klebrig vom Fett der Fritteuse. Überall zischte und dampfte es, und keiner der hier arbeitenden Köche reagierte mit mehr als einem spöttischen Grinsen auf die Anwesenheit der drei Freunde.

»So. Und nun erklärt mir mal, was ihr in unserem Revier zu suchen habt!«

»Euer Revier?!«

»Elliot! Hast du's immer noch nicht begriffen? Die Tattoos! Sie ist ein –«

Elliot stieß seine Schwester zur Seite und riss die Hände nach oben. »Zurück, Emily, mach Platz! SOLAS DIADHAI–!«

Shirley sprang blitzschnell nach vorne, packte Emily an der Hand, drehte ihr den Arm auf den Rücken und hielt sie nun wie einen Schild zwischen sich und Elliot.

»Ha, glaubst du wirklich, so ein mieser, kleiner Hexer wie du kann es mit mir aufnehmen?«

»Lass sie los! Lass meine Schwester los, sonst –«

»Sonst was?«

»Elliot, bitte nicht! Sie bricht mir den Arm!«

»Hört auf! Hört alle sofort auf damit!« Cedriks Stimme überschlug sich vor Aufregung. »Was ist hier los? Warum streitet ihr euch?«

Emily schrie schmerzerfüllt auf. »Cedrik, sie ist ein Vampir!«

Cedrik erschrak. Ein Vampir?!

Elliot hielt noch immer die Hände ausgestreckt, bereit zum magischen Schlag. »Wenn du sie loslässt, verschwinden wir von hier und du bekommst keinen Ärger!«

Shirley lachte spöttisch. »Wie bitte?! Dann bekomme ich keinen Ärger mit euch?! Ihr seid überhaupt nur noch am Leben, weil ER dabei ist.« Sie nickte in Cedriks Richtung.

Der kapierte überhaupt nichts mehr.

»Okay, dann kannst du ja jetzt meine Schwester loslassen! Was willst du überhaupt von uns?«

Shirley packte Emily noch ein wenig fester. Die schrie erneut auf. »Au, au, au, au! Nicht, das tut weh!«

»Jetzt hört mir mal zu, ihr Möchtegern-Großhexen! Ihr seid hier in unserem Revier. Das hier ist London, nicht das peinliche Tal, aus dem ihr kommt. Das hier ist Vampirland! Und ihr habt hier nichts verloren.«

»Das ... das wussten wir nicht«, stammelte Elliot.

»Du bist ein Vampir? Shirley, stimmt das?«, fragte Cedrik, noch immer fassungslos.

»Aber der Waffenstillstand garantiert uns Unversehrtheit«, stieß Emily mühsam zwischen den Zähnen hervor.

»Nicht, wenn ihr euch heimlich in unser Revier einschleicht! Was wollt ihr hier? Die Stadt zurückholen?«

Cedrik schluckte. »Aber Vampire trinken Menschenblut, oder?«

Shirley stöhnte genervt. »Cedrik, bitte! So richtig fremd scheint dir das ja auch nicht zu sein, immerhin bist du mit einer Gestaltwandlerin und einem Hexer unterwegs! Wer weiß, vielleicht seid ihr ja sogar Dornhexen!? Ha! Seid ihr Spione? Jetzt nennt mir einen guten Grund, warum ich euch nicht sofort den Samaritern melden sollte!«

»Wir sind keine Spione! Ich es war, Shirley! Ich habe sie hergeführt.«

»Du? Was heißt das, Cedrik? Was treibst du dich überhaupt mit denen rum? Die Hexen leben in Schottland, viele Stunden von hier. Aus gutem Grund! Und es sind schon seit fast hundert Jahren keine mehr in London gewesen! Oder haben wir euch nur nicht erwischt?!«

»Aua! Lass mich los!«

»Hundert Jahre?« Cedrik stotterte jetzt fast. »Aber ... aber wie alt bist du denn eigentlich?«

»Das ist doch nun wohl völlig unerheblich, oder? Noch

mal: Was wollt ihr hier? Und warum treibst du dich mit diesen Typen rum, Cedrik?«

Elliot brauste auf. »Immerhin trinken wir kein Menschenblut!«

Shirley fletschte ihre Zähne. »Wurm!«

Hat sie wirklich spitze Eckzähne? Nein, das kann nicht sein! Ich muss das hier beenden. Sofort!

»Shirley, Elliot – bitte beruhigt euch! Entspannt euch, okay? Wir sind nur hier, weil wir ein Buch suchen, Shirley! Wir kommen aus Mistle End, da sind mein Vater und ich vor ein paar Wochen hingezogen. Ich wollte nur mal vorbeischauen, wir wussten das nicht, mit dem Vampirreich.«

Kaum hatte Cedrik fertig gesprochen, war er sich auf einmal nicht mehr so sicher. Emily hatte einen Waffenstillstand erwähnt. Wusste sie etwa von den Vampiren in London?

»Aus Mistle End. Natürlich, woher sonst, wenn nicht aus diesem dreckigen Loch.« Sie schüttelte abfällig den Kopf. »Und ihr sucht also ein Buch, soso. Warum ist dieses Buch so wichtig für euch?«

Elliot erwiderte hasserfüllt: »Das Buch ist zufällig –«

Emily unterbrach ihn. »Ist unser Familienstammbaum! Nichts Besonderes, aber für uns wichtig genug, verstehst du?«

Shirley schnaubte. »Familie, pah! Völlig überschätzt.« Sie sah Cedrik wieder direkt in die Augen. Mit ihrem unergründlichen Blick, den er vor Kurzem noch so besonders und nun so Furcht einflößend fand. »Aber was ist mit dir, Cedrik? Du hast mir noch nicht erklärt, was du mit diesen Freaks hier zu schaffen hast.« Sie musterte ihn eindringlich. »Du ... du hast dich verändert!« Ihre Stimme wurde schärfer. »Bist du jetzt etwa auch einer von denen geworden?«

Emily keuchte. »Er ist kein Hexer, er ist ein Druide! Er wohnt bei uns, das ist alles!«

»Ein Druide? Das ist ...« Sie legte die Stirn in Falten. »Hätte nicht gedacht, dass so viel in dir steckt. Obwohl ich mir schon immer gedacht hab, dass aus dir mal was wird. Oder ... oder wollt ihr mich schon wieder reinlegen? Beweis es!«

»Was?«, fragte Cedrik nervös.

Shirley hob eine Augenbraue. »Los, beweis mir, dass du ein Druide bist! Mach irgendetwas, das nur ein Druide kann!«

Cedrik sah sich um und erschrak. Er stand in der Küche eines Restaurants, mitten in der Stadt. Hier gab es nichts, aber auch gar nichts, was ihn in Kontakt mit der Kraft der Erde bringen konnte. Was er beeinflussen oder bewegen konnte. Kein Stückchen Natur. Gar nichts.

»Ich ...« Er schluckte. »Ich kann dir nichts zeigen. Das geht hier nicht.«

Shirley grinste spöttisch. »Wie passend! Und warum sollte ich dir dann glauben?«

»Wir kennen uns doch schon ewig, oder? Ich sage dir die Wahrheit!«, rief Cedrik verzweifelt.

»Na ja, ich würde *ewig* vielleicht etwas anders definieren als du, aber ja, wir kennen uns schon ein wenig. Das stimmt.«

»Und wir sind wirklich nur auf der Suche nach dem Buch, vertrau mir! Und wir sind ganz bestimmt keine Spione!«

»Vertraust du mir denn?« Shirleys Stimme hörte sich auf einmal an wie das Schnurren einer Katze.

»Ich ...«, stotterte Cedrik.

Vor ein paar Minuten hätte er, ohne zu zögern, Ja gesagt, aber jetzt ... Sie war ein Vampir!

»Lass gut sein, Pumpkin. Ich kann spüren, dass du irgendeine Macht in dir trägst. Und dass sie ziemlich mickrig ist.« Sie grinste abschätzig. »Aber ich glaube dir.«

»Dann könntest du mich ja jetzt vielleicht loslassen?«, meinte Emily.

Shirley packte sie ein wenig fester. »Und wer garantiert mir, dass unser kleiner Ich-wär-so-gern-ein-Kampfhexer nicht irgendeinen faulen Zauber versucht?« Sie funkelte Elliot drohend an.

»Ich«, quietschte Emily und kniff die Augen vor Schmerz zusammen. »Ich garantiere es dir!«

Shirley lachte kurz und hart auf. »Das genügt mir.« Sie ließ Emily los.

Hastig brachte diese sich aus der unmittelbaren Reichweite von Shirley, versteckte sich hinter Elliot und rieb sich den Arm.

»Was hast du jetzt mit uns vor?«, wollte Cedrik wissen.

Shirley richtete sich drohend vor den drei auf. »Ihr verschwindet so schnell und so unauffällig aus unserer Stadt wie möglich. Und beeilt euch besser, bevor ich es mir anders überlege und euch den Samaritern zum Fraß vorwerfe! Also los, haut ab!« Sie machte einen schnellen Schritt auf sie zu, als wollte sie einen wilden Hund verscheuchen. »Husch, husch!!!«

Elliot und Emily beeilten sich, aus der kleinen Küche nach draußen zu kommen und stolperten aus dem Laden.

Als Cedrik ihnen hinterherlaufen wollte, hielt ihn Shirley an der Eingangstür zurück. »Cedrik, warte. Ich wollte nicht, dass du es erfährst. Oder zumindest nicht so. Ich ... du sollst nur wissen, dass ich dir nie ...« Sie zog eine Grimasse, als wäre ihr schlecht, und fletschte dabei wie unwillkürlich ihre Zähne.

Eckzähne! Sie hat wirklich spitze Eckzähne!

Er unterdrückte den Impuls wegzulaufen und riss sich zusammen.

Sie will mir nichts Böses. Ganz bestimmt nicht.

Er nahm all seinen Mut zusammen und frage leise: »Was ist denn, Shirley?«

»Ach, vergiss es. Ich hoffe einfach, wir sehen uns wieder, okay? Ohne deine zwei seltsamen Freunde. Aber sag ihnen, ich behalte sie im Auge! Und verschwindet jetzt.

Macht euch am besten unsichtbar oder so was. Das können die doch, oder? Und beeilt euch. Ich will nicht, dass sie euch erwischen. Das ist keine gute Zeit für Hexen in London.« Damit drehte sie sich um und verschwand wieder in der Küche.

Kapitel 11

DIE STADT DER VAMPIRE

Aufgewühlt rannte Cedrik seinen Freunden hinterher nach draußen. Sie warteten an der nächsten Ecke auf ihn. Emily hielt sich mit verzerrtem Gesicht den schmerzenden Arm.

»Kommt mit! Ich weiß, wo wir hinkönnen«, rief er und zog sie mit sich.

Ich brauche Kraft! Ich brauche Erde!

Ein paar Straßenecken später blieben sie keuchend vor einer efeubewachsenen Ziegelmauer stehen, hinter der sich prachtvolle, mit großen, tulpenähnlichen Blüten versehene Bäume erhoben.

»Wartet hier!«, rief Cedrik, kletterte geschickt an einem tiefhängenden Ast über die Mauer und öffnete seinen Freunden von innen eine alte, verschnörkelte Gittertür. Sie betraten einen ummauerten Garten, einen kleinen, privaten Park, von denen es, wie Cedrik wusste, viele in

London gab. Verschlossen für die Öffentlichkeit, waren es oft geheimnisvolle Oasen der Stille und Natur, die den Bewohnern der umliegenden Stadthäuser als Refugium von der lärmenden Stadt dienten. Das war genau, was sie gerade brauchten!

Cedrik führte seine Freunde einen mit Buchsbäumen gesäumten Pfad entlang, vorbei an Rosenbüschen und mit Seerosen bedeckten Teichen, bis sie unter einem wundersam verkrümmten Ahornbaum mit schwarzem Stamm und zarten, rot-grünen Blättern eine Parkbank fanden.

»Und du glaubst, wir sind hier sicher?«, fragte Elliot besorgt.

»Moment kurz«, sagte Cedrik und legte seine Hand auf den Baum. Er schloss die Augen, nur kurz, und der Ahorn erfüllte seinen Wunsch. Seine Äste wuchsen, wurden kräftiger und Blätter entfalteten sich leise raschelnd. Der Baum bildete mit seinen Zweigen eine schützende Laube, die den kleinen Platz mit der Bank fast liebevoll umschloss und sie so vor den Blicken zufällig vorbeigehender Spaziergänger verbarg.

Elliot nickte anerkennend. »Ich vergesse immer, was du alles draufhast, Cedrik.«

Emily setzte sich und stöhnte leise. »Das war knapp«, sagte sie.

»Das war verdammt knapp, Schwesterherz! Vampire! Mann, und ich dachte immer, Mama hat das nur erzählt, um uns Angst zu machen!«

Cedrik brauste auf. »Ihr wusstet also tatsächlich davon? Vampire in London? Warum habt ihr mir nichts davon erzählt?«

»Langsam, Cedrik«, versuchte ihn Emily zu beruhigen. »Wir Hexen sind damals nicht ohne Grund aus London abgezogen. Hexenverbrennungen – schon vergessen? Und als wir in die Einöde gezogen sind, hatten die Vampire freie Bahn.«

»Also wusstet ihr davon«, wiederholte Cedrik düster.

»Nicht wirklich! Ich hab echt nicht geglaubt, dass das immer noch stimmt! Vampire, die in Londons Untergrund leben und ihr eigenes Reich errichtet haben? Ich dachte, das sind Ammenmärchen, uralte Legenden! Ich hatte keine Ahnung, dass es sie wirklich noch gibt.« Elliot fuhr sich durch die Haare. »Gruselig, findet ihr nicht? Zum Glück hast du ihre Tattoos erkannt, Emily. Puh!«

»Hat heute doch jeder! Was waren das denn für Tattoos? Die sahen doch ganz normal aus. «

»Klar, sollen sie ja auch«, erwiderte Emily. »Wir hatten das in Hexen-Geschichte. Die Vampire erkennen an den Ornamenten auf ihrer Haut, zu welcher Familie ihr Gegenüber gehört. Ich war mir nicht mal sicher, hab eigentlich mehr geraten. Aber dann ist sie ja gleich ausgetickt.«

»Aber wenn Shirley wirklich ein Vampir ist«, fragte Cedrik aufgewühlt, »warum war sie dann bei Tageslicht unterwegs? Ich dachte, tagsüber schlafen Vampire in ihren Särgen?!«

»Ach, das! Nein. Ganz bestimmt nicht. Würde mich nicht wundern, wenn die Vampire selbst dieses Gerücht in die Welt gesetzt haben.« Elliot schüttelte den Kopf. »Tageslicht macht denen nichts aus. Gar nichts.«

Emily nickte. »Auf jeden Fall verstehe ich jetzt, warum Mama nicht wollte, dass wir nach London fahren.«

»Aber das hättet ihr mir ja wohl sagen können! Was verschweigt ihr denn noch vor mir?«

»Damit haben wir ja auch nicht gerechnet. Tut uns leid, okay?«, sagte Elliot kleinlaut. »Aber die wichtigste Frage lautet doch: Was jetzt? Machen wir weiter oder versuchen wir, möglichst schnell wieder heimzukommen? Oder besorgen wir uns erst mal was zu essen?! Ich hab immer noch einen Riesenhunger ...«

Cedrik winkte ab. »Von Fish & Chips habe ich jedenfalls die Nase voll! Und was ist mit diesen Samaritern, von denen Shirley gesprochen hat? Was sind das – Wächter oder so was? Müssen wir uns da nicht verstecken?«

»Keine Ahnung, die hat Mutter nie erwähnt.« Emily rieb sich die schmerzende Schulter. »Samariter sind doch eigentlich nette Menschen, dachte ich. Na ja, die werden uns schon nicht am helllichten Tag das Blut aussaugen, oder?« Sie lachte verkrampft und Cedrik musste schlucken.

Elliot griff sich dramatisch an den Hals und sagte heiser: »Außer, sie sind so hungrig, wie ich jetzt ...«

»Wartet kurz hier«, rief Cedrik und sprang auf. »An der Ecke vorn ist ein kleiner Café-Wagen. Ich hol uns was!«

Er lief durch den Garten nach draußen. Ihn ließ der Gedanke, dass Shirley tatsächlich ein Vampir sein sollte, nicht los. Was, wenn noch mehr von denen da draußen rumliefen? Ob sie Hexen wirklich riechen konnten?

Er kaufte bei dem Imbisswägelchen, das vor dem Garten stand, heiße Schokolade zum Mitnehmen. Als der Verkäufer ihn fragte, ob er noch »etwas zum Beißen« haben wollte, zuckte Cedrik kurz zusammen, bevor er dankbar noch drei Muffins mit Karamell-Stückchen mitnahm.

Elliot biss sofort herzhaft in seinen Minikuchen und sprach mit vollem Mund genau dort weiter, wo er eben aufgehört hatte. »Vampire sind wie wilde Tiere, echt! Wie Raubtiere! Sie sind unglaublich schnell und stark und haben extrem gut ausgebildete Sinne! Sie sehen, hören und riechen, wo unsereins komplett im Dunkeln tappt. Apropos riechen, findet ihr nicht auch: Das schmeckt so lecker!«

Emily verzog angeekelt ihr Gesicht. »Vampire sind egoistisch, fies, brutal, gefräßig, eitel, arrogant ...«

Cedrik hatte sich vor Emily auf den Boden gekniet und verdrehte nun die Augen. »So schlimm ist Shirley nun auch wieder nicht.«

»Wie bitte? Sie hat mir fast den Arm ausgerissen!«

»Schon, aber erst als Elliot einen Zauber auf sie abfeuern wollte.« Er fasste sie an der Schulter und legte die andere Hand auf die feuchte Erde. »Halt mal still!«

Er schloss die Augen und konzentrierte sich auf Emilys Arm und auf die Erde, deren Kraft er sofort wieder als goldenes Strömen wahrnahm. Doch etwas störte ihn. Die Erde schien weniger kraftvoll als in Mistle End. Ob das an der Stadt lag?

Trotzdem konnte er helfen, das wusste er. Er spürte, wie die Energie durch ihn hindurch und in Emilys Arm floss. Emily seufzte leise.

Cedrik öffnete die Augen, die Erleichterung stand ihr ins Gesicht geschrieben.

»Und? Besser?«, fragte er grinsend.

»Viel besser! Danke dir!«, antwortete sie und wurde leicht rot dabei.

Elliot pfiff leise, nickte erst beeindruckt und schüttelte dann den Kopf. »Emily hat trotzdem recht, Cedrik. Man kann Vampiren nicht trauen. Sie sind extrem gefährlich! Magst du eigentlich deinen Muffin nicht, Emily?«

»Aber ich kenne sie schon seit Jahren und sie war immer nett zu mir!« Cedrik stand auf und klopfte sich den Dreck von den Hosenbeinen.

»Tja, so lange, bis sie dir irgendwann in den Hals beißt! Emily, nicht so lecker, die Muffins, oder?«

Cedrik dachte nach. *Warum ist Shirley bloß so wütend geworden?* »Und wenn ich sie richtig verstanden habe, sind wir ja anscheinend unerlaubt in ihr Revier eingedrungen. Es war unser Fehler, denkt ihr nicht?«

Elliot starrte unglücklich auf das kaum angetastete Gebäck in Emilys Hand.

»Und jetzt lasst uns lieber mal überlegen, was wir heute noch machen«, fuhr Cedrik fort. »Hauen wir ab oder suchen wir weiter?«

»Um ehrlich zu sein, möchte ich nicht länger als unbedingt nötig in der Stadt sein.« Emily war die Vorstellung sichtlich unangenehm.

Elliot richtete sich energisch auf. »Gut. Dann lasst uns heute Nachmittag irgendwie wieder in die Kirche schleichen und durch die Pforte zurück nach Mistle End reisen. Die Steinchen aus dem Garten haben wir ja. Und wenn alle Stricke reißen, nehmen wir den letzten Zug und sind raus aus der Stadt, bevor es Nacht wird. Damit haben wir immerhin fast noch den ganzen Tag!«

»Du hast recht, Bruderherz. Außerdem, solange wir das Buch nicht finden, sind wir in Mistle End genauso in Gefahr wie hier. Wir müssen es wenigstens versuchen.«

Cedrik hatte kein gutes Gefühl dabei, aber er stimmte ihnen zu. »Dann machen wir das so. Es ist schon nach zehn. Die Buchhandlungen müssten jetzt alle aufgemacht haben und einer der Lieblingsläden meines Vaters ist gleich um die Ecke!«

»Emily, sag mal, magst du denn den ...«

»Elliot, du nimmersatter Kesselkobold! Hast du immer

noch nicht genug?«, rief Emily und warf ihrem Bruder den Muffin zu.

Der fing ihn geschickt auf und biss sofort in seine Beute. »Damke, Damke, Damke!«

Kapitel 12

BÜCHER, NICHTS ALS BÜCHER

Das Glöckchen über der Tür klingelte leise, als Cedrik die holzgefasste Ladentür zur Lieblingsbuchhandlung seines Vaters öffnete. Das Buchantiquariat Spencer & Dotts war für ihn stets die ergiebigste Quelle gewesen, wenn sein Vater sich auf die Jagd nach seltenen Büchern zu mythologischen Themen gemacht hatte. Und wie oft hatte er Cedrik dabei mitgeschleppt. Der grummelige Frederic Spencer war dabei schon immer der Einzige gewesen, den man in der kleinen Buchhandlung antreffen konnte. Wer Mr oder Mrs Dotts war und wo er oder sie abgeblieben war, hatten Cedrik und sein Vater nie herausgefunden.

Als die drei Freunde nun den uralten, nach verstaubten Büchern riechenden Laden betraten, blickte Mr Spencer von seinem Schreibtisch neben der antiken, mechanischen Kasse auf und musterte sie über die feine Nickelbrille auf seiner Nase.

»So, so. Der junge O'Connor. Schon lange nicht mehr hier gewesen, habt wohl woanders bessere Bücher gefunden, was?«

»Nein, Mister Spencer, sicher nicht!« Cedrik lachte verkrampft. »Mein Vater ist mit mir in den Norden gezogen. Ich soll Sie aber von ihm sehr herzlich grüßen!«

»So, so. Na schön. Was braucht er denn? Wenn er wegen dem kastilischen Bestiarium fragt, sag ihm, es ist immer noch unbezahlbar. Zumindest für ihn! Haha! Sag ihm das!«

Cedrik spürte, wie ihm das Blut ins Gesicht schoss. So ein Blödmann!

Elliot runzelte die Stirn und flüsterte leise: »Was ist das denn für 'ne Type?!«

»Sei still«, flüsterte Emily zurück.

»Nein, Mister Spencer. Das ist es nicht. Mein Vater lässt Sie vielmehr fragen, ob Sie vielleicht wissen, wo wir die Gebrüder Tywyll finden können.«

»Gebrüder wer? Wer ist das?«

»Die Gebrüder Tywyll, hier aus London«, wiederholte Cedrik höflich.

»Kenn ich nicht. Was haben die denn geschrieben? Kann eigentlich nichts Gutes sein, ich hab noch nie von denen gehört.«

»Nein, das sind keine Schriftsteller, sondern Sammler. Oder Buchhändler. Wie Sie.«

»Wie ich! So, so. Wie ich. Na ja. Wenn ihr mich entschuldigt, ich habe zu arbeiten. Wie ich! Das ist ja lächerlich!« Empört vor sich hin maulend zog sich Mr Spencer zurück in den hinteren Teil des Ladens.

Cedrik überlegte, ob sein armer Vater nun wohl einiges auszuhalten haben würde, wenn er das nächste Mal hier ein Buch kaufen wollte. Mr Spencer war berüchtigt dafür, nachtragend zu sein.

Emily zupfte ihn am Ärmel. »Cedrik, schau mal da!«

»Was?«

»Hier, der Zettel! Das ist heute!«

Emily zeigte auf einen kleinen, mit dunkelroten Buchstaben bedruckten Zettel, der an einem Regal neben der alten Registrierkasse hing.

»Was steht denn da?«

BÜCHERGOLD & TINTENFASS

Frühjahrstreffen der Büchergilde
am letzten Montag des Monats März
um 17 Uhr
im Wirtshaus zur goldenen Feder

Elliot schnalzte missmutig mit der Zunge. »Damit ist es ja dann wohl entschieden. Wir bleiben auf jeden Fall so lange in der Stadt, dass wir auf dieses Treffen gehen können.

Aber danach schauen wir, dass wir so schnell wie möglich nach Hause kommen. Einverstanden?«

Emily riss den Zettel vom Regal und las vor, was auf der Rückseite stand: »Für alle Buchhändler mit der ehrenwerten Vorliebe, Bücher mit altem Wissen und neuere Literatur zu magischen und mystischen Geschichten zu verkaufen, zu sammeln und zu bewahren. *Nulla vita sine atramentum!* Ohne Tinte kein Leben! Eintritt nur mit dieser Einladung.«

Elliot warf einen kurzen Blick auf Spencer, der noch immer im düsteren Halbdunkel des hinteren Ladenbereichs vor sich hin brummelte, dann: eine schnelle Bewegung und der Zettel verschwand in seiner Manteltasche. »Gehen wir!«

»Wartet noch mal kurz …« Cedrik ging ein paar Schritte tiefer in den Laden. »Mister Spencer? Mister Spencer?!«

»Was ist denn? Seid ihr immer noch hier?«, ließ sich die Stimme des mürrischen Alten hinter einem verstaubten Regal vernehmen.

»Entschuldigen Sie, Mister Spencer, ich suche noch ein anderes Buch, für meinen Vater, mein ich.«

»Ein Buch, pah, ein Buch! Wir haben hier Tausende Bücher, mein Sohn! Ts, ts, ts! Welches soll es denn sein?«

»Nichts Bestimmtes. Hauptsache, es hat mit Druiden zu tun.«

Mr Spencer kam aus seiner Ecke geschlurft und sah ihn über den Rand seiner Brille hinweg an. »Soso. Druiden.

Bücher über Druiden sind Ladenhüter. Interessiert niemanden. Hab schon vor Jahren alles verkauft, was ich je hatte.«

»Ah, okay, na dann ...«

»Wenn ich es mir recht überlege, fast alles. Ein Buch habe ich erst vor Kurzem erworben. Das könnte deinen Vater interessieren.« Er schlurfte wieder zurück in die staubige Dunkelheit zwischen den engen Regalen und fuhr fort, Bücher von einem Stapel auf den anderen umzuschichten.

»Darf ich es sehen?«, fragte Cedrik schüchtern.

»Sehen? Ts, ts, sehen! Anfassen willst du es! Deine Nase hineinstecken!« Er drehte sich um, ging zielstrebig zu einem der zahlreichen Bücherberge und zog ein besonders zerfleddertes Exemplar heraus. »Mach es schmutzig und du musst es kaufen, hörst du?«

»Natürlich, ich pass auf! Vielen Dank!«

Das Buch, das ihm der knorrzige Buchhändler in die Hand drückte, war in dickes Leder gebunden und schien wirklich sehr alt zu sein. Auf seinem Buchdeckel war in dicken, goldenen Buchstaben der Titel eingraviert: *Draíocht – Die Druidengesetze.* Cedrik war sofort klar, dass er mit diesem Buch seinem Ziel, mehr über das Wesen der Druiden zu erfahren, erheblich näher kommen würde. Hastig blätterte er es auf. Die Kapitel trugen Namen wie *Der Ursprung des Lebens*, *Die Kraft der Erde* oder *Schaden und Heilung*.

Er musste dieses Buch haben! »Was soll es kosten? Das muss ich unbedingt meinem Vater zeigen.«

»Deinem Vater zeigen, soso. 200.«

»200 Pfund?«

Der Alte kratzte sich an der Nase. »220.«

»Aber Sie haben doch gerade 200 gesagt?!«

»250 Pfund. Hab mich geirrt.«

»Aber das ... ich habe nicht so viel!« Verwirrt und bedrückt gleichermaßen durchwühlte Cedrik seine Taschen. Ein paar kleine Scheine, einige Münzen – das reichte bei Weitem nicht.

»Dann gib es mir zurück. Sofort.« Mr Spencer riss ihm grob das Buch aus den Händen.

Hilflos sah Cedrik zu seinen zwei Freunden. Düster schüttelte Elliot den Kopf, Emily sah betreten zu Boden.

Cedrik wandte sich beschämt ab, schluckte mühsam seine Wut hinunter und sagte mit rauer Stimme: »Heben Sie es auf, ja? Für meinen Vater!«

»Sag ihm, er kann alles, was er will, von mir bekommen. Er muss nur eben auch alles bezahlen! Sag ihm das!«

Mit diesen Worten schob sie der unfreundliche alte Mann aus dem Laden und warf hinter ihnen die Tür krachend ins Schloss.

»Dieser Spencer erinnert mich irgendwie an unseren McKanaghan«, sagte Elliot und machte Würgegeräusche. »Sind alle Londoner so? Scheußlicher Kerl!«

»Ich bin auch aus London!«, entgegnete Cedrik gereizt.

»Und ein Druide. Du zählst nicht! Wenn wir wieder in Mistle End sind, besorgen wir dir das Geld! Und wir schicken dem Fiesling einen Fluch auf den Hals«, erwiderte sein Freund grimmig.

»Du weißt, dass es Mutter verboten hat, bei Menschen-Geld-Geschäften irgendeine Art von Zauber zu verwenden«, warf Emily ein.

»Was bringt einem denn die ganze Magie, wenn einem dann so was passiert? Mann, echt.« Cedrik war wütend. Und enttäuscht. Was für ein Fiesling!

Wütend trat er gegen eine Getränkedose, die jemand achtlos auf den Boden geworfen hatte.

Die Dose sprang scheppernd vom Bordstein auf die Straße und wurde erst nach ein paar Metern von einem Halbschuh in feinem Oxford-Stil gestoppt. Cedriks Blick schweifte nach oben, über einen eleganten Anzug, mit Weste und Krawatte und in das verblüffte Gesicht eines Jungen, etwa in seinem Alter, der ihn mit großen Augen ansah.

»Du?! Was machst du ... wie geht es dir?«, entfuhr es Cedrik. Er spürte, wie sein Herz klopfte.

»Crutch, ha, das hätte ich mir ja denken können«, rief Emily.

Crutch, der andere Druide.

Der dunkle Druide.

Er war es gewesen, der nach dem Kampf auf der Mauer

Mistle End mit den Dornhexen bei Nacht und Nebel verlassen hatte.

»Sag schon, steckst du hinter dem Angriff des Crannog auf das Dorf? Ich möchte wetten, du warst das! Hab ich recht?«

Elliot stellte sich vor Crutch, die Hände in die Seiten gestemmt und reckte ihm angriffslustig sein Kinn entgegen. Er war mindestens einen Kopf kleiner als Crutch. »Wie wär's mit einer Entschuldigung?! Weißt du, dass wegen dir fast das ganze Dorf abgefackelt ist? Dein Crannog hat nämlich ...«

»Mir geht es gut, Cedrik. Und dir, Bruder?« Crutch ignorierte Elliot und Emily völlig. Sein Blick ruhte unergründlich auf Cedrik.

»Er ist nicht dein Bruder, Blödmann!«, giftete Emily.

Cedrik war verwirrt. Crutch hatte ihn bei ihrer letzten Begegnung fast getötet und doch war es auch er gewesen, der ihm das Leben gerettet hatte. »Ist schon okay. Mir geht es –«, stotterte er.

Elliot fiel ihm ins Wort. »Hast du das Buch? Nun sag schon, Crutch. Hast du es stehlen lassen?«

Crutch sah nun das erste Mal auf Elliot, der sich viel zu nah vor ihm aufgebaut hatte und ihn wütend anstarrte. Er verzog sein Gesicht zu einer verächtlichen Grimasse. »Ich habe keine Ahnung, wovon du redest, Hexer.«

Das letzte Wort klang so abfällig aus seinem Mund, dass Elliot aufbrauste. »Ach, du hast also keine Ahnung, ja?

Wie kommt es dann, dass wir dich ausgerechnet vor einem Buchladen treffen?«

Die Fahrertür des schräg hinter Crutch stehenden schwarzen SUV öffneten sich, und O'Xley, Dunkelelf und treuer Begleiter von Crutch, stieg aus dem Fahrzeug, dicht gefolgt von Dandelia, die auf dem Rücksitz gesessen hatte.

»Dandelia, du?«, rief Emily geschockt aus.

Ja. Dandelia, die Kräuterhexe von Mistle End, hochgeachtetes Mitglied der Hexengemeinde, Freundin von Esmeralda und der Familie Golden, die zum Entsetzen aller mit den Dornhexen das Dorf verlassen hatte, um sich dem dunklen Druiden anzuschließen.

Sie spuckte auf den Boden. »Die Luft bekommt einen schlechten Geschmack, wenn ein Golden in der Nähe ist. Zwei von euch und mir wird übel.«

Elliot wich verstört zurück.

O'Xley war mit schnellem Schritt neben Crutch getreten und packte ihn am Arm. »Lasst uns gehen, Meister. Nicht hier.«

Crutch blickte nun wieder auf Cedrik. »Komm mit. Du musst nicht bei ihnen bleiben. Du könntest mit mir mitkommen. Zusammen ... zusammen könnten wir die Welt in Ordnung bringen, Cedrik! Wir könnten es richtig machen! Wir sind mächtiger als alle anderen. Du und ich, wir beide könnten über die ganze Welt herrschen!« In Crutchs Augen loderte ein dunkles Feuer. »Wir wären unbesiegbar! Komm mit!«

Cedrik war fassungslos. Dann flammte Zorn in ihm auf. »Über die Welt herrschen? Wirklich?«

»Kommen Sie, Mr Crutcher! Bitte«, drängte O'Xley und hielt Crutch die Autotür auf.

Cedrik schüttelte mit zusammengepressten Lippen den Kopf. »Geh besser, Crutch. Ich komme ganz bestimmt nicht mit!«

Ohne eine Reaktion zu zeigen, wandte sich Crutch abrupt ab und stieg in das Auto.

Dandelia legte den Kopf schief und machte ein Geräusch, als müsse sie würgen. »Verschwindet! Seht zu, dass ihr fortkommt. London ist nichts für euch! Weg mit euch, Kinder!« Sie riss die Augen auf und fixierte erst Emily, dann Elliot, bevor sie herumwirbelte und in das wartende Fahrzeug sprang. Kaum hatte sie die Tür hinter sich geschlossen, gab O'Xley Gas und reihte ihr schweres Auto rücksichtslos in den laufenden Verkehr ein. Nur einen Moment später waren sie um eine Straßenecke verschwunden.

Emily knuffte Cedrik in den Arm. »Alles okay, Cedrik? Was für ein Idiot! Mir war ja schon immer klar, dass er hinter dem Angriff und dem Diebstahl steckt.«

»Das wissen wir nicht. Er hat es nicht zugegeben«, erwiderte Cedrik schwach. Er fühlte sich elend.

Elliot runzelte die Stirn. »Und was glotzen die denn so?«

Gegenüber von Spencer & Dotts hatte ein Krankenwagen geparkt. Die beiden Fahrer waren ausgestiegen, hatten sich lässig an die Motorhaube gelehnt und rauchten Zigaretten. Der eine schlank und drahtig, der andere ein wahrer Schrank, mit muskulösem Oberkörper und einem Gesicht wie ein Boxer.

Cedrik konnte weiter nichts Ungewöhnliches an ihnen entdecken. Das Einzige, was er gerade spürte, war eine unbändige Wut auf Crutch. Was für ein Idiot!

»So wie die uns anstarren, könnte man meinen ...«

»Na und? Wir sind in London, Mann! Da gibt es eben auch so etwas wie Krankenwagen«, fuhr er seinen Freund gereizt an.

»Aber die haben gerade richtig rübergestarrt.«

»Mensch, Elliot ...« Cedrik stöhnte genervt.

»Wenn ich's euch sage!«

»Ist ja gut, Bruderherz! So wie du dich aufführst, würde jeder gucken. Lasst uns lieber überlegen, wohin wir jetzt als Nächstes gehen. Wir haben ein Buch zu finden und keine Zeit!« Sie legte eine Hand sanft auf Cedriks Arm. »Sollen wir?«

»Ihr habt recht.« Er seufzte. »Ich kenn das Gasthaus. Wenn ihr wollt, bringe ich uns da nachher hin. Und bis dahin klappern wir einfach weiter so viele Buchantiquariate ab wie möglich. Solange wir nur nicht wieder Crutch in die Arme laufen.« Er stockte. Und auf einmal wurde ihm klar, dass er genau das hoffte: Crutch erneut zu begegnen. Mit ihm zu sprechen. Ihre Geschichte war noch nicht zu Ende.

»So machen wir's!« Elliot schlug sich mit der Faust in die flache Hand. »Vielleicht finden wir ja doch einen Hinweis auf die Gebrüder Tywyll. Oder einen netten Buchhändler.« Er fuhr sich wie beiläufig übers Gesicht. »Sagt mal, beobachten die uns immer noch?«

Cedrik spähte zu den Männern am Krankenwagen. Tatsächlich, die beiden Sanitäter ließen sie nicht aus den Augen. Langsam fühlte auch er sich unwohl. »Kommt mit! Ich habe eine Idee!« Er lief los, quer über die Straße. Geschickt schlängelte er sich durch den dichten Verkehr. »Dort drüber ist eine Bushaltestelle! Lasst uns einfach ...«

Quietschende Bremsen und lautes Hupen ließen ihn erschrocken umdrehen.

Emily und Elliot, dicht hinter ihm, waren knallrot im Gesicht.

Ein Autofahrer schüttelte den beiden wütend die Faust hinterher.

»Ist was passiert?«, fragte Cedrik besorgt.

»Der Verkehr hier ist so ...«, stotterte Emily.

»Total irre! Der Typ hätte uns fast über den Haufen gefahren! Voll rücksichtslos!« Elliot war völlig außer sich. »Ich mein, wir waren mitten auf der Straße, da hupt der uns an und –«

Cedrik lachte verlegen. Er fühlte sich schuldig. »Sorry, Leute! Mein Fehler. Man darf in London nicht über die Straße gehen, als wäre es Mistle End. Kommt jetzt! Wenn wir uns beeilen, erwischen wir den noch.« Er zeigte lässig auf den roten Doppeldeckerbus, der eben an einer Haltestelle vorfuhr.

»Im Ernst?« Elliot strahlte. »Wir müssen oben sitzen! Ich will unbedingt oben sitzen!«

Kapitel 13

BUSFAHRT MIT AUSSICHT

Sie saßen nicht nur im oberen Stock des Buses, sondern auch ganz vorne, über dem Fahrer. Von hier hatten sie einen fantastischen Blick auf die Stadt. Erleichtert stellte Cedrik fest, dass die komischen Sanitäter ihnen nicht gefolgt waren. Verwirrt schüttelte er den Kopf. *Warum hätten sie uns auch nachkommen sollen?*

Hier oben waren sie bis auf den ungesund aussehenden Typen mit Anzug, Sonnenbrille und Bierdose allein. Er sah aus wie ein Banker, der zu viel gefeiert hatte, und schien zu schlafen.

Das »Gasthaus zur goldenen Feder« lag in einem komplett anderen Stadtteil, der Bus würde sie in die gewünschte Richtung bringen. Außerdem war er zum richtigen Zeitpunkt gekommen, dachte Cedrik erleichtert. Hauptsache, weg von den unheimlichen Männern vor dem Krankenwagen. Irgendwie hatten sie ihn dann doch nervös gemacht, wie sie da standen und sie einfach nur angestarrt hatten. Gelöst beobachtete er seine Freunde.

Elliot war von ihrer kleinen Stadttour komplett begeistert. »Und das? Ist das die Kirche, in der immer die Könige und Königinnen gekrönt werden? Und wer ist Big Ben? Ich mein, nach wem heißt der Turm eigentlich?«

Cedrik musste kichern. Nur Elliots Schwester blieb still und sah bedrückt auf die vorbeiziehende City.

»Was hast du denn, Emily? Alles okay?«

Emily wandte sich ihm nicht zu, als sie sprach. »Dandelia war schlimm. Sie war doch sonst immer so nett. Und jetzt ...« Sie nahm die Füße nach oben und schlang die Arme um ihre Knie. »Warum hat sie sich bloß den Dornhexen angeschlossen? Sie war mal eine richtig enge Freundin von Mutter.«

»Die Tickets, bitte!«, unterbrach sie rüde ein stämmiger Kontrolleur, dessen Weste über dem Wanst unangenehm spannte.

Elliot lehnte sich lässig zurück und sagte leichthin: »Ach wissen Sie, wir kommen aus *Mistle End* und fahren heute Abend wieder zurück ... nach *Mistle End.* Verstehen Sie?« Er zwinkerte verschwörerisch.

»Aha«, sagte der Mann ernst. »Von der Station hab ich noch nie gehört. Na, dann zeigt mir mal eure Fahrscheine.«

Der Zauber wirkt nicht, dachte Cedrik entsetzt. Normalerweise erfasste Nicht-Eingeweihte schon bei der bloßen

Erwähnung des kleinen Dorfes eine unerklärliche Furcht. Dafür sorgte der Schutzzauber des Greifen. Aber hier? Waren sie zu weit weg von daheim?

Elliot runzelte verwirrt die Stirn. »Aber wir ...«

»Ihr müsst mir schon ein Ticket zeigen, Kinder«, unterbrach ihn der Schaffner ungeduldig. »Sonst müsst ihr aussteigen! Hat man das schon gehört! Einfach ohne Ticket Busfahren wollen. Na so was!«

»Ist schon gut. Ich übernehme das«, ertönte auf einmal eine lallende Stimme hinter ihnen. Der Banker-Typ war aufgewacht und hatte sich nach vorne gelehnt. Er sah die Gruppe aus blutunterlaufenen Augen an. Nach hinten gegelte Haare, teurer Anzug, schleimiges Grinsen – Cedrik fand den Typen extrem unsympathisch. Er fingerte ein Bündel Geldscheine aus seiner Jacke. »Wie viel ist es denn? Ich zahle für die Kinder!«

»Ich ... äh, das wären 3 Pfund 50 für jeden. Also, hängt natürlich davon ab, wohin –«

»Ich gebe Ihnen 100 Pfund. Reicht das?« Der Typ grinste breit und entblößte eine Reihe schlechter Zähne.

Cedrik schnappte nach Luft. Der Mann roch nach fauligem Wasser, nach Moor, nach frischer Erde ... Oh Gott! War das der Geruch von Verwesung?!

»Aber das ist ...« Der Kontrolleur leckte sich über die Lippen. »Natürlich. Das reicht. Ich ...« Er schnappte sich das Geld, machte ein, zwei ungeschickte Verbeugungen und sah zu, dass er die enge Wendeltreppe zurück nach unten kam. Das Geld hielt er an sich gepresst, wie eine Beute.

Emily verzog ihre Augen zu schmalen Schlitzen. »Und wer sind Sie?«, fragte sie misstrauisch.

Der Mann lächelte. Irgendwie schmierig. »Nun, die Frage, wer ihr seid, hat sich ja schon geklärt. Allerdings bin ich mir nicht sicher, wie klug es ist, in London den Namen eures kleinen Dorfes in alle Welt hinauszuposaunen. Es könnte das falsche Paar Ohren zuhören.«

Er musterte die drei neugierig und Cedrik war verblüfft. Der Blick des Mannes wirkte ehrlich und freundlich.

»Woher kennen Sie Mistle End?«, fragte Elliot und es klang fast kleinlaut.

Der Typ lachte. Und hustete röchelnd. Sofort zog wieder eine Schwade übler Gerüche durch den Bus.

»Mistle End, das kleine Dorf in den schottischen Highlands. Wer aus der magischen Gemeinschaft kennt es nicht?« Der Typ lächelte und zwinkerte ihnen zu. Er war nicht so alt, wie Cedrik zuerst angenommen hatte, dafür wirkte er unheimlich ... verbraucht.

»Es ist höchst ungewöhnlich, Hexen aus den Bergen in London anzutreffen. Noch dazu so junge Hexen. Sehr jung!« Er sah aus dem Fenster. Der Bus quälte sich im dichten Verkehr an einem Autounfall vorbei.

Cedrik konnte nicht erkennen, was passiert war, aber als sie auf Höhe des Krankenwagens waren, sahen die beiden Sanitäter, die gerade einen Verletzten auf einer Trage in ihr Fahrzeug hoben, gleichzeitig auf und starrten zur Gruppe im Obergeschoss des Doppeldeckers. Hastig schob der Mann im Anzug die Brille zurück auf die Nase. Die Sanitäter sahen ihnen nach, bis der Bus um eine Ecke gebogen war.

»Und wer sind Sie? Warum helfen Sie uns?«, fragte Emily scharf. »Nett, dass Sie uns die Tickets bezahlt haben, aber stellen Sie sich vor, wir hätten das Problem auch selbst lösen können!«

Der Mann gähnte, lehnte sich zurück und wirkte fast so, als hätte er das Interesse an ihnen verloren. »Sagen wir es mal so: Wir haben gemeinsame Feinde. Was nicht heißt, dass ich euch Hexen besonders mag. Aber wer wie ich seit vielen Jahren unter diesen Tyrannen lebt, entwickelt gewisse Sympathien für die Gegenseite.« Er grinste schräg.

»Sie sind ein Ghul!«, entfuhr es Elliot plötzlich.

Der Mann nickte. »Volltreffer, mein Junge!«

»Ein Ghul?!« Emily war fassungslos. »Aber leben Sie nicht von ...«

Sie biss sich entsetzt auf die Lippen und der Ghul schnippte ungeduldig mit den Fingern.

»Natürlich ernähre ich mich von Verstorbenen. Ich lebe auch auf einem Friedhof. Und mein Haustier ist eine Ratte.« Er schüttelte den Kopf. »Im Ernst? Lebt ihr immer noch im Mittelalter? Ich bin Anwalt und ich tue niemandem etwas zuleide. Stellt euch vor, ich führe in London ein sehr angenehmes Leben. Und ich bin ein angesehener

Teil dieser Gesellschaft. Tut mir also einfach den Gefallen und macht kein Aufsehen, ja?«

Er nahm einen tiefen Schluck aus seiner Bierdose und lehnte sich wieder zurück. »Fehlt mir noch, dass wir wegen drei Streunern Probleme bekommen. Alles ruhig hier. Und so soll es bleiben.«

Die drei Freunde sahen sich mit großen Augen an. Der Bus wurde langsamer und stoppte an einem belebten Platz.

»Wir, äh, wir müssen hier aussteigen«, krächzte Cedrik mit heiserer Stimme.

Sie sprangen auf und machten, dass sie rauskamen.

Draußen holten alle drei erst einmal tief Luft.

»Wow, das war ...« Elliot schnaufte.

»Widerlich!«, rief Emily. »Ghule sind echt der Abschaum!«

Cedrik wusste nicht viel mehr über die Wesen, als dass sie sich von Leichen ernährten. Gruselig! Aber wenn er an den Mann im Bus dachte, kam er nicht umhin, sein Vorurteil zu korrigieren. »Ich weiß nicht, er war doch ganz nett, oder? Kann es nicht sein, dass er sich geändert hat? Ich mein, nicht alle Hexen sind Dornhexen, oder?«

Emily schüttelte den Kopf. »Das glaube ich nicht. Ghul-Sein ist ja kein Hobby, das man einfach ablegen kann. Und hast du es nicht gerochen? Der Typ roch voll nach Grab!«

Cedrik musste sich eingestehen, dass ihm schon der

Gedanke an den Ghul Übelkeit verursachte. Ganz klar, bei dem Typ war irgendetwas faul!

»Wo sind wir denn jetzt? Wollten wir nicht das Buch finden? London ist echt unheimlicher, als ich dachte!«, sagte Emily und rümpfte die Nase. »Irgendwie habe ich das Gefühl, wir sollten unser Glück mit dieser Stadt nicht zu sehr auf die Probe stellen.«

Kapitel 14

DAS KÖNIGLICHE MUSEUM FÜR FABELWESEN

Sie waren den ganzen Tag auf den Beinen und klapperten Antiquariate ab. Aber sie hatten keinen Erfolg. Die meisten Läden hatten zwar gelegentlich, aber nicht heute geöffnet und die wenigen Buchhändler, mit denen sie sprechen konnten, hatten von den Gebrüdern Tywyll noch nie gehört. Wobei Cedrik das Gefühl beschlich, dass ihnen nicht jeder der mitunter etwas sonderlichen Antiquare die Wahrheit gesagt hatte.

Stunden später, als die Sonne schon lange Schatten in den schmalen Straßen warf, standen sie müde, aber unverhofft vor den breiten Stufen des Königlichen Museums für Fabelwesen. Der stattliche Bau sah aus wie ein griechischer Tempel, wirkte aber mit den zerrissenen, im Wind flatternden Bannern düster und abweisend. Cedrik blieb abrupt stehen. Er hatte völlig vergessen, dass ihr Weg sie hier entlangführen würde. Es war nun schon ein halbes

Jahr her, dass sein Vater die Stelle als Direktor des einzigartigen Museums verloren hatte und die schwere, dunkle Holztür in dem klassisch anmutenden Säulenvorhof für immer hinter sich hatte zusperren müssen.

Das Museum war geschlossen worden, weil sich niemand mehr für die alten Geschichten interessiert hatte. Hier hatte Cedrik schon als kleiner Junge in der großen Eingangshalle vor dem prachtvoll verzierten Wandteppich mit dem Stammbaum der keltischen Götter gestanden. Damals waren es vor allem die spannenden Bilder der Götter und Dämonen gewesen, die ihn magisch angezogen hatten. Wer hätte ahnen können, dass er, wer weiß wie oft, vor einem Bild seines Großvaters gestanden hatte. Er schluckte.

Jetzt, dachte er. *Wann, wenn nicht jetzt.*

Cedrik richtete sich auf. »Ich muss euch etwas erzählen.«

Nach einem erstaunten Seitenblick auf Cedrik, nickte Emily nur und setzte sich auf den Steinsockel des stattlichen Löwen, der in der Mitte des breiten Treppenaufganges das Museum bewachte.

»Okay«, sagte sie und fügte lächelnd hinzu: »Fang an!«

Elliot schaute verdutzt, beeilte sich aber dann, sich neben sie zu setzen und ließ erleichtert seine Beine baumeln. »Tun eure Füße auch so weh? Wie kann man nur ständig ohne Besen unterwegs sein. Da ist mir ja sogar die Busfahrt mit einem Ghul lieber ...«

Cedrik holte tief Luft. »Ich habe mit meinem Großvater gesprochen.«

Elliot und Emily nickten freundlich.

»Dem Vater meiner Mutter.«

Elliot nickte immer noch, Emily dagegen kniff argwöhnisch die Augen zusammen.

»Er trägt ein Geweih auf dem Kopf und ist ein Gott.«

Elliots Miene erstarrte, als überlegte er, ob er gerade richtig verstanden hatte.

»Du hast *WAS?*«, fragte Emily und sprach dabei sehr langsam.

»Meine Mutter ist eine Nymphe, richtig? Tja, und mein Großvater ist Cernunnos. Gott des Waldes, ihr wisst schon ...« Er grinste unbeholfen und fühlte sich unglaublich dämlich.

»Und du hast mit ihm gesprochen?!« Emily zog eine Augenbraue nach oben. »Das ist ...«

»... der Oberhammer!« Elliot war begeistert. »Ich mein, mir war klar, dass Druiden irgendwie göttliches Blut in sich tragen müssen, von wegen Kinder von Ewigen und so, aber Cernunnos? Und dann noch mit ihm sprechen? Bei den Göttern, Mann, Cedrik, das ist wirklich stark!«

Cedrik spürte eine unglaubliche Erleichterung in sich aufsteigen. »Ihr findet das nicht ... seltsam?«

Emily grinste. »Weißt du, dass es Menschen gibt, die deinem Großvater Altäre im Wald errichten, mit Blumen und Opfergaben, und die Hand in Hand im Kreis tanzen, um ihn anzubeten? Und dabei kennen die ihn nicht mal wirklich.« Sie kicherte. »*Das* ist seltsam!«

Elliot lachte. »Was bist du dann eigentlich? Ein Viertel-Gott?«

Cedrik lachte ebenfalls laut auf. »Ich habe keine Ahnung!« Er war froh, endlich mit seinen Freunden darüber reden zu können.

»Dann war das also dein Großvater, mit dem Schnee?«, fragte Elliot fasziniert. »Gestern, kurz bevor der Troll auf dich gefallen ist? Also fast, mein ich.«

Cedrik nickte. »Ja, und nein. Er hatte die Idee, aber den Schnee hat Beira geschickt.«

Elliots Grinsen erstarb. »Beira? Mit der hast du aber nicht auch gesprochen, oder?«

»Doch«, erwiderte Cedrik verunsichert. »Ich hab sie gebeten, es noch einmal schneien zu lassen. Wieso?« Er hatte ein ganz blödes Gefühl im Bauch.

Emily runzelte die Stirn. »Beira, die Winterkönigin, ist nicht nur irgendeine Göttin, sie ist eine Weltenerschafferin. Aber man nennt sie auch die Weltenzerstörerin. Weil der Winter die Welt in tiefen Schlaf schickt, damit sie im Frühling wieder neu erstehen kann.«

Cedrik nickte. Soweit konnte er sich an die Gutenachtgeschichten seines Vaters erinnern.

»Sie ist Göttin einerseits, aber auch eine Eisriesin. Eine unglaublich mächtige Hexe. Sie ist der Winter selbst«, erzählte Emily weiter. »Sie wird geboren, wenn der erste

Schnee fällt, und sie stirbt als alte Frau, wenn der Schnee schmilzt. Sie opfert sich jedes Jahr, damit sich das Rad des Lebens weiterdreht. Und kommt wieder mit dem ersten Schnee. Alles hat einen Anfang und ein Ende. Sie ist der Beginn und der Abschied.«

Cedrik war jetzt ganz still. Emily sah ihn mit großen Augen an. »Doch das alles hat auch seinen Preis. Das Alte muss sterben, damit das Neue entstehen kann.«

Elliot räusperte sich. »Und die hat dir einen Gefallen getan? Einfach so?«

Cedrik schüttelte starr den Kopf. »Nicht einfach so.«

Emily und Elliot sahen ihn fragend an.

»Sie hat gesagt ... eines Tages hätte ich einen Preis dafür zu zahlen.«

»Ups«, entfuhr es Elliot.

Emily sagte nichts.

Kapitel 15

DU BLUTEST!

Ein Krankenwagen kam mit Sirene und Blaulicht die Straße heruntergefahren und blieb am Fuß der Freitreppe stehen.

»Was wollen die denn hier?«, fragte Elliot erstaunt.

»Komisch.« In Emilys Stimme hörte Cedrik deutliches Misstrauen. Und Angst.

Zwei Sanitäter stiegen aus dem Fahrzeug und zogen sich, während sie die Stufen nach oben eilten, grüne Plastik-Handschuhe über. Der eine war eher schlaksig, der andere schwer muskulös. Waren das nicht die zwei Typen von vorhin?

»Wir sind so schnell gekommen, wie wir konnten«, sagte der Dünne. Seine Stimme klang kehlig. Der Oberlippenbart wirkte fusselig, die Augen waren stark gerötet.

Was für ein unangenehmer Zeitgenosse, dachte Cedrik.

»Wie? Ich verstehe nicht ... Sie sind ...« Cedrik zeigte verwundert auf das Fahrzeug, auf dessen Dach noch immer das Blaulicht blitzte. »Das ... ist ein Krankenwagen!?«

Der Sanitäter nickte, dann fiel sein Blick auf Elliot und er wurde mit einen Mal sehr ernst. »Mein Gott, Sie bluten aber heftig!«

»Niemand blutet!«, erwiderte Elliot, halb belustigt, halb empört, als Emily auf einmal aufschrie.

»Elliot! Pass auf!«

Mit einer Bewegung, die so schnell war, dass Cedrik sie nur als verschwommenes Wischen wahrnehmen konnte, war der Sanitär zu Elliot und dann wieder zurück neben seinen Kollegen gesprungen.

Elliot jaulte vor Schmerz auf. »Aaargh!«

Er blutete aus einem Riss an seinem rechten Arm, der fast vom Ellenbogen bis zum Handgelenk reichte.

»Elliot, was hat ... Nein! Du bist verletzt!!!«

»Das sieht nicht gut aus. Wir müssen ihn sofort mitnehmen!«

»Aber ...« Cedrik japste nach Luft. »Sie waren das doch! Sie haben ihn gerade verletzt!«

Die Sanitäter grinsten sich an. »Wenn wir es uns recht überlegen, müssen wir euch wohl alle mitnehmen. So lauten die Regeln.«

»Oh nein, wir werden ganz bestimmt nicht –«, empörte sich Emily, aber der Muskelprotz fiel ihr mit erhobenem Zeigefinger ins Wort.

»Es ist die Pflicht eines guten Samariters, sich um Verletzte zu kümmern!«

Samariter! Das sind Vampire!

Der Typ vor ihnen grinste so überlegen, dass Cedrik ganz übel wurde. »Kommt ihr mit, oder müssen wir erst beißen?« Er lachte und nur einen Wimpernschlag später sprangen die beiden vor und nahmen Emily und Elliot in den Schwitzkasten. Emily schrie auf und Elliot stöhnte.

Cedrik stockte der Atem. Wie konnten die sich nur so schnell bewegen!

»Und du? Was bist du wohl für einer, he?«, schnauzte ihn der Vampir mit den blutunterlaufenen Augen an. »Kein Hexer, so viel ist klar. Schön brav bleiben, sonst brechen wir deinen Freunden das Genick. Ihr kommt jetzt einfach mit in den ...«

»Ha, wusste ich's doch! Da seid ihr ja!« Eine alte Dame, mit Hut, Spitzenhandschuhen und Rollator stapfte mühsam zu ihnen nach oben. Die vornehm wirkende Dame knallte ihre Gehhilfe auf die Steintreppe, dass es nur so schepperte, und musterte währenddessen die drei Freunde mit kaum verborgener Feindseligkeit. Schritt für Schritt und Stufe um Stufe wuchtete sie sich hoch zu ihnen. Ihre dunklen Augen funkelten vor Zorn. »Wo sonst! War mir klar, dass ich euch hier finden würde!«

Die Sanitäter hatten die beiden Geschwister sofort losgelassen und sich unauffällig zwei, drei Schritte zurückgezogen.

»Was drückt ihr euch hier noch rum, wolltet ihr nicht längst auf dem Weg nach Hause sein?« Die alte Dame hielt den Rollator drohend erhoben, und fuchtelte wild damit herum.

Cedrik entdeckte ein silbernes Kruzifix, dass ihr an einer Kette um den Hals baumelte.

Die Vampir-Sanitäter warfen missmutige Blicke auf die heftig gestikulierende Lady.

»Was wollt ihr noch hier? Ab nach Hause!«

Cedrik war sich nicht sicher, ob sie mit ihnen oder den beiden Vampiren redete.

»Äh, wir ...« Cedrik kannte diese Frau. Aber woher?

»Ach! Ihr wisst nicht wohin? Habt euch wohl verlaufen, was? Ihr Grünschnäbel, wisst ihr nicht, dass es hier um die Ecke runter in die Metro geht?« Die Gehhilfe wies wild tanzend auf eine Querstraße gegenüber des Museums. »Oder ... ist einer von euch etwa verletzt? Ha, euch würde ich durchaus zutrauen, dass ihr euch von einem Laternenpfahl zu Boden schlagen lasst! Haha!«

Elliot verbarg seinen blutenden Arm unter seiner Jacke.

Emily stellte sich hastig vor ihn. »Nein, nein! Es ist nichts. Wir wollten tatsächlich gerade gehen.«

Die Samariter starrten die Dame hasserfüllt an. Die ignorierte sie einfach und stellte sich wie zufällig zwischen die beiden und die Freunde.

Emily klemmte ihren Arm unter den ihres Bruders und schob ihn vor sich her in die angezeigte Richtung.

Cedrik folgte ihnen schnell, wandte jedoch immer wieder den Kopf, um die Sanitäter nicht aus den Augen zu verlieren.

Die Frau brummelte weiter unfreundlich vor sich hin. »Kinder sind nicht für die Großstadt gemacht. Hätten im Norden bleiben sollen, wo sie hingehören!«

Mit diesen Worten kramte sie eine kleine Pfeife aus ihrer Hosentasche, zündete sich diese geschickt an und paffte los. Sofort war die Luft erfüllt vom Duft exotischer Gewürze, Weihrauch und Myrrhe.

Das riecht nach Kirche, dachte Cedrik verblüfft.

Der Vampir, der Elliot verletzt hatte, fixierte ihn mit vor Wut lodernden Augen und fuhr sich mit ausgestrecktem Zeigefinger in einer schnellen, aber kaum missverständlichen Geste über den Hals.

Cedrik erschrak. Er drehte sich um und rannte seinen Freunden hinterher, die Treppen des Museums hinunter, auf den Eingang zu, der sie in die Tiefen der Londoner Untergrundbahn führen sollte.

Kapitel 16

AB IN DIE METRO!

Kaum hatten sie das Gewirr der unterirdischen Gänge betreten, spürte Cedrik ihn wieder, den Puls der Großstadt. Sie tauchten ein in den steten Strom der Reisenden, die gleich dem Atem eines gigantischen, lebenden Organismus ein- und ausstiegen und in Scharen den Ausgängen entgegeneilten oder Richtung U-Bahn hetzten. Geschäftsfrauen, hektisch auf ihre Smartphones eintippend, Väter, die erschöpft ihre müden Kinder hinter sich herzerrten, Großmütter mit schweren Einkaufstaschen. Touristen, Banker, Studenten, Obdachlose. Hier unten waren sie alle gleich. Gefangen in den unterirdischen Lebensadern der Stadt, dem Londoner U-Bahn-Netz.

»Und jetzt? Rechts oder links? Wohin, Cedrik?!« Emilys Stimme überschlug sich fast.

»Au, passen Sie doch auf!« Eine dickliche Frau hatte Elliot ihren Rollkoffer über die Füße gezogen.

Er ist so blass!

Cedrik zuckte zusammen, als er sah, dass kleine Blutstropfen auf den Fliesen den Weg anzeigten, den Elliot gegangen war. Die Wunde, die ihm der Samariter zugefügt hatte, blutete stark.

Er überlegte fieberhaft. Die alte Kirche mit der Pforte lag im östlichen Teil der Stadt, wenn sie einen Zug dorthin erwischen wollten, musste sie ... links! Nein, rechts!

Rechts, da war er sich sicher. Oder doch ...

»Links, wir müssen links, zur Circle Line! Links!«

»Elliot, bitte, du musst dich zusammenreißen!« Emily zog ihn mit vor Angst geweiteten Augen hinter sich her.

»Schnell, hört ihr das? Das ist die U-Bahn. Sie fährt gerade ein. Beeilt euch!«, drängte Cedrik.

Sie kämpften sich durch den überfüllten, mit alten Fliesen ausgekleideten Gang und stürmten auf den Bahnsteig. Die Luft roch nach Schweiß, verbranntem Gummi und heißem Eisen. Die U-Bahn stand mit geöffneten Türen am Bahnsteig und war bereits wieder abfahrbereit.

Cedrik rannte los. »Schnell!«

»Aber, da! Dort hinten! Seht ihr?!« Emily zeigte auf einen riesenhaften Kerl, der sich, eingezwängt in einen schlecht sitzenden Anzug und behaart wie nur nordische Bergtrolle es sein können, teilnahmslos am anderen Ende des Bahnsteigs von der Rolltreppe nach oben tragen ließ. »Was macht der denn hier?«

»Das sind doch Boten vom Rat, oder nicht?« Cedrik

wusste, dass für die meisten Menschen, die keine Ahnung von den Bewohnern der magischen Welt hatten, der Troll einfach wie ein großer, dicker Mann aussah. Er blieb nur für einen kurzen Moment stehen, aber dieses Zögern reichte schon.

Elliot stolperte in seinen Rücken und stöhnte schmerzerfüllt auf. »Nicht stehen bleiben«, keuchte der junge Hexenmeister. »Die Samariter sind sicher schon hinter uns her, beeilen wir uns lieber! Wir sollten diese ... aaah!« Er presste seine Hand auf den verletzten Arm und die Lippen aufeinander.

Cedrik packte Elliot an der Schulter, riss ihn weiter und in den Zug. Emily sprang hinterher. Keine Sekunde zu früh, die Türen schlossen sich krachend und die U-Bahn setzte sich ruckelnd in Bewegung.

Cedrik drückte sein Gesicht an die Fensterscheibe und versuchte bis zuletzt, den vorbeiziehenden Bahnsteig im Blick zu behalten. »Ich sehe weder den Troll noch einen der Samariter. Vielleicht haben wir sie abgehängt.«

Erschöpft lehnte er sich an die Tür. »Diese Vampire sind verdammt gruselig. Und was macht ein Nordischer hier? Suchen die uns?«

Emily zuckte mit den Schultern. »Woher sollten die wissen, wo wir sind? Nein, der hat sicher irgendeinen Botenjob zu erledigen. Aber hattet ihr auch das Gefühl, dass die Frau mit dem Rollator ...«

»Sie hat uns geholfen! Ganz klar!«, rief Cedrik. »Und

ich glaube, sie kennt uns: Sie wusste zum Bespiel, dass wir aus dem Norden kommen.«

»Wer?«, fragte Elliot müde.

»Die alte Dame! Sie hat uns vor den Samaritern beschützt, da bin ich mir ganz sicher. Wenn sie nicht gewesen wäre, hätten uns die beiden wahrscheinlich sofort mitgenommen!«

»Oder uns in Stücke gerissen«, ergänzte Emily düster.

»Tut es sehr weh, Elliot?«

»Es brennt wie Hölle.« Er versuchte zu grinsen, was ihm gründlich misslang. Er war bleich, sein Gesicht schmerzverzerrt, den Arm hielt er an den Oberkörper gepresst. »Sag schon, Druide. Kannst du nicht helfen?«

Cedrik schüttelte den Kopf. Hier in der U-Bahn gab es nichts, mit dessen Hilfe er in Kontakt mit der Erde treten konnte. Hier konnte er Elliot nicht heilen. Dazu brauchte er die Kraft der Erde. Des Lebens!

Von den anderen Passagieren war sowieso keine Hilfe zu erwarten. Niemand hatte sich auch nur nach ihnen umgedreht. Alles andere hätte ihn gewundert. Das hier war London. Nicht Mistle End.

»Könnt ihr nicht zaubern? Was ist mit dir, Emily?! Esmeralda hat doch gestern auch sein Nasenbluten gestoppt.«

»Ich bin nur eine Gestaltwandlerin, vergiss das nicht! Ich kann längst nicht so zaubern wie Mama oder mein Bruder.« Emily hob hilflos die Schultern.

»Und du, Elliot? Kannst du die Blutung nicht selbst stoppen?«, fragte Cedrik besorgt. Elliot schien heftig zu bluten, zumindest sah es so aus, als wäre schon der ganze Ärmel Blut getränkt.

»Ich kann mir diesen verdammten Zauber nie merken. Das macht normalerweise immer Mama ...«, antwortete Elliot schwach.

Die U-Bahn rumpelte über eine störrische Weiche und sie wurden hin und her geworfen. Elliot verlor das Gleichgewicht und Cedrik drückte ihn gegen die Wand des U-Bahn-Waggons, damit er nicht umfiel. Er begann sich ernsthafte Sorgen um seinen Freund zu machen.

Der Zug fuhr mit kreischenden Bremsen in die nächste Station ein. Cedrik spähte nach draußen. Das hier kannte er. »Wir müssen hier raus, umsteigen.«

»Also gut. Kommt!« Elliot richtete sich auf.

»Cedrik, wir müssen zusehen, dass wir Elliot verarztet kriegen. Irgendwie!« Emily klang beunruhigt.

»Sollen wir vielleicht einen Krankenwagen rufen?«, fragte Elliot gereizt. »Die freuen sich bestimmt, wenn wir anrufen und ihnen sagen, wo wir sind. Die lieben Blut, schon vergessen?!«

»Sobald wir irgendwo einen Flecken Erde finden, werde ich dir helfen«, versuchte Cedrik seinen Freund zu trösten. »Los jetzt, raus!«

Die Türen öffneten sich und die Menschen drückten rücksichtslos in den Wagen, noch bevor es ihnen gelungen war, auszusteigen. Sie schoben und wurden geschoben und schafften es erst nach einer gefühlten Ewigkeit aus dem Wagen auf den überfüllten Bahnhof.

Cedrik erschrak. »Da! Da steht einer!«

Er zitterte, als er auf das andere Ende des Bahnsteiges zeigte. Ein Samariter hatte sich dort positioniert, wo die Rolltreppen an die Oberfläche führten. Breitbeinig stand er da, die Arme lässig vor der Brust verschränkt, und grinste unverschämt, während unzählige Passanten an ihm vorbeiströmten und keinerlei Notiz von ihm nahmen.

»Nicht gut!« Elliot starrte verzweifelt auf den Vampir.

»Wie machen die das?! Und woher wusste der, wo wir aussteigen wollten?«, schimpfte Emily.

Cedrik fasste sich an den Kopf. »Solange wir nicht allein sind, kann er nichts tun! Wird er nicht, ganz bestimmt!«

»Elliot, kannst du mit deinem Arm zaubern? Kannst du uns irgendwie verteidigen?!« Emily hatte jetzt ihren Bruder an der Schulter gepackt und schüttelte ihn. »Elliot, wir brauchen dich!«

»Ich weiß nicht, das ... Ich kann den Arm kaum bewegen. Aber ich werde es probieren.«

»Kesselriss und Besenbruch! Wenn uns nichts anderes bleibt, werde ich mich in einen Wolf verwandeln und ihn angreifen. Oder in einen Berglöwen, das kann ich gut«, sagte Emily, scheinbar zu allem entschlossen.

Ohne die Erde fühlte sich Cedrik so hilflos und hier unten gab es nichts als endlose, weiße Kacheln.

»Und wenn wir auf die nächste U-Bahn warten?«, fragte Elliot verzweifelt.

»Vergiss es, er kommt auf uns zu.«

»Was machen wir jetzt?!«

»Runter, hier lang! Wie gehen nach unten zur anderen U-Bahn-Linie. Wir müssen hier weg.«

»Runter?! Noch tiefer?« Emilys Augen waren riesig. »Aber der Ausgang ist oben, Cedrik!«

»Wir kommen nie an ihm vorbei, außer vielleicht, wenn wir es über den unteren Bahnsteig versuchen. Kommt!« Er stürmte los.

»Ich hasse Keller, ich hasse U-Bahnen!« Elliot presste den Arm an seinen Oberkörper und hastete Cedrik hinterher, der ihnen einen Weg durch die Menge bahnte, in Richtung der Treppe, die sie nach unten führen sollte.

Emily stützte ihren Bruder, so gut sie konnte. »Wenn du deine Zauber auswendig könntest, würdest du mich nicht vollbluten und könntest uns verteidigen.«

»Weißt du, wie weh das tut? Meinst du, mir macht das Spaß?!«

»Hört auf zu streiten, Leute! Das ist ja jetzt wohl voll der falsche ... Uaaah!«

Cedrik prallte zurück und stieß gegen Elliot, der vor Schmerzen aufschrie.

»Hoppla! Hab ich dich erschreckt?« Der Samariter war wie aus dem Nichts vor der Treppe nach unten erschienen und grinste breit.

Oh Gott, der hat richtige Reißzähne!

»SÍOC!«

Der Frostzauber, den Elliot auf den Vampir abschoss, zischte grell leuchtend durch die Luft auf ihren Angreifer zu, doch ob Elliot wegen seiner Verletzung nicht richtig gezielt hatte oder der Vampir mit einer schnellen Bewegung ausgewichen war – die Eislanze traf nicht ihn, sondern die geflieste Wand hinter ihm, fiel auf die Treppe und zerbrach auf den Stufen in tausend Stücke.

»Langsam macht ihr mich wütend.« Der Samariter, der eben noch vor ihnen gestanden hatte, kam nun entschlossenen Schrittes von der Seite auf sie zu und stieß Cedrik hart vor die Brust. »Kommt ihr jetzt mit, oder was wird das hier!«

»Zurück! Weg hier!« Emily zitterte.

Der Vampir schmatzte laut und fletschte die Zähne. »Ich würde euch ja gerne in handlichen Stückchen abgeben, aber leider lauter der Befehl, euch lebendig einzusammeln.«

Cedrik spürte den Luftzug, noch bevor er die U-Bahn hören konnte. Das könnte klappen! »Nein, halt! Warten Sie! Wir kommen mit«, rief er hastig. Gleichzeitig zog er Emily und Elliot nach hinten.

Abstand, wir brauchen mehr Abstand!

»Werden wir nicht! Was redest du, Cedrik!«, empörte sich Emily.

Cedrik packte sie fester.

Der Samariter runzelte misstrauisch die Stirn.

»Doch, doch, Emily! Werden wir! Nur kurz, wir kommen gleich ... nur einen kleinen Moment noch.« Cedrik hielt die Luft an.

Ein Pfiff, und aus dem Tunnel fuhr quietschend ein neuer Zug in die Station ein. Der Samariter, der endlich verstand, wollte nach ihnen greifen, doch sie sprangen zurück und aus den sich öffnenden U-Bahntüren strömte eine fast unüberschaubare Menge an Fahrgästen auf den Bahnsteig. Cedrik und die beiden Geschwister hatten sich mit dem Rücken an die Wand gepresst, während die Leute an ihnen vorbeihetzten und so einen schützenden Wall zwischen ihnen und dem Vampir bildeten.

»Geniale Idee, Cedrik! Aber was machen wir, wenn die Menschen wieder weg sind?«, stöhnte Elliot. »Er steht immer noch vor der Treppe, wie sollen wir an ihm vorbeikommen?«

Elliot hatte recht. Der Samariter stand wie ein Fels inmitten der Passagiere, die sich an ihm vorbeidrängelten, und ließ sie nicht aus den Augen. Sie mussten sich etwas einfallen lassen.

Was kann ich nur tun?, dachte Cedrik verzweifelt. Ihm wurde schwindelig. Er fasste sich an den Kopf und stützte sich an der Wand ab. Er fühlte sich, als ob er gleich in Ohnmacht fallen würde, ihm war so seltsam.

Dann sah er ihn.

Den Mann mit dem Hirschgeweih.

Ganz ruhig stand er da, am anderen Ende des Bahnsteigs. Den Kopf mit dem Geweih stolz erhoben, den Blick auf Cedrik gerichtet. Er lächelte und nickte ihm zu. Niemand der Umstehenden, keiner der anderen Passagiere schien Notiz von ihm zu nehmen, oder ihn auch nur zu sehen. Und Cedrik hatte das Gefühl, dass die Zeit sich verlangsamte.

Was tust du hier?

Cernunnos schloss die Augen, breitete seine Arme aus und neigte leicht seinen Kopf. Ihn umspielte ein goldener Schimmer. Die Menschen, die an ihm vorbeiliefen, rempelten ihn an, streiften seine Arme, seinen Körper und er wankte hin und her, ließ sich von den Menschen anstoßen, ohne dass sie seine Anwesenheit zu bemerken schienen. Und bei jeder Berührung, bei jedem Kontakt, wirkte es, als ob das Leuchten, das von dem Gott ausging, heller wurde.

Cernunnos öffnete die Augen und sah ihn an.

Und endlich verstand Cedrik.

»Gib mir deinen Arm. Den verletzten. Schnell!«

»Was?«

Er packte Elliots Hand, ignorierte dessen Schmerzensschrei, schloss die Augen und betrat die goldene Welt. Zuerst war da nicht viel. Was hatte er auch erwartet, hier unten, umgeben von kalten, toten Kacheln. Er nahm Emilys und Elliots Magie wahr, hellblau, jung und kräftig. Und erschrak, als er dort, wo der Vampir stand, nichts sah.

Nichts!

Er verjagte den schrecklichen Gedanken an die Abwesenheit des Lebens, dann spürte er die anderen. Die Menschen, das Leben um sie herum. Er streckte seine Hand aus. Ganz langsam und vorsichtig. Direkt vor ihm liefen die Reisenden an ihnen vorbei, jeder einzelne ein pulsierender, goldener Quell des Lebens. Mal mehr, mal weniger kräftig, doch jeder voller Energie. Er ließ sich berühren, ließ sich streifen und spürte ihre Kraft. Das war gut! Er sog sie in sich ein, lehnte sich nach vorn, ließ sich anrempeln, wie es ihm der Gott vorgemacht hatte, hört dumpf, wie aus weiter Ferne, die empörten Rufe der Eilenden, löste aber dabei den Griff um Elliots Hand nicht für einen Augenblick.

Und er spürte, wie die Macht langsam in ihm wuchs.

Zu langsam.

Es reicht noch nicht!

Er ging einen Schritt nach vorn, mitten in den Strom der Menschen, spürte, wie eine Frau ungebremst gegen ihn stieß – und lächelte.

Es würde funktionieren ...

Er nahm nicht viel von ihnen. Immer nur ein kleines bisschen, von diesem wunderbaren, wärmenden Licht und er war sich sicher, dass sie es nicht einmal bemerken würden. Er ließ sich anstoßen, wurde hin und her geschubst, und hörte nicht auf zu lächeln.

Er spürte, wie sich das Feuer in ihm ausbreitete, wie er

immer größer wurde, und mächtiger. Er konzentrierte sich auf Elliots verletzten Arm und sah, wie das Licht und die Kraft auf Elliot überging, erst seine Hand, dann seinen Arm nach oben kroch, ihn umhüllte und von innen erleuchten ließ.

Leben!

Aufgeregt öffnete Cedrik die Augen. Sein Herz schlug ihm bis zum Hals. Elliot starrte ihn mit offenem Mund an. Sein Arm hatte aufgehört zu bluten und war fast vollständig geheilt. Hastig suchte Cedrik nach seinem Großvater, aber der Gott war verschwunden.

»Elliot, er kommt! Hier, schnell!« Emily riss einem verdutzten Putzmann, der die drei argwöhnisch beäugt hatte, den Besen aus der Hand und warf ihn zu Elliot, der ihn geschickt auffing und sich sofort zwischen die Beine klemmte.

Der Vampir schrie auf und sprang in dem Moment nach vorne, in dem sich Emily mit einem leisen PLOPP! in eine Schwalbe verwandelte und Cedrik von Elliot auf den Besenstiel gezerrt wurde.

Er konnte spüren, wie sich die Finger des Vampirs in seine Jacke krallten, aber kaum hatte sich Elliot nach vorne gelehnt, machte der Besen einen Satz, der Griff des Blutsaugers löste sich und sie rasten davon, fort von dem Ungeheuer, dem abfahrenden Zug hinterher, fort, in die Tunnel des Londoner U-Bahn-Netzes.

Kapitel 17

TUNNELKINDER

Cedrik klammerte sich an Elliot, der mit ihrem Fluggerät dicht hinter den rot leuchtenden Rücklichtern der vor ihnen fahrenden U-Bahn herflog. Das Rattern der Gleise dröhnte in seinem Kopf.

»Das war der Wahnsinn, Cedrik! Wie hast du das gemacht? Woher hattest du auf einmal die ganze Energie?«

Cedrik lachte laut. Was er eben getan hatte, hatte sich verdammt gut angefühlt. So ... kraftvoll! Er kam sich mächtig vor.

Fast göttlich! Es war ein gutes Gefühl, der Enkel eines Gottes zu sein.

Dann durchzuckte ihn ein beunruhigender Gedanke. Die Energie, die er den Menschen eben auf dem U-Bahnhof geraubt hatte ... Was machte das mit ihnen? Was, wenn sie nun einen Tag weniger zu leben hatten, weil er ihnen einen Teil ihrer Lebensenergie genommen hatte?

Ihn schauderte. Es war nicht viel gewesen und immerhin hatte er ihnen die Kraft nicht für sich, sondern seinen verletzten Freund gestohlen. Und doch ...

Vampire machen das auch. Sie saugen das Leben aus den Menschen.

Und auf einmal fühlte er sich gar nicht mehr göttlich. Eher ... schäbig.

Sosehr er sich auch freute, dass er Elliot hatte helfen können; auf diese Weise wollte er keine Kraft mehr gewinnen.

Beklommen wischte er den Gedanken beiseite und drehte sich um. Obwohl es hier unten so gut wie kein Licht gab, konnte er deutlich genug den flatternden Körper des kleinen schwarz-weißen Vogels erkennen, der knapp hinter ihnen herflog.

»Cedrik, der Besen! Erinnerst du dich? Walisische Eiche! Der Hammer, oder?«

Und wie ich mich erinnere, dachte Cedrik, erleichtert darüber, wie viel besser es seinem Freund ging. Ohne Elliot säßen sie jetzt immer noch am U-Bahnhof fest.

Der Tunnel war stickig, der Fahrtwind rauschte um seine Ohren und die vorbeiflitzenden Steinwände schienen im roten Schein der U-Bahn vor ihnen unheimlich nahe.

Hier will ich auf keinen Fall runterfallen!

Cedrik klammerte sich fester an den Besen und an Elliot. Er spürte deutlich, wie angespannt der junge Hexenmeister war. Dabei konnte er nur ahnen, wie schwer es sein musste, bei diesem Tempo den richtigen Abstand zu dem vor ihnen rasenden Zug einzuhalten. Ein Fehler und sie würden an die Wand, eine der vielen Säulen oder den plötzlich bremsenden Zug knallen. Wie lange waren sie schon unterwegs? Bald musste der Zug in die nächste Station einfahren. Aber was dann?

»Wir müssen einen anderen Ausgang finden!«, brüllte er Elliot ins Ohr.

»Was?«

»Die Vampire warten bestimmt am nächsten Bahnhof wieder auf uns. Wir müssen einen anderen Weg nach oben finden. Einen Rettungsschacht oder einen Wartungstunnel oder so was.«

Elliot nickte und wurde langsamer. Sofort vergrößerte sich der Abstand zur U-Bahn vor ihnen. Der Zug raste weiter, verschwand nur wenig später ratternd hinter einer engen Kurve und ließ sie in völliger Dunkelheit zurück. Die Luft war dumpf und es war so finster, dass Cedrik buchstäblich die Hand vor seinen Augen nicht mehr sehen konnte.

»Lòchran!«

Der Besen schlingerte, als Elliot mit nur einer Hand steuerte, um mit der anderen die kleine Leuchtkugel herbeizuzaubern, die nun neben ihnen flog und den U-Bahn-Tunnel in bläulich glänzendes Licht tauchte. Cedrik starrte fasziniert auf die silberne Kugel, deren Oberfläche schillerte wie eine gigantische Seifenblase.

Im Schein der magischen Leuchte entdeckte er, wonach er gesucht hatte.

»Da!«, rief Cedrik und zeigte auf einen kleinen Sims, der etwas oberhalb der Gleise in einen niedrigen Gang zu führen schien.

Elliot nickte und setzte sie beide geschickt auf dem Mauervorsprung ab, der so schmal war, dass Cedrik sich an einem losen Kabel festklammern musste, um beim Absteigen nicht das Gleichgewicht zu verlieren.

Emily hingegen flatterte geradewegs in den Gang und verwandelte sich zurück in ihre menschliche Gestalt. »Ich spüre einen Luftzug«, hörte er sie rufen. »Hier muss es irgendwo Frischluft geben.«

»Und was ist das für ein Geräusch?«, fragte Elliot.

Ein Luftzug? Ein Geräusch?

Cedrik erschrak. »Schnell, weg hier, Elliot! In den Gang!« Er packte seinen Freund an der Schulter und zerrte ihn fort von dem schmalen Sims in den Mauerdurchbruch.

Elliot stolperte, blieb an einem Rohr hängen und knallte auf die Knie. Immer lauter werdendes Dröhnen erfüllte den Tunnel. Der Besen fiel klappernd auf die Gleise.

»Aua! Cedrik, was soll das?«

Ein Pfeifen, so grell und so schrill, dass ihnen die Ohren klingelten, und schon schoss eine U-Bahn scheppernd und metallisch kreischend um die Kurve.

Sie hatten sich keine Sekunde zu früh in den Gang

gerettet, die Waggons schossen noch jetzt viel zu nah an ihnen vorüber. Die vorbeirasenden U-Bahn-Wagen warfen ein gespenstisch flackerndes Licht in den Gang, es dauerte nicht lange und der ohrenbetäubende Spuk war genauso schnell zu Ende, wie er angefangen hatte.

Zurück blieb nichts als Dunkelheit und der Geruch nach heißem Öl und alten Elektromotoren.

»Glück gehabt!« Cedrik seufzte erleichtert.

»Glück gehabt? Der Besen ist futsch!«, schimpfte Elliot. »Der Zug hat ihn in Fetzen gerissen!«

»Und wo ist die Lichtkugel hin?«, hörte Cedrik irgendwo in der Dunkelheit des Ganges Emilys zaghafte Stimme.

Elliot fluchte. »Die klebt vorne an der U-Bahn.«

»Im Ernst?! Könntest du nicht ...?«

»Nein, keine Chance. Solange sie brennt, kann ich keine zweite erschaffen. Wir müssen warten, bis sie ausgeht. Vielleicht kommt sie zurück.«

Emily stöhnte. »Oh, was für ein Mist!« Sie seufzte laut und sagte dann mit fester Stimme: »Ich verwandle mich jetzt in eine Katze. So sollte ich genug sehen können, um uns hier rauszuführen. Und du hältst den Kontakt zu mir, Cedrik!«

Sie hörten, wie Emily tief Luft holte, dann ein leises PLOPP! und nur wenig später spürte Cedrik eine Katze um seine Beine streichen. Sanft legte er eine Hand auf das weiche Fell des Tieres. Er konzentrierte sich und fast sofort hörte er Emilys Stimme in seinem Kopf.

Das gefällt mir nicht.

Cedrik schluckte. Er mochte es gar nicht, wenn Emily ein ungutes Gefühl hatte. Die gleiche Ahnung hatte sie nach ihrer Ankunft in London gehabt und kurze Zeit später waren sie Shirley in die Arme gelaufen.

Er versuchte, sie zu beruhigen. *Mir auch nicht. Aber wir finden bestimmt gleich einen Ausgang*, sagte er in Gedanken zu ihr. *Hier ist sicher irgendwo eine Leiter. Siehst du denn gar nichts?*

Die Katze, Emily, ging mit aufgerichtetem Schwanz neben Cedrik und führte sie durch den stockfinsteren Gang. Er musste sich bücken, um nicht den Kontakt zu verlieren. Vorsichtig tastete er dabei vor jedem Schritt mit den Füßen den Boden ab, der voller Steine und Unrat zu sein schien.

Oh doch, ich sehe einiges. Mäuse. Viele Mäuse. Und eine Ratte, glaube ich. Lecker, sagte Emilys Stimme in seinem Kopf.

Wie bitte?!

Das war ein Witz! Und es ist nicht der Tunnel, Cedrik, vor dem ich mich fürchte. Es sind diese Vampire. Wir haben keine Chance gegen die. Elliot hat wirklich geübt, Frostzauber und so was. Seit dem Kampf auf der Mauer. Aber hat es was gebracht? Nicht die Bohne! Und was, wenn sie uns angreifen? Wenn es die Vampire waren, die das Buch haben stehlen lassen? Um Mistle End dem Erdboden gleichzumachen?

Cedrik konnte Emilys Besorgnis förmlich spüren. Mistle End war so anders, als das, was sie hier in London bisher erlebt hatten. Die Vorstellung, dass eine ganze Gruppe, oder gar eine Armee von Vampiren über das friedliche Dorf aus dem Nichts herfallen könnte, schnürte ihm vor Angst fast die Kehle zu.

Er schüttelte verwirrt den Kopf. Er wurde plötzlich von einer Furcht gepackt, die sich von der Sorge um Mistle End deutlich unterschied. Die ihn ansprang wie ein Raubtier, die ihn packte und ihn schüttelte. Sein Mund wurde trocken, er begann zu schlottern. Er spürte den dringenden Impuls, sich umzudrehen, aber es war viel zu dunkel, als dass er irgendetwas erkennen konnte. Er sah nur undurchdringliche Schwärze. Sonst nichts.

Und doch spürte er die Gegenwart von etwas, das er sich nicht erklären konnte. Hier unten, bei ihnen im Tunnel, war etwas.

Etwas Böses.

Elliot, der sich an Cedriks Parka festhielt, um den Anschluss nicht zu verlieren, stöhnte laut auf, als er sich den Kopf an der niedrigen Decke stieß.

»Emily, wie lange dauert das hier denn noch?«

Die Katze miaute und rieb sich an Cedriks Bein.

Emily, dreh dich um. Hinter uns ist etwas! Ich bin mir ganz sicher. Kannst du etwas sehen?

Nein, aber ich spüre es auch. Streck deine Hand aus, Cedrik! Direkt vor dir ist eine Leiter!

Tatsächlich spürte er unter seinen Händen kaltes, rostiges Metall. Er sah nach oben. Er konnte nicht genau sagen, wie hoch es war, aber irgendwo über ihnen konnte er durch ein Abflussgitter Licht schimmern sehen.

Wir müssen hier raus. Schnell! Emilys Stimme war erfüllt von Panik.

Im gleichen Moment sah Cedrik einen stummen Blitz aufleuchten. Die silberne Lichtkugel raste durch den engen Tunnel, kam immer näher und schloss zu Elliot auf.

Der junge Hexer strahlte. »Ha! Schaut mal! Meine magische Leuchte ist wieder da!«

Cedrik war wie geblendet von dem silbrigen Licht der leuchtenden Kugel, die nun wieder vor Elliot in der Luft schwebte. Doch als sich seine Augen an die Helligkeit gewöhnt hatten, sah er einen monströsen Schatten hinter Elliot zurückweichen. Für ein kurzen Moment glaubte er eine schreckliche Fratze und Krallen zu erkennen, dann war da nichts mehr als schwarze Leere.

Elliot grinste breit. »Eine Leiter! Ich habe eine Leiter gefunden!«

Kapitel 18

GASSEN VOLLER NEBEL

Cedrik wischte sich die schmutzigen Hände an der Hose ab. Er stand neben der offenen Luke des Wartungsschachtes und die Luft roch nach Algen, Fisch und Schiffsdiesel. Nach Fluss. Die Themse konnte nicht weit sein, und doch hatte Cedrik keine Ahnung, wo sie genau waren. Er seufzte erleichtert. Seit sie den Tunnel verlassen hatten, fühlte er sich deutlich besser. Die Angst, die er unten, in der Dunkelheit des Tunnels gespürt hatte, war verschwunden.

Die Sonne hatte sich während ihrer Zeit im Untergrund hinter den Horizont zurückgezogen und ließ die Welt um sie herum in blauen Farben leuchten. Die wenigen Straßenlaternen, die es hier gab, warfen ihr Licht auf wabernde Nebelschwaden. Die ganze Straße lag wie unter einem Schleier. Das war das London, wie er es kannte.

Die Backsteinhäuser rechts und links von der Straße waren alt, hatten schmale, hohe Fenster und standen dicht an dicht. Allesamt unbeleuchtet, schienen es vor allem verlassene Lagerhallen und aufgegebene Handelskontore zu sein.

Er schlug sich auf die Stirn. Da war er endlich mal wieder in London, und er hatte heute Morgen nicht auch nur eine Sekunde daran gedacht, sein Handy mitzunehmen. Damit hätte er jetzt sofort gewusst, wo sie waren. Und er hätte Jack anrufen können. Seinen Freund aus der Schule. Vielleicht konnten sie zu ihm?

»Und jetzt? Wohin, Cedrik?«, fragte Emily unruhig.

»Ich hab keinen Schimmer, wo wir sind. Das Treffen der Buchhändler können wir auf jeden Fall vergessen. Das haben wir verpasst. Ich frage mich nur, wie wir jetzt hier möglichst schnell wegkommen. Ich möchte nach Hause ...«

Elliot hatte sich mit lässig verschränkten Armen an einen Laternenpfahl gelehnt. Seit die Wunde, die ihm der Vampir zugefügt hatte, von Cedrik geheilt worden war, schien er wieder nur so vor Energie und Selbstbewusstsein zu strotzen. »Ist doch ganz einfach«, meinte er. »Emily verwandelt sich in irgendwas mit Flügeln und checkt die Lage. Schau einfach, dass du hoch genug steigst, dann siehst du sicher die Tower Bridge.« Er gluckste. »Du weißt doch, wie die aussieht?«

»Natürlich weiß ich das«, brauste Emily auf. »Aber hast du überhaupt eine Ahnung, wie anstrengend es ist, sich ständig in irgendein Tier ...«

»Da lang! Wir müssen hier runter!«, rief Cedrik.

Er hasste es, wenn sich die beiden stritten, und obwohl er nach wie vor nur eine schwache Vorstellung davon hatte, wohin sie die unterirdische Hetzjagd gebracht hatte, war sein Arm wie von selbst nach vorne geschnellt und hatte auf einen schmalen Durchlass gezeigt. Nur spärlich beleuchtet, schien die Gasse eigentlich wenig einladend.

»Äh, bist du dir sicher?«, fragte Elliot zweifelnd.

»Absolut«, erwiderte Cedrik bestimmt und ging mit festem Schritt auf die Gasse zu. Die Geschwister folgten ihm. Dabei wusste er überhaupt nicht, wohin er sie führen wollte. Und er bereute seine Entscheidung sofort. Die Gasse war mehr als unheimlich. Es wurde immer dunkler, das Licht der Straßenlaternen reichte gerade mal ein paar Meter und der Nebel, der dichter zu werden schien, tat sein Übriges, um in Cedrik ein unbestimmtes Gefühl der Bedrohung wachzurufen. Er musste an Jack the Ripper denken, und die unzähligen Morde, die ihm im Londoner Nebel vor über hundert Jahren zugeschrieben wurden.

Von wegen Serienkiller. Das war bestimmt ein Vampir im Blutrausch!

Es schüttelte ihn.

Was, wenn irgendwo hier im Nebel ...

Als ihn Emily von hinten auf die Schulter tippte, zuckte Cedrik so zusammen, dass sie alle drei panisch aufschrien.

»Wua! Hallo?! Was soll das? Müsst ihr mich so erschrecken?!«

Emily brachte sie mit einer schnellen Handbewegung zum Schweigen. »Hört ihr das?«

Cedrik lauschte ins Dunkel. Irgendwo dröhnte ein Nebelhorn von einem Schiff. Und war das Hufgeklapper? Und eine ...

»Eine Kutsche! Die Drehleier! Die Schellen! Hört ihr es nicht?«

Irgendwo hinter diesen Häusern, irgendwo auf einer dieser finsteren Straßen, trabten die Pferde einer Kutsche über das Pflaster. Cedrik hörte ein Klingeln und den wehmütigen Klang einer Drehleier, der in etwa aus der gleichen Richtung kommen musste und der ihm seltsam bekannt vorkam. Er hatte das Geräusch erst vor Kurzem gehört. Aber ... das konnte doch nur in Mistle End gewesen sein!?

»Die Gaukler!«, rief Elliot auf einmal.

Daher kannte Cedrik das Geräusch! Gestern Morgen erst war Basil, der Gauklerkönig, klingelnd und ratternd mit seinem Zirkuswagen durch das Tor von Mistle End gefahren und hatte den Beginn der Festlichkeiten verkündet.

»Ich versuche rauszukriegen, wo sie sind und wohin sie fahren«, erklärte Emily, verwandelte sich blitzschnell und mit einem PLOPP! in einen Falken und schoss in den nächtlichen Himmel.

»Ach, jetzt geht es auf einmal!«, empörte sich Elliot.

Cedrik streckte den Hals, um zu erkennen, in welche Richtung der Vogel geflogen war. »Da lang! Sie müssen irgendwo dort drüben sein!«

Er rannte los, raus aus der Gasse, über eine Straße und in die nächste Seitenstraße. Elliot folgte ihm dicht auf den Fersen.

Sie flitzten um die Ecke und sahen gerade noch, wie der dunkelblaue, mit goldenen Sternen verzierte Zirkuswagen an der nächsten Kreuzung abbog. »Sie fahren zum Fluss!«

Tatsächlich hing an der Straße, in die die Gaukler gefahren waren, ein von Zeit und Feuchtigkeit zerfressenes Holzschild, auf dem kaum noch lesbar stand: *Old Harbour*. Weiter vorn, aus dem Nebel, hörten sie Hufschlag und ein Pferd wiehern.

»Die sind viel zu schnell für uns«, sagte Cedrik atemlos.

»Da lang. Vielleicht können wir hier ja abkürzen«. Elliot lief quer über den Hof einer verlassenen Bootswerkstatt. Sie sprangen über zerlegte und vergessene Motoren, schlängelten sich unter aufgehängten und verrotteten Ruderbooten hindurch, konnten jedoch, als sie endlich die nächste Querstraße erreicht hatten, keine Spur von den Gauklern entdecken. Der Nebel war hier zwar weniger dicht, aber den Zirkuswagen sahen sie nirgends.

»Ich kann sie nicht einmal mehr hören. Du vielleicht?«, rief Elliot. »Sie haben die Kutsche sicher irgendwo abgestellt.«

»Ihr müsst hier rüber!«

Emily, die sich wieder zurück in ihre menschliche Gestalt verwandelt hatte, stand an einer Straßenecke und winkte ihnen eifrig zu.

Hastig rannten die beiden Freunde zu ihr.

Cedrik schnappte nach Luft. Eine leichte Brise hatte den Nebel fortgeblasen und der Mond warf sein helles Licht auf einen kleinen Flusshafen vor ihnen. Hinter einer schwarzen Mauer und etwas tiefer gelegen, zog sich ein gemauerter Pier um eine fast runde Einbuchtung, an deren Öffnung sich auf der einen Seite ein altes, gotisch anmutendes Haus hoch über den Fluss erhob. Ihm gegenüber, auf der anderen Seite der Hafeneinfahrt stand ein schlankes Leuchtfeuer, ein dunkler Turm mit einem einzelnen, sich langsam drehenden Scheinwerfer hinter geschliffenen Gläsern.

Jenseits der mit Efeu bewachsenen und schmiedeeisernen Spitzen versehenen Mauer, waren außer dem Haus über dem Fluss und dem Leuchtturm nur ein paar Zeltspitzen und flackernde Lichter zu erkennen. Lachen, Musik und der Geruch nach Essen zogen verheißungsvoll durch die Nacht.

Die Gaukler waren gerade dabei, ihren Zirkuswagen rückwärts durch ein Tor und eine hölzerne Rampe hinab auf den Pier zu bugsieren. Auf die weit geöffneten Torflügel hatte jemand mit ungeschicktem Pinselstrich in bunten Farben *Circus Paradise* gemalt.

Eine junge Frau mit roter Lederjacke und schweren Armee-Stiefeln sprang vom Pritschenwagen, und machte sich gerade daran, das Tor hinter ihnen zu schließen, als Elliot verdutzt aufrief.

»Aissa? Bist du das?« Er stolperte ungeschickt einen Schritt vorwärts.

Blitzschnell schlüpfte die junge Hohepriesterin durch das Tor nach innen und schloss die schweren Eisenflügel gerade so weit, dass nur noch ihr Gesicht herausschaute. Vorsichtig starrte sie in ihre Richtung. »Und du bist ...?«

Ein falsches Wort und die Tür ist zu, dachte Cedrik.

»Wir kennen uns aus Mistle End, da hast du uns die Nummer mit der Schlange gezeigt. Voll irre! Also, ich mein, voll stark!«

Elliot strahlte, Emily stöhnte und vergrub ihr Gesicht in den Händen.

Der junge Hexer stellte sie vor. »Ich bin Elliot und das ist Emily, meine Schwester. Und das hier, das ist Cedrik, der ist ...«

»... ein Druide. Ich weiß«, unterbrach ihn Aissa kühl. Sie musterte die drei, noch immer misstrauisch. »Was wollt ihr hier? Habt ihr keine ... Angst? Das hier ist London, und ihr solltet nicht ...«

»Wir sind Hexen, schon vergessen? Wovor sollen wir uns fürchten?«, warf Elliot großspurig ein.

Aissa funkelte ihn an, nickte dann geringschätzig und begann das Tor langsam zu schließen. »Oh ja, Hexen. Wie konnte ich das vergessen ... Na dann viel Spaß in der großen, finsteren Stadt.«

»Warte, Aissa! Wir brauchen deine Hilfe!« Die Worte waren aus Cedrik geradezu herausgeplatzt.

Aissa hielt mitten in der Bewegung inne und taxierte ihn sorgfältig. »Warum sollten ein Druide und zwei Hexen aus Mistle End unsere Hilfe brauchen?«

Elliot holte Luft und wollte bestimmt wieder einen seiner lockeren Sprüche loslassen, als Cedrik ihm zuvorkam. »Wir werden verfolgt.«

Aissa verzog keine Miene.

»Von Samaritern.«

Das Mädchen stieß scharf die Luft aus. »Und damit kommt ihr zu uns?!«, schimpfte sie. »Wir haben schon genug eigene Probleme mit den Wächtern. Was macht ihr überhaupt in London? Ist euch nicht klar, was ihr damit auslösen könntet?!« Sie wirkte jetzt regelrecht feindselig.

»Vorsicht, Aissa, wenn du wütend bist, wird der Fluss unruhig und tritt über die Ufer. Mit wem streitest du denn da am Tor?«, ließ sich eine dunkle Bassstimme hinter der Mauer vernehmen. Das Tor wurde ein Stück weiter geöffnet und ein muskulöser, sehr groß gewachsener Mann, bekleidet mit Jeans und einer Trainingsjacke von Manchester United, mit kräftigem Vollbart und wirrem Lockenkopf stellte sich neben Aissa. Sein Blick schweifte amüsiert über die drei Freunde, blieb aber dann an Emily hängen. Nach kurzem Zögern weiteten sich seine Augen. »Aber ... das ist doch ... ich glaub, ich spinne!«

»Leute!«, krächzte Emily heiser. »Das ist ein ...«

»Eine Gestaltwandlerin!«, fiel ihr der Hüne brüllend ins Wort.

»... ein Werwolf«, flüsterte Emily. Und schluckte.

»Ich werd verrückt! Ein Formwechsler! In London!« Der Werwolf lachte dröhnend und klopfte sich begeistert auf die Schenkel.

Emily erschrak und ging ein paar Schritte rückwärts, das pure Entsetzen ins Gesicht geschrieben.

Elliot dagegen riss die Arme nach oben und wechselte in die Angriff-ist-die-beste-Verteidigung-Haltung, die Cedrik nun schon so oft bei dem jungen Hexenmeister gesehen hatte.

»Also, sind euch die Samariter gefolgt?« Aissa ignorierte ihren viel zu breit grinsenden Begleiter und musterte die drei weiterhin kühl.

»Nein, sind sie nicht«, erwiderte Cedrik hastig. »Wir haben sie abgehängt.«

Die junge Hohepriesterin hob ungläubig eine Augenbraue. »Ihr habt sie abgehängt? Echt jetzt?«

»Ja, mit dem Besen. Im U-Bahn-Tunnel.«

Und auf einmal grinste Aissa. Ein sehr breites, spöttisches Grinsen. »Ihr seid mit dem Besen durch einen U-Bahn-Tunnel geflogen? Ihr habt mehr drauf, als ich dachte!«

Sie schüttelte den Kopf und zuckte mit den Schultern. »Na ja, wenn ihr jetzt schon hier seid ...«

»Genau, kommt rein!«, unterbrach sie ein begeisterter Werwolf. »Dann können wir was essen.«

»Essen? Meint der uns?«, flüsterte Cedrik panisch.

Aissa sah den Werwolf an, ohne auch nur die Miene zu verziehen, der kniff die Lippen zusammen, konnte aber schon einen Moment später nicht mehr an sich halten und prustete los. Die beiden lachten schallend und Cedrik wurde knallrot im Gesicht.

»Ich glaube nicht«, antwortete Emily, peinlich berührt.

Elliot hüstelte.

Endlich beruhigten sich die zwei und Aissa rieb sich die Lachtränen aus den Augenwinkeln. »Hört zu, im alten Hafen herrscht Friede zwischen allen Wesen, egal woher sie kommen, wohin sie gehen oder warum sie bei uns sind. Kommt rein und seht es euch selbst an! Keine Angst!«

Als Elliot etwas erwidern wollte, unterbrach ihn Aissa freundlich, aber bestimmt. »Sagtet ihr nicht, ihr bräuchtet unsere Hilfe? Also bitte! Rein mit euch!«

Der Werwolf wandte sich an Emily. Sein Gesicht leuchtete vor Aufregung. »Ich habe meinen letzten Gestaltwandler getroffen, da war ich noch ein Welpe! Ich mein, stimmt das wirklich, dass es dir gar nicht wehtut? Die Verwandlung? Du musst mir unbedingt ...«

Aissa unterbrach ihn und wedelte lässig mit der Hand. »Jonathan Jackelby, lass sie doch erst mal entscheiden, ob sie überhaupt hereinkommen wollen.« Und an die drei Freunde gewandt fügte sie hinzu: »Also, was ist nun?«

Sie trat zur Seite und machte eine einladende Geste.

Cedrik holte tief Luft und trat durch das Tor in die Welt der Gaukler, jenseits der Mauer.

Kapitel 19

CIRCUS PARADISE

Cedrik hatte sofort das Gefühl anzukommen. Ganz ähnlich wie in Mistle End und doch anders. Der Fluss schwappte leise plätschernd an das gemauerte Ufer und hier, hinter der Mauer, herrschte rege Betriebsamkeit. Über den ganzen Pier verteilt standen verschiedenste Zirkuszelte, überall brannten Feuerschalen. Menschen unterschiedlichster Herkunft, groß und klein, alt und jung, teils in abenteuerlich bunte und fremd wirkende Gewänder gekleidet, teils in ganz normalen Straßenklamotten, standen oder saßen in Gruppen herum. Dampfendes Essen wurde gereicht und die Stimmung schien fröhlich und friedvoll. Lichterketten (mit echten Glühbirnen, wie Cedrik sofort bemerkte) waren zwischen den Zelten gespannt. Von irgendwo ertönte eine Gitarre, die leise eine melancholische, orientalisch klingende Weise spielte. Das Haus am Wasser, mit spitzen Türmchen und kleinen Erkern, lag etwas höher, eine schmale Treppe führte nach oben. Die Tür des Hauses stand offen, Licht fiel auf die Stufen.

Es gab nur ein Schiff am Pier. Ein alter Zweimaster, die Segel gerefft, hatte mit schweren Tauen festgemacht. Das Schiff hatte ziemliche Schlagseite und zwischen den Masten baumelte eine leere Hängematte.

»Wollt ihr etwas essen?«, rief Jonathan Jackelby eifrig.

»Gern!«, antwortete Elliot begeistert.

»Wo sind wir hier?«, fragte Emily verblüfft.

»Das hier ...«, sagte Aissa, nicht ohne einen gewissen Stolz in der Stimme, »... ist unser Reich. Der Zirkus der Widersprüche und Gegensätze. Heimat der Heimatlosen. Der Anfang vom Ende.« Sie zeigte auf das bunte Treiben vor ihnen. »Bei uns sind alle willkommen, die da draußen, vor dem Tor, keinen Platz finden. Fremde, die ihre Heimat verloren haben und nun eine neue suchen. Freunde, die noch vor Kurzem keine Freunde hatten. Hexen und Druiden in Not.« Sie lachte leise und winkte einem tänzelnden Jungen mit Ziegenbärtchen zu, der von einem Tablett Teller mit dampfendem Essen verteilte. Der Junge lächelte und trippelte mit seltsamen Sprüngen heran, um Cedrik und den anderen etwas davon anzubieten. Es roch herrlich und Elliot griff ohne Zögern zu. Cedrik und Emily taten es ihm gleich.

»Was hat der Junge?«, fragte Cedrik Aissa leise. »Ist er verletzt?«

Sie lachte. »Nein, gar nicht. Das ist Kiriakos aus Griechenland.« Sie musterte Cedrik von der Seite. »Sieh genau hin!«

Cedrik schüttelte verwirrt den Kopf, aber als er sich auf den Jungen konzentrierte, fiel ihm plötzlich auf, dass er nicht in Turnschuhen, sondern auf schlanken Hufen umhersprang.

»Kiriakos ist ein Satyr. Ein Waldgeist, er hat Ziegenbeine.« Aissa lachte. »Ein Faun! Und er ist hier nicht das einzige magische Wesen, das nicht auf den britischen Inseln geboren wurde. Die meisten von uns kommen von weit her und haben hier ihre Zuflucht gefunden. Wie ich! Oder sie dort, zum Beispiel.« Sie zeigte auf eine gut aussehende, mittelalte Frau, die eben die Schalen auf dem Tablett des jungen Waldgeistes großzügig nachfüllte. »Das ist Sarawati, eine Naga aus Indien. Ein Flussgeist, eine Schlangenfrau. Der Fluss, in dem sie lebte, war so voller Gifte und Unrat, dass sie krank wurde und es dort schließlich nicht mehr aushielt. Sie kam mit ihren kleinen Geschwistern hierher, nach London und kocht jetzt für uns. Extrem lecker!«

Noch während Aissa sprach, fielen der Köchin zwei kleine türkisfarbene Schlangen aus dem Ärmel und schlängelten sich unter den Tisch. Die Frau bückte sich rasch, packte die Tiere und stecke sie sanft und leise zischend in eine ihrer tiefen Manteltaschen. Als sie merkte, dass sie beobachtet wurde, wischte sie ihre Hände an der Schürze ab und wandte sich neugierig an die Neuankömmlinge.

»Namastē, meine Lieben, Namastē! Ihr seid aus dem Norden, habe ich recht?«

»Ja, aber woher wissen Sie …«, stammelte Elliot.

»Ich bin hier die Köchin, mein Lieber. Ich rieche und ich schmecke alles!« Ihre Augen blitzten keck und sie leckte sich über die Lippen.

Sie hat eine gespaltene Zunge!

Sarawati kräuselte ihre Nase und blinzelte ihnen zu. »Und ihr riecht nach feuchten Tunneln und etwas Kanalisation, aber unter all dem schmecke ich Heide, trockenes Gras und den kalten Wind schneebedeckter Berge. Ihr riecht nach den Highlands! Willkommen beim Circus Paradise, Kinder aus dem Norden!«

Sie nickte den verblüfften Freunden noch einmal freundlich zu und widmete sich wieder ihren hungrigen Gästen.

»Dass sie hier bei uns ist, macht sie glücklich. Und uns auch«, raunte Aissa und führte sie weiter über den Pier. »Im Gegensatz zu ihm hier.« Sie zeigte auf einen mürrischen Mann mit grauem Vollbart, der in weiten Pluderhosen und Militärparka eben missmutig aus einem Zelt stakste. »Das ist Asmad. Ein Dschinn aus den Bergen Jordaniens. Immer schlecht gelaunt. Jemand hatte ihn als Dolch in eine Kiste gesperrt, und irgendeinem König mit ins Grab gelegt. Für ein paar Hundert Jahre. Seitdem hat er Angst, sich wieder in einen Gegenstand zu verwandeln und er hat geschworen, für immer in seiner menschlichen

Gestalt zu bleiben. Sehr zu seinem Verdruss und unser aller!« Sie lachte. »Versteht ihr jetzt? Hier, bei uns, darf ganz bestimmt jeder so sein, wie er will. Das ist die Idee des Circus Paradise.«

»Und warum bist du hier?«, fragte Emily nachdenklich.

»Weil ich jede Art von Herrschaft ablehne«, erwiderte Aissa ernst. Cedrik sah sie erstaunt an. »Für mich gibt es kein Oben, kein Unten. Keine überlegene Rasse. Weder magisch noch nicht-magisch. Für mich sind alle gleich, egal ob Mensch, Werwolf, ein verstoßener Gnom oder ein einsamer Ghul, wir müssen einander respektieren und einander achten. Keiner sollte sich anderen überlegen fühlen. Oder die Türen vor denen in Not verschließen.«

»Das sah aber eben noch ganz anders aus«, bemerkte Emily trocken.

Aissa nickte. »Ja, und das tut mir leid. Bei uns liegen die Nerven blank. Seit Wochen hält sich das Gerücht hartnäckig, dass Dornhexen in die Stadt gekommen sind. Ihr habt euch unruhige Zeiten für euren kleinen Ausflug ausgesucht.«

»Crutch!«, entfuhr es Elliot.

»Ihr habt von ihm gehört?«, fragte Jonathan, der Werwolf.

»Oh, wir kennen ihn gut«, erwiderte Cedrik bedrückt.

»Leider«, ergänzte Emily.

Cedrik seufzte und sah seine Freunde fragend an. Sie

nickten, und so erzählte er Aissa und Jonathan mit ihrer Hilfe die Geschichte von Crutch, dem dunklen Druiden, und den Dornhexen. Vom Kampf auf der Mauer. Dem Auszug aus Mistle End und von ihrer Begegnung heute vor dem Buchladen.

Der Werwolf knurrte. »Ich würde nur zu gerne wissen, warum die Schatten die Hexen noch nicht in der Luft zerrissen haben.« Und als er bemerkte, wie entsetzt ihn Emily ansah, fügte er hastig hinzu. »Nicht dass ich das gut finde, aber wenn wirklich Dornhexen in der Stadt sind, werden ihnen die Samariter oder die Schatten den Garaus machen.«

»Die Schatten?«, fragte Elliot.

»Ja. Wir nennen sie so, weil sie keine Gestalt zu haben scheinen. Zumindest keinen Körper, wie wir ihn kennen. Man sieht immer nur ihren schrecklichen Schatten ...« Jonathans Augen bekamen einen dunklen Glanz. »Niemand weiß genau, wer oder was sie sind. Wir denken aber, dass sie gefährlich sind.« Er nickte düster. »Es sind schon genug von uns verschwunden. Da taucht so ein Schattending auf und WUSCH, schon fehlt jemand!«

»Hör auf, ihnen solche Schauermärchen zu erzählen«, warf Aissa amüsiert ein. »Also ich kenn keinen, der wirklich gesehen hat, wie so ein Schatten angegriffen hat. Du vielleicht?«

»Weil es dann zu spät für die armen Seelen ist, um davon noch zu erzählen!«, erwiderte Jonathan unheilvoll. »Und was ist mit Benny, Jazz und Martha? Alle verschwunden, als sie in den Docks unterwegs waren.«

»Ich denke, die sind einfach nur abgehauen. Nach Dublin, wo sie immer hinwollten. Weißt du, was ich glaube? Die Schatten sind unsere Angst! Wir bilden sie uns ein, Jonathan! Nichts weiter!«

Cedrik musste an die unheimliche Begegnung im Tunnel denken. Ihm gefiel der Gedanke, dass die Schatten ein Gespinst seiner Fantasie gewesen waren, wesentlich besser als die Vorstellung, dass im unterirdischen London wirklich gruselige Monster hausten. Die Vampire reichten ihm vollkommen.

»Und diese Samariter sind die Wächter der Blutsauger?«, wollte Emily wissen.

»Ja, sie dienen dazu, die Herrschaft der anderen Königin abzusichern«, erklärte Jonathan eifrig. »Fiese Typen! Die kann hier niemand leiden.«

»Der anderen Königin?«, fragte Elliot verwirrt.

»Ja, die andere Königin ist die Herrscherin der Vampire. Nicht zu verwechseln mit der Queen, der Königin der Menschen im Buckingham Palast. Reizende alte Dame!« Er zwinkerte verschwörerisch.

Aissa spuckte verächtlich auf den Boden. »Alte Dame, pah! Niemand hat das Recht, über einen anderen zu herrschen! Weder Mensch noch Vampir!«

»Dann habt ihr hier also keinen Anführer?«, fragte Cedrik.

»Oh doch, auch wir haben einen König. Zumindest nennt er sich so«, korrigierte ihn Aissa schräg grinsend. »Und ihr kennt ihn auch schon.«

Sie zeigte auf einen länglichen Tisch unter einem Dach aus gespanntem Segeltuch, das zwischen der Mauer und zwei großen Hafenpollern befestigt war, an dem Jung und Alt auf verschiedenfarbigen, teils prachtvollen Sesseln und Schaukelstühlen Platz genommen hatte. Aber wie ein Anführer sah keiner aus.

»Wen meinst du?«

»Na, der auf dem Thron!« Sie zeigte auf den Mann im bunten Anzug, der, als er sie entdeckte, kurz zusammenzuckte, dann aber von seinem einfachen Holzschemel aufstand und lächelnd auf sie zukam.

Irgendwie freute sich Cedric, ihn zu sehen.

»Willkommen im Circus Paradise, meine lieben Freunde!«

Basil, der Gaukler! Natürlich. Hier war der Narr der König!

Sie begrüßten einander herzlich. Dann wurde Basil ernst. »Ich nehme an, ihr seid hier auf der Suche nach dem gestohlenen Buch?«

Cedrik warf einen schnellen, überrachten Blick auf die Geschwister. Elliot kaute unbeteiligt auf seinem Löffel und Emily fragte betont harmlos: »Sie, äh, wissen von dem Buch?«

»Ja, das Buch mit der Sammlung uralter Öffnungszauber. Esmeralda hat mir davon erzählt. Habt ihr schon eine Spur?«

Cedrik grinste. Schlau von Esmeralda, nur die halbe Wahrheit zu erzählen. So ganz falsch war es ja auch nicht.

»Nein, leider nicht«, sagte Emily und zuckte unschuldig mit den Schultern.

Basil wirkte ehrlich bekümmert. »Vom Crannog haben wir auch nichts mehr gehört. Er ist seit dem Angriff verschwunden.«

»Welcher Angriff?«, fragte Jonathan verblüfft.

»Flabber hat das Dorf der Hexen angezündet«, sagte Aissa bedrückt.

»Echt jetzt?« Jonathan war sprachlos.

Sie brachten den Werwolf auf den neuesten Stand.

»Und deshalb vermutet unser Bücherelf, dass zwei Londoner Buchhändler hinter dem Überfall stecken könnten«, beendete Elliot die Zusammenfassung des gestrigen Tages. »Die Gebrüder Tywyll. Deswegen sind wir hier.«

Aissa schnalzte abschätzig mit der Zunge. »Ich kenn die beiden Brüder. Und ich weiß auch, wo sie ihre Geschäfte abwickeln.« Ihre Stimme klang bitter.

Jonathan schürzte die Lippen. »Ach, hast du an die damals euer –«

»Ja«, unterbrach ihn Aissa. »Keine gute Zeit, kein gutes Geschäft.«

»Was ist passiert?«, fragte Cedrik.

»Als ich mit meiner Familie nach London kam, hatten

wir nichts. Kein Geld, keine Freunde, nichts. Schon auf der Überfahrt von Afrika wurden wir von einem Agenten der Buchhändler angesprochen. Ob wir magische Artefakte oder Ähnliches mit uns führten. Bücher, zum Beispiel. Dass es in London zwei Brüder gäbe, die einen guten Preis für Voodoo-Magie zahlen würden.«

»Und?«

»Bücher hatten wir keine, aber meine Großmutter hatte eine Kiste mit Schutzzaubern, kleine Holztäfelchen, aus dem Holz des heiligen Baumes geschnitzt, den meine Ur-Ur-Ur-Großmutter vor vielen Generationen auf geweihter Erde gepflanzt hatte. Sehr wirksamer Voodoo, gut gegen böse Hexen und schwarze Magie.«

»Aber ich dachte, Voodoo ist, äh, schwarze Magie?«, fragte Elliot verwirrt.

Aissa lächelte traurig. »Das denken die Leute immer. Nein, Voodoo bietet Schutz und Heilung von Krankheiten und Flüchen. Im Voodoo kommen die Leute zu uns, damit wir sie vor bösen Hexen und Geistern beschützen.«

»Und was habt ihr damit gemacht? Mit den Tafeln, meine ich«, fragte Cedrik bedrückt. Er hatte eine Ahnung, dass die Geschichte kein gutes Ende gehabt hatte.

»Die Tafeln waren für unsere Familie so etwas wie Heiligtümer. Bewahrt haben wir sie, weitergegeben von Generation zu Generation, sodass das uralte Wissen nicht verloren geht. Sogar als wir mit dem viel zu kleinen Boot auf dem Mittelmeer in den Sturm geraten sind, hat meine

Großmutter alles andere losgelassen, aber nicht die Kiste mit den Holztäfelchen und das Säckchen mit der heiligen Erde.« Sie stockte. »Wie auch immer. Als wir in London ankamen, hatten wir nichts. Und wir brauchten Geld. Also haben wir verkauft. Ich habe ihnen die Tafeln gebracht und sie haben gut bezahlt.«

»Weißt du noch, wo das war?«

Aissa nickte. »Natürlich. Das werde ich nie vergessen. Ich kann euch hinbringen.«

»Jetzt?«, fragte Emily aufgeregt.

Wieder nickte Aissa. »Warum nicht. Es war mitten in der Nacht, als sie mich damals empfangen haben. Wir könnten es also wenigstens versuchen.«

»Auf keinen Fall! Wenn wirklich die Samariter hinter euch her sind, dürft ihr jetzt nicht mehr vor das Tor«, schimpfte der Werwolf. »Ihr könnt von Glück sagen, dass ihr es zu uns geschafft habt. Es ist spät, lasst uns morgen zusammen dorthin gehen. Ihr werdet hier übernachten und –«

»Wartet einmal kurz«, unterbrach ihn Basil. »Sollen wir uns wirklich in die Angelegenheiten der Hexen aus dem Norden einmischen?« Er wandte sich an die drei Freunde und zuckte entschuldigend mit den Schultern. »Wir sind schwach. Und wir sind wenige. Wenn Sturm aufzieht, können wir es uns nicht leisten, Partei zu ergreifen.«

»Du sprichst von Krieg, habe ich recht?«, fragte Aissa

nachdenklich. »Du weißt mehr, als du mit uns teilst, Basil. Hast du mit der Szorobada gesprochen? Was sagt denn die Alte?«

Basil zuckte mit den Schultern. »Das wird dir nicht gefallen.«

Aissa lachte. »Mir gefällt sowieso selten, was die alte Unke von sich gibt. Also sag schon!«

»Sie hatte die Ankunft von einem fliegenden und zwei kriechenden Sonnenkindern vorhergesagt, die sich aus der Erde ans Licht wühlen ...«

Cedrik stutzte. Sie hatten sich aus dem U-Bahn-Schacht ja wirklich quasi ans Licht gewühlt. Und Emily war als Falke der Kutsche hinterhergeflogen.

»Sonnenkinder?«, fragte Aissa mit gerunzelter Stirn.

Basil nickte ernst. »... und uns alles wegessen!«

Er lachte. Ein fröhliches, gelöstes Lachen, und Aissa, Elliot und all die anderen lachten mit.

Cedrik nicht. Er schluckte. Er war sich ganz sicher, dass unter der zur Schau gestellten Fröhlichkeit Angst lag. Er spürte sie deutlich. Basil erzählte ihnen nicht die ganze Wahrheit. »Wer ist diese Szorobada?«, fragte er vorsichtig, als sich alle wieder beruhigt hatten.

»Eine ungarische Seherin«, erklärte Jonathan. »Ein Orakel mit einer Kristallkugel. Aber die ist so zerkratzt und schmutzig, dass man damit auf keinen Fall weiter als einen Meter in die Zukunft sehen kann. Nein, nicht mehr als eine Minute. Außerdem ist sie inzwischen so alt und vergesslich, dass man ihren Nachrichten nicht mehr glauben darf.«

»Und wo sollen die drei heute Nacht hin? Wenn sie nicht bleiben dürfen?«, fragte Aissa, sichtlich betroffen. »Es ist schon spät, wir können sie nicht einfach fortschicken. Da draußen sind immer noch die Samariter und machen Jagd auf sie. Das ist nicht ... richtig!«

Basil nickte bekümmert. »Nein, das ist es nicht und wir sollten ...«

»Macht euch keine Sorgen«, fiel ihm Cedrik ins Wort. »Wir wollen nicht übernachten. Wir nehmen den letzten Zug nach Mistle End, wir mussten unseren Eltern versprechen, dass wir uns heute Abend noch auf den Heimweg machen.«

Elliot zeigte ihm unauffällig den hochgereckten Daumen. Mithilfe der geheimen Tür waren sie im Handumdrehen wieder zu Hause.

»Wenn ihr uns also danach einfach zum Bahnhof bringt, wird uns schon nichts passieren. Aber vorher müssen wir unbedingt zu den Gebrüdern Tywyll. Aissa, kannst du uns den Weg zeigen? Vielleicht sogar jetzt gleich?«

Aissa schnalzte erneut mit der Zunge und nickte. »Gut. Ich bring euch hin. Sobald ich mein restliches Gepäck vom Wagen geholt habe, können wir los. Und du ...«, sie zeigte auf Elliot, »... wirst mir dabei helfen!«

Ohne seine Reaktion abzuwarten, lief sie zurück zum Zirkuswagen, der am Fuß der Rampe neben dem, was wohl der Pferdestall sein sollte, stand. Ihr hinterher lief ein glücklich glucksender Hexenmeister.

Der Werwolf begann zu schnaufen, und riss am Reißverschluss seiner Trainingsjacke.

Rauf, runter, rauf, runter.

»Jackelby, Pest und Schwefel, was ist los mit dir? Du führst dich ja auf wie eine betrunkene Fledermaus!«, amüsierte sich Basil über ihn.

Der Werwolf verzog das Gesicht zu einer verzweifelten Grimasse. »Aber wenn die jetzt gehen, erfahre ich vielleicht niemals, wie es sich anfühlt, ein Vogel zu sein. Oder ein Fisch. Wie ist es, unter Wasser atmen zu können.« Der fast zwei Meter große, muskelbepackte Hüne knetete jetzt betrübt seine schwieligen Hände.

Emily war einen Moment sprachlos, dann tätschelte sie sanft seinen Unterarm. »Was willst du wissen? Ich erzähle dir alles, was ich weiß.«

Sie zwinkerte Cedrik und Basil zu, und zog den sofort aufgeregt plappernden Werwolf ein paar Schritte zur Seite. Geduldig schien sie ihm all seine Fragen zu beantworten.

Basil räusperte sich. »Komm mit, junger Druide. Ich möchte dir etwas zeigen. Oder besser jemanden.«

Damit drehte er sich um und schritt Richtung Haus. Cedrik beeilte sich, um mit ihm Schritt zu halten, und je näher sie dem Haus am Wasser kamen, desto faszinierter war Cedrik davon. Es war verwinkelt, hatte eine Vielzahl kleiner Türme, Erker und Nischen. Die Ziegelsteine waren dunkel angelaufen und die Fenster hatten Einlagen aus buntem Glas, die Unterwasserwesen zeigten.

»Und ich möchte dir sagen, warum ich erschrocken bin, als ich euch vorhin, hier in unseren Mauern, gesehen habe.«

Cedrik hatte sich also doch nicht getäuscht. Basil war bei ihrem Anblick wirklich zusammengezuckt.

Er drehte sich kurz zu Cedrik um und betrachtete ihn nachdenklich. »Als mit dir und deinen Freunden zwei Hexen und ein Druide aus Mistle End an unsere Tür geklopft und um Hilfe gebeten haben, sind meine schlimmsten Befürchtungen wahr geworden.«

»Was für Befürchtungen?«, wollte Cedrik wissen.

Er musterte Cedrik, drehte sich dann abrupt wieder um und stieg die Stufen der Treppe nach oben.

Gemeinsam betraten sie das Haus über dem Fluss. Es war alt, die getäfelten Wände waren mit eingeritzten Runen verziert, wie sie Cedrik noch nie gesehen hatte. Sie folgten einem Gang und passierten eine Nische, in der es sich ein paar Deimoni in einer Feuerschale bequem gemacht hatten. Sie grüßten lässig, als sie Basil kommen sahen.

Cedrik machte große Augen.

Basil fuhr mit seinen Erläuterungen fort. »Wir hier sind anders, wir fallen aus dem Rahmen und wir fallen auf. Nicht jedem gefällt heute noch das Verrückte, das Andere.

Wir sind den Vampiren schon lange ein Dorn im Auge. Wir ordnen uns nicht unter, wir folgen keinen Regeln, außer der einen, nämlich keiner Regel zu folgen. Wir passen nicht ins System, weder in die Welt der Menschen noch in das Reich der Vampire. Dabei gilt hier wie dort: Wer anders ist, fliegt raus. Oder kommt gar nicht erst rein.« Er lachte bitter. »Da sind sich Menschen und Vampire einig.«

Sie stiegen eine enge Holztreppe nach oben. Kerzen an den Wänden tauchten alles in ein schummeriges Licht.

Kaum hatten sie den ersten Absatz erreicht, ertönte aus einem Zimmer mit angelehnter Tür eine rau klingende Frauenstimme. »Ist er das? Ist er endlich hier? Bring ihn rein, ich will ihn sehen!«

Rauchschwaden waberten aus dem Zimmer, es roch nach Zigaretten und alten Strümpfen.

»Einen Moment noch«, rief Basil und packte Cedrik am Arm. »Hör mir gut zu. Jeder Einzelne bei uns hat seine eigenen Gründe hier zu sein. Warum jemand hier ist, spielt gar keine Rolle. Wichtig ist nur: Wer bei uns ist, vertraut darauf, endlich in Sicherheit zu sein.« Er sah Cedrik nun direkt an. »Wir haben keine Armee, die uns beschützt. Gut, die Werwölfe passen auf uns auf, und die Mauer ist mit einem Zauber versehen, der es Vampiren unmöglich macht, den Hafen zu betreten. Aber unser eigentlicher Schutz ist der unbedingte Wille, jedem zu helfen und doch auf keiner Seite zu stehen. Wir sind unangreifbar, weil wir einfach nicht mitmachen.«

Er hielt kurz inne und wirkte bekümmert. »Unsere einzige Chance, Heimat für all die Ausgestoßenen und Einsamen zu sein, ist, uns aus den Machtkämpfen der anderen rauszuhalten. Indem wir keine Unterschiede machen. Wir machen Klamauk für die Hexen in Mistle End und tanzen für die Königin der Vampire. Wir kennen kein Gut und Böse, wir ziehen allen das gleiche Geld aus der Tasche und verprassen es mit Liebe und Gesang. Aber mit eurer Ankunft hat das Schicksal an die Tür geklopft. Wir müssen uns entscheiden. Der Krieg der Hexen steht unmittelbar bevor und wenn wir euch vor den Häschern der Vampire beschützen, machen wir uns selbst zum Feind der Blutgeschöpfe. Die sich früher oder später mit den Dornhexen verbrüdern werden, machen wir uns nichts vor. Aber wenn wir jetzt, in dieser Nacht, unsere Tore vor euch verschließen, sind wir nicht besser als die anderen.« Er lächelte traurig. »Jetzt weißt du, warum ich vorhin erschrocken bin, als ich drei Besucher aus Mistle End auf unserem Pier entdeckt habe. Als Aissa für euch das Tor geöffnet hat, hat sie für uns entschieden.«

Cedrik schüttelte den Kopf. »Mach dir keine Sorgen, Basil. Wir werden nicht bleiben, können wir gar nicht. Wir müssen das Buch finden und zurück nach Mistle End bringen.«

Basil lächelte und neigte leicht das Haupt. »Gut. Dann ist es wohl jetzt an der Zeit für dich, jemanden kennenzulernen.«

Kaum hatte er die Hand erhoben, um an die Tür zu klopfen, als erneut die raue Frauenstimme von vorhin ertönte. »Ha! Spart euch das Geklopfe und kommt endlich rein!«

Basil trat hastig zur Seite und zwinkerte Cedrik zu. »Nur zu. Das Vergnügen gönne ich dir ganz allein ...«

Cedrik schluckte und wollte eben in das Zimmer treten, als drei junge Männer, alle gekleidet in gelb-schwarze Trainingsanzüge, auf die ein roter Drache gestickt war, die Treppe hinaufrasten. Sie schoben, drückten und drängelten und versuchten, sich gegenseitig im engen Gang zu überholen. Doch als die ersten zwei sich derart ineinander verkeilt hatten, dass an ein Vorwärtskommen nicht mehr zu denken war, sprang der dritte kurzerhand an die Decke und lief, kopfüber und hämisch feixend, an ihnen vorbei. Ganz so, als gäbe es keine Schwerkraft!

»Brüder. Aus China.« Basil hob hilflos die Schultern. »Frag nicht, keiner spricht ihre Sprache. Aber sie sind die besten Schwertzwirbler, die ich kenne.« Er zwinkerte noch einmal. »Aber jetzt ...« Er öffnete für Cedrik die Tür. »Es ist so weit.«

Das Zimmer war kleiner, als er erwartet hatte, und die Lampe an der Decke spendete kaum Licht. Die schmutzigen Fenster des Zimmers gingen raus zum Fluss, und Cedrik konnte in der Ferne die beleuchtete Tower Bridge erkennen. Alles im Zimmer war mit einer dicken Staubschicht bedeckt, das Geschirr, das auf einer Kommode stand, ebenso wie die Bücher neben dem Ohrensessel, auf dem sich Kleider häuften. Gegenüber der Fenster stand ein viel zu großes Himmelbett, in dem, umgeben von einem Berg Kissen, eine alte Frau saß. Die weißen Haare standen wild in alle Richtungen, das Gesicht war zu einem breiten, aber zahnlosen Grinsen verzogen. Ihre Augen schienen hinter den erstaunlich dicken Brillengläsern riesengroß und folgten neugierig seinen Bewegungen.

»Der Junge, der aus der Stadt und aus den Bergen kommt. Dessen Mutter ein Baum und dessen Vater ein Buch ist. Der über den Himmel fliegt und die Erde im Herzen trägt. Setz dich, mein Junge!« Sie winkte ihn heran und klopfte auf das Bett. »Wie schön, dass du mich besuchen kommst. Ich habe lange auf dich gewartet.«

»Auf mich?«, entfuhr es Cedrik. Er hielt die Luft an, die Frau war ihm irgendwie unheimlich. Stand er gerade vor Szorobada, dem Orakel?

»Natürlich bin ich ich, wer soll ich sonst sein.« Sie seufzte. »Ich habe eine Nachricht für dich. Und erst wenn ich sie dir gesagt habe, kann ich endlich gehen.«

Cedrik sah sich um. Das Zimmer wirkte verwahrlost ...

»Warum soll ich noch aufräumen? Ich wusste ja, dass du kommst. Und dass es dann endlich zu Ende sein wird. Was ist nun? Hörst du mir zu?«

Cedrik nickte.

Die Szorobada klopfte noch einmal auf ihr Bett. »Dann komm und setz dich zu mir.«

Zögernd machte er einen Schritt darauf zu, aber erst als die alte Dame ungeduldig den Kopf schüttelte und die Augen verdrehte, setzte er sich auf die Bettkante.

Kaum hatte er sich niedergelassen, schoss ein dürrer Arm nach vorn und packte Cedrik erstaunlich fest am Handgelenk. Erschrocken zuckte er zurück, aber die Szorobada zog ihn zu sich, sodass er außer den riesigen Augen hinter den Brillengläsern fast nichts anderes sehen konnte.

Sie blinzelte, holte tief Luft und sagte, in einem seltsamen Singsang: »Erde vom tanzenden Mond, geschenkt vom weinenden Kind, besiegt den Tod im Fluss. Doch erst wenn im Feuer dein Traum ...«

»Wie bitte?«, fragte Cedrik verständnislos.

Die Szorobada hob eine Braue und sah ihn streng an. »Merke dir, was ich sage. Ich sage es nur ein einziges Mal. Für mich ist das alles unnützes Zeug, also konzentriere dich jetzt besser.«

Sie brummelte irgendetwas von Verschwendung, dann wurde sie für einen Moment ganz still, bevor sie erneut anfing zu sprechen: »Erde vom tanzenden Mond, geschenkt vom weinenden Kind, besiegt den Tod im Fluss. Doch erst wenn im Feuer dein Traum wahr wird, wirst du deinen Baum finden. Am Saum des Meeres gibt es keinen Krieg und unter deinen Schwingen werden sich die Steine erheben. Doch wenn im Licht der Sterne die Toten die Lebenden bezwingen, wird Vergebung dir endlich Frieden bringen.« Sie ließ ihn los, lehnte sich zurück und nickte zufrieden.

Cedrik war verwirrt. Was war das alles? »Was meinen Sie damit?«

»Ich habe keine Ahnung. Dies ist deine Geschichte. Ich hatte nur die Aufgabe, die Nachricht zu überbringen. Erde vom tanzenden Mond. Vergiss sie nicht. Und den ganzen Rest. So schwer ist das doch nicht. Oder?«

Cedrik sprach in Gedanken die Prophezeiung nach.

»Du hast sie dir gemerkt. Das ist gut.«

Sie musterte ihn durch ihre unglaublich dicken Brillengläser mit hochgezogenen Augenbrauen, dann richtete sie sich auf, klopfte ihre Kissen zurecht und ließ sich wieder zurück in ihr Lager fallen. »Und jetzt geh. Ich möchte mich noch ein paar Tage ausruhen, bevor es anfängt. Keine Ahnung, ob ich drüben so ein gemütliches Bett haben werde.«

»Was anfängt?«, fragte Cedrik, nun völlig verwirrt.

»Mein Ende«, sagte Szorobada, lächelte gütig und schloss die Augen.

Er starrte sie noch ein paar Sekunden fassungslos an, bevor er sich erhob. Zögernd stand er an ihrem Bett. Was hatte sie bloß gemeint? Was hatten die Sätze zu bedeuten?

Als er dann doch das Zimmer verlassen wollte, blieb

er mit dem Fuß an etwas hängen. Er stolperte und eine schwere, fast blinde Glaskugel kullerte polternd über den knarzenden Dielenboden.

Die Alte schreckte auf und sah ihn erschrocken an. »Wer bist du? Und was machst du in meinem Zimmer?«

»Ich ...«, stotterte Cedrik. »Sie haben mir gerade eine Weissagung gegeben und ich ...«

»Papperlapapp, Weissagung. Verschwinde! Ich habe dich noch nie gesehen! Mach, dass du fortkommst, bevor ich die Wölfe rufe!«

Verstört drehte sich Cedrik um, aber bevor er die Tür erreicht hatte, rollte tiefes Schnarchen durch das Zimmer.

Als hätte sie nie mit mir gesprochen ...

Aissa wartete mit Basil am Anfang des Pier bei der Treppe auf ihn. Lässig hatte sie sich an das schmale Geländer gelehnt. Elliot stand breit grinsend neben ihr. »Wo warst du denn so lange?«, fragte die Hohepriesterin neugierig. »Hast du die Szorobada besucht? Und? Was hat sie dir gesagt?«

Cedrik hob nur hilflos die Schultern. »Eine Menge. Vom tanzenden Mond, Erde, Schwingen. Es war alles dabei.« Er verdrehte die Augen. »Keine Ahnung, was sie damit meint.«

Aissa erstarrte für einen Moment, wirkte erstaunt, wollte erst etwas sagen, schüttelte dann jedoch den Kopf und lachte amüsiert. »Was auch immer sie dir gesagt hat, es wird nichts bedeuten. Wie alles, was sie prophezeit. Aber wir sollten aufbrechen, denn sonst wird es zu spät. Ich fahre euch mit der Kutsche.«

Basil nickte. »Das ist das Mindeste, was wir tun können.«

Aissa drehte sich um und ging Richtung Kutsche.

»Und ich komme mit«, rief Jonathan begeistert. »Sturmgeborene, warte! Ich hole die Pferdchen!«

Und schon war der Werwolf auf dem Weg zum Stall unter der Rampe.

Emily und Elliot warfen sich begeisterte Blicke zu und machten, dass sie hinterherkamen.

Cedrik blieb neben Basil stehen. »Warum nennt er sie ›Sturmgeborene‹?«, fragte er neugierig.

»In der Nacht auf dem Meer, als ihr Schiff bei der Überfahrt nach Europa zu kentern drohte, rief ihre Großmutter die Götter ihrer Heimat um Hilfe«, erzählte Basil. »Aber sie kamen nicht und sie ertrank, weil sie lieber die heilige Erde und die Holztafeln als sich selbst retten wollte.«

»Aber das ist furchtbar!«

»Oh, das muss es wohl gewesen sein. Natürlich. Aissa war darüber so verzweifelt und wütend, dass sie die Götter selbst verfluchte. In diesem Moment ging die Gabe ihrer Großmutter auf sie über und verschmolz mit ihrer eigenen Kraft. Und sie wurde mächtig wie keine vor ihr. Seither müssen die Götter tun, was sie von ihnen verlangt.«

»Deswegen ›Sturmgeborene‹. Jetzt verstehe ich.«

Basil nickte. »Sie ist eine der mächtigsten Priesterinnen, die mir begegnet sind. Und sie kennt keine Furcht. Aber jedes Mal, wenn sie die Götter ruft, muss sie an den Tod ihrer Großmutter denken. Sie liebt und sie hasst aus ganzem Herzen, was sie tut.«

Cedrik schwieg eine Weile betreten. »Und du?«, fragte er schließlich. »Warum bist du hier? Wie bist du König geworden?«

»Oh, ich habe keine Ahnung.« Er zuckte mit den Schultern. »Vielleicht muss man etwas ganz Besonderes können, um hier König zu sein. Das könnte es erklären, denn du musst wissen, ich bin ein großer Zauberer.«

Cedrik nickte ernst. »Also ein Hexer wie Elliot?«

Basil lachte auf, schüttelte den Kopf, warf wie aus dem Nichts eine Ein-Pfund-Münze in die Luft, fing sie auf, blies auf seine Finger und ließ die Münze wieder verschwinden.

Cedrik lächelte, als Basil die Münze aus seiner Nase zauberte und ihm in die Hand drückte. Den Trick hatte er in der Schule schon oft gesehen.

Basil zwinkerte ihm verschmitzt zu. »Hier, für dich, mein Sohn!«

»Oh, danke!«, sagte Cedrik höflich. »Aber du brauchst mir wirklich kein ...« Er stutzte. Seine Hand war leer! Aber er hatte die Münze doch eben noch ganz bestimmt in seiner Hand gespürt!?

Der König der Gaukler verbeugte sich kunstvoll vor ihm. »Applaus für Basil, den größten Zauberer aller Welten!«

Kapitel 20

KUTSCHFAHRT MIT EINEM GOTT

Aissa steuerte den Zirkuswagen geschickt die Rampe nach oben, durch das Tor, auf die Straße. Gezogen wurde die Kutsche von vier Pferden, alle schwarz wie die Nacht. Sie verließen das Industriegebiet rund um den alten Hafen und schwenkten in eine größere Verkehrsstraße ein. Es war verrückt, aber niemand schien die bunte Truppe auf ihrem Gefährt zu bemerken.

Oder, nein, eher im Gegenteil. Ein Polizist, mit Helm und Schlagstock, lehnte gelangweilt an einer roten Telefonzelle, aber kaum fuhren sie an ihm vorbei, packte er seinen Schlagstock, und rockte, Luftgitarre spielend, über den Gehweg. Ein junges Pärchen mit Kinderwagen, das eigentlich gerade die Straße überqueren wollte, fiel sich wie aus dem Nichts um den Hals und küsste sich. Aber niemand würdigte die Kutsche auch nur eines Blickes.

»Warum bemerkt uns denn keiner? Ist das hier ...« Cedrik machte eine Geste, die die Kutsche und die Pferde mit einschloss. »Ist das nicht ein wenig auffällig? Mitten in London?«, fragte er Aissa neben sich.

Die anderen hatten hinten auf der Pritsche Platz gefunden und unterhielten sich lautstark.

»Nicht für die Menschen«, erwiderte die Priesterin freundlich. »Das ist wie mit eurem Greifenzauber. Auf unseren Wägen liegt ein Schutz, der die Menschen sofort wieder vergessen lässt, dass sie gerade eine Kutsche durch die Londoner Innenstadt fahren gesehen haben. Weil ihnen auf einmal andere, verrückte Gedanken in den Sinn kommen. Und sie irgendwelchen Blödsinn machen. Wie der da!« Sie lachte und zeigte auf einen würdevollen, etwas übergewichtigen Herrn mit Frack und Zylinder, der anfing, wie wild Räder zu schlagen, kaum dass sie in seine Nähe kamen. Und er machte es erstaunlich gut! Dann wurde Aissa wieder ernst. »Leider funktioniert das bei Vampiren nicht so prickelnd, aber wenn sie nicht genau hinschauen und wir ein wenig Glück haben, übersehen sie uns vielleicht.«

Die Hufe der stolzen Tiere klapperten laut durch die nächtlichen Straßen und die Kutsche rumpelte ungemütlich über das harte Pflaster. Je weiter sie sich vom Fluss entfernten, desto lichter wurde der Nebel, bis er schließlich ganz verschwand. Der Verkehr dagegen wurde dichter, aber immer wenn die Kutsche in eine Straße einbiegen musste oder auf eine Kreuzung zufuhr, blieben die Autos auf wundersame Weise stehen oder bildeten einen Durchlass, durch den Aissa die Kutsche zügig hindurchmanövrierte.

Cedrik klopfte sich begeistert auf die Oberschenkel. »Deswegen seid ihr so schnell aus dem Norden wieder in London angekommen!«

Aissa lächelte bescheiden und winkte ab. »Wir brauchen schon eine Weile, aber unsere Pferdchen hier sind in der Tat schneller, als man denkt. Stimmt's, ihr Wilden?« Den letzten Satz hatte sie gerufen. Sie schnalzte mit der Zunge und ließ die Peitsche knallend über den Pferderücken in der Luft schlängeln. Wie zur Antwort wieherte eines der Rösser und schlug seine Hufe so hart auf das Pflaster, dass die Funken flogen.

Aissa zwinkerte Cedrik zu. »Basil sagt, wir dürfen die Pferde in der Stadt nicht zu schnell laufen lassen, um die Menschen nicht zu verwirren ... Aber was meinst du? Findest du nicht auch, es ist kaum jemand unterwegs?«

Was meint sie denn?! Die Straßen sind brechend voll!

Ihre Augen blitzten, und sie beugte sich nach vorn. Sie begann Worte zu murmeln, die Cedrik nicht verstand, aber den Pferden ein geheimes Signal zu geben schienen. Sie tänzelten, ruckten am Geschirr und fielen in schnellen Trab. Sie schnaubten und schienen wie elektrisiert, Cedrik konnte die Spannung der Tiere förmlich greifen. Aissa schnalzte wieder mit der Zunge, jetzt dreimal, und ließ erneut die Peitsche knallen, knapp über dem Rücken der Pferde. Die legten sich sofort in ihre Riemen und galoppierten los.

Cedrik wurde nach hinten geschleudert und musste sich festhalten, um nicht vom Kutschbock geworfen zu werden.

Aissa heulte laut auf und feuerte die Pferde weiter an. Wo die Hufe auf den Asphalt trafen, flogen Funken und Steine und es schien, als würde ihre Kutsche eine flammende Spur auf der Straße hinterlassen.

Die Autofahrer vor ihnen beeilten sich, Platz zu machen, und Cedrik meinte, in den verdutzten Gesichtern der Menschen völlige Ratlosigkeit zu sehen – gerade so, als wussten sie schon nicht mehr, wovor sie eigentlich gerade ausgewichen waren.

»Bist du dir sicher, dass das eine gute Idee ist?«, rief Cedrik und japste nach Luft, als ihm klar wurde, dass sie gerade auf die Tower Bridge zurasten.

»Alles in Ordnung bei euch da vorne?« Emilys Stimme klang beunruhigt. »Sollten wir nicht vielleicht ein wenig langsamer machen?«

Wo sollen denn da die Menschen bitte ausweichen?

Auf der Brücke trennte rechts und links nur ein einfaches Metallgeländer die Straße vom Fluss.

»Aissa, mach langsam! Da vorne wird es verdammt eng!«

Cedrik erschrak heftig, als er sah, dass Aissa die Augen nach innen gerollt hatte und nur noch das Weiß ihrer Augäpfel zu sehen war. Sie bäumte sich auf, ließ aber die Zügel nicht los.

»Was ist mit dir?! Halt an!« Cedrik versuchte verzweifelt zu erkennen, wie viel Zeit ihm noch blieb. Das Mädchen hatte die Zügel zur Seite gerissen und die Pferde scherten auf die Gegenfahrbahn aus, um nun im gestreckten Galopp einen Stau an einer Ampel zu überholen. Cedrik entdeckte entsetzt die Lichter eines ihnen entgegenkommenden Taxis.

Da werden wir niemals durchkommen! Da sind zu viele Autos, das ist viel zu eng! Vielleicht kann ich die Pferde stoppen, wenn ich sie ...

Ein dunkles Knurren unterbrach ihn in seinen Gedanken. »Der Druide hat recht, Sturmgeborene! Halt an! Ruhig, meine liebe Freundin, ruhig ...« Die Stimme des Werwolfs klang tief und unerschütterlich. Eine Hand streckte sich durch den Vorhang von hinten und legte sich fest auf die Schulter der Voodoo-Priesterin.

»Es ist gut, Aissa. Komm zurück zu uns ...«

Sie zuckte zusammen und riss an den Zügeln. Sie zischte, und schon reduzierten die Pferde ihr Tempo. Sie reihte ihre Kutsche wieder in den Verkehr ein und keuchte schwer. »Es tut mir leid, ich ... ich war für einen kurzen Moment ...«

»Ist schon gut, Aissa. Haste was dagegen, wenn ich den

Rest der Strecke fahre? Ich weiß ja jetzt, wo's langgeht. Lass mich mal«, brummelte Jonahan Jackelby und stieg von hinten auf den Kutschbock.

Er zwinkerte Cedrik zu, während Aissa erschöpft zu den vor Entsetzen starren Geschwistern auf die Ladepritsche kletterte.

Keiner sagte ein Wort, bis sie die Brücke sicher überquert hatten und Cedriks Herz wieder in einem normalen Rhythmus schlug.

»Was war das eben? Was ist mir ihr passiert?«, fragte er den Werwolf leise. Er wollte nicht, dass Aissa hörte, wie er über sie sprach.

Dieser ließ sich Zeit mit der Antwort. Er drehte sich nach hinten und fragte: »Wie geht es ihr?«

»Ich glaub, sie ist eingeschlafen«, hörten sie Elliots Antwort.

»Wird es ihr wieder gut gehen?«, fragte Emily, Besorgnis in der Stimme.

»Wenn sie aufwacht, wird sie schreckliche Kopfschmerzen haben. Aber in ein paar Stunden ist sie wieder in Ordnung«, erwiderte Jonathan. Er schüttelte den Kopf und knurrte missbilligend. »Ich möchte wetten, das war Papa Legba, dieser verrückte Kerl! Ein Gott aus ihrer Heimat.«

»Ein Gott? Du meinst, ein Gott ist gerade in sie gefahren? Sie war ... besessen?«

Der Werwolf nickte. »Ja. Normalerweise müssen die

Götter aus ihrer Heimat tun, was sie von ihnen verlangt. Sie ist eine mächtige Priesterin und sie gehorchen fast immer. Oder meistens. Doch manchmal erscheinen sie auch, ohne dass Aissa sie ruft und ergreifen von ihr Besitz.«

Er warf Cedrik einen Blick von der Seite zu. »Dann ist sie nicht sie selbst. Und dieser Papa Legba ist ein Trickster, der Kobold unter den Göttern. Unverschämt und unberechenbar. Kennst du Loki? Der nordische Gott der Lügner, Spieler und des Schabernacks? Genau so einer ist Legba! Es macht ihm Spaß, anderen Angst einzujagen.«

Cedrik starrte ihn entsetzt an. Waren die Götter alle so schräg? Bisher hatte er immer gedacht, Götter seien weise und mild, aber nach dem Erlebten eben und dem seltsamen Verhalten von Beira oder dem unguten Auftritt seines Großvaters war er sich da nicht mehr so sicher. Er musste an seine Mutter denken. Dass Cernunnos sie ihm weggenommen und in ihren Baum gebannt hatte, nahm er ihm übel.

»Pah, Götter. Das! Das ...« Jonathan zeigte mit dem Finger auf den Mond, der fast rund und voll am Himmel über der Stadt stand. »Das ist der wahre Gott! Was er sagt, ist Gesetz!«

Sie bogen in eine Seitenstraße und der Werwolf brachte die Kutsche vor einem schmalen Durchgang zum Stehen. Stufen führten hinter einem steinernen Bogen nach unten.

»Weiter kommen wir mit den Pferden nicht. Aber es ist ganz nah, einfach die Gasse runter. Dann seht ihr es gleich. Ihr könnt es nicht verfehlen.«

»Und du und Aissa wollt sicher nicht mitkommen?«, hakte Cedrik beunruhigt nach, während er vom Kutschbock stieg. Auch wenn er sich immer noch ein wenig vor ihm fürchtete, fühlte er sich irgendwie geborgen in der Gegenwart des Werwolfes.

»Nein. Ich denke, ich bringe Aissa besser nach Hause. Sie muss sich ausruhen. Kommt ihr allein klar?«, erwiderte Jonathan und sah ihn fragend an.

Cedrik nickte und schaute zu Emily und Elliot, die langsam und vorsichtig über Aissa kletterten, die sich auf der Ladefläche zusammengerollt hatte und tief zu schlafen schien.

»Gut. Dann seht zu, dass ihr das Buch findet, und macht, dass ihr fortkommt. Der alte Hafen ist weit weg, und die Samariter sind überall.«

Er winkte noch einmal zum Abschied und als er sich mit der Kutsche wieder in den Verkehr eingereiht hatte, war er nach kurzer Zeit nicht mehr zu sehen.

»Wir sollten uns beeilen«, sagte Emily, etwas bleich um die Nase.

»Ich bin mir gerade auch nicht sicher, ob ich länger als unbedingt nötig in der Stadt bleiben will«, antwortete Elliot grimmig. »Also kommt, machen wir, dass wir die Buchhändler finden. Und dann hoffen wir, dass wir irgendwie in diese Kirche und nach Hause kommen. Mir reicht es langsam.« Entschlossen ging Elliot die Stufen in die Gasse hinab, Emily und Cedrik folgten ihm.

Kapitel 21

DIE GEBRÜDER TYWYLL

Das Antiquariat unterschied sich deutlich von den anderen Buchläden, die sie bisher besucht hatten. Zwar hing auch hier ein vergoldetes Ladenzeichen über der Tür, mit einem Buch und einer Feder. *Tywyll & Tywyll – Bücher & mehr seit 1813* stand dort in verschnörkelten Lettern. Aber während sich in den meisten Fällen in den Schaufenstern Bücher, seltene Folianten und vergilbte Stiche stapelten, waren hier alle Fenster zur Straße mit Zeitungen abgeklebt. Und zwar mit Seiten der *London Gazette* aus dem Jahr 1835, wie Cedrik erstaunt feststellte. Hinter dem Zeitungspapier schimmerte bläuliches Licht, wie von Computerbildschirmen.

An der Tür hing ein weißes Holzschild, auf dem in feinen, schwarzen Druckbuchstaben *Eintritt nur mit Termin!* zu lesen war. Eine kleine, rote Leuchte neben der Tür signalisierte deutlich, dass ein Besuch unerwünscht war.

Cedrik warf nervös einen Blick über seine Schulter. Die Gasse hinter ihnen war leer.

»Ich glaube, ich höre Stimmen. Und Telefone!«, flüsterte Emily und schien sich auf irgendetwas hinter den Scheiben zu konzentrieren.

»Aber selbst wenn sie so spät tatsächlich da sein sollten, wer sagt, dass sie uns aufmachen?«, sagte Elliot frustriert. »Nie und nimmer!«

Cedrik nickte und zeigte auf eine Sicherheitskamera an der Hausecke, die leise surrend jeder ihrer Bewegungen folgte. »Ich glaube, du hast recht. Das ist eine Festung, Leute.«

»Und jetzt?«, fragte Emily enttäuscht. »Sollen wir einfach aufgeben?«

»Vielleicht besser so«, bemerkte Elliot müde. »Oder habt ihr euch überlegt, was wir sie eigentlich fragen wollen, wenn sie uns doch reinlassen?«

Es summte, und mit einem leisen Klick sprang die Lampe auf Grün.

»Scheint so, als müssten wir improvisieren«, sagte Cedrik und drückte die Tür auf.

In der Mitte des dunkel gestrichenen Verkaufsraums stand eine schwere, hölzerne Theke. Eine schlichte Messinglampe baumelte von der Decke, gegenüber dem Eingang war eine Eisentür in die Wand eingelassen. Die beiden Brüder saßen an antik wirkenden Schreibtischen, zu denen dicke Kabelstränge führten. Neben den hochmodernen Computern mit geschwungenen Monitoren standen auf beiden Tischen unzählige Telefone, alte, neue, mit und ohne Kabel, die ständig und in den unterschiedlichsten Melodien klingelten. Hörer wurden abgenommen und eingehängt, die beiden Brüder sprachen ununter. brochen.

Es dauerte einen Moment, bis Cedrik es bemerkte. Die Brüder sahen sich auf den ersten Blick nicht einmal besonders ähnlich. Der eine mit Glatze und Vollbart, der andere mit wildem Lockenkopf und Brille. Beide trugen Anzüge und Westen aus Tweet. Sie waren kleiner, als Cedrik erwartet hatte. Wie sie auf ihren Stühlen saßen, reichten ihre Füße nicht einmal zum Boden.

Sie sind alt, aber nicht größer als Fünftklässler.

Er hatte noch nicht oft Kleinwüchsige gesehen, doch seit er in Mistle End lebte, hatte er sich sowieso abgewöhnt, Menschen nach ihrem Äußeren zu beurteilen. Das, was ihn hellhörig werden ließ, war etwas anderes. Es war der Klang und Rhythmus ihrer Stimmen.

»Ja? Hallo? Hast du es gefunden?«

»Sind angekommen. In guter Verfassung.«

»Aber wir haben doch besprochen ...«

»Ohne die erste Seite ist es wertlos!«

»Sag ihm, wir zahlen jeden Preis!«

»Auf keinen Fall, da machen wir nicht mit!«

»Jungs!«, flüsterte Emily leise. »Denkt ihr auch, was ich denke?«

Elliot nickte. »Ganz bestimmt!«

»Das ist ein Doppling, habe ich recht?« Cedrik hatte erst vor Kurzem erfahren, dass es so etwas wie Dopplinge gab, und was sich hinter der Bezeichnung verbarg: ein Geist, ein Wille, in zwei Körpern. Ein Mensch, der zwar in der Regel keine weiteren magischen Fähigkeiten besaß, dafür aber in zwei Körpern gleichzeitig wohnen konnte. Und sie damit natürlich auch kontrollierte.

Die Brüder sahen in perfekter Symmetrie von ihren Bildschirmen auf und deckten die Sprechmuscheln der Telefonhörer mit ihren Händen ab.

»Was können wir ...«

»... für euch tun?«

»Wir freuen uns immer über Besuch.«

»Besonders wenn er so ...«

»... magiebegabt ist ...«

»... wie ihr!«

Und wieder ins Telefon:

»Und nicht vergessen, ...«

»... was wir vereinbart hatten!«

»Wir bezahlen jeden Preis!«

Den letzten Satz hatten sie gleichzeitig gesagt.

»Woher wissen Sie denn ...«, begann Elliot zu sprechen, doch die Gebrüder Tywyll ließen ihn nicht ausreden, sondern unterbrachen ihn sofort.

»Glaub mir, mein Junge ...«

»Ich bin lange genug im Geschäft, ...«

»... um Hexen auf den ersten Blick zu erkennen.«

»Nur was du für einer bist, ...«

»... ist mir nicht ganz klar.«

Die Blicke der beiden ruhten kurz auf Cedrik, bevor sie wieder ungeduldig zwischen ihnen hin und her sprangen.

»Also, raus mit der Sprache!«

»Was verschafft uns die Ehre ...«

»... dieses späten Besuchs?«

Emily räusperte sich. »Wir sind auf der Suche nach einem sehr seltenen Buch, das einmal uns gehört hat und von dem wir hoffen, dass Sie vielleicht wissen, wo wir es wiederfinden könnten.«

»Seltenes Buch, soso.«

»Und habt ihr vielleicht einen Titel?«

»Einen Autor?«

»Seltene Bücher sind nämlich ...«

»... gar nicht so selten.«

Die beiden lachten. Ein geckerndes, albernes Lachen.

»Wir suchen das ›Buch der verschollenen Pfade‹«, sagte Elliot und trat einen kleinen Schritt vor. »Schon mal davon gehört?«

Die Gebrüder Tywyll sahen sich an, runzelten die Stirn und wandten sich wieder an ihre Besucher.

»Buch der verschollenen Pfade?«

»Kenn ich nicht.«

»Doch, Moment. Kenn ich schon.«

»Aber es gibt nur ein ...«

»... komplett erhaltenes Exemplar.«

»Leider nicht bei uns.«

»In den Bergen, weit oben im Norden.«

»Da kommt man nicht ran.«

»Keine Chance.«

Die Telefone, die für einen kurzen Moment still gewesen waren, fingen wieder an, lautstark zu klingeln. Sofort nahmen die Brüder die Hörer ab und erteilten Aufträge und Absagen im schnarrenden Befehlston. Dabei ließ immer wenigstens einer der beiden die drei Freunde nicht aus den Augen.

»Und jetzt?«, wollte Elliot wissen.

»Das ging gründlich schief«, flüsterte Cedrik. »Ich glaub ihnen kein Wort. Ihr vielleicht?«

Emily schüttelte stumm den Kopf.

»Da fällt mir etwas ein.«

»Vielleicht können wir euch doch helfen.«

Die beiden Brüder legten die Hörer auf. Und wundersamerweise hörten die Telefone sofort auf zu klingeln.

»Das Buch haben wir nicht.«

»Aber wir haben eine Abschrift.«

»Nicht das ganze Buch, aber teilweise.«

»Vielleicht hilft euch das?«

»Wollt ihr sie euch ansehen?«

»Ihr müsst sie euch ansehen!«

»Seht sie euch an!«

»Nur keine Scheu!«

Und dann, synchron:

»Wir beißen nicht!«

Wieder lachten beide wie über einen guten Witz. Der Bruder mit der Glatze langte unter seinen Schreibtisch, sie hörten ein KLICK, und die schwere Eisentür am anderen Ende des Raumes öffnete sich quietschend.

In dem Raum dahinter flammten Lichter auf, eines nach dem anderen, und sie sahen eine endlose Reihe deckenhoher Regale.

Die Gebrüder Tywyll sprangen auf und eilten durch die Tür.

»Hier entlang.«

»Ich glaube, ich weiß, wo es ist.«

»Ja! Dort müsste es sein!«

Der Doppling drehte sich um und lächelte ihnen aufmunternd zu.

»Kommt ihr?«

Cedrik warf einen fragenden Blick auf Elliot, der ratlos mit den Schultern zuckte.

Emilys Mund stand offen, die Augen weit aufgerissen. »Was ist das für ein Raum?« Sie schien völlig fasziniert und trat gespannt durch die eiserne Tür.

Elliot folgte ihr, neugierig spähte er in alle Richtungen.

»Das ...«

»... ist unser magisches Kabinett!«

»Unsere erlesene Sammlung ...«

»... magischer Geschichten!«

»Magischer Gegenstände!«

»Und magischer Augenblicke!«

Cedrik ging ihnen nach, aber als er über die Schwelle trat, überkam ihn ein ungutes Gefühl. Der Raum schien überhaupt kein Ende zu nehmen. Die stattlichen Regale waren aus altem Holz und mit kunstvoll verzierten Ornamenten versehen. Im schummrigen Licht konnte Cedrik die kleinen Schilder an den Regalen kaum lesen. Er entdeckte Ziffern, Buchstaben und Ländernamen, und als er Plaketten mit *Ghana*, *Sierra Leone* und anderen afrikanischen Ländern bemerkte, musste er daran denken, dass auch Aissas Zaubertafeln irgendwo in diesen Regalen liegen könnten.

Ihn schauderte. War das ein Schrumpfkopf?

Tatsächlich stapelten sich in den Ablagen nicht nur Bücher, sondern auch allerhand Gegenstände wie kristallene Phiolen, mit Stofffetzen umwickelte Holzpuppen, Federkiele, Ritualdolche, knöcherne Talismane und vieles mehr. Die beiden Brüder eilten mit wehenden Rockschößen vor ihnen her.

»Hier!«

»Das müsste es sein!«

Die Gebrüder Tywyll zogen hastig eine Art Gestell mit Leiter heran und begannen, von oben bis unten durch ein riesiges Regal mit der Aufschrift *Nord-Schottland* zu stöbern.

»Hier ist es!«

»Ja, ganz bestimmt!«

»Hier muss es sein. Irgendwo ...

»... hier!«

»Es sollte hier sein.«

»Ist es aber nicht.«

»Aber es sollte ...«

Die beiden durchsuchten das ganze Regal, nahmen Schächtelchen und Phiolen in die Hand und stellten sie wieder hin, blätterten durch Papierstapel und legten dabei eine Emsigkeit an den Tag, die Cedrik schon vom Zuschauen schwindeln ließ.

Sein Blick blieb an einer Vitrine hängen, die etwas abseits in einer Nische stand. Cedrik fühlte sich wie magisch davon angezogen. Er verließ die Gruppe und ging darauf zu. Wie die Regale war das Schränkchen prachtvoll verziert, aber deutlich kleiner. Hinter den Türen aus geschliffenem Glas funkelten silberne Figuren, die allerhand Fabelwesen und mythisch anmutende Gestalten zeigten. Cedrik trat noch einen Schritt näher und studierte die fein gearbeiteten Statuen neugierig. Es waren mehr, als er zuerst vermutet hatte. Und sie waren wunderschön. Sie wirkten so lebendig! Er sah ein Einhorn, gerade so groß, dass es auf seinen Handteller passte. Anmutig stand es auf seinen Hinterbeinen, das mächtige Horn in den Himmel gereckt.

Da war ein winziger Drache, die faltigen Flügel ausgebreitet, das Maul weit aufgerissen, den spitzen Schwanz zum Stoß bereit. Er entdeckte einen Kraken, dessen Tentakel im Licht so echt schillerten, dass Cedrik für einen Moment glaubte, Wassertropfen auf der silbernen Haut glitzern zu sehen. Zwei Basilisken waren ineinander verschlungen, als wollten sie sich auffressen. Oder spielten sie miteinander? Und das, war das eine Meerjungfrau? Da! Ein Pegasus! Und noch ein Drache!

»Oh, hier bist du!«

»Wir dachten schon ...«

»Wir hätten dich verloren!«

Cedrik zuckte zusammen. Er war so in die Betrachtung der Statuen vertieft gewesen, dass er nicht bemerkt hatte, wie die beiden Brüder sich rechts und links von ihm aufgestellt hatten.

»Was ... was sind das für Figuren?«, fragte er eingeschüchtert.

»Oh! Nun ...«

»Darauf sind wir durchaus ...«

»... stolz!«

»Ja, könnte man sagen!«

»Durchaus!«

»Sehr stolz!«

Der eine der beiden Brüder öffnete vorsichtig die gläserne Tür und nahm mit spitzen Fingern das silberne Einhorn aus dem Schrank.

»Das letzte ...«

»... seiner Art!«

»Wir haben es gefangen!«

»Und festgehalten!«

»Wir bewahren es auf!«

»Für immer ...«

»... und ewig!«

»Ein magischer ...«

»... Augenblick! Ein magischer Moment!«

»Ganz und gar magisch!«

»Heißt das ...«, Cedrik sah den Doppling verwirrt an, »... die Figuren waren, ich meine, die Figuren waren mal alle lebendig? Echte Lebewesen?«

Die Vorstellung, dass die beiden Sammler mit irgendeiner Art Zauber Lebewesen in Figuren verwandelt hatten, um sie ins Regal zu stellen, schockierte ihn.

»Ja, sehr lebendig!«

»Und sie sind es immer noch ...«

»Irgendwie.«

»Ja, irgendwie.«

Behutsam stellte Tywyll das Einhorn wieder an seinen Platz und schloss den Schrank.

»Genug damit!«

»Genug für heute.«

»Ja, genug geplaudert.«

»Ihr könnt ihn haben.«

Cedrik verstand nicht. »Wie, was?« Er zuckte zurück. »Emily, Elliot, wo seid ...«

Er konnte noch eben eine schnelle, schemenhafte Bewegung wahrnehmen, dann wurde er grob gepackt und jemand presste ihm ein Tuch vor den Mund. Cedrik roch einen süßlichen, schweren Duft – und verlor das Bewusstsein.

WIE EIN VOGEL IM KÄFIG

Cedrik schreckte hoch und holte tief Luft. Er saß auf einer Krankenhausliege, Elliot lag eine Bahre weiter und stöhnte leise. Die Liege zwischen ihnen war leer. Sie befanden sich in einer Art Untersuchungszimmer. Ringsum standen weiße Glasschränke mit allerhand Verbänden, Instrumenten und Medikamenten. Ein Tisch, ein Stuhl. An der Decke hing eine grünlich schimmernde Neonröhre und vor dem schmalen Fenster war ein Gitter. Cedrik riss die Augen auf.

In der Ecke des Zimmers stand ein Zebra.

»Was zur Hölle ...?!«

Es PLOPPte, und dort, wo sich eben noch das Zebra befunden hatte, stützte sich nun Emily schwer auf ihre Knie.

»Cedrik! Die Samariter haben uns erwischt! Dieser Tywyll hat uns reingelegt!« Emily drehte sich erneut um ihre eigene Achse und verwandelte sich in eine Ente.

Nur für einen kurzen Augenblick, dann: Ein Wirbel – PLOPP! – und eine bleiche, keuchende Emily erschien.

»Was machst du denn, Emily?«, fragte Cedrik.

»Ich versuch, mich in einen Falter oder so etwas zu verwandeln, bevor sie zurückkommen. Kümmere du dich um Elliot, ich habe ihn nicht wachbekommen!«

Elliot! Nicht schon wieder! Er beugte sich zu seinem Freund, aber kaum hatte er sich bewegt, wurde Cedrik schrecklich übel. Auf seiner Zunge lag ein bitterer Geschmack, das mussten die Reste des Narkosemittels sein, mit dem sie ihn betäubt hatten.

PLOPP!

Neben ihm stand nun ein Pinguin, der aufgeregt mit seinen Stummelflügeln flatterte.

Cedrik schüttelte Elliot an der Schulter, doch er wachte nicht auf, wälzte sich nur unruhig hin und her. Er wirkte, als hätte er zu viel von dem Betäubungsmittel abbekommen.

Cedrik sprang von der Liege, taumelte kurz, rappelte sich dann auf und rannte zur Tür. Vergeblich rüttelte er an der Klinke.

PLOPP!

»Vergiss es, abgesperrt«, sagte Emily mit schwacher Stimme. »Was ist mit Elliot? Weck ihn auf! Mach deine Druidennummer!«

Cedrik schüttelte verbissen den Kopf. »Aber wie denn?« Er wollte nie wieder eine andere Quelle als die Erde selbst für seine Magie nutzen. »Ich brauche irgendeine Art von ...«

»Was ist damit?«, unterbrach ihn Emily. Sie zeigte auf eine Zimmerpalme, die in einem kleinen Topf in der Ecke des Raumes stand.

Blumenerde?!

Cedrik lief zur Palme und zerrte sie zu Elliots Liege. Er grub seine Hände in den Blumentopf und versuchte sich auf die Erde zwischen seinen Fingern zu konzentrieren ... ihm schwindelte.

PLOPP!

Wo eben noch Emily gestanden hatte, hüpfte nun ein dicker Spatz über den Boden.

Streng dich an, Mann!

Wieder konzentrierte sich Cedrik auf die Erde in seiner Hand und versuchte die goldene Welt zu betreten. Auf das Leben zu lauschen. Und tatsächlich, ganz schwach hörte er etwas. Eine Stimme, wie aus weiter Ferne. Irgendwoher kam sie ihm bekannt vor. Aber wer konnte denn hier ...

»Cedrik!? Hey Mann, was machst du denn?«

»Elliot?! Du bist wach?!«

»Natürlich! Ich habe allerdings einen wirklich widerlichen Geschmack im Mund und ich frage mich, ob es vielleicht damit zu tun haben könnte, dass deine Hand in Blumenerde steckt.«

Verlegen wischte sich Cedrik die Erde an der Hose ab und stand auf. »Bestimmt nicht! Ich dachte ...« Er seufzte erleichtert. »Ich bin froh, dass du wieder da bist, Kumpel! Wir sind hier eingesperrt! Elliot, du musst uns hier rausbringen!«

»Ich?!«

»Cedrik, sieh doch!« Emily hatte sich ans Fenster gestellt und zeigte nach draußen.

Cedrik folgte ihrem Blick in den engen Innenhof. Sie mussten im dritten oder vierten Stock sein. Geschmiedete Stangen vor dem Fenster, graue Steinmauern, moosbewachsene Regenrinnen, Mülltonnen, ein Taubenpärchen und ... Efeu! Kräftiger, grüner Efeu, mit Ästen, dick wie Arme!

»Könntest du nicht ...?«

»Ich probier's!« Cedrik stellte sich ans Fenster und konzentrierte sich ganz auf die Kletterpflanze. Der Wechsel in die goldene Welt klappte nun schon fast nahtlos. Er fand den Efeu sofort.

Bitte! Du musst uns helfen!

Zuerst geschah nichts. Er spürte kein ... Echo. Er versuchte es noch einmal. Erst war da wieder nichts, dann sah er, wie die Blätter der Pflanze anfingen zu zittern. Ein Ruck ging durch den Efeu, und ein, dann zwei, drei Arme lösten sich und tasteten sich die Außenwand entlang, zu ihrem Fenster.

»Es klappt, Cedrik«, rief Emily begeistert.

»Tretet zurück!«

Der Efeu umschlang mit Ästen und Zweigen die Eisenstangen, packte das Gitter und zog. Mit aller Kraft riss die Pflanze an ihrem Gefängnis.

Sie konnten das Knarzen der sich streckenden und windenden Pflanze durch das Fenster hören. Wie Finger umschlossen die Kletterwurzeln der Pflanze das Gitter, blieben aber bislang erfolglos.

»Sag deinem Schlingpflanzen-Monster, es soll nicht aufgeben! Cedrik, das ist der Wahnsinn«, rief Elliot begeistert.

Emily fiel ihrem Bruder ins Wort. »Da! Der Efeu löst das Gitter!«

Tatsächlich sahen sie, wie die Steinfassung Risse bekam, schließlich splitterte und nachgab. Cedrik konnte die Stärke der Pflanze spüren. Jetzt verstand er, warum Crutch auf der Mauer Efeu als Waffe gewählt hatte. Die Schlingpflanze hatte die Kraft eines Baumes! Die Eisenstangen waren nun schon so weit zurückgebogen, dass sie gleich hindurchpassten. Ein letzter Impuls, der Steinrahmen brach auf, das Fenster sprang klirrend in Scherben und die Eisenstangen hingen lose an der Seite.

»Schnell! Ihr zuerst!«, rief Emily und Elliot wollte eben nach draußen klettern, als sich die Ereignisse überschlugen: Die Tür zu ihrem Zimmer wurde von einem Mann in weißer Krankenhauskleidung aufgestoßen und Emily verwandelte sich blitzschnell in einen Spatz, um mit schnellem Flügelschlag durch das geborstene Fenster nach draußen zu fliegen. Doch ein kurzer Blick reichte dem Vampir, um die Situation zu erfassen. Ein Griff – und das Vögelchen war hilflos in der Hand des teuflisch grinsenden Sanitäters gefangen. Als er Cedrik und Elliot ansah, verzog der Samariter sein Gesicht zu einer fiesen Grimasse. »Keine dummen Sachen, sonst beiß ich eurem Vögelchen hier den Kopf ab.«

Er fletschte langsam die Zähne und es war allen klar, dass das keine leere Drohung war.

Kapitel 23

ZIMMER 1590

Der Sanitäter dirigierte sie aus dem Zimmer, durch einen verlassen wirkenden Krankenhausflur. Wieder Neonröhren an den Decken, manche defekt. Summend, flackernd. Unzählige Türen rechts und links, aber außer ihnen war keine Menschenseele zu sehen. Sie mussten in einem stillgelegten Teil eines Krankenhauses sein, denn in der Ferne hörte er deutlich Stimmen, Sirenen und das Piepsen elektronischer Geräte. Endlich blieben sie vor einer Tür stehen, auf der in schlichten Zeichen *Zimmer 1590* geschrieben stand.

»Rein hier!«

Der Samariter öffnete die Tür, schubste Cedrik und Elliot hinein und warf Emily, noch immer ein kleiner Spatz, hinterher.

PLOPP!

Emily landete hart auf dem Boden, hielt ihren Oberkörper umschlungen und stöhnte. Elliot kniete sich sofort neben sie. Der Grobian musste das Vögelchen viel zu fest angefasst haben.

Cedrik sah sich um: Der Raum, den sie betreten hatten, war deutlich größer als der erste und fast dunkel. Er konnte weder die Decke noch das gegenüberliegende Ende sehen. Der Boden bestand aus kaltem Marmor und jedes kleine Geräusch erzeugte ein mannigfaches Echo. In der Mitte fiel ein einzelner Lichtstrahl auf einen hohen, gotisch verzierten Thron aus schwarzem Stein. Daneben, lässig an den Königsstuhl gelehnt, stand eine schlanke, gut aussehende Frau in einem Arztkittel, die sie streng musterte. Ihr schmales Gesicht wurde von feinem, goldenem Haar umrahmt. Sie erinnerte Cedrik sofort an jemanden, er wusste jedoch nicht, an wen.

»Kommt her, ich habe nicht viel Zeit.«

Cedrik schaute zu Elliot und Emily. Etwas in der Stimme der Frau ließ sie tun, was sie sagte. Vorsichtig machten sie ein paar Schritte auf sie zu.

»Das genügt. So ist es brav. Da seid ihr also. Ihr habt viel Wirbel verursacht, wisst ihr das?«

Keiner von ihnen sagte ein Wort. Sie trauten sich nicht.

Das ist die Vampirkönigin. Ganz bestimmt.

»Der Hexer, die Gestaltwandlerin und der junge Druide.« In ihrem Gesicht spiegelte sich Abscheu. »Ihr seid unrechtmäßig in London. Das ist euch doch bewusst, oder?«

Cedrik nickte schwach.

»Ihr habt einen jahrhundertealten Pakt gebrochen, indem ihr euch ohne Ankündigung in mein Reich eingeschlichen habt. Es gab Zeiten, da hätte dies Krieg bedeutet. Es gab Zeiten, da hätten wir dafür getötet.«

»Aber das wussten wir nicht«, rief Emily. »Wir hatten wirklich keine bösen Absichten!«

Die Frau lachte auf. Schnell und hart. »Wie sie winselt! Erbärmlich!« Sie schüttelte den Kopf. »Ich bin enttäuscht.«

Die Tür hinter ihnen flog auf. Shirley kam in den Saal gestürzt. »Mama!!!«

Shirley?! Nun war Cedrik klar, an wen die Dame am Thron ihn erinnert hatte. Die Ähnlichkeit zwischen Mutter und Tochter hätte nicht größer sein können. Obwohl sie unterschiedliche Hautfarben hatten, waren sich die beiden wie aus dem Gesicht geschnitten.

»Sieh an, sieh an. Meine verloren geglaubte Tochter. Wann habe ich dich denn das letzte Mal hier gesehen?« Ihrer Stimme entbehrte jeder Spur von Freundlichkeit.

»Du darfst sie nicht bestrafen!«

»Das ist nicht deine Entscheidung, Kind.«

»Aber ich bin mit schuld«, rief Shirley aufgebracht. »Ich habe sie nicht sofort den Samaritern gemeldet.«

Shirleys Mutter verzog ihren Mund zu einem spöttischen Grinsen und Cedrik sah deutlich ihre scharfen und viel zu langen Eckzähne. »Ach, mein Kind. Wir wussten von ihrer Anwesenheit, kaum dass sie ihren Fuß auf Londons Boden gesetzt hatten. Uns entgeht nichts! Das müsstest du eigentlich wissen.«

»Dann weißt du auch, dass sie nicht zu den Dornhexen gehören«, bohrte Shirley sofort nach. »Sie hatten keine Ahnung, es war keine Absicht. Du darfst ihnen nichts tun!«

Gelangweilt wandte sich Shirleys Mutter um und ließ sich auf dem Thron nieder. Mit einer lässigen Geste klappte sie den Kragen ihres Kittels nach oben und veränderte damit ihr Aussehen schlagartig. Aus dem Arztkittel war ein edler Umhang geworden. Der Mantel einer Königin. Einer Vampirkönigin.

Cedrik schauderte.

»Was wirst du jetzt tun, Mama?«

»Dich rausschicken. Du hast hier nichts verloren.«

»Aber ihnen darfst du nicht wehtun«, beharrte Shirley und zeigte auf Cedrik und seine Freunde.

Die Antwort ihrer Mutter war erstaunlich gelassen. »Das liegt nicht in meiner Macht. Nicht mehr.«

»Wie ... wie meinst du das?«, fragte Shirley, sichtlich verwirrt. »Dein Wort ist Gesetz, du entscheidest alles!«

»Sie ist hier, mir sind die Hände gebunden!« Theatralisch legte die Vampirkönigin ihre Hände übereinander.

»Von wem redest du, Mama?«, fragte Shirley, nun gänzlich ratlos.

Die Königin klatschte entnervt in ihre Hände. »Von meiner lieben Schwester!«

Die Tür öffnete sich erneut und eine große, kräftige Gestalt betrat eiligen Schrittes das Zimmer. Ihr weiter bordeauxroter Samtmantel bauschte sich hinter ihr.

»Mama?!« Emily starrte Esmeralda mit offenem Mund an.

Esmeralda Golden?! Die Schwester der Vampirkönigin?

Esmeralda blieb neben ihren Kindern und Cedrik stehen, warf ihnen einen kurzen, wutentbrannten Blick zu und wandte sich sogleich an die Frau auf dem Thron. »Möge der Mond dich segnen, Salamanca! Ich überbringe dir den Dank unseres Rates und zugleich unser größtes Bedauern. Was diese drei getan haben, ist unverzeihlich.«

Das Lächeln der Vampirkönigin war bittersüß. »Esmeralda, wie schön dich so bald wiederzusehen. Ich hoffe, es geht euch immer noch gut, dort oben im wilden, kalten Norden? Wo es dunkel ist, und voller Dornen ... ach, warte, nein. Sind die nicht hier?«

Esmeralda runzelte die Stirn. »Warum fragst du das? Was meinst du damit?«

»Tut man das nicht so?«, antwortete Salamanca mit einer Gegenfrage.

»Verzeih, du hast recht. Leider nein, obwohl wir uns in Mistle End bis vor Kurzem noch ehrlich glücklich schätzen durften. Doch nun droht ein neuer Sturm und wir haben die ersten Anzeichen bereits gespürt.«

»Das bedrückt mich zu hören. Was ist geschehen?«

Esmeralda zögerte einen winzigen Augenblick. »Dinge, die das Gleichgewicht unserer Ordnung in Gefahr bringen.«

Salamanca ließ sich Zeit. Dann zerschnitt ihr Satz wie ein Beil die Stille. »Du traust mir immer noch nicht.«

»Warum sollte ich dir nicht trauen? Du bist meine Schwester.« Esmeralda wirkte nervös.

Salamanca lachte kalt. »Natürlich, Blut ist dicker als jeder Zaubertrank!«

»Aber Mama, warum hast du uns denn nie erzählt, dass deine Schwester die Vampirkönigin ist?«, fragte Emily entsetzt.

Und Elliot fügte hinzu: »Durften wir deshalb nie nach London?«

»Weil sie sich schämt!«, kam die Antwort. Doch nicht von Esmeralda, sondern von Salamanca. Die Vampirkönigin schäumte vor Wut. »Weil sie sich für ihre kleine Schwester schämt. Ist es nicht so, Esme? Wer hat schon gerne eine Vampirhexe in der Familie!«

Esmeralda sah die Vampirkönigin direkt an, als sie sagte: »Wir haben uns immer gut verstanden, das solltest du jetzt nicht infrage stellen. Gut, es gibt da etwas, das ich dir nicht gleich erzählt habe. Lass mich das wiedergutmachen. Aber mit euch ...« Sie wirbelte zu Emily und Elliot herum und ihre Augen funkelten zornig. »Mit euch beschäftige ich mich später! Ihr bleibt, wo ihr seid, und wehe, ihr stellt noch irgendeinen Blödsinn an! Wir haben euch verzweifelt gesucht!« Sie musterte ihre Kinder noch einen Moment, dann wandte sie sich wieder an ihre Schwester. »Auf ein Wort, Salamanca, ich bitte dich!«

Die Vampirkönigin nickte verbissen und Esmeralda trat näher an den Thron, um im Vertrauen mit ihr zu sprechen.

Shirley packte Cedrik grob am Arm. »Warum seid ihr noch in der Stadt?! Hatte ich euch nicht gewarnt? Warum zur Hölle seid ihr nicht gleich nach Mistle End zurückgefahren?«

Cedrik war viel zu aufgeregt, um sich an dem schmerzhaften Griff überhaupt zu stören. »Wir haben die Samariter unterschätzt. Wir sind ihnen schon einmal entkommen und wir ...«

Elliot unterbrach ihn. »Ich bin verdammt froh, dass du hier bist, Shirley.«

Emily blickte von Shirley zu ihrer Mutter. »Heißt das, du bist meine Cousine?!«

Shirley ließ Cedrik los und schüttelte verwirrt den Kopf. »Muss wohl so sein. Ich mein, ihr seid Esmeraldas Kinder. So ganz pack ich das auch noch nicht.«

»Dann kennst du unsere Mutter?« Emily war fassungslos.

»Na ja, sie ist nicht so oft hier, aber ich hab sie schon ein paarmal gesehen. Ich wusste allerdings nicht, dass sie Kinder hat.« Sie holte tief Luft. »Als ich gehört hab, dass die Samariter einen Hexer, einen Druiden und eine Gestaltwandlerin gefasst haben, bin ich, so schnell ich konnte, hierher. Ich wusste ja auch nicht, dass ihr mit Mama verwandt seid. Ich dachte ...« Sie stoppte und und spielte nervös mit ihrem Lippenpiercing.

»Was?«, fragte Elliot atemlos.

»Dass ihr ganz normale Hexen seid. Und dass sie euch austrinken.«

»Austrinken? So nennt ihr das?«, rief Emily entrüstet.

»Ich hätte das verhindert!«, beteuerte Shirley. »Außerdem hatte ich euch gewarnt. Warum musstet ihr für ein Buch all das hier riskieren?«

»Das Buch, das wir suchen, ist für uns wirklich wichtig«, versuchte Elliot zu erklären. »Wir müssen alles tun, um es wieder zurückzubekommen.«

»Was ist denn daran so verdammt besonders? Ein Buch! Ihr hättet getötet werden können!« Ihre Augen wurden zu schmalen Schlitzen. »Dass es darin nur um Stammbäume geht, stimmt nicht wirklich, oder?«

»Nein«, sagte Cedrik. Und obwohl Emily ihn warnend ansah, sprach er weiter. »Die Hexen nennen es das ›Buch der verschollenen Pfade‹. Es ermöglicht eine Verbindung zwischen einer Tür an einem beliebigen Ort und einer Tür in Mistle End. Du schreitest hier in London über eine magische Schwelle und, zack, bist du in den Highlands.«

Shirley pfiff leise durch die Zähne. »Oh! Ich habe davon gehört. Mum hat mir einmal davon erzählt. Bevor es zum Frieden zwischen uns und den Hexen kam, haben

Teile der Vampirgemeinschaft versucht, es in ihren Besitz zu bekommen. Der Plan war, das Dorf bei einem Angriff komplett auszuradieren und die Hexen ein für alle Mal loszuwerden.«

»Aber ... das ist grausam!«, stieß Elliot geschockt hervor.

Shirley nickte. »Das war, bevor meine Mutter Königin wurde. Ich verstehe jetzt auch, warum sie die Senatoren immer davon abgehalten hat, nach dem Buch zu suchen.« Sie nickte ernst. »Es macht Sinn, das Dorf, in dem deine Schwester lebt, vor Angriffen zu beschützen.«

»Dann haben das die Vampire nicht mehr vor? Mistle End ausradieren, meine ich«, fragte Cedrik mit belegter Stimme.

»Nein, Mama wollte das nie. Aber ihr müsst wissen, es gibt zwei Fraktionen bei den Vampiren.« Sie hob ihre linke Hand. »Da sind einerseits die alten Familien, die Senatoren. Ihr Zeichen ist die Blutkrone, eine rote Krone auf einem Totenkopf. Ihnen ist das Leben im Verborgenen nicht genug, sie wollen am liebsten die Menschheit unterwerfen und ihren Platz einnehmen. Sie begreifen sich als die Krone der Schöpfung und bezeichnen sich selbst als das überlegene Volk der Vampire.« Sie hob die andere Hand. »Dann gibt es die neue Brut, das sind wir. Meist junge Vampire, Familien, die nicht mehr Blut nehmen wollen, als sie unbedingt benötigen. Und die dafür auch nicht töten wollen. Die Medizin oder Naturwissenschaften studiert haben und ihr Wissen zum Wohl der Menschen einsetzen.«

»In diesem Krankenhaus? Aber ist das nicht ein wenig auffällig?«, fragte Elliot skeptisch.

Shirley lachte leise. »Nein, das war eine unserer besten Ideen! Im Krankenhaus gibt es immer viel Blut, oder nicht? Und wir haben wirklich die besten Ärzte, jeder will zu uns kommen und von uns behandelt werden. Da fällt es gar nicht auf, wenn wir uns ab und zu ein wenig Blut nehmen. Die meisten Ärzte hier sind von der neuen Brut und wollen den Menschen helfen. Wie meine Mutter.«

»Deine Mutter? Aber sie ist doch die Königin, oder?«

»Ja, und die Chefärztin in diesem Krankenhaus.«

»Und die Samariter? Die wirken auf mich nicht sehr menschenfreundlich«, fragte Cedrik erstaunt.

Shirley nickte. »Das liegt daran, dass die meisten Nachkommen der alten Senatorenfamilien und Anhänger der Blutkrone sind. Ich kann sie nicht leiden. Und meine Mutter auch nicht. Das sind Schlächter, miese Typen. Aber Mama meint, dass wir sie brauchen. Sie arbeiten für uns als Späher, als Wächter und sind der Krone schon aus Tradition treu ergeben. Und außerdem bringen sie uns die Opfer der Verkehrsunfälle.«

»Ihr saugt sie aus? Die Verletzten?«

»Nur, wenn wir sie nicht mehr retten können. Und wie gesagt, unsere Ärzte gehören zu den besten.«

»Hast du ... hast du auch schon jemanden getötet?«

»Das ist lange her.«

»Wie lange?«

Shirley sah ihn einfach nur an und antwortete nicht. Cedrik schluckte. Er sah Schmerz in ihren Augen. Und Scham. Er beschloss, nicht weiter nachzufragen.

Shirley wandte sich abrupt an Emily und Elliot. »Wo haben euch die Samariter erwischt? In der U-Bahn scheint ihr ihnen ja entkommen zu sein. Das hat für ganze schön Aufregung gesorgt.«

»Glaub mir, bei uns auch!« Elliot nickte. »Die Gebrüder Tywyll haben uns in eine Falle laufen lassen.«

Shirley legte den Kopf schief. »Haben die euer Buch?«

»Wir wissen es nicht«, gestand Cedrik. »Aber wir vermuten es, ja.«

»Das ist nicht gut.«

»Warum?«

Shirley schürzte die Lippen. »Die Brüder sind eng mit den ...«

»Kinder, wir brechen auf! Sofort!« Esmeraldas Stimme klang eiskalt und scharf. Shirley warf sie allerdings ein kurzes Lächeln zu und reichte ihr die Hand. »Danke, dass du dich um deine jungen Verwandten gekümmert hast, Shirley. Vielleicht kommst du mal nach Mistle End und besuchst uns, wenn sich die Lage beruhigt hat.«

»Kein Problem!«, erwiderte die junge Vampirin verblüfft.

Esmeralda nickte noch einmal zu ihrer Schwester auf

dem Thron, dann schritt sie ohne Umschweife Richtung Tür. »Kommt jetzt. Draußen wartet Mr McKanaghan mit dem Auto auf uns.«

»Wir fahren mit dem Land Rover? Können wir nicht mit der Tür in der Kirche, durch die wir ...«

»Können wir nicht«, fiel Esmeralda ihrem Sohn ins Wort. »Weil drei gewisse Personen so dumm waren, sie tagsüber und ohne Vorbereitung zu durchschreiten. Wir dürfen sie vorerst nicht mehr benutzen. Die Gefahr, dass sie entdeckt wird, weil uns jemand dabei beobachtet, ist im Moment zu groß. Vergesst also die Tür, wir fahren mit Mr McKanaghan.« Sie rauschte nach draußen.

Emily und Elliot warfen sich schuldbewusste Blicke zu und Cedrik fühlte sich miserabel. Sie beeilten sich, um den Anschluss nicht zu verlieren, aber als Cedrik an Shirley vorbeiging, drückte er ihre Hand und flüsterte: »Danke dir!«

Sie nickte, einen entschlossenen Ausdruck im Gesicht.

Kapitel 24

DER DORFRAT VON MISTLE END

Die Fahrt nach Mistle End war schrecklich und dauerte bis in den nächsten Vormittag. Der verzauberte Wagen musste sie immer wieder zurück in die Spur bringen, weil Mr McKanaghan einnickte oder die Kontrolle über das Fahrzeug verlor. Esmeralda schimpfte und die Stimmung war gedrückt. Sie hatten auf der Rückbank eingequetscht geschlafen, so gut es ging. Aber obwohl sie furchtbar müde waren, hatten sie kaum ein Auge zugemacht. Entsprechend gerädert waren die drei, als sie, nach unzähligen Kurven und engen Pässen über die stürmischen Berge und Ebenen des schottischen Hochlands endlich in Mistle End ankamen.

Müde legte Cedrik den Kopf an die Scheibe und sah aus dem Fenster. Hier, im Norden, war der Winter noch nicht lange vorbei, und der Himmel war grau und kalt.

Der Dorfrat hatte sich bereits versammelt und wartete

auf Elliots und Emilys Mutter, weshalb sie gleich zum großen Ratsgebäude fuhren.

Von Esmeralda, die ihnen unterwegs unentwegt große Vorwürfe gemacht und wütend die verschiedensten Strafen ausgemalt hatte, erfuhren sie, dass das Dorf in heller Aufregung gewesen war, nachdem sich der ratlose Aengus mit Cedriks Zettel an Esmeralda gewandt hatte. Ihr war sofort klar gewesen, zu welcher Mission die drei aufgebrochen waren. So diskret wie möglich waren Wandelbriefe mit verschlüsselten Botschaften und Eilboten zu den wenigen verbliebenen Hexen geschickt worden, die verborgen im Untergrund der englischen Hauptstadt lebten. Und als dann die Hüterin der einzigen noch genutzten Londoner Tür, eine ältere Hexe, die sich als treues Mitglied der Kirchengemeinde eingerichtet hatte, vom Erscheinen der drei Kinder und der Beinahe-Gefangenschaft vor dem Museum berichtete, machte sich die besorgte Esmeralda mit Segen des Rates sofort selbst auf den Weg, um nach Cedrik und ihren Kindern zu suchen. Und um – wenn alles andere vergebens war – bei der Vampirkönigin, ihrer Schwester, um Hilfe zu bitten.

Cedrik hatte selbst einmal vor der Ratsversammlung erscheinen müssen, als er vom Greif in die Dorfgemeinschaft aufgenommen worden war. In jener Nacht hatte der Rabendämon, Crutchs Vater, die Versammlung angegriffen. Der Kampf war schrecklich gewesen und es war ihnen nur mithilfe der nicht minder Furcht einflößenden Gargouillen gelungen, Tote auf ihrer Seite zu vermeiden.

Die Ratshalle befand sich im größten und zugleich beeindruckendsten Gebäude von Mistle End. Von außen einer gotischen Kathedrale ähnelnd, nur ohne Türme, war innen alles aus dunklem Sandstein.

McKanaghan brachte den Wagen auf dem Marktplatz zum Stehen und nur noch die angekokelten Dachstühle auf ein paar Häusern ringsum zeugten vom Chaos der vergangenen Tage.

Sie stiegen aus und Esmeralda eilte die Stufen zum Ratsgebäude nach oben, drehte sich aber auf der Schwelle noch einmal zu Cedrik um. »Dein Vater wird zu Hause sein. Wir haben ihn gebeten, bei der Versammlung dabei zu sein, aber er wollte lieber auf dich warten. Er wird erleichtert sein, dich zu sehen. Nun ja, wenigstens hast *du* eine Nachricht hinterlassen ...« Es folgte ein kurzer, strenger Blick auf Elliot und Emily, dann sie war im Gebäude verschwunden.

Mr McKanaghan startete das Auto und ſuhr ohne weiteren Gruß vom Platz.

»Wow! Was haben wir angerichtet?«, murmelte Cedrik erschöpft und drehte sich um, um nach Hause zu laufen, als ihn Emily zurückhielt.

»Willst du genau *das* nicht herausfinden?«

Elliot nickte zustimmend. »Unbedingt!«

»Was meint ihr?«, fragte Cedrik verdutzt.

»Hier lang«, sagte der junge Hexenmeister und öffnete die schwere Eingangstür.

Emily packte Cedrik am Handgelenk, zog ihn hinter sich her und gemeinsam betraten sie das Ratsgebäude.

Anders als Cedrik erwartet hatte, nahmen sie in der Eingangshalle jedoch nicht die geschwungene Säulentreppe, die sie hoch zum Rat führen würde, sondern erklommen die engen Stufen einer steilen Wendeltreppe, deren Einstieg sich in einer Ecke versteckte. Das strenge Verbotsschild, das ihnen den Zutritt eigentlich verweigerte, übersahen die Geschwister geflissentlich. Die Wände waren über und über mit allerhand Figuren und Getier bedeckt, und es dauerte ein wenig, bis Cedrik erkannte, um was es sich dabei handelte.

»Das sind alles Sternzeichen! Wo gehen wir hin?«

»Gut erkannt.« Emily keuchte. »Da oben ist das alte Planetarium von Mistle End. Aber wie der Zufall so will ...« Sie prustete und hielt sich für einen Moment am Geländer fest. »... hat man nicht nur einen fantastischen Blick in den Sternenhimmel, sondern auch nach unten.« Sie zwinkerte ihm zu.

»Kommt ihr?«, rief Elliot von weit über ihnen.

Der Raum, den Cedrik, nun ebenfalls völlig außer Atem, betrat, hatte eine gläserne Kuppel, die ihnen eine weite Aussicht in den grauen, wolkenverhangenen Morgenhimmel ermöglichte. Und er war voll. Voller alter Möbel, Kisten, beschlagenen Truhen, Stapeln von Büchern und allerhand optischer Geräte. Doch nicht nur das: Der ganze Raum schien zu funkeln, überall waren pulsierenden Lichtpunkte, die hierhin und dorthin flatterten oder in Wolken aufstoben und durch den Raum tanzten. Flirrelfen!

»Ach, hier versteckt ihr euch immer?!«, sagte Emily verblüfft.

Die kleinen Elfen ließen ein vielstimmiges Klingeln vernehmen und flogen aufgeregt um sie herum.

»Ja, ist ja gut!« Emily wehrte behutsam eine etwas aufdringliche Elfe ab, die viel zu nah vor ihren Augen auf und ab tanzte. »Keine Sorge, wir verraten niemandem, dass ihr hier seid!«

In der Mitte stand eine verstaubte Apparatur, deren lange Hebel und zahlreichen Regler aus beschlagenem Messing mit fremdartigen Runen und verschnörkelten Zeichen versehen waren.

»Wo sind wir hier? Was ist das?«, fragte Cedrik erstaunt.

»Ich glaube, wir sind in einem Flirrelfen-Nest gelandet. Warte nur, gleich hab ich dich!«, sagte Elliot und versuchte, eines der winzigen Wesen zu erhaschen. »Süße, kleine Dinger!«

Doch kaum hatte er das gesagt, schoss eine andere Flirrelfe auf Elliot zu und krallte sich an sein Ohr.

»Aua!« Erschrocken zuckte der junge Hexenmeister zusammen und scheuchte sie fort. »Sie hat mir ins Ohr gebissen!« Er war knallrot im Gesicht.

Emily lachte. »Sie wollen nicht, dass du sie so nennst. Das ist respektlos!«

»Was machen sie hier?«, fragte Cedrik neugierig.

Emily lauschte für einen kurzen Augenblick, dann übersetzte sie das Klingeln der Elfen. »Sie sagen, sie verstecken sich immer hier, wenn ihnen die Welt da draußen Angst macht.«

»Ihnen Angst macht? Die haben mir fast das Ohr ausgerissen«, maulte Elliot empört und hielt sich den Kopf.

»Selbst schuld. Du weißt doch, dass man sie nicht ärgern soll. Lass uns lieber hören, was der Rat bespricht«, antwortete Emily. »Leise jetzt!«

Die Gestaltwandlerin kniete sich hin und löste vorsichtig ein kleines Brett im Boden des Planetariums. Elliot setzte sich, zog Cedrik neben sich und zu dritt starrten sie von oben durch ein Loch in der Decke der großen Ratshalle von Mistle End.

Der Rat tagte unter ihnen, in einem Raum, der von mehreren, kreisförmig angeordneten, mit prachtvollen Schnitzereien versehenen Bänken aus dunklem Holz geprägt war. Nach dem Auszug der Dornhexen waren viele Plätze unbesetzt. Im Innersten, dem engsten der konzentrischen Kreise, fanden nur drei Personen Platz. Cedrik konnte Alastair, den Hexenmeister erkennen. Ao'Taeras, Waldelb und Vertreter der magischen Minderheiten, sowie Esmeralda, die eben ihren Mantel ablegte. »Da mit mir nun alle anwesend sind, erkläre ich die Ratsversammlung für eröffnet. Vielen Dank, dass ihr gewartet habt!«

Die Anwesenden klopften zustimmend auf ihre Tische.

»Wie ihr alle bereits wisst, sind Emily und Elliot, sowie Cedrik, der junge Druide, gestern Morgen nach London gereist, um sich auf die Suche nach dem gestohlenen Buch der verschollenen Pfade zu machen. Das ist genauso mutig wie töricht und verdient sicherlich eine Bestrafung. Allerdings wurden durch ihre Handlungen Umstände offenbart, deren Kenntnis über unser aller Leben und Tod entscheiden könnte.«

Unruhe brach aus, auch Cedrik und die Geschwister oben an der Luke warfen sich schockierte Blicke zu. Eine besonders vorwitzige Elfe hatte sich auf Emilys Schulter gesetzt und schaute neugierig runter in den Saal.

Dort hob Esmeralda beruhigend die Hände und sprach weiter. »Ich bitte euch, hört mir zu. Was ich euch nun zu sagen habe, ist von größter Wichtigkeit!«

Als endlich Stille eingekehrt war, sprach sie weiter. »Wie einige wenige von euch wissen, halte ich seit Jahren geheimen Kontakt zu meiner Schwester Salamanca. Seit dem Tag, an dem sie die Herrschaft der Bluttrinker übernommen hatte, konnten wir – den Göttern sei Dank – davon ausgehen, dass uns von dieser Seite keine Gefahr mehr drohte. Leider hat sich diese Einschätzung mit unseren neuen Erkenntnissen komplett geändert.« Sie holte tief Luft. »Der dunkle Druide ist in London, und mit ihm, so wie es scheint, eine Gruppe Dornhexen. Wir wissen nicht, wie viele, aber zumindest eine größere Gruppe. Und das ist nicht alles: Salamanca befürchtet, dass sich die Dornhexen unter Crutch mit den Anhängern der Blutkrone, den Senatoren, den ältesten und mächtigsten Vampirfamilien Londons, verbünden möchten. Verbünden gegen Mistle End! Verbünden gegen uns!«

Tumult brach aus, Hexen, Nicht-Hexen, Elben, Zwerge und Trolle riefen wild durcheinander.

Alastair donnerte mit seiner Faust auf den Tisch. »Ruhe! Lasst Esmeralda ausreden! Seid still!«

Esmeralda nickte Alastair dankbar zu und fuhr fort: »Salamanca ist sich sicher, dass sie die Revolte mithilfe ihrer Palastwache, den Samaritern, in Schach halten kann. Mögen die Götter dafür sorgen, dass sie recht hat! Denn unsere größte Sorge, dass das Buch in falsche Hände geraten könnte, ist noch immer nicht zerstreut. Salamanca hat mir versprochen, danach Ausschau zu halten, aber wenn es zu einem Angriff auf das Dorf kommen sollte, müssen wir damit rechnen, dass es nicht nur Dornhexen, sondern mit ihnen auch Vampire sein könnten. Wir müssen uns vorbereiten.« Esmeralda ließ sich erschöpft auf ihren Stuhl sinken.

Besorgtes Gemurmel legte sich über die Veranstaltung.

Alastair stand auf. »Ich danke dir, Esmeralda!« Er wandte sich an die Gemeinschaft. »Erst der dunkle Druide, jetzt die Vampire. Viel zu lange haben wir uns hier in Sicherheit gewiegt, viel zu lange haben wir uns nicht um unsere Verteidigung gekümmert. Der Greif ist ein erfahrener Wächter, ein kraftvoller Verbündeter, aber auch er und die seinen können es nicht mit einer Armee von Vampiren aufnehmen. Wir müssen unsere Kampfzauber üben! Wir müssen uns wappnen!«

Die meisten der Anwesenden klopften zustimmend auf die Tische. »Wenn wir sofort beginnen, können wir eine schlagkräftige, kleine Truppe von fähigen Kampfhexern unter der Leitung der Paladine aufbauen. Aber wie viel Zeit haben wir überhaupt? Und wie würden sich die Nicht-Hexen von Mistle End verhalten?«

Ao'Taeras erhob sich. Der goldhaarige Elb sprach für alle Mitglieder seines Volkes, aber auch für die Dopplinge und Zwerge und all jene, die zwar nicht dem Geschlecht der Hexen angehörten, die aber dennoch ihre Zuflucht in Mistle End gefunden hatten. »Bis auf die Zwerge – die sich, wie wir wissen, grundsätzlich aus dem Dorfleben heraushalten – kann ich dem Rat garantieren, dass sich jedes Mitglied meiner Gruppe für das Dorf einsetzen wird. Auch im Kampf, wenn es sein muss.«

Es dröhnte, als die Anwesenden erneut durch heftiges Klopfen auf die Holztische ihre Zustimmung ausdrückten.

Alastairs Stimme klang ruhig und kalt. »Wir sollten darüber nachdenken, ob wir dem Überfall nicht durch einen Angriff unsererseits zuvorkommen. London war immer ein wichtiges Zentrum der Hexenwelt gewesen und erst als wir wegen der Hexenverbrennungen fliehen mussten, konnten die Vampire –«

Esmeralda fuhr hoch. »Was redest du von Angriff, Alastair?! Kampf ist nicht das Ziel und auch nicht die Lösung. Selbst die Vampire sind nicht das Problem, zumindest zurzeit nicht. Salamanca ist auf unserer Seite.«

Alastair sah sie gereizt an. »Was sollen wir deiner Meinung nach tun, Esmeralda?«

»Wenn wir ein Gleichgewicht der Kräfte schaffen, können wir den Krieg vielleicht verhindern. Wir müssen unsere Freunde um uns sammeln. Freunde wie ...« Sie zögerte und holte tief Luft. »Wie die Vampire.«

Protest brach los, wütend rief Alastair: »Niemals! Die Bluttrinker haben uns nicht nur im Stich gelassen, als uns die Menschen verfolgt haben! Sie haben uns aus der Stadt gejagt! Der Stadt, über die wir einst herrschten!«

»Das stimmt! Doch die Zeiten haben sich geändert. Die meisten Vampire haben nicht die Absicht, uns anzugreifen. Meine Schwester –«

»Deine Schwester ist keine Hexe mehr!« In Alastairs Stimme lag Verachtung. »Sie ist ein Vampir!«

Eine ältere Hexe erhob sich. »Alastair hat recht! Wie kannst du ihr nur trauen, Esmeralda? Sie hat ihren Hexenzirkel verlassen, um Blut zu trinken!« Die Frau spuckte auf den Boden.

Esmeralda schoss die Röte ins Gesicht. »Wir ... wir haben allen Grund, die Vampire zu unseren Verbündeten zu machen. Wie ich von meinen Kindern erfahren habe, haben sie sich zu ausgezeichneten Kämpfern entwickelt. Und sie verstehen die Welt der Menschen viel besser als wir. Ich fürchte wie ihr, dass es zu einem Krieg kommen könnte. Aber wir kennen unseren Feind noch immer nicht. Wir wissen, dass der dunkle Druide und die Dornhexen in London sind. Aber wir wissen nicht, ob und was Crutch gegen uns im Schilde führt. Lasst uns mit Klugheit und Geschick vorgehen, rohe Gewalt war noch nie unsere Stärke. Wenn wir aber eines Tages tatsächlich kämpfen müssen, will ich die Vampire neben uns wissen – und nicht gegen uns!«

Emily sprang auf. »Ich kann das nicht mehr hören!« Aufgebracht lief sie hin und her. Die kleine Flirrelfe flatterte aufgeregt um ihren Kopf und klingelte leise. »Alle reden von Krieg! Das macht mir Angst! Mach das zu!«

Hastig schloss Elliot die Bodenluke.

Emily starrte ihren Bruder an. »Langsam verstehe ich, warum uns Mutter nie von ihrer Schwester erzählt hat. Sie wollte uns schützen. Vampire sind der Abschaum, verstehst du? Die Dorfbewohner hassen Vampire.«

Elliot sah seine Schwester mit großen Augen an. »Aber du warst ja am Anfang auch nicht wirklich von Shirley begeistert ...«

Emily ließ den Kopf hängen, drehte sich dann plötzlich um und stürmte die Treppe nach unten.

»Warte! Hey, wo rennst du hin?«, rief Elliot und eilte seiner Schwester hinterher.

»Heim! Ich mag nicht mehr«, hörte Cedrik Emily von unten sagen.

Bereits halb in der Tür, drehte sich Elliot zu Cedrik um. »Kommst du nicht mit?«

»Doch. Gleich. Ich ... ich denke, ich möchte lieber nach Hause!«

»Ist gut! Dann bis später, Cedrik!«

Und schon polterte Elliot die Treppe nach unten, seiner Schwester nach.

Erschöpft legte sich Cedrik auf den Holzboden, verschränkte die Arme unter seinem Kopf und starrte durch die Kuppel auf den wolkenverhangenen Himmel. Eine Flirrelfe setzte sich auf einen Stapel Bücher neben ihm und beobachtete ihn neugierig.

Die letzten zwei Tage waren aufwühlend gewesen. Der Angriff der Deimoni, die Reise nach London, die Vampire. Sein Großvater, der Gott, der ihm immer wieder erschien. Er wusste nicht genau, was er von ihm erwartete ... aber er hatte eine Ahnung. Und die ähnelte sehr dem, was Alastair und manch anderer in Mistle End von Anfang befürchtet hatten.

Wenn es wirklich zum Krieg kommen sollte, würde er gegen Crutch kämpfen müssen.

Was hatte er gesagt? Die Welt richtig machen.

Die Welt in Ordnung bringen? Wie soll das gehen. Sicher nicht durch Krieg …

Er schloss müde die Augen.

Wenn ich jetzt gleich aufstehe und nach Hause gehe, kann ich mich ins Bett legen und …

Er zuckte zusammen, als die Maschine in der Mitte des Zimmers auf einmal laut klackte und sich surrend eine Reihe kleiner Zahnräder in Gang setzte. Erschrocken stob eine ganze Wolke der kleinen Flirrelfen auf und tanzte durch die Kuppel. Das ganze Gebilde drehte sich, ratterte und zischte, um dann mit einem leisen Klick wieder zum Stillstand zu kommen.

Cedrik rührte sich nicht. Was war eben passiert? Hatte sich irgendetwas verändert? Er wartete noch einen kleinen Augenblick, aber es geschah nichts weiter.

Die Wolkendecke riss auf und die Frühlingssonne durchflutete den Raum. Cedrik stellte sich an die gläserne Kuppel und sah über das Dorf und in die angrenzenden Highlands. Ein Sturm jagte die Wolken über den Himmel. Sonnenstrahlen strichen wie Finger über braun-grüne Hügel und ließen letzte Schneeflecken aufleuchten. Er sah die Gräser des Hochmoores, die sich dem Wind beugten. Und er konnte sich genau vorstellen, wie der Sturm in den noch kahlen Ästen der Bäume sein säuselndes Lied sang. Er konzentrierte sich und suchte Skye.

Wo bist du?

Er hoffte, den Wind unter ihren Flügeln zu spüren,

so wie manchmal, wenn sie sich ganz nahe waren. Aber da war nichts. Sie war nicht dort, wo er sie erwartet hatte. Er konnte keinen Kontakt zu seinem Adler herstellen.

Kapitel 25

DAS HAUS AM ABERDEEN SQUARE NR. 13

Cedrik hörte seinen Vater schimpfen, noch bevor er die Tür ihres Hauses am Aberdeen Square Nr. 13 erreicht hatte. Aengus O'Connor fluchte und war anscheinend gerade dabei, einen ungebetenen Gast zu verscheuchen.

»Verschwinde! Husch! Raus mit dir! Du machst alles schmutzig!«

Cedrik stürmte den Eingang nach oben und ihm war sofort klar, dass der Lärm aus der Küche kam. Dabei traf ihn die Erkenntnis so unvermittelt, dass sein Herz einen Sprung machte.

Hier bist du also!

Er sprang in die Küche hinunter und prustete los. Das Bild, das sich ihm darbot, war so außergewöhnlich, dass er nicht anders konnte, als zu lachen.

Sein Vater stand in Strümpfen auf dem Küchentisch, über und über mit Mehl bedeckt, ein Geschirrhandtuch über sich in der Luft wirbelnd. Dabei machte er alle möglichen Tiergeräusche, die sich wahrscheinlich gefährlich anhören sollten. Er knurrte, bellte, zischte und wedelte wie wild mit dem Tuch. Ihm gegenüber, auf der alten, hölzernen Anrichte, saß ein stattliches Adlerweibchen, mit goldschimmerndem Gefieder und starrte ihn mit ausdruckslosen Vogelaugen an.

»Dad, hört auf! Das ist Skye! Du kennst sie doch!«

Cedriks Vater ließ keuchend das Handtuch sinken. »Sie sitzt seit heute Morgen in der Küche und verfolgt mich mit ihrem Blick!« Er schüttelte sich.

Ich habe auf dich gewartet, Baumjunge, hörte Cedrik die Stimme des Adlerweibchens in seinem Kopf.

»Was machst du hier?«, fragte Cedrik, gleichermaßen erstaunt, wie amüsiert.

»Was ich hier mache?«, fragte sein Vater, leicht gereizt. »Warum fragst du nicht sie?«

Ich habe auf dich gewartet, wiederholte Skye ihre Worte.

Cedrik sah sich um. Die ganze Küche war mit Mehl, Haferflocken und Zucker bedeckt. Töpfe lagen auf dem Boden, Teekannen waren umgefallen und auf dem Kaminofen schwelte ein angebrannter Topflappen.

»Warst du das?«, fragte Cedrik grinsend.

»Das war sie!« – *Das war er!*, hörte Cedrik beide wie aus einem Mund.

Er lachte. Laut und gelöst. Aengus sah ihn verdutzt an, dann – als würde er aus einem Traum aufwachen – fuhr er sich mit der Hand über das verschwitzte Gesicht, sah sich um und an sich herab. Wie die Küche war auch er über und über mit Mehl eingestäubt. Er warf das Handtuch lachend in die Spüle und kletterte ungeschickt vom Tisch.

»Cedrik, ach du meine Güte, du bist wieder da! Das ist großartig, mehr als großartig! Wie war London?«

»Dad, das erzähle ich dir gleich! Lass mich schnell Skye nach draußen bringen.«

Er streckte seinen Arm aus und formte in seinem Kopf nur ein einziges Wort. *Komm!*

Sofort schwang sich das Adlerweibchen mit einem Schlag ihrer Flügel vom Schrank auf seinen Arm. Sie klammerte sich mit ihren scharfen Krallen an ihm fest, aber gerade sanft genug, um ihn nicht zu verletzen.

Ich hatte dich verloren, sagte Skye.

Cedrik spürte den Vorwurf in ihren Worten. *Ich war fort, weit fort. In einer großen Stadt.* Vorsichtig trug er das Tier vor die Tür auf den Platz vor ihrem Haus.

Ich habe dich überall gesucht, sagte Skye.

Cedrik bekam ein schlechtes Gewissen.

Skye spreizte ihre Flügel, als sie den Wind spürte. *Du warst auf einmal weg. Ich konnte dich nicht mehr ...* Skye zögerte.

Du konntest mich nicht mehr spüren?, versuchte Cedrik vorsichtig zu helfen.

Skye ruckte mit dem Kopf und musterte ihn streng.

Cedrik fühlte sich jetzt irgendwie schuldig.

»Das tut mir leid. Das nächste Mal sage ich dir Bescheid.«

Das Adlerweibchen plusterte ihr Federkleid auf und wechselte von einem Bein auf das andere.

»Und deshalb warst du bei uns im Haus?«

Ich habe dich gesucht. Der große Junge kann nicht richtig sprechen.

Cedrik kicherte. »Du hast recht. Das kann er wirklich nicht ...« Er streichelte noch einmal über den Rücken des schönen Tiers, dann warf er den Adler in die Luft.

Sofort breitete Skye ihre Flügel aus und schraubte sich mit kraftvollen Schlägen in den Frühlingshimmel. *Geh nicht fort, Baumjunge. Geh nicht fort ohne mich.*

Cedrik nickte ernsthaft und nahm sich fest vor, Skye nicht mehr allein zu lassen. Oder ihr wenigstens beim nächsten Mal Bescheid zu sagen.

»Viel Glück bei der Jagd!«, rief Cedrik ihr nach. Der wilde Schrei des Adlerweibchens schallte weit über die Ebene. Er drehte sich um und ging zurück ins Haus.

Sie saßen in den schweren Ohrensesseln vor dem Kamin, in dem ein wärmendes Feuer munter vor sich hin prasselte. O'Connor, der sich inzwischen vom Mehl befreit hatte, war über Cedriks Rückkehr eher erleichtert als wütend über dessen unangemeldetes Verschwinden. Cedrik hatte ihm und Willoughby Finneghan, dem alten Kapitän, der nun sein Dasein als Gott im Teppich fristete, alles erzählt.

Von Emilys und Elliots Besuch am Morgen bis zu Esmeraldas Auftritt im Rat.

»Vampire in London? Ach du meine Güte! Da bin ich wirklich froh, dass du, ähem, heil nach Hause gekommen bist.«

»Spannende Zeitgenossen, diese Vampire! Das kann ich euch sagen«, ließ sich der Poseidon im Teppich, vernehmen. Aufgeregt schwamm er vor seinem Meerestempel hin und her, während sich um ihn Delfine und Haie durch die Unterwasser-Landschaft jagten. Aengus und Cedrik hatten die Sessel so gestellt, dass der Teppich am Boden bequem zwischen ihnen Platz hatte und sein Bewohner ihnen zuhören konnte.

»Vampire sind nicht von Natur aus böse«, erklärte der alte Kapitän. »Überhaupt nicht. Sie sind eher wie ... Raubtiere. Ja, wie Löwen, oder Wölfe. Das trifft es wohl am besten.« Er strich sich durch den wogenden Bart. »Man würde ja auch nicht auf die Idee kommen, einen Fuchs als schlecht zu bezeichnen, bloß weil er seine Welpen mit frischer Gans versorgt.« Er grinste. »Sie trinken Blut, wie unsereins Milch braucht. Oder einen guten Schwarztee ...« Er schielte sehnsuchtsvoll auf die dampfende Tasse in O'Connors Hand.

Aengus runzelte die Stirn. »Sagtest du, ›Bartholomew's Hospital‹? Cedrik, hab ich da nicht letztes Jahr meinen Schnitt im Finger nähen lassen? Als ich versucht habe, den Kugelschreiber zu spitzen?«

»Das war nicht das Bartholomew's, das war das St Georg, Dad«, verbesserte Cedrik seinen Vater.

Dieser seufzte erleichtert. »Und Shirley? Die ist wirklich auch ein Vampir?«

»Du erinnerst dich an sie?«, fragte Cedrik erstaunt.

Aengus lächelte. »Na ja, war ja unschwer zu übersehen, dass du für sie geschwärmt hast.«

Cedrik wurde rot. »Sie ist nicht nur ein Vampir, sie ist die Tochter der Vampirkönigin! Und damit die Cousine von Emily und Elliot.«

Finneghan, der Teppich-Gott, pfiff leise. »Salamanca, die schönste der drei Goldens! Die hatte ich ganz vergessen. Ihr müsst wissen, Esmeralda hatte eigentlich zwei Schwestern: Isobel und Salamanca. Isobel, die älteste der drei, war es, die vor vielen Hundert Jahren Mistle End gegründet hat. Alle bewunderten ihre Klugheit und Weitsicht, ihre Güte und Freundlichkeit.«

Cedrik konnte sich genau vorstellen, was Finneghan meinte. Auch Esmeralda strahlte eine Herzlichkeit aus, die in jedem Anwesenden sofort das Gefühl von Geborgenheit und Sicherheit weckte. Zumindest dann, wenn Esmeralda nicht gerade wütend auf sie war und damit drohte, sie in Kekse zu verwandeln.

»Unglücklicherweise fiel Isobel selbst den Häschern zum Opfer, vor deren Hass sie so vielen anderen Hexen eine sichere Zuflucht schuf. 1662 wurde sie verbrannt, ›The Witch Queen‹, die Königin der Hexen, hat man sie genannt. Erschüttert vom grausamen Tod ihrer ältesten Schwester verwandelte sich bei Salamanca, der jüngsten, die Trauer in Wut und Hass auf die Menschen, die ihr die geliebte Schwester genommen hatten. Sie begann die Nähe der Kreaturen zu suchen, vor denen sich die gewöhnlichen Sterblichen am meisten fürchteten. Den Kreaturen der Nacht. Sie verließ England, durchquerte Europa, und zog weiter in das Atlasgebirge in Nordafrika. Dort verliebte sie sich in einen mächtigen Vampirfürsten und ließ sich beißen. Aus ihr wurde eine Vampirhexe, ein Blutsauger mit magischen Fähigkeiten. Sie kehrte zurück, nährte sich vom Blut ihrer Feinde, bis ihre Kraft und ihr politisches Geschick sie an die Spitze der Londoner Vampirfamilien brachte.«

Aengus blickte fasziniert auf den Teppich. »Und Esmeralda?«

Der Wassergott räusperte sich. »Nun, Esmeralda, die mittlere der drei Schwestern, schaffte es, sich nicht von Wut und Gram zerfressen zu lassen. Sie blieb bei den vom Schicksal schwer gebeutelten Hexen ihres Zirkels, kümmerte sich um die kleinen Hexen-Kinder, deren Eltern von der Inquisition gefangen genommen worden waren, und half, aus den alten Ruinen des verlassenen Dorfes in den schottischen Highlands eine neue Heimat für die Hexen entstehen zu lassen. So ließ sie den Traum ihrer Schwester weiterleben.«

»Mistle End.« Cedrik war tief beeindruckt. Esmeralda

war nicht nur uralt, sie hatte auch mitgeholfen, die Bewohner der magischen Welt vor der Wut der Menschen zu beschützen.

Ihm schoss eine Frage in den Sinn, vor deren Antwort er sich fast ein wenig fürchtete. »Aber wenn Esmeralda so alt ist, wie alt sind dann Elliot und Emily wirklich?«

Kapitän Finneghan lachte. »So alt wie sie aussehen! Hexen altern am Anfang ganz normal. Sie werden als Babys geboren, werden größer, werden zu Kindern, zu Jugendlichen und jungen Erwachsenen. Dann, irgendwann, verlangsamt sich ihr Altern. So verrückt das klingt, aber je älter sie werden, desto langsamer altern sie.«

Aengus nickte ernst. »Daher also die Märchen und Sagen von den Hexen, die mithilfe geheimer Elixiere ewige Jugend und Schönheit behalten.«

»Ganz genau.« Der Meeresgott wiegte sich behaglich und sehr zufrieden mit sich selbst in den sanften Wellen seines Unterwasser-Teppichs.

Aengus O'Connors Blick ruhte nachdenklich auf Cedrik, während er den Tee in seiner Tasse hin und her schwenkte. »Und du sagst, ihr habt im Rat gehört, dass Esmeralda ihrer Schwester vertraut? Dass uns zumindest im Moment keine Gefahr durch die Vampire droht?«

Cedrik nickte. »Ja, zumindest im Moment. Aber warum wollen die anderen Vampire und Dornhexen uns eigentlich angreifen? Was haben wir ihnen denn getan?«

Der Gott im Teppich seufzte. »Wut. Enttäuschung. Rache.

Der Konflikt ist so alt wie Mistle End selbst. Im Zweifelsfall geht es immer um Macht. Die Dornhexen wollen ihre Magie ausleben, ohne Rücksicht auf die Menschen und anderen Wesen, die sie als minderwertig betrachten. Und darin sind sie sich mit den Vampiren einig. Weder die Vampire noch die Dornhexen allein könnten es mit den Hexen von Mistle End aufnehmen. Aber zusammen ...«

Cedrik musste an Crutch denken, der die Menschen dafür bestrafen wollte, dass sie keine Rücksicht auf die Natur nahmen und die Welt gnadenlos ausbeuteten. Gründe, sich zu streiten, schien es immer mehr zu geben als Gründe für Frieden.

Sein Vater holte tief Luft und seufzte. »Ich glaube langsam, ich hatte großes Glück, dass ich dich heute wieder in die Arme nehmen konnte. Das hätte übel ausgehen können. Cedrik, wenn du dich noch einmal von so etwas wie Vampiren jagen lässt, bekommst du Hausarrest. Dann ist mir egal, ob deine Mutter eine Nymphe oder dein Großvater ein Waldgott ist. Meine liebe, verstorbene Mutter hat das auch mit mir gemacht und du siehst ja, was aus mir geworden ist.«

Cedrik sah schnell zu Boden, um das Grinsen zu verbergen, das sich auf seinem Gesicht breitmachte.

Als er sich wenig später endlich auf sein Himmelbett fallen ließ, war er noch immer aufgewühlt von den Ereignissen der letzten Tage. Was als Bücher-Diebstahl bei einem Volksfest angefangen hatte, hatte sich erschreckend schnell als ernsthafte Bedrohung herausgestellt.

Mistle End war in Gefahr, sein Zuhause und seine Freunde. Er selbst und sein Vater bestimmt ebenso, sollte das Dorf tatsächlich angegriffen werden. Es lief ihm kalt den Rücken runter, wenn er an den grinsenden Samariter am U-Bahnhof denken musste. Dieses furchtbare Gefühl von der Abwesenheit aller menschlichen Wärme und Energie, als er in der goldenen Welt nach dem Vampir gesucht hatte.

Diese Wesen trugen den Tod in sich. Ob sie sich in Mistle End gegen sie wehren konnten? Der Greif würde sie beschützen. Oder? Er hatte den magischen Wächter schon so lange nicht mehr gesehen, nicht seit den Tagen nach dem Kampf auf der Mauer.

Crutch erschien vor seinem inneren Auge. In dem Anzug, mit der Weste und den glänzenden, schwarzen Schuhen. Wie sie sich begegnet waren, in London, vor dem Buchladen. Die Enttäuschung in seinem Gesicht, als er verstanden hatte, dass Cedrik nicht mitkommen und nicht mit ihm ... wie hatte Crutch das formuliert? ... »über die Menschen herrschen« würde.

Er spürte wieder den Schmerz, das stille Ziehen im Herzen über den Verlust seines Freundes. Aber war er das noch ... sein Freund? Für Emily und Elliot war er der Feind. Er konnte sich einfach nicht vorstellen, dass Crutch ... böse ... war. Das konnte einfach nicht sein.

Die Geschichte von ihm und Crutch, das spürte er, war noch nicht zu Ende. Ganz bestimmt nicht.

Der Gedanke machte ihn glücklich und ließ ihn gleichermaßen erschaudern. Sie würden sich wiedersehen. Schon bald.

Er rollte sich unter seiner Decke zusammen und fiel in unruhigen Schlaf.

Kapitel 26

DER ERSTE FLUG

Die nächsten Tage brachten nicht die ersehnte Entspannung, auch wenn die drei Freunde das Glück hatten, dass sich niemand mehr um ihre Bestrafung zu kümmern schien. Zu erschreckend waren die Nachrichten gewesen, die sie mitgebracht hatten. Dafür begannen die Paladine mit Freiwilligen draußen vor dem Dorf, Kampfzauber zu üben. Von Elliot, der tatsächlich zu den besten seines Jahrgangs gehörte, erfuhr Cedrik, dass er sich für die erste Einheit gemeldet hatte. Er stand nun weit vor dem Rest seiner Familie auf, schnappte sich bei den erstaunten Bäcker-Wichteln in der Backstube frische Scones und füllte Tee in die Immer-warme-zuckersüße-Teekanne-für-unterwegs und war bei Sonnenaufgang schon auf den Feldern, um von den Paladinen zu lernen.

Emily, die nach der Begegnung mit Dandelia, der ehemaligen Kräuterhexe von Mistle End, noch immer schrecklich enttäuscht war, hatte verkündet, dass sie nun selbst Kräuter- und Heilkunde zu lernen gedachte. Sie hatte keine Lust zu kämpfen, sondern wollte lieber heilen. »Etwas Krötentränen, Honig und Hagebutte für den Geschmack, sowie eine Prise getrockneten Trollschneuz helfen zwar nicht gegen Vampire, sind aber gut gegen Reiseübelkeit, wenn man die geheimen Pfade benutzt«, hatte sie gesagt und sich auf den Weg gemacht, die alten und erfahrensten Hexen im Dorf aufzusuchen und nach geheimen Rezepturen zu fragen. Zur Überraschung aller, einschließlich ihrer selbst, war sie erstaunlich begabt im Herstellen der magischen Tinkturen und Erlernen der lindernden Zaubersprüche und machte schnell Fortschritte.

Cedrik kam sich neben den beiden Geschwistern unnütz vor. Er wusste nicht, was er tun sollte. Was er beitragen konnte, sollten sie wirklich angegriffen werden. Er konnte ja kaum Efeu auf die Vampire hetzen.

Deshalb erklomm er nun bedrückt die letzten Meter dieses Hügels und sah hinab in das *Glen Dachaigh,* das Tal, an dessen anderem Ende das Dorf lag. Ao'Taeras, der Waldelb, hatte ihm gezeigt, welchen Weg er nehmen musste, und so hatte er schon früh den Dreisprung überquert, das Steineichenviertel mit seinen Baumhäusern durchschritten und war durch die kleine Pforte in der Mauer auf der Bergseite des Dorfes nach draußen geschlüpft. Sie war unbewacht gewesen, was ihn beunruhigt hatte.

Er war den ganzen Tag über die Wiesen mit dem harten, von Wind und Schnee gebeugtem Gras bergan und bergab gestiegen, war über unzählige kleine Bäche und moosbedeckte Steine gesprungen und stand endlich vor der Eiche, die er vor ein paar Wochen mitten im Winter hatte erblühen lassen. Als er mit Emily und Elliot seine neuen Kräfte ausprobieren wollte.

Im Gegensatz zu all den anderen Bäumen rund um den sanften Hügel, trug dieser Baum, seine Eiche, saftige und grüne Blätter. Er hatte den Baum schon von Weitem gesehen, und hatte sich wie magisch von dem Ort angezogen gefühlt. Dort angekommen, hatte er seine Hand an den Stamm gelegt und auf das sanfte Raunen des Baumes gelauscht. Es hatte ihn glücklich gemacht, zu spüren, wie kraftvoll das Leben in der Eiche rauschte.

Eine Stimme ertönte, und obwohl er die Rauheit, das Brechen der Steine und das Knirschen der Kiesel sofort wiedererkannte, war er erstaunt von ihrer Sanftheit.

Schnell nahm er die Hand von der Rinde und drehte sich um.

Hinter ihm hockte der Felsling. Er hatte ihn beim letzten Mal wegen des Baumes, den Cedrik bei Schnee und Eiseskälte hatte erblühen lassen, wütend beschimpft. Jetzt sah er ihn aus grauen Augen an. »Krrrk! Dem Baum geht es gut ... krrrk. Das ist ... krrrk ... erstaunlich!«

Cedrik lächelte vorsichtig. »Ja, ich weiß. Er ist stark und gesund. Es geht ihm gut«, wiederholte er die Worte des Steinriesen. Denn das war er tatsächlich, ein Riese. Felslinge konnten in verschiedenen Gestalten erscheinen, als kleine Steinzwerge, wie das Wesen vor ihm, oder als übergroße, unüberwindbare Steinriesen.

»Krrrk ... wer bist du? Wer bist du, dass du im Winter den Pflanzen den Frühling schenken kannst? Krrrk«, fragte der Felsling. Sein Gesicht war wie der ganze Körper aus rauem Stein, voller Risse und Sprünge, mit Moos und Flechten bedeckt. Er war nicht größer als ein kleines Kind. Aber sehr kräftig, wie Cedrik wusste. Und völlig immun gegen Magie.

»Ich bin ein Druide«, erklärte er. Und er hatte das erste Mal kein komisches Gefühl mehr, als er es sagte.

Der Steinmann nickte. Kleine Steinchen lösten sich aus seinem Körper und kullerten zu Boden. Dann wurde er wieder ganz starr. Er sah Cedrik unvermittelt an und wenn er nicht ab und zu nervös gezwinkert hätte, hätte man ihn wirklich für einen Fels halten können. »Ich habe sehr lange keinen Druiden mehr getroffen, krrk!«, sagte er freundlich und Cedrik spürte eine Achtung in seiner Stimme, die ihn erstaunte. »Es ist gut, dass mit dir wieder ein Druide in unsere Berge gekommen ist. Wir haben dich vermisst! Krrk!«

»Wen meinst du mit ›wir‹?«, fragte Cedrik.

»Wir! Krrk!« Der kleine Steinriese zuckte mit den Schultern. »Alle!«

Cedrik spürte, wie er rot wurde. »Aber warum? Was kann ich denn?«

»Du wirst auf uns aufpassen. Du wirst über unsere Berge und Täler fliegen und auf uns aufpassen. Krrk!« Und er sagte es mit solch einer Gewissheit, dass Cedrik eine Gänsehaut bekam.

Der kleine Steinriese stand auf und rutschte von dem Fels, auf dem er gesessen hatte. Von unten sah er noch einmal auf zu Cedrik. »Ruf mich, wenn du mich brauchst. Ich werde das Gleiche tun. Krrrk! Und das jetzt tut mir leid. Er will dich sehen.«

»Wie bitte? Wer will mich ...«

»Krrrk!«

»Was? Aber ...«

Ohne Cedriks Frage zu beachten, stapfte der Felsling auf ihn zu und umklammerte seine Beine.

»He! Lass mich los!« Erschrocken versuchte Cedrik den Felsling abzuschütteln, aber die Kraft des kleinen Riesen war wahrlich übermenschlich.

»Krrrk! Entschuldigung.«

»Nicht! Hilfe!« Cedrik ruderte wie wild mit den Armen, verlor trotzdem das Gleichgewicht und stürzte in das Heidegebüsch hinter sich. Er zappelte und wehrte sich, aber der Mann aus Stein ließ ihn nicht los. Dann hörte er Schritte. Von einem Tier.

Ein Hirsch schritt durch das Gras auf sie zu, langsam und würdevoll. Er stellte sich neben das ungleiche, kämpfende Paar am Boden und neigte sein Haupt. Er berührte Cedrik mit seinem Geweih an der Stirn, ganz sanft, und der junge Druide stürzte in einen Strudel aus Gold, Wind und Licht.

Die kalte Luft traf Cedrik wie ein Schlag. Er war nicht mehr auf dem Hügel bei seiner Eiche, sondern stand auf einem schneebedeckten Berggipfel. Der Wind pfiff eisig, und er schlotterte vor Kälte. Ringsum war nichts zu sehen außer schroffe, gletscherbedeckte Berge. In der Ferne glitzerte das Meer. Waren das Eisberge? Wo war er gelandet?

Vor Cedrik stand sein Großvater. Der Gott mit dem Hirschgeweih. *Natürlich! Er!*

Wütend fuhr Cedrik ihn an: »Was soll das? Machst du das immer, wenn du mit Leuten sprechen willst? Lässt sie entführen? Hetzt ihnen Steinriesen auf den Hals? Kannst du nicht einfach erscheinen, wie in der U-Bahn-Station? Da ging das doch auch!«

Cernunnos grinste schief. »Ich kann nicht überall sein. Und wollte mir die Gelegenheit nicht entgehen lassen. Heute ist ein guter Tag.«

»Ein guter Tag, wofür?«, fragte Cedrik mürrisch.

»Zum Fliegen.«

»Wie bitte?«

Es rauschte über ihm und er spürte, wie Flügelspitzen sanft über seine Wange strichen. Überrascht sah er sich um. Außer ihm war niemand auf dem Gipfel zu sehen.

»Du bist jetzt so weit. Lass sie einfach machen, sie wird dich führen. Ihre Art begleitet euch Druiden schon seit

Jahrhunderten. Lass es geschehen«, sagte der Hirschgott mit seiner dröhnenden Stimme.

»Aber wie soll ich ...«

»Vertrau ihr einfach. Sie weiß, was zu tun ist. Sie ist ein weises Tier. Sei einfach bereit.«

»Bereit wofür?«, fragte Cedrik.

Der Gott lächelte, ging einen Schritt auf Cedrik zu und schubste ihn.

Cedrik stolperte nach hinten, verlor im Schnee beinahe das Gleichgewicht und fand sich unvermittelt wieder auf dem Hügel mit der Eiche. Jedoch nicht im lauen Nachmittag der Welt der Menschen, sondern in der anderen, der goldenen Welt. Über sich hörte er einen lauten Adlerschrei. Skye flog über ihm, kraftvoll und stolz. Sie war golden wie der Baum, wie die ganze Natur um ihn herum.

Skye? Was passiert hier?

Skye hielt sich für einen Moment hoch oben am Himmel, bevor sie sich im Sturzflug auf ihn herabfallen ließ. Wie ein Komet mit goldenem Schweif raste sie auf ihn zu.

»He, nein, nein, nicht!«

Sie prallte auf seine Brust, das Gold explodierte und er wurde nach hinten geworfen. Das Licht verschluckte ihn.

Als er wieder zu sich kam, war alles anders. Er war augenscheinlich nicht mehr in der goldenen Welt, sondern wieder zurück in der Welt der Menschen. Aber ... er war nicht er selbst! Er fühlte sich fremd in seiner Haut und … er flog!

Die Erkenntnis traf ihn wie ein Donnerschlag. Er war in ihr. Er war in Skye!

Sie hatte ihn in ihren Körper aufgenommen.

Erstaunt sah er sich um, sah an sich herab. Alles war gestochen scharf, die goldbraunen Federn, die starken Schwingen. Mit den Augen eines Adlers, mit Skyes Augen, erkannte er Dinge, die ihm vorher niemals aufgefallen wären. Er konnte sehen, wie Elliot auf der weiten Ebene vor dem Tor von Mistle End grinste, als er mithilfe einer besonders mächtigen Feuerlanze einen dicken Kürbis röstete. Er entdeckte Mr Elderling, der am Fenster der Bibliothek ein altes Pergament ins Licht hielt. Dabei war er viele Hunderte Meter entfernt! Er sah, wie sich am Hang gegenüber ein Hase aus seinem Bau streckte, neugierig sein Näschen in den Wind hielt und schnupperte.

Willkommen, Baumjunge. Willkommen in meiner Welt!

In Cedrik überschlugen sich die Gedanken.

Skye, ich fliege! Ich fliege mit dir!

Der Wind packte ihn, brauste um seine Federn, lockte ihn und raunte Worte der Freiheit.

Bis du so weit?, hörte Cedrik die Stimme von Skye in seinem Kopf.

Er blickte zurück. Unter ihnen sah er sich, sah er seinen Körper, mit geschlossenen Augen in den Heidekräutern liegen, als würde er schlafen.

Skye schrie, einen lauten, kräftigen Adlerschrei, spannte die Flügel auf und spreizte sie gegen den Wind. Sie spielte mit seiner Kraft, ließ sich packen, spannte ihre Muskel und ritt auf den Böen. Cedrik musste nicht nachdenken, er wusste, nein, Skye wusste, was sie zu tun hatten.

Sie stellte ihre Flügel auf, und ihre mächtigen Schwingen hoben sie auf den Wind, rissen sie in die Höhe und schon waren sie weit über den Hügeln.

Ich fliege! ICH FLIEGE!

Erneut schrie Skye und er fühlte sich so frei! Höher und höher brachten sie die goldenen Schwingen und als er bereits das Gefühl hatte, durch die Wolken zu fliegen, konnte er noch immer jeden Baum, jede Hexe und jeden Stein in Mistle End erkennen.

Dann drehte sich Skye auf die Seite, legte die Flügel an und ließ sich fallen. Oder war es Cedrik, der sich fallen ließ, mit Skye? Er wusste es nicht. Was war er, was war sie? Sie waren eins. Und sie waren schnell wie der Wind.

Es rauschte um seine Ohren, sie gewannen an Tempo und die Erde raste auf sie zu. Eine Krähe, die nichts ahnend ihren Sturzflug kreuzte, wich erschrocken aus und schimpfte laut krächzend. Im letzten Augenblick breitete Skye die Flügel aus, fing sich ab und schoss knapp über dem Boden im Tiefflug ins Tal hinab.

Hasen sprangen entsetzt zurück in ihre Löcher und Cedrik hatte sofort ein schlechtes Gewissen, weil sie die kleinen Nager so erschreckt hatten.

Skye lachte ihn aus. *Nur keine Sorge, Baumjunge! Ich habe keinen Hunger!*

Sie änderte den Winkel ihrer Flügel und sofort gewannen sie wieder an Höhe. Eine Gruppe vorwitziger Dohlen schwärmte aus einer hohen Tanne und flatterte auf sie zu, gerade so, als wollten sie ihnen den Weg versperren. Skye brauste mit solcher Geschwindigkeit durch die frechen Rabenvögel, dass sie von den Stößen ihrer Flügel durcheinandergewirbelt wurden.

Cedrik jubelte. Fliegen war so viel schöner, als er es sich vorgestellt hatte. Über den Gipfeln hatten sich dunkle Wolken gebildet und als sie sich eben wieder übermütig in die Tiefe fallen ließen, erleuchtete donnernd ein Blitz die aufkommende Abenddämmerung. Der Wind frischte auf und es roch nach Regen. Sie jagten über die Hügel, flogen eine schnelle Schleife und kreisten über dem Dorf. Cedrik bemerkte eine gewisse Unruhe, Hexen flitzten auf ihren Besen durch die engen Gassen und er hörte aufgeregtes Rufen. Schreie.

Skye hielt sich hoch über Mistle End und er entdeckte Emily, die über den Ratsplatz rannte und den Himmel absuchte. Skye flog neugierig tiefer und er sah den vertrauten Wirbel, als Emily ihre Gestalt wechselte. Nur einen Augenblick später schoss ein kleiner, brauner Falke an ihnen vorbei hoch in die Luft. Erstaunt sah Cedrik ihr nach, sie war deutlich schneller als Skye. Diese änderte ihren Kurs und folgte ihr in die Höhe.

Als Emily das Adlerweibchen erkannte, blieb sie flatternd stehen, in den Augen einen wilden, entschlossenen Ausdruck. Irgendetwas stimmte nicht. Cedrik versuchte sie zu erreichen und er konnte spüren, wie aufgeregt sie war, aber er konnte nicht mit ihr sprechen. Ihr nicht sagen, dass er es war, der in Skyes Körper steckte.

Sie sucht dich, sagte das Adlerweibchen in seinem Kopf. *Komm, schnell!*

Sie drehte um und flog mit schnellem Flügelschlag zurück zu dem Hügel, auf dem sein Körper schlief und auf ihn wartete.

Was ist? Was machst du?, sagte Cedrik und stöhnte, weil ihm schwindelig wurde.

Du musst raus aus mir, schnell. Das Mädchen braucht dich!

Emily schien Skye verstanden zu haben und flog in dichtem Abstand hinter ihnen her, in der richtigen Annahme, dass sie das Adlerweibchen zu Cedrik führen würde. Er sah nicht mehr scharf, ihm wurde kurz schwarz vor Augen und er hatte Angst, abzustürzen, bis er endlich bemerkte, dass Skye versuchte, ihn mit aller Kraft aus ihrem Körper zu drängen.

Wach auf, Baumjunge. Mach die Augen auf!

Skye schrie, laut, und Cedrik fiel in ein tiefes, schwarzes Loch.

Er riss die Augen auf und sah zwei Raubvögel im Sturzflug auf sich zurasen. Einen kleinen Falken und einen großen Adler. Er fühlte sich so fremd in seinem eigenen Menschenkörper, so steif. Er rieb sich aufgeregt die Backen.

Skye landete geschickt auf dem Felsen neben ihm, während der Falke, der eigentlich Emily war, sich noch im Landeanflug zurück in ihre menschliche Gestalt verwandelte. PLOPP! Emily stand vor ihm, mit rotem Gesicht, Verzweiflung in den Augen.

»Beeil dich, Cedrik! Wir werden angegriffen!«

Kapitel 27

BLUT & REGEN

Cedrik rannte, so schnell er konnte. Es donnerte nun schon viel öfter und erste Regentropfen prasselten schwer auf das Heidegras der Highlands. Als er auf einem nassen Stein ausrutschte und hart aufs Knie fiel, unterdrückte er einen Fluch, raffte sich auf und lief weiter, sprang über niedrige Büsche und moosbesetzte Baumstümpfe. Skye flog dicht über ihm.

Emily hatte sich sofort wieder zurück in ihre Vogelgestalt verwandelt, um Elliot Bescheid zu geben, dass sie ihn gefunden hatte. Sie konnte nicht viel berichten, außer dass während der Abendstunden unvermittelt ein Vampir in der Nachbarschaft von Berthas Magischem Mysterium aufgetaucht war. Er war aus der Tür getreten, obwohl er nie in das Haus hineingegangen war. Mit Blut an den Händen und auf den Gewändern, die Zähne gefletscht. Und gleich danach war der nächste erschienen, und dann noch einer, bis sich fast eine ganze Gruppe kampfbereiter Vampire im Herzen von Mistle End eingefunden hatte. Die herbeigerufenen Paladine hatten die Angreifer sofort umzingelt. Noch hatte es keine Kämpfe gegeben, aber die Situation war sehr unübersichtlich.

Cedrik schlitterte den regennassen Pfad hinunter und musste aufpassen, dass er nicht erneut das Gleichgewicht verlor. Regentropfen strömten ihm übers Gesicht und in die Augen.

Skye schrie über ihm und Cedrik sah nach oben. In den immer dichter werdenden Wolken entdeckte er Elliot, der geradewegs auf ihn zuflog. Kurz vor Cedrik riss er den Besen scharf zur Seite und blieb neben ihm in der Luft stehen.

»Los, Cedrik, spring auf! Ich glaube, das sind keine Samariter!«

Kaum hatte sich Cedrik hinter Elliot auf den Besenstil geschwungen, da legte sich sein Freund schon nach vorne und sie rasten durch den Regen zurück ins Dorf. Elliot steuert ihr Fluggerät so tief über die Mauer und über die Dächer, dass Cedrik von oben einen guten Überblick über die Situation gewinnen konnte.

Es war tatsächlich ein gutes Dutzend Vampire, die mindestens doppelt so vielen Paladinen in der engen Gasse gegenüberstanden. Es goss inzwischen in Strömen, das Wasser floss über bleiche Gesichter und wurde rot vom Blut aus offenen Wunden. Doch anders als Emily befürchtet hatte, war noch kein direkter Kampf ausgebrochen. Noch nicht.

Die Eindringlinge trugen keine Sanitäterkleidung, sondern ganz normale Klamotten. Feuerlanzen blitzten in der Gasse auf, als die Paladine versuchten, die Vampire zusammenzutreiben.

Als Elliot den Besen landete, war die Stimmung feindselig, aber noch immer hielten sich beide Gruppen zurück. Beschimpfungen flogen hin und her, fauchend hielten die Vampire die Hexen auf Abstand, die ihrerseits mit kleineren Feuer- und Eislanzen den Bewegungsradius der blutsaugenden Geschöpfe mehr und mehr einschränkten und sie so weiter zusammendrängten. Dabei fiel Cedrik auf, dass die Vampire zwar geschickt auswichen, aber trotz aller Bemühungen der Paladine nicht auch nur einen Schritt von ihrer ursprünglichen Position abrückten.

Ein Paladin, der Anführer der Verteidiger, schrie die Vampire hasserfüllt an, die Hand zum magischen Schlag erhoben. »Zum allerletzten Mal, warum seid ihr hier? Ihr seid unerlaubt in unser Dorf eingedrungen, ergebt euch!« Er schoss eine Feuerlanze in den Boden, unmittelbar vor die Füße eines Vampirs. Schlamm spritzte in alle Richtungen. Wütend zischten die Angegriffenen zurück. Ein besonders kräftiger Eindringling, ein groß gewachsener Typ mit Rollkragenpullover und Glatze, wischte sich Blut und Regentropfen vom Gesicht und richtete sich auf. Sein Pullover hatte einen Riss auf der Brust, wie von einer

Kralle. »Wir ergeben uns niemals! Aber wir greifen auch nicht an, wenn ihr uns in Ruhe lasst! Wir müssen mit Esmeralda Golden sprechen, wo ist sie?«

Der Wortführer der Hexenwache ließ sich nicht beirren. »Dann macht endlich Platz und tretet von der Tür weg, damit wir sie verriegeln können!« Seine Stimme überschlug sich fast. »Ihr seid alle festgenommen!«

Die Antwort war ein vielkehliges Fauchen.

Die Vampire schienen den Eingang zu bewachen, so als ob ... und auf einmal begriff Cedrik.

Sie wollen nicht angreifen!

Sie halten die Tür offen!

Sie warten auf jemanden!

Cedrik kämpfte sich durch die dicht an dicht stehenden Paladine. Eine junge Frau auf der Gegenseite funkelte ihn wütend an und fletschte bedrohlich ihre Vampirzähne. Die Botschaft war eindeutig.

Als er sich in den kleinen Freiraum zwischen den verfeindeten Gruppen durchgeboxt hatte, wirbelte er herum und wandte sich an die erstaunten Hexen von Mistle End. »Hört auf! Das ist kein Angriff, sie wollen uns nichts Böses!«

»Schon wieder du! Mach Platz, Druide! Das ist nicht deine Angelegenheit! Geh aus dem Weg!« Der Anführer der Paladine stampfte wütend auf den Boden.

»Aber sie wollen uns gar nicht angreifen, sonst wäre doch der Greif ...«

»Woher willst du das wissen?«, unterbrach ihn eine andere Hexe, ebenfalls in der Kluft der Paladine. Sie spuckte aus. »Ich kenne die Blutsauger seit vielen Hundert Jahren, sie wünschen uns den Tod! Das haben sie schon immer!«

»Aber Cedrik hat recht!«, rief Emily. »Der Greif! Er ist nicht hier! Versteht ihr nicht?!«

Elliot sprang seiner Schwester bei. »Wenn sie uns wirklich angreifen wollten, wäre doch der Greif erschienen, oder nicht? Das ist verdammt noch mal seine Aufgabe!«

In diesem Moment überschlugen sich die Ereignisse. Es knallte und Shirley stürzte aus der Tür in den Schlamm, fest umklammert von einem Samariter, der sie eben in die Schulter biss, während sie krampfhaft etwas an ihren Körper presste. Sofort warfen sich zwei, drei Vampire aus der Gruppe, die schon früher angekommen waren, auf den Samariter und versuchten ihn von Shirley wegzuzerren, aber der Wächter war den anderen an Geschwindigkeit und Stärke unverkennbar überlegen. Er stieß die drei mit solch roher Gewalt von sich, dass sie in alle Richtungen in den Schlamm stürzten. Erneut griff er Shirley an, aber diesmal war Elliot schneller. Der junge Hexer sprang nach vorn und schoss mit einem lauten »SÍOC!« eine Eislanze nach dem Samariter. Der ließ sich fallen, konnte so der magischen Attacke ausweichen, und griff noch in der gleichen Bewegung nach dem Gegenstand, den Shirley im Getümmel verloren hatte. Es war ein Buch, uralt, in speckiges Leder eingebunden, mit einem Kompass auf dem Rücken.

Das Buch der verschollenen Pfade! Cedrik reagierte instinktiv. *Skye, bist du da?*

Ich höre dich, Baumjunge!

Schnapp dir das Buch!

Der Adler reagierte sofort. Skye stieß vom Himmel, packte das Buch mit ihren Krallen und wollte eben wieder in die Luft steigen, als der Samariter sich mit einem gewaltigen Satz vom Boden löste und dem Adler das wertvolle Buch wieder entriss. Er landete auf einem Knie, eine Hand auf dem Boden abgestützt und stieß, seine Beute an sich gepresst, ein triumphierendes Siegesgeheul aus. Er sprang auf und warf sich durch den noch immer offen stehenden Durchlass. Kaum hatte er die Schwelle überquert, zerstörten unzählige Feuerlanzen aus den Händen der umstehenden Paladine krachend die Tür. Das Holz zersplitterte und es blieben nur noch Fetzen übrig, die lose in den Angeln baumelten.

Die zurückgebliebenen Vampire hoben ihre Hände zum Zeichen ihrer Kapitulation und manch einer ließ sich erschöpft auf den Boden sinken.

Cedrik kniete sich sofort neben Shirley. Ein älterer Vampir, der sich von der anderen Seite genähert hatte, zischte ihn wütend an, doch Shirley machte eine rasche Geste und er wich zurück.

»Sie ist tot«, schluchzte Shirley verzweifelt und klammerte sich an Cedriks Arm.

»Wer?«, fragte er schockiert.

»Meine Mutter!«

Kapitel 28

ZURÜCK ZUM HAFEN?

Esmeralda stand am Bett von Shirley und sah betroffen auf ihre Nichte herab. »Wie ist es passiert?«

Sie hatten in der Bibliothek der Familie Golden das geschwungene Kanapee mithilfe von dicken Bettdecken in ein gemütliches Lager verwandelt.

Shirley schniefte und wischte sich die Tränen aus den Augenwinkeln. »Sie hatte mich mit einem alten Freund der Familie, Lord Galbraith, und zwei Palastwachen, beides Samariter, zu den Gebrüdern Tywyll geschickt. Nachdem wir von euch erfahren hatten, dass die Brüder in die Machenschaften des dunklen Druiden verwickelt sein könnten, versuchte Mama alles, um vor den Dornhexen an das Buch zu kommen. Die beiden Brüder hatten es tatsächlich, aber wir waren trotzdem zu spät. Dieser dunkle Druide, Crutch, war schon dort und hielt es eben in den Händen. Und war so wütend! Sie hatten wohl den Auftrag bekommen, es für ihn zu kopieren, was ihnen jedoch anscheinend nicht gelungen war. Er tobte!« Sie schnappte nach Luft. »Dann ging alles so schnell! Kaum hatte Lord Galbraith Crutch aufgefordert, uns das Buch zu übergeben, wurden wir angegriffen. Von hinten!«

»Von Crutch und den Dornhexen?«, fragte Elliot, sichtbar aufgewühlt.

Shirley schüttelte den Kopf. »Nein, es waren die beiden Wachen! Die Samariter! Unsere eigenen Leute! Lord Galbraith war nicht sofort tot, er wehrte sich und ... es war so schrecklich!«

Sie schluchzte erneut auf und presste die Lippen aufeinander.

»Lass dir Zeit«, sagte Emily. »Wir können auch später weitersprechen.«

»Nein. Es geht schon«, erwiderte Shirley rasch. »Wir haben nämlich keine Zeit mehr, das ist ja das Schlimme!« Sie setzte sich auf und presste ihre Hände aufs Gesicht. Ihre Stimme klang dumpf durch ihre Finger. »Mir war es im Getümmel irgendwie gelungen, dem Druiden das Buch zu entreißen. Er war außer sich! Er fluchte und warnte die Samariter, dass ihre Vereinbarung ungültig werden würde, wenn er das Buch nicht zurückbekommen würde. Ich rannte, so schnell ich konnte, zurück zum Palast.«

»Du meinst das Hospital?«, fragte Cedrik verwirrt.

»Natürlich«, antwortete Shirley und sprach konzentriert weiter. »Die Samariter waren die ganze Zeit hinter mir her und als ich endlich ankam, wurde alles noch viel schlimmer! Binnen Minuten hatte sich der Angriff auf Lord Galbraith herumgesprochen und es kam zu Tumulten. Was ich erst als empörte Reaktion auf den Angriff verstand, war in Wirklichkeit ein Aufstand. Eine Revolte! Die Samariter, fast alle Samariter, griffen uns an! Das Ganze musste von langer Hand geplant gewesen sein, die Senatoren wollten uns stürzen! Wollten Mama ...« Erneut brach sie ab und schloss die Augen. Tränen strömten über ihre Wange. Alle waren jetzt ganz still. »Sie haben Mama im Thronsaal umgebracht. Sie hat sie aufgehalten, lange genug, dass ich mit ein paar Getreuen fliehen konnte. Wir haben nicht weit vom Hospital eine Tür gefunden, aber kurz bevor ich als Letzte Durchschlüpfen konnte, hat mich ein Samariter erwischt und festgehalten. Den Rest kennt ihr ja ...«

Erschöpft sank Shirley zurück. Ihre Unterlippe zitterte und ihre Schultern bebten leicht.

Esmeralda unterdrückte ein Stöhnen. In ihrer Mimik wechselten sich Wut und Trauer ab. »Und diese Samariter ...« Sie spie den Namen aus wie verdorbenes Essen. »Die Samariter machen gemeinsame Sache mit den Dornhexen? Da bist du dir ganz sicher?«

»Ja«, antwortete Shirley sofort. »Aber ich kann mir einfach nicht vorstellen, dass alle Vampire davon wussten. Oder mit der Machtübernahme durch die Senatoren einverstanden sind. Ich habe Freunde, die ganz bestimmt …« Sie brach ab, presste sich das Kissen aufs Gesicht und schrie.

Dumpfe Wut. Und schreckliche Verzweiflung.

»Es tut mir so leid!«

»Was denn?«, fragte Elliot entsetzt.

»Dass ich das Buch verloren habe! Dass ich meine Freunde nicht warnen konnte. Dass Mama …«

»Unsinn!«, sagte Esmeralda entschieden. »Das ist alles nicht deine Schuld. Und wir werden es uns zurückholen. Und den Mord an meiner Schwester werden wir …«

Sie beendete ihren Satz nicht, aber jedem im Raum war klar, was sie meinte. Bisher hatte Cedrik Esmeralda immer als strahlende, herzliche Person wahrgenommen, die von innen zu leuchten schien. Ein Mensch, dem man gerne folgte, in dessen Nähe man sein wollte. Jetzt war da nichts außer Wut, Schmerz und einem schrecklichen, dunklen Donner in ihrer Stimme. Ihre Rache würde furchtbar werden.

Sie holte tief Luft und ihr Blick wurde wieder weich und liebevoll, als sie sagte: »Ruh dich jetzt aus, Shirley. Du hast viel durchgemacht und ich bin froh, dass du zu uns gekommen bist. Du wirst hier immer ein Zuhause finden.« Sie murmelte fremd klingende Worte, legte Shirley eine Hand auf die Stirn und die Vampirprinzessin schloss die Augen. Ihre Züge entspannten sich, ihr Atem wurde ruhiger und es schien, als wäre sie sofort eingeschlafen.

Nachdem sie das Zimmer verlassen hatten, nicht ohne

noch einmal so leise wie möglich Holz im Kamin nachzulegen, fragte Emily auf der Treppe nach unten: »Aber wie haben die das gemacht? Ich mein, wer hat Shirley und ihren Leuten Schlüssel gegeben, um nach Mistle End zu kommen? Mussten sie denn nicht irgendwas hier aus dem Ort haben, um herzukommen?«

»Das war ich«, erwiderte Esmeralda und blieb mitten auf der Treppe stehen. Sie hielt den Kopf gesenkt. Die Kerzen in den Wandhalterungen warfen flackerndes Licht auf ihr Gesicht. Sie weinte. »Ich habe Salamanca beim letzten Mal ein Säckchen mit Rosensamen gegeben. Sie hatte sich einen Rosenstrauch gewünscht, wie bei uns im Garten.«

»Werden wir ihnen helfen?«, fragte Elliot vorsichtig.

»Wem?«, kam Esmeraldas Gegenfrage. Sie sah müde aus.

»Unserer Cousine. Den Vampiren, die von den Senatoren, den Aufständischen, angegriffen wurden.«

Esmeralda schloss krampfhaft die Augen. »Wir können nicht. Wir müssen jetzt alles tun, um Mistle End zu beschützen. Kinder, ihr habt keine Ahnung, in welch großer Gefahr unser Dorf jetzt ist. Wir ...«

Unvermittelt drückte sie eine Faust auf ihre Brust, stützte sich mit der anderen Hand auf dem Geländer ab und sah auf einmal sehr alt aus. »Versteht ihr denn nicht, wie gefährlich dieses Buch ist? Die Dornhexen besitzen genug Gegenstände aus Mistle End, um eine ganze Armee mit Schlüsseln zu versorgen. Damit kann jeder Vampir, jede Dornhexe, die weiß, wo die Türen sind, über die magischen Pfade nach Mistle End gelangen. Wir hätten das Buch zerstören müssen, solange wir es noch konnten.« Sie seufzte schwer. »Genug jetzt. Geht auf euer Zimmer. Cedrik, du wartest bei uns, bis dein Vater dich abholt.«

»Können wir noch kurz in die Küche?«, wollte Elliot wissen. »Ich habe einen Riesenhunger ...«

»Dann hol dir etwas, mein Sohn. Eine Tasse Tee wird euch guttun, es sollten noch frische Scones da sein. Und Winteräpfel, vom Fest. Ich werde später noch einmal in den Rat gehen, um die nächsten Schritte zu besprechen. Bis dahin brauche ich ein wenig ...« Sie schwieg und schüttelte traurig den Kopf. »Cedrik, wenn es dir lieber ist, kannst du auch hier übernachten. Ich lasse deinem Vater Bescheid sagen, in Ordnung? Aber ich will euch die nächste Zeit nicht sehen. Und ich will nichts von euch hören. Habt ihr mich verstanden?!« Sie machte eine Pause und ließ die Schultern hängen. »Ich ... ich muss jetzt ein wenig allein sein.«

Die drei Freunde nickten sich stumm zu, drehten sich um und stiegen rasch nach unten in die Küche.

Elliot hatte sich sofort einen der letzten glasierten Winteräpfel geschnappt, setzte sich im Schneidersitz auf den Tisch und biss nachdenklich in das gezuckerte Obst.

Cedrik dagegen hatte keinen Hunger. Dafür war er viel zu aufgeregt. »Habt ihr gesehen, wie der Samariter dem

Eiszauber von Elliot ausgewichen ist? Die sind so irre schnell, diese Typen!«

»Arme Mama. Arme Shirley«, sagte Emily und stieß so heftig in die fast erloschene Glut des Kamins, dass die Funken stoben. »Diese Samariter sind richtige Monster!«

Cedrik ging auf und ab. »Gegen die haben schon die Paladine kaum eine Chance. Aber was ist mit Basil, mit Aissa und den anderen im alten Hafen? Wenn die Vampire mit den Dornhexen zusammenarbeiten, sind sie in echter Gefahr!«

»Wie meinst du das?«

Die Geschwister starrten ihn jetzt beide geschockt an.

»Basil hat mir alles erzählt. Sein Zirkus und alle, die bei ihm im alten Hafen Zuflucht gefunden haben, sind den Vampiren schon lange ein Dorn im Auge. Sie haben einen Schutzzauber, aber gegen die Dornhexen wirkt er nicht. Versteht ihr? Ohne den Zauber hätten die Vampire sie längst verjagt. Oder getötet.«

Das erste Mal seit Langem hatte Cedrik das Gefühl, dass er etwas tun konnte. Etwas tun musste. Er sah es glasklar. Und es machte ihm Angst. »Das meinte Crutch, als er von der Vereinbarung sprach. Er wird Basil und seine Leute für die Samariter erledigen. Er und die Dornhexen! Als Gegenleistung für die Unterstützung der Vampire beim Angriff auf Mistle End! Wir müssen ihn davon abbringen!«

Cedrik klopfte das Herz bis zum Hals. Sie mussten

Crutch und die Dornhexen aufhalten! Es durften nicht noch mehr Menschen leiden. Oder gar sterben.

Emily rührte noch immer wie wild mit dem Schürhaken in der Glut der Feuerstelle. »Aber wie sollen wir bitte allein da irgendetwas ausrichten? In London herrscht Krieg, oder habt ihr etwa vergessen, was Shirley uns gerade erzählt hat?« Sie klang sauer. »Jetzt geh schon an, du dummes Feuer!«

Elliot richtete sich auf. »Ich habe kämpfen gelernt, mich kriegt kein Vampir mehr so schnell klein!«

Cedrik hatte einen ganz trockenen Mund. Er hatte nicht nur Angst um sich und seine Freunde. Angst vor den schrecklichen Vampiren. Was er fast noch mehr fürchtete, war, dass Crutch dabei war, einen Weg zu beschreiten, von dem es kein Zurück gab. Der sie alle in einen Krieg führte. »Wir müssen es einfach versuchen!«

»Ach ja?« Emily wirbelte herum und fuchtelte zornig mit dem Schürhaken vor Cedrik in der Luft herum. »Was willst du tun? Die Vampire mit Efeu fesseln? Alle auf einmal? Und du, Bruderherzchen!« Sie wandte sich spöttisch an Elliot. »Du kannst jetzt also kämpfen!?«

»Ja, ich –«

Emily ließ ihn nicht ausreden. »Weißt du überhaupt, was das heißt? Richtig zu kämpfen? Auf Leben und Tod, Elliot?«

»Ich habe doch erst vorhin –«

»Nichts kannst du, Elliot.«

Voller Zorn sprang Elliot vom Tisch. »Also jetzt hör mal …«

»Nein, du hörst mir zu! Ich weiß, wie es ist, wenn man ein Lebewesen tötet. Ein Leben beendet, Elliot! Das ist kein Spaß!«

Cedrik kam das Bild in den Sinn, wie Emily sich als Berglöwe in der Tierkampfarena des Devils Elbow auf den Hasen warf und ihn tötete. Um Skye und den Uhu zu retten.

»Du hast keine Ahnung, Elliot!«, rief sie aufgewühlt.

»Ach, hab ich nicht?! Dann sieh mal her!« Er riss die Arme nach oben und schleuderte sie wütend nach vorne. »DRÁGAIN!«

Eine gewaltige Feuerlanze löste sich von seinen Handflächen und schoss in den Kamin. Es blitzte und krachte, Holz splitterte, Funken spritzten und der Holzstoß, mit dem sich Emily so lange vergeblich abgemüht hatte, brannte lichterloh.

Emily schnappte nach Luft. »Elliot, findest du das vielleicht komisch?! Eine Feuerlanze! In unserer Küche?! Weißt du überhaupt, wie gefährlich …«

»Zurück, macht Platz! Zur Seite!«

Emily schrie auf und Cedrik sprang erschrocken hinter einen Stuhl.

Shirley hatte sich einen schwarzen Mantel von Elliot übergeworfen und stand nun in der Tür zur Küche, das Gesicht zu einer wütenden Fratze verzerrt, die Zähne gefletscht, die Hände wie Klauen erhoben.

Cedrik wich verblüfft einen Schritt zurück. Sie sah aus wie eine Rachegöttin.

»Wo sind sie? Wer hat euch angegriffen? Schnell, durch welche Tür sind sie gekommen? Ich werde sie fertigmachen!«

»Das war ich!«, rief Elliot. »Alles gut! Ich habe die Feuerlanze abgefeuert! Niemand ist hier!«

Shirley starrte ihn an. In ihrem Gesicht spiegelte sich Fassungslosigkeit. »Du?«

Elliot nickte schwach. Er war ganz bleich und er wirkte so, als würden seine Knie gleich nachgeben.

Shirley runzelte die Stirn. »Du hast eben diese Feuerlanze geschleudert? Die war ... gewaltig!«

Elliot hatte sich sofort wieder etwas aufgerichtet und grinste schief.

Shirley zog eine Augenbraue in die Höhe. »Und warum zur Hölle verschießt ihr Feuerlanzen in eurer Küche?!«

»Warum bist du wach?«, fragte Emily verwundert. »Mama hat doch einen Schlafzauber ...«

»Ich bin ein Vampir, schon vergessen?«

»Wir müssen zurück nach London reisen, um Basil und seinen Freunden zu helfen. Um Crutch aufzuhalten«, sagte Cedrik schnell. Er versuchte seiner Stimme einen festen Klang zu geben. »Und dabei werden wir das Buch zurückholen.«

Shirley schüttelte den Kopf. »Aber wie wollt ihr ...«

»Wir können davon ausgehen, dass Crutch das Buch

von den Samaritern inzwischen zurückbekommen hat. Und er wird es dabeihaben, wenn er den Hafen angreift, um seinen Teil der Abmachung mit den Vampiren zu erfüllen.«

Shirley schien wenig überzeugt.

»Er wird auf mich hören«, drängte Cedrik weiter. »Es wird funktionieren!«

Elliot stellte sich neben seinen Freund. »Er hat recht! Cedrik ist wirklich der Einzige, der ihn stoppen kann. Er hat es schon einmal getan.«

»Aber das ist mordsgefährlich! Und Mama hat gesagt, wir sollen auf unseren Zimmern bleiben«, warf Emily nervös ein. Ihr Blick irrte zwischen ihrem Bruder, Cedrik und Shirley hin und her.

Die musterte Cedrik nachdenklich. »Und du glaubst wirklich, du kannst ihn aufhalten? Und es ihm Notfall mit ihm aufnehmen? Du gegen ihn, Druide gegen Druide?«

Cedrik nickte ernst. Er wusste, Crutch würde ihm zuhören. Und er hoffte von ganzem Herzen, dass sie nicht miteinander kämpfen mussten.

»Klar kann er das! Und er ist nicht allein«, rief Elliot dazwischen.

»Gut.« Shirley hielt kurz nachdenklich inne. »Dann komme ich mit!«

»Du?!«, fragte Emily. Sie schien völlig sprachlos.

»Was glotzt du so? Ich bin gesund! Ich bin ein Vampir. Und ich bin die beste Wahl, die ihr habt.« Und ehe irgendjemand etwas erwidern konnte, fügte sie rasch hinzu: »Vergesst es, nicht einmal eure Mutter könnte mich daran hindern.«

Emily runzelte bekümmert die Stirn, während Elliot sie begeistert anstrahlte.

»Ich werde die anderen Vampire ablenken. Ich bin immerhin die Tochter der ...« Shirley presste für einen winzigen Moment die Lippen aufeinander, bevor sie hastig, aber mit fester Stimme weitersprach: »Ich habe Freunde. Und es wird noch mehr Vampire geben, die meiner Mutter treu ergeben waren. Vielleicht kann ich sie zu einem Gegenangriff auf die Samariter ermutigen. Ich werde ihnen London nicht kampflos überlassen.«

Emily stöhnte und rieb sich mit beiden Händen die Schläfen. »Also gehen wir wirklich zurück nach London? Oh Leute, wenn das kein Fehler ist ...«

»Du kannst ja hierbleiben, Schwesterchen ...«, warf Elliot leichthin ein.

Emily brauste auf. »Und euch allein lassen?! Natürlich komme ich mit!«

Erleichtert lächelte Cedrik sie an. »Danke, Emily. Wir werden dich brauchen!«

Sie verdrehte die Augen. »Na schön. Dann sagt mir mal, wie wir ganz allein gegen die Dornhexen und die Samariter kämpfen sollen? Irgendeinen Plan?«

»Es geht nicht ums Kämpfen«, erwiderte Cedrik schnell. »Wir müssen die Auseinandersetzung verhindern!«

»Ach Cedrik, glaubst du wirklich, wir werden die Zeit in London überstehen, ohne dass ich auch nur einen von euch zusammenflicken muss? Wir sind nur zu viert, wir haben keine Chance!«

»Wir werden nicht allein sein«, sagte Shirley ruhig.

»Ach nein?«, fragte Emily spöttisch. »Ich glaube kaum, dass uns Alastair ein paar Paladine als Geleitschutz mitgibt.«

Cedrik schluckte und leckte sich über die Lippen. Das war alles so viel größer als sie selbst.

»Braucht er nicht. Ich bin nicht allein aus London hierhergekommen. Und ich habe Freunde in London, die werden uns ebenfalls unterstützen.«

»Aha. Und wie ...«

»Ich werde sie anrufen.«

Seelenruhig kramte Shirley ein Handy aus der Manteltasche, wählte eine Nummer und wartete, bis der Angerufene am anderen Ende der Leitung abhob.

»Seamus! Bist du okay? ... Ja, mir geht es gut. Wir sind in Sicherheit. Aber ich brauche deine Hilfe!«

Als sie am nächsten Abend vor dem Tor zum Garten ihres Hauses standen, blieb Cedrik unvermittelt stehen. »Wartet kurz. Ich würde gerne Skye mitnehmen.«

»Deinen Adler? Aber warum?«, fragte Emily.

»Ich bin gestern in ihr geflogen. Sie kann uns helfen.«

»Du bist was?«, fragte Elliot und sah ihn erstaunt an.

»Ich bin in ihren Körper geschlüpft und bin geflogen. Ich war irgendwie in Skye. Versteht ihr?«

»Dann warst du das gestern, als ich dich gesucht habe? Und sie mich, äh, du mich, zu dir geführt hast?«, wollte Emily wissen.

»Ja«, sagte Cedrik und lächelte unsicher.

»Wow, Cedrik, du kannst als Adler fliegen?!«, fragte Elliot beeindruckt. »Wie Emily?«

»Nein.« Cedrik schüttelte den Kopf. »Ich bin eher wie ein Gast in ihrem Körper. Ich fühle alles, was sie fühlt, aber ich kann sie nicht steuern.«

Emily schien tief beeindruckt.

»Ich habe ihr versprochen, sie nicht mehr allein zu lassen«, ergänzte Cedrik verlegen.

Shirley, die sich mit ihren Begleitern bisher im Hintergrund gehalten hatte, trat nun einen Schritt vor. »Wenn sie zu dir gehört, sollten wir sie mitnehmen. Wir können wirklich jede Hilfe brauchen.«

Elliot nickte heftig. »Unbedingt.« Er grinste. »Dann könnt ihr ja mal ein Wettfliegen machen, du und Emily.«

Cedrik lachte und winkte ab. »Ich hab keine Chance gegen sie als Falke.«

»Kommt jetzt«, sagte Emily. »Wir müssen aufbrechen. Und zwar schnell. Wir haben immer noch keinen Plan, wie wir an dem Wächter vorbeikommen.«

»Oh, ich hätte da schon eine Idee«, erwiderte Shirley und grinste bedeutungsvoll.

Emily verdrehte die Augen und öffnete vorsichtig das Tor. Gemeinsam schlichen sie in den Garten.

Skye! Skye, bist du da?

Ich bin bereit, Baumjunge!

Der Paladin saß gelangweilt auf einem halb verwitterten Holzstuhl neben dem Gartenhaus, kippelte vor und zurück und vertrieb sich die Zeit mit der Lektüre der aktuellen »Kesselglanz & Besenschweif«. Eine beliebte Zeitschrift in den Kreisen der Hexen-Gemeinschaft, mit teuflisch schweren, weil sich ständig verändernden Kreuzworträtseln, neuesten Zaubertrank-Rezepturen und Falt-Postern wenig beachteter magischer Kreaturen.

»Ich liebe diese Zeitung! Ich glaube, diesen Monat hatten sie einen Rohrgurgler als Poster«, sagte Emily. Und als sie Cedriks fragenden Blick sah, ergänzte sie leise: »Hauskobolde. Mag niemand, aber ich finde sie putzig.« Sie winkte verlegen ab.

Sie hatten sich hinter einer immergrünen Buchsbaumhecke versteckt und beobachteten den Wächter vorsichtig.

»Und wie kommen wir jetzt an dem vorbei?«, fragte Elliot ratlos.

»So stark sieht der nicht aus«, raunte Shirley leise. »Ich könnte ihn festhalten, während ihr –«

»Auf keinen Fall«, zischte Emily empört. »Damit er danach unserer Mutter Bescheid sagt? Glaub mir, dann ist unsere Aktion schneller vorbei, als sie angefangen hat.«

Shirley rollte mit den Augen.

»Wartet, wie wäre es damit?«, flüsterte Cedrik. »Seht ihr da das Bienenhäuschen, unter dem Apfelbaum?«

»Honig? Lecker!«, fragte Elliot hoffnungsvoll. »Großartige Idee!«

»Nein!« Cedrik warf Elliot einen halb verwunderten, halb amüsierten Blick zu. »Ich habe mir nur überlegt, wie wir den Wächter loswerden könnten. Was haltet ihr davon, wenn ich die Bienen auf den Paladin scheuche? Mit meinen Druidenkräften. Und ihn so verjage? Soll ich das mal probieren?«

»Hast du das schon mal gemacht?«, fragte Emily misstrauisch. »Mit Insekten kommuniziert?«

»Nein, aber ...«

Emily zog eine Augenbraue nach oben. »Und wenn es schiefgeht, haben wir einen Schwarm wütende Bienen am Hals?!« Sie schüttelte den Kopf. »Lass mal. Ich denke, ich habe eine bessere Idee.« Sie warf Elliot ihre Tasche mit den Heilkräutern zu. »Wenn er weg ist, beeilt euch. Ich komme dann sofort nach!«

Und ohne die Reaktion der anderen abzuwarten, verwandelte sich die Gestaltwandlerin mit einem PLOPP! in ein rotbraunes Eichhörnchen.

Shirley starrte fasziniert auf den kleinen Nager mit dem buschigen Schwanz. »Macht sie das öfter?«

Elliot lachte leise. »Die steht da voll drauf!«

Emily fuhr sich mit den Pfoten einmal schnell über ihr

Gesicht, sprang durch die Hecke und schlüpfte unter den Rosenbüschen durch, geradewegs auf den lesenden Paladin zu.

Cedrik schnappte nach Luft. »Was hat sie vor?«

Das Eichhörnchen hatte den Wächter erreicht, stellte sich auf die Hinterbeine und schnupperte in die Luft.

Der Paladin bemerkte das Tier, ließ seine Zeitschrift sinken und sagte freundlich: »Na, du putziges Tierchen, du bist ja ein süßer –«

Emily machte einen gewaltigen Satz, schnappte sich die Lektüre des Mannes und raste mit der Beute im Maul in Windeseile durch den Garten.

Der völlig überrumpelte Paladin sprang auf und lief dem Übeltäter hinterher. »He! Halt! Wirst du wohl stehen bleiben!«

Geschickt flitzte Emily den Apfelbaum nach oben, balancierte die dünnen Äste entlang, sprang und landete auf der Gartenmauer.

Keuchend blieb ihr Verfolger unter der Mauer stehen und stierte wütend nach oben. »Das ist meine Zeitschrift! Gib sie wieder her!«

Sie drehte sich noch einmal um, den Schwanz keck aufgerichtet, und hüpfte auf der anderen Seite nach unten.

Der Paladin schimpfte und rannte durchs Gartentor nach draußen.

»Jetzt! Schnell«, flüsterte Elliot und sprintete los. Shirley und ihre Getreuen hinterher, Richtung Gartenhaus.

Skye, es ist so weit!

Sie musste ganz in der Nähe gewartet haben, denn nur wenige Augenblicke später hörte er ein Rauschen und der Adler landete sanft auf seinem ausgestreckten Arm.

Wohin gehen wir?

Nach London, Skye. In die große Stadt.

Geduckt liefen sie zum Gartenhaus. Die anderen warteten bereits auf ihn.

»Sie ist wirklich ein wunderschönes Tier«, flüsterte Shirley ehrfürchtig. Sie streichelte Skye über die Federn. »Du musst sie gut festhalten. Ich will gar nicht wissen, was passiert, wenn du sie unterwegs verlierst.« Sie richtete sich auf. »Wer geht zuerst?«

Cedrik wusste nur zu gut, was sie auf der Reise über die magischen Pfade erwartete, und ihn gruselte davor.

Wie er es vor Monaten bei Crutch und dessen Raben gesehen hatte, öffnete er seinen Parka.

»Es wird jetzt ein wenig eng für dich werden, Skye.«

Skye schmiegte sich unter seine Jacke und begann zärtlich an seiner Nasenspitze zu knabbern.

»Au, nicht. Ja, schon gut. Ich pass auf dich auf, okay. Und jetzt rein da.«

So weit es ging, schloss er den Stoff über dem großen Tier und drückte sie vorsichtig an sich. Er spürte ihre Verunsicherung. Auch er hatte Angst vor den nächsten Stunden in London, und trotzdem machten sie sich auf den Weg. Das ist nun einmal das, was Freunde füreinander tun, dachte Cedrik und strich beruhigend über den großen Vogel unter seiner Jacke.

»Los geht's!«

Wieder war es ihm, kaum war er über die Schwelle ihres Gartenhauses getreten, als würde er von einer unsichtbaren Welle gepackt und in einen Strudel aus purer Magie geworfen. Doch diesmal versuchte er, wie Emily vorgeschlagen hatte, die Augen offen zu halten und sich treiben zu lassen. Sie rasten durch Wolken aus Licht und als es ihm endlich gelungen war, sich zu orientieren, entdeckte er hinter sich Elliot fliegend, dicht gefolgt von einem alten Schrankkoffer mit goldenen Schnallen. Wie er jetzt wusste, waren all die Dinge, die ihnen bei ihrer atemberaubenden Reise über die magischen Pfade begegneten, verloren gegangenes Gepäck ehemaliger Reisender. Es war auf der Suche nach seinen alten Besitzern. Er sah eine Handtasche, die wild klappernd um Shirley schwirrte. Skye wurde unruhig, und besorgt drückte er den Adler fest an sich.

Wir haben es gleich geschafft!

Als sie mit einem Zischen und Rauschen durch den Wandschrank in die Sakristei von St Etheldredas purzelten, war Cedrik froh, dass die Reise vorbei war. Hastig befreite er Skye aus dem Parka. Sie plusterte ihr Federkleid auf und ließ einen kurzen Schrei vernehmen. Als sie ihre Krallen, die sie fest um Cedriks Arm geschlungen hatte, löste und sich mit schnellem Flügelschlag auf den Schrank mit den Liederbüchern schwang, entwich Cedrik ein leiser Seufzer der Erleichterung.

Ihr flieg schneller als der Sturm, hörte er Skyes Stimme in seinem Kopf. Sie klang säuerlich.

Danke, dass du mitgekommen bist!

Nach Elliot erreichte auch Shirley die Kirche im Herzen der Stadt. Im Gegensatz zu ihnen fiel sie nicht aus der geheimen Tür, sondern sprang leichtfüßig aus dem Schrank, verlor zwar kurz das Gleichgewicht, fing sich aber sofort wieder. Drei weitere Vampire aus ihrem Gefolge, ein Mann mittleren Alters und ein junges Paar, traten unmittelbar nach ihr aus dem Schrank und suchten sofort ihre Umgebung nach möglichen Gefahren ab.

Dann rumpelte es erneut im Schrank, und Emily stolperte in die Kirche.

»Emily«, rief Cedrik. »Wie gut, dass du da bist!«

Die junge Gestaltwandlerin grinste und ließ sich erschöpft auf einen Stuhl in der Ecke plumpsen. »Das hat mehr Spaß gemacht, als ich dachte!«

»Spaß?! Mir ist gar nicht gut. Ist euch nicht auch total übel?«, fragte Elliot und stöhnte. »Das nächste Mal nehme ich dein Angebot an, Emily. Dein Gebräu kann gar nicht so schlecht schmecken, wie ich mich fühle.«

Emily zog eine Grimasse. »Wenn ich dir meinen Reise-Wohl-Heiltrank dann noch einmal anbiete!«

Diesmal hatten sie auf den richtigen Zeitpunkt gewartet. Es war spät am Abend und als sie in das Hauptschiff der Kirche traten, war alles dunkel. Einzig eine einsame, rote Kerze leuchtete vor einem Seitenaltar, ansonsten war die Kirche still und leer.

Sie traten auf die Straße, die verlassen vor ihnen lag.

Cedrik hielt die Tür auf, Skye flog elegant nach draußen und war nach wenigen Schwüngen ihrer kräftigen Flügel im nachtblauen Himmel über London verschwunden.

Pass auf dich auf, Skye!, rief er ihr in Gedanken nach.

Ich werde auf mich aufpassen. Und auf dich, Baumjunge, war ihre Antwort.

Eine Gruppe Schatten löste sich aus einem schmalen Durchgang gegenüber der Kirche. Elliot riss die Hände nach oben, aber Shirley drückte ihm sanft die Arme nach unten. »Lass gut sein, das sind meine Freunde. Von denen droht uns keine Gefahr!«

Sie eilte den auftauchenden Vampiren entgegen. »Seamus, wie gut, dass ihr da seid!«

»Und jetzt? Wie kommen wir am schnellsten zum alten Hafen?«, fragte Elliot besorgt.

»Ich weiß nicht ...« Cedrik kaute nachdenklich auf seiner Lippe. »Wollte Shirley nicht irgendwie Basil Bescheid sagen, dass wir kommen?« Er sah sich um. Inzwischen hatte sich mindestens ein Dutzend Vampire um Shirley auf der Straße gesammelt. Leise sprach sie auf ihre Begleiter ein und zeigte dabei immer wieder auf Cedrik und die Geschwister, als Emily auf einmal mit gedeckter Stimme rief: »Ich höre Hufgeklapper!«

Siehst du etwas, Skye?, fragte Cedrik sofort.

Eine Kiste, die von Pferden gezogen wird. Schwarze Pferde, antwortete der Adler.

Tatsächlich bog im gleichen Augenblick und in irrem Tempo der dunkelblaue Zirkuswagen mit den goldenen Sternen um die Ecke. Aissa saß auf dem Kutschbock und ließ die Peitsche über den Rücken der Pferde knallen.

Doch Cedriks Freude wich einem dumpfen Gefühl der Angst, als er sah, wie verzweifelt Aissa wirkte. »Schnell, springt auf! Sie haben uns entdeckt!«

»Wer?«, fragte Emily entsetzt.

»Die Samariter!«, rief Aissa aufgelöst.

Die Pferde schnaubten und schlugen nervös ihre Hufe auf den Asphalt.

Emily zog erschrocken die Luft ein.

»Nein, das ist gut«, sagte Shirley grimmig. Ihre Stimme klang eiskalt. »Geht und beeilt euch. Wir werden sie aufhalten.« Sie lächelte bitter. »Und dann kommen wir nach. Es bleibt bei unserem Plan!«

Sie hörten die Sirene des Krankenwagens und schon konnten sie den Schein des Blaulichts in der Ferne erkennen.

Shirley und ihre Vampire sprangen katzenhaft in die Schatten der umliegenden Hauseingänge und dunkle Seitengassen.

Cedrik stieg hastig auf den Kutschbock, während Emily

und Elliot auf die Pritsche kletterten. Aissa schnalzte mit der Zunge und die Pferde legten sich in die Riemen.

Der Krankenwagen fuhr mit quietschenden Reifen in ihre Straße und der heulende Motor durchschnitt die nächtliche Stille, als der Fahrer beschleunigte, um die langsam anrollende Kutsche zu rammen. Doch bevor er auf ihre Höhe kam, wurde eine schwere, eiserne Mülltonne auf die Straße geschoben, der Fahrer des Rettungswagen versuchte auszuweichen, aber sein Fahrzeug prallte seitlich gegen die Tonne, kam ins Schleudern und krachte scheppernd gegen ein parkendes Auto.

Cedrik konnte gerade noch sehen, wie sich mehrere Schatten aus der Dunkelheit lösten und auf den demolierten Rettungswagen zusprangen. Er war froh, dass ihm der Anblick der nächsten Augenblicke erspart blieb, weil Aissa die Kutsche um eine Ecke steuerte.

»Haben sie sie erwischt?«, fragte Emily von hinten, etwas bleich um die Nasenspitze.

»Ganz bestimmt«, antwortete Elliot.

»Ich dachte, ich schaffe es, aber sie haben mich abgefangen.« Aissa beugte sich über ihren Kutschbock und ließ die Peitsche über den Rücken der Pferde züngeln. »Sie trauen sich nicht, den alten Hafen anzugreifen, aber wir sind wie gefangen! Sie haben einen Belagerungsring gebildet, ohne dass wir es bemerkt haben. Ich hatte ein Riesenglück, dass ich überhaupt durchgekommen bin!«

Als sie die Pferde in hohem Tempo über eine belebte Straße jagte, mussten die verdutzten Autofahrer derart heftig in die Bremsen steigen, dass es um ein Haar gleich zu mehreren Auffahrunfällen gekommen wäre.

»Wir müssen sehen, wie wir zurückkommen. Festhalten!«

Ein harter Ruck fuhr durch die Kutsche, weil Aissa die Pferde über einen Bordstein steuerte, um einen Platz zu überqueren und so einen Stau zu vermeiden.

»Aber wenn es kein Durchkommen gibt ...«

Sie zog am Zügel, und die Pferde machten einen Schlenker, um einem verwirrten Fußgänger auszuweichen.

Cedrik gelang es gerade noch, sich am Handgriff des Kutschbockes festzuklammern.

»Wenn es kein Durchkommen gibt, werden wir ...«

Weiter kam Aissa nicht. In dem Moment, in dem sie geschickt und nur wenige Fuß von einem Reiterdenkmal entfernt über die Mitte des Platzes jagten, löste sich die Reiterstatue von ihrem steinernen Sockel und warf sich im vollen Galopp auf den Rücken des ersten Kutschpferdes. Erschrocken wieherten die Tiere auf.

Was einen verrückten Moment lang wie ein lebendig gewordenes Denkmal gewirkt hatte, entpuppte sich im Licht der vorbeirasenden Straßenlaternen als zähnefletschender Vampir, der sich nun mit beiden Händen an der Mähne des Pferdes festkrallte. Mit seinem dunklen Anzug und den glänzenden Halbschuhen sah er aus, als wäre er gerade aus der Oper gekommen. In seinen Augen funkelte Triumph.

»Hau ab! Lass sie los!«, schrie Aissa und hieb mit der Peitsche nach der Kreatur, mit aller Kraft, aber die Hiebe schienen dem Vampir überhaupt nichts auszumachen. Die Pferde liefen immer schneller, der Blutsauger grinste Aissa höhnisch an, schnellte dann unmittelbar nach vorne und biss dem Pferd in den Hals.

»Nein! Nicht!«, schrie Aissa und riss verzweifelt am Zügel, aber die Pferde gehorchten ihr nicht mehr.

Das Pferd, in dessen Hals sich die Fangzähne des Vampires gegraben hatten, wieherte laut, bockte, bäumte sich auf und versuchte im gestreckten Galopp den Schmerzen zu entkommen. Aber es war sinnlos. Der Vampir hatte sich festgekrallt und schien entschlossen, nicht mehr loszulassen.

Emily brüllte irgendetwas hinter ihm, aber Cedrik verstand kein Wort. Dann spürte er einen Knuff im Rücken.

»Mach Platz, lasst mich vor«, rief Elliot und drängte sich zwischen ihn und Aissa, die noch immer auf den Angreifer eindrosch.

Ein letzter Schlag von Aissa, dann brach die Peitsche entzwei. »Tut doch etwas!«, brüllte sie, den Tränen nahe.

Elliot zog sich vollends auf den Kutschbock und hob beide Hände nach vorn. »DRÁGAIN!«

Ein feine, gleißend helle Feuerlanze schnitt durch die Dunkelheit und traf den Vampir an der Schulter. Er schrie schmerzerfüllt auf, verlor den Halt und stürzte in die vorbeirasende Dunkelheit. Der magische Stoß hatte den Blutsauger regelrecht vom Pferd gefegt.

»Ha!« Elliot riss die geballte Faust nach oben, verlor das Gleichgewicht und fiel rückwärts zurück auf die Ladepritsche.

Cedrik war sofort klar, dass Elliot zwar den Vampir ausgeschaltet hatte, sie jedoch noch keineswegs außer Gefahr waren. Die Pferde schienen inzwischen völlig außer Kontrolle und jagten über die Straße, als wäre der Teufel selbst hinter ihnen her. Dem vordersten Tier rann Blut über die Schulter.

Aissa beugte sich über den Kutschbock und redete beruhigend auf die Tiere ein. Es zeigte keine Wirkung.

Ich helfe euch!, hörte er Skyes Stimme in seinem Kopf. *Ich halte sie auf!*

Cedrik erschrak. *Tu das nicht, Skye! Wenn du sie erschrickst, regst du sie nur noch mehr auf!*

Es rauschte über ihm, als Skye, die sich bereits im Anflug befunden hatte, umschwenkte und über der Kutsche wieder zurück in den nächtlichen Himmel schoss.

Sie rasten über eine rote Ampel in eine Einbahnstraße. In die Gegenrichtung! Ein Autofahrer vor ihnen hatte keine Chance, in der engen Straße auszuweichen, machte eine Vollbremsung mit quietschenden Reifen, legte den Rückwärtsgang ein und fuhr vor ihnen her. Rückwärts, in Schlangenlinie, mit Vollgas. Wie durch ein Wunder schaffte er es, der Kutsche zu entkommen, ohne eines der parkenden Autos zu rammen.

»Versuch, die Tiere zu beruhigen!«, drängte Emily hinter ihnen. »Los, Cedrik, tu es endlich!«

Doch Cedrik konnte nicht. Er war wie gelähmt, er hatte Angst! Ein schwerer Lastwagen bog in die Einbahnstraße ein und begann wild zu hupen, als er den Autofahrer rückwärts auf sich zufahren sah.

»Bieg ab!«, rief Cedrik, voller Panik. »Wir müssen von der Straße runter!«

»Es geht nicht!«, schrie Aissa verzweifelt. »Sie gehorchen mir nicht mehr!«

Aus dem Augenwinkel konnte Cedrik noch sehen, wie sich etwas Dunkles rechts hinter ihm von der Kutsche warf. Er hörte ein leises PLOPP!, er sah den vertrauten Wirbel und eine weiße Stute lief im gestreckten Galopp neben ihnen her.

»Emily!«, brüllte Elliot schockiert.

Die Schimmelstute preschte nach vorn und setzte sich neben die schwarzen Hengste an die Spitze der Kutsche. Das Trommeln ihrer Hufe auf dem harten Asphalt dröhnte durch die Nacht. In dem Moment, als dem Autofahrer nichts anderes als eine Vollbremsung blieb, scherte Emily in vollem Lauf scharf nach links und prallte hart gegen die Schulter des Leithengstes.

Sie drängt die Kutschpferde zur Seite!

Emilys waghalsiges Manöver funktionierte. Bevor die

Kutsche auf das Auto prallen konnte, schob und drängte Emily mit aller Kraft die anderen Pferde aus ihrer Spur. Sie schwenkten herum, verließen die Einbahnstraße und rasten weiter, nun auf einer anderen, zum Glück deutlich weniger befahrenen Straße durch das nächtliche London.

Danke, Emily!, sagte Cedrik in seinen Gedanken. Die Stute ließ sich schnaubend zurückfallen und lief nun hinter dem Zirkuswagen.

Jetzt bist du dran, Cedrik! Ich kann nicht mehr!

Cedrik holte tief Luft. Und schloss die Augen.

Er versuchte, den Lärm und die Angst auszublenden und sich ganz auf die Welt in seinem Inneren zu konzentrieren. Sein Herz pochte wie verrückt. Er musste sich beruhigen. Er warf einen kurzen Seitenblick auf Aissa. Sie kämpfte immer noch vergeblich darum, die Pferde zum Anhalten zu bewegen.

Er senkte den Kopf und zwang sich, langsamer zu atmen, gleichmäßiger. Und endlich gelang es ihm. Vor seinem inneren Auge entstand die goldene Welt, er sah die Pferde vor sich, im vollen Galopp. Das Licht brannte lodernd in ihnen, kraftvoll, aber viel zu hell. Es wirkte fast, als würden die Tiere verbrennen. Emily in Gestalt der Stute sah er auch. Magisch blau leuchtend, lief sie hinter ihnen her.

Er konzentrierte sich wieder auf die Kutschpferde, und als er sich endlich mit ihnen verbinden konnte, spürte er ihre Angst. Ihren Schmerz. Und für einen kurzen Moment wurden die Emotionen zu seinen eigenen, die Panik drohte ihn zu überwältigen, bis er es schaffte, sie von sich fernzuhalten.

Er begann die Tiere zu beruhigen, erzählte ihnen von grünen Sommerwiesen und von saftigen Gräsern, die der Wind sanft streichelte. Von einem raunenden Bach, der fröhlich über Steine sprang und seinen Weg durch Moos und Farne suchte. Von uralten Bäumen, unter deren mächtigen Blätterkronen sie Schutz vor Wind und Regen finden konnten.

Ihre lodernde Angst begann zu flackern, wurde schwächer und er konnte sehen, wie die Panik abflachte.

Aissa zog die Zügel an und endlich blieb die Kutsche stehen. Sie zitterte ebenso wie ihre Pferde, die Flanken der Tiere waren schweißnass und bebten.

»Ich danke dir, Cedrik!«

Ein leises PLOPP! und Emily stand keuchend neben der Kutsche. »Danke der Nachfrage, mir geht es gut!«, sagte sie und stützte sich schwer am Hinterrad ab.

»Und dir auch, Emily!« Aissa schluckte und holte tief Luft, bevor sie sagte: »Es gibt jetzt nur noch einen Weg, wie wir zum alten Hafen kommen können. Aber ihr müsst mir vertrauen.«

Kapitel 29

DER CRANNOG

»Er?« Emily schnappte nach Luft.

Aissa hatte sie zu einer Brücke über die Themse gebracht, einem alten Bauwerk aus Sandstein, mit geschwungenen Bögen und einer kleinen Treppe, die sie runter, ans Flussufer brachte. Hier lag ein kleiner Steg, verborgen im Schatten der Brücke.

»Glaubt mir, er ist unsere einzige Chance, rüber zu den anderen zu gelangen«, antwortete Aissa mürrisch.

Vor ihnen stand der Crannog, aufrecht, in einer flachen Ruderfähre, die ihre besten Tage schon längst hinter sich gelassen hatte. Das Wasser strömte glucksend durch unzählige Löcher im morschen Boden in den Innenraum des Bootes.

Der Crannog wirkte viel kleiner als ihn Cedrik in Erinnerung hatte. Er hatte sich auf eine lange Ruderstange gestützt und hielt den Kopf gesenkt.

Elliot trat auf das Wasserwesen zu. »Was hast du zu deiner Verteidigung ...«, sagte er in strengem Ton, als ihn der Crannog unterbrach.

Seine Stimme klang wie das Rauschen von Wellen am Strand. »Nichts.« Seine tiefblauen Augen wanderten langsam von einem zum anderen. »Wenn ich gewusst hätte, welches Unheil mein Handeln über uns alle bringen sollte, hätte ich es nicht getan.« Sein Bart wogte sanft hin und her, beim Sprechen blubberte Wasser aus seinen Kiemen. »Es tut mir leid.«

»Aber warum –«

»Weil er keine Wahl hatte«, unterbrach Aissa Elliot. »Crutch hat ihn erpresst und damit ein doppeltes Spiel gespielt. Wenn er sich nicht dazu bereit erklärt hätte, das Buch zu stehlen, hätten die Dornhexen nicht nur den Zirkus, sondern auch seine Heimat im Norden angegriffen.«

Der Crannog sah beschämt zu Boden.

»Der Druide hat ihn reingelegt! Denn so wie es jetzt aussieht, greift er uns trotzdem an«, fuhr Aissa fort. »Außerdem ist der Crannog der Einzige, der uns zum alten Hafen bringen kann, ohne dass wir uns den Weg freikämpfen müssen. Also, lasst uns einsteigen.«

»Ich kann euch rüberbringen, niemand wird etwas bemerken. Ganz bestimmt!«, blubberte das Wasserwessen.

Elliot musterte ihn empört. »Und wer garantiert uns, dass er uns nicht wieder verrät?«

»Ich«, rief Aissa wütend. »Er ist ein Freund und er würde mich nie in Gefahr bringen. Er hat einen Fehler gemacht und er bereut ihn! Nur deshalb ist er heute Morgen zurückgekommen und hat uns alles erklärt. Er möchte es wiedergutmachen. Wir vertrauen ihm, er ist immer noch einer von uns!«

Elliot schüttelte grimmig den Kopf. »Da schlage ich mir lieber den Weg durch einen Haufen Vampire frei, als mich einem Verräter wie –«

»Ach, und du hast noch nie einen Fehler gemacht?«, fuhr ihn Aissa an.

»Hört auf!«, rief Emily. »Ich vertraue ihm!« Sie raffte ihren Mantel und stieg in das Boot. Der Crannog reichte ihr hastig seine Hand und half ihr dabei. »Beeilen wir uns lieber, ehe es zu spät ist!«

Feine Nebelschwaden waberten über den glucksenden Strom und als der Crannog das Boot vorsichtig unter der Brücke heraussteuerte, hörte Cedrik die Pferde hinter ihnen leise wiehern.

Aissa hatte die Kutsche einem jungen Mann anvertraut, der die Pferde nun am Ufer entlang in die Dunkelheit führte. »Er gehört zur Familie«, hatte sie nur gesagt und damit war das Thema erledigt.

Nicht weit vor ihnen, am gegenüberliegenden Ufer, lag etwas seitlich versetzt der alte Hafen. Aus der Ferne sah alles friedlich aus. Sie konnten die Lichter im Haus über dem Wasser erkennen. Das Segelboot, die Feuerschalen auf dem Pier.

Fasziniert beobachtete Cedrik das Wasserwesen. Noch immer strömte Wasser in das Boot, aber stieg der Pegel auf ein bedrohliches Maß, scheuchte es der Crannog mit einer kleinen Handbewegung zurück in den Fluss, fast schon liebevoll, als wäre das Wasser lebendig. Und der Fluss gehorchte.

Wellen schwappten leise an die Bordwand, als sie verwitterte Poller passierten, die aus dem Wasser ragten. Es war Ebbe, das Meer hatte sich aus dem Fluss zurückgezogen.

»Das ist nicht gut. Ausgerechnet heute.« Aissa seufzte.

»Was meinst du?«, fragte Emily.

»Wenn das Wasser so fällt, haben wir Neumond. Das heißt, die Werwölfe sind schwach, viel zu schwach. Dabei sind sie unsere wichtigste Verteidigungslinie, wenn die Dornhexen angreifen.«

Je näher sie dem Haus am Ende des Piers kamen, desto deutlicher sah Cedrik einen kleinen Lichtpunkt aufleuchten. Rot glühend, seltsam unregelmäßig. Eine Zigarette, die jedes Mal, wenn an ihr gezogen wurde, aufglimmte und ein altes, faltiges Gesicht aufhellte.

»Szorobada?!« Aissa schien fassungslos. »Bist du das?«

Der Crannog schob das Boot mit seinem Stab noch näher ans Ufer, zu den steinernen, mit Algen besetzten Stufen, die hoch, zum Haus führten.

Die alte Wahrsagerin saß im Bademantel, mit cremefarbenen Plüschpantoffeln auf der Treppe, die Arme auf den hochgezogenen Knien aufgestützt und zog gierig an einer Zigarette mit Mundstück.

»Was machst du hier draußen?«, fragte Aissa und holte das Boot an einem verrosteten Eisenring an die Treppe heran. »Du hast doch seit Jahren dein Zimmer nicht mehr verlassen?!«

Die Wahrsagerin grinste zahnlos. »Ich wollte noch einmal den Mond sehen, bevor es zu Ende geht.« Sie kicherte.

»Was redest du da, Szorobada? Siehst du einen Mond am Himmel? Da ist keiner, also gibt es auch kein Ende. Geh zurück ins Bett, Alte, und mach uns nicht verrückt!« Aissa verdrehte die Augen und gab Cedrik und den anderen ein Zeichen, aus dem Boot zu steigen.

Die Szorobada verschluckte sich und hustete röchelnd, bevor sie wieder einen tiefen Zug an ihrer Zigarette nahm.

Aissa schüttelte missbilligend den Kopf. »Oder du bleibst hier und rauchst weiter. Dann könnte das mit dem Tod doch noch klappen.«

»Mich werden weder der Rauch noch die Kälte töten. Das wird schon er übernehmen.« Sie nickte Richtung Elliot.

»Wer? Meint sie mich?« Als Elliot klar wurde, dass sie wirklich ihn meinte, schien ihn das so zu schockieren, dass er auf einer nassen Stufe ausrutsche, das Gleichgewicht verlor und beinahe rückwärts in den Fluss gefallen wäre, hätte ihn der Crannog nicht in letzter Sekunde zurück aufs Boot gerissen.

»Ich? Aber wieso sollte ich ...«, stammelte Elliot.

»Woher willst du das wissen, Szorobada?!«, fuhr Aissa die Wahrsagerin wütend an. »Das ist sicher wieder so ein Schwachsinn, wie mit dem Mond. Hast du geträumt? Oder hast du wieder zu viel Krötenschnaps getrunken?«

Die Szorobada schmatzte verächtlich. »Du wirst den Mond genauso sehen wie ich, mein Kind. Weil du ihn rufen wirst!« Achtlos schnippste sie die abgebrannte Zigarette in den Fluss.

Aissa erstarrte, wütend und verwirrt zugleich.

Die Wahrsagerin zupfte den Bademantel über ihren Knien zurecht. »Ein Hexer wird mich töten.« Sie blickte auf und sah Elliot in die Augen. »Und er ist doch einer, oder nicht? Sonst ist ja keiner da ...«

»Moment, Sie wissen also gar nicht, ob wirklich er es sein wird?« Emily stampfte empört mit dem Fuß auf. »Es gibt hier nämlich noch andere Hexen. Wie können Sie es wagen ...«

Cedrik lief ein Schauer über den Rücken. Die Worte der Szorobada waren mehr als unheimlich. Er legte Emily eine Hand auf den Arm. »Lasst sie. Wir müssen sehen, dass wir Crutch finden. Vielleicht lässt sich das Unglück ja noch aufhalten. Ich bin mir sicher, er ist irgendwo hier.«

Die alte Frau sah ihn zweifelnd durch ihre dicken Brillengläser an, sagte aber kein Wort.

Nachdem sie alle aus der flachen Fähre geklettert waren, drehte sich Emily noch einmal zum Crannog. »Kommst du nicht mit?«

Er schüttelte langsam den Kopf. »Nein, ich bleibe am Wasser, wo ich hingehöre. Aber ich werde da sein, wenn ihr mich braucht.«

Elliot war noch immer völlig aufgewühlt, als sie die Stufen zum Pier nach oben stiegen. »Warum hat sie das gesagt? Ich bin doch kein ... ich würde nie ...«

»Sie irrt sich«, sagte Aissa. »Sie hat sich schon oft geirrt.« Sie unterbrach sich und schluckte.

»Aber was hat sie damit gemeint, du würdest den Mond rufen? Kannst du das?«

Aissa antwortete nicht, sondern blieb so plötzlich stehen, dass Emily fast in sie hineinstolperte. »Was ist?«, fragte sie erschrocken.

»Bin gleich wieder da«, murmelte Aissa und stieg hastig die Treppe wieder nach unten, zurück zur Szorobada. Dort angekommen führte sie einen leisen, lebhaften Wortwechsel mit der alten Wahrsagerin. Cedrik konnte nicht verstehen, was sie sagten, und selbst als er Emily fragend ansah, zuckte diese nur mit den Achseln. Aissa beendete das Gespräch, die Wahrsagerin legte kurz ihre Hand auf Aissas Kopf, schien zu lächeln und wandte sich wieder dem nächtlichen Fluss zu.

Aissa stürmte an ihnen vorbei, die Stirn in Falten gelegt, ohne weitere Erklärung.

Als sie den Pier betraten, kam ihnen schon Basil entgegen. »Gut, dass ihr über das Wasser gekommen seid. Die Samariter haben uns eingekesselt. Wir kommen weder raus, noch kann jemand durch das Tor zu uns gelangen.«

Aissa nickte. »Das haben wir gemerkt. Wie halten sich die anderen? Kiriakos und Sarawati?«

»Sie haben Angst. John und sein Rudel halten die Samariter, so gut es geht, auf Abstand. Die Vampire greifen zwar nicht richtig an, aber sie setzen uns mit Scheinattacken unter Druck. Die gute Nachricht ist, solange der Schutzzauber sie zurückhält, sind wir vor ihnen in Sicherheit. Noch. Nun aber sagt mir schnell, wo sind die anderen?« Er sah Cedrik und seine Freunde fragend an. »Kommen die Paladine von vorne, durchs Tor?« Er grinste. »Teuflisch, ihr Hexen aus Mistle End. Wenn einer das schafft, dann die Paladine. Ist Alastair auch dabei? Ich bin so froh, dass ihr Unterstützung gebracht habt.« Er lächelte sie dankbar an.

Emily sah beschämt zu Boden und Elliot kaute verlegen auf seiner Unterlippe.

»Die Paladine kommen nicht«, sagte Cedrik bedrückt.

Basils Gesichtsausdruck war erst verwirrt, dann bestürzt. »Sie ... kommen nicht?«

Cedrik hob bedauernd die Schultern. »Aber wir werden euch helfen. Ich werde mit Crutch reden und Shirley wird mit ihren Leuten –«

Basil drehte sich mitten in Cedriks Satz um und ging ohne ein weiteres Wort zurück zum Tor. Stolz und aufrecht zwar, doch irgendwie mit schleppendem Schritt.

»Autsch«, sagte Elliot leise.

Emily seufzte schwer. »Wir haben ihn hängen lassen.«

»Haben wir nicht«, fuhr Cedrik auf. »Wir sind doch hier, oder? Kommt, lasst uns loslegen und Crutch finden. Wenn er nicht in der Nähe ist, taucht er bald auf. Sonst wären die Samariter nicht schon hier. Ich bin mir sicher, sie warten auf etwas.«

»Aissa, Sturmgeborene!«, schallte ein Ruf über den lang gestreckten Pier. Jonathan Jackelby, der Werwolf stürmte auf sie zu. »Ha, über den Fluss seid ihr also gekommen, nicht schlecht. Aber wo habt ihr unsere Pferdchen gelassen?«

Aissas Miene hellte sich auf, als sie den verschwitzten Muskelprotz sah. »John! Keine Sorge, sie sind drüben gut versteckt. Sobald wir hier wieder rauskommen, hole ich sie ab.« Sie packten sich beide an den Unterarmen und klopften sich ungelenk auf die Schultern.

»Was macht das Rudel?«

»Wir stehen am Tor und halten sie auf Abstand. Zusammen mit den Chinesischen Schwertwirblern und jedem, der ein Stück Holz oder einen Schraubenschlüssel halten kann. Aber die Vampire ... gemeines Pack, diese Samariter. Sie greifen nicht wirklich an, oh nein, dafür sind sie zu schlau. Aber ehe wir uns versehen, springt einer von denen an der Mauer hoch oder kommt ran ans Tor und beißt uns.« Er rollte seinen rechten Ärmel nach oben und zeigte ihnen einen blutigen Riss am Unterarm.

Aissa erschrak.

»Kein Grund zur Sorge, wir Werwölfe sind hart im Nehmen.« Er lachte kehlig.

»Ich helfe euch«, sagte Emily bestimmt. »Ich habe genug Zaubernuss dabei, um ganz London zu heilen.« Sie klopfte bedeutungsvoll auf ihre Umhängetasche.

»Aber ich kann doch auch ...« Cedrik wurde von Emily sofort unterbrochen. »Du musst Crutch finden. Und beeil dich, bevor es zu spät ist.«

Elliot zeigte ihm den hochgereckten Daumen. »Mach dir keine Sorgen, Cedrik. Wir halten hier solange die Stellung!« Er nickte John grimmig zu.

Cedrik sah ihnen nach. Der Pier wurde auf der dem Fluss zugewandten Seite von einer breiten Mauer abgetrennt, auf die er nun geklettert war. Von dort oben hatte er einen guten Blick auf den Hafen, auf die Zelte und die Rampe, die nach oben, zum Tor führte. Er sah Basil, der den Menschen zwischen den Zelten Mut zusprach, und seine Freunde, die zum Tor eilten. Er holte tief Luft. Da war sie wieder. Die Angst. Um seine Freunde. Und vor dem, was vor ihnen lag.

»Ich pass auf dich auf.«

Cedrik zuckte zusammen. Der junge Faun Kiriakos

stand neben ihm. Er musste die Mauer oben entlanggekommen sein. Er hatte ihn nicht kommen hören.

»Ich achte drauf, dass dir nichts passiert, wenn du in den Adler schlüpfst.«

»Woher weißt du ...«

»Das Mädchen schickt mich.« Er strich sich unruhig über sein dünnes Ziegenbärtchen. »Ich soll dich beschützen.«

Cedrik nickte und drehte sich zum Fluss. Sein erster Flug mit dem Adlerweibchen lag noch nicht lange zurück, und die Vorstellung, allein am Pier zu liegen, während er mit Skye durch die Nacht flog, machte ihn nervös. Wie gut, dass Emily ihm Kiriakos geschickt hatte.

Er sah sich um. Der Nebel war dichter geworden, er griff bereits nach dem Ufer. Oberhalb der Nebelschwaden konnte er Sterne sehen, aber keinen Mond.

Skye? Skye! Wo bist du? Ich brauche dich!

Es dauerte nur einen kleinen Augenblick, bis er ihre Antwort erhielt.

Endlich.

Kapitel 30

FLUG DURCH DEN NEBEL

Skye stieß sich ab und hob sie beide mit kräftigen Flügelschlägen in den Himmel über dem Hafen. Unter ihnen breitete sich die Bucht aus und Cedrik sah mit den Augen des Adlerweibchens gestochen scharf, was sich unten am Pier abspielte. Aissa, die auf dem Weg zum Tor stehen geblieben war und gerade Sarawati, den Flussgeist aus Indien, in den Arm nahm. Er sah Emily, die sich bereits um Jonathans Verletzung kümmerte, und Elliot, der sich mit seltsamen gymnastischen Verrenkungen warm zu machen schien.

Für den Kampf.

Er sah sich selbst, seinen Körper, zusammengesunken auf der Mauer, an den feuchten Stein gelehnt, als würde er schlafen. Kiriakos, der Faun, der sich respektvoll mit seinen seltsamen kleinen Sprüngen näherte und dann neben ihn setzte.

Sie flogen eine Schleife über den Hafen, den Pier und das Tor. Und was seinen menschlichen Augen verborgen geblieben wäre, erkannte er nun, dank Skyes Sehkraft, mit erschreckender Klarheit.

Sie waren überall. Die Samariter.

Denn nichts anderes konnten die dunklen Gestalten sein, die sich im Schatten der Häuser, Durchgänge und Bäume den Blicken der Werwölfe entzogen. Die Verteidigung des alten Hafens bestand aus nicht mehr als einem Dutzend Männern und Frauen, die sich auf der Mauer und am Tor aufhielten. Die Samariter dagegen, diesmal nicht in ihren weißen Arbeitskitteln, sondern in schwarze, fließende Mäntel gehüllt, mussten ihnen zahlenmäßig weit überlegen sein. Wenn die Werwölfe wenigstens verwandelt wären. Wenn nur der Mond ...

Und auf einmal hoffte er, dass die Szorobada wenigstens mit dieser Prophezeiung recht haben sollte. Dass Aissa tatsächlich den Mond rufen konnte.

Los, Skye! Flieg, so schnell du kannst! Wir müssen Crutch finden!

Bevor er und die Dornhexen den alten Schutzzauber umgehen konnten.

Bevor es zu spät war.

Skye stieß im Tiefflug über die Mauer und schrie laut und kräftig. Sie wollten ihnen Mut machen, den Freunden und Gefährten im Hafen.

Elliot sah auf und winkte, Emily zeigte nach oben und

die Werwölfe auf der Mauer jubelten. Skye ließ noch einmal ihren Ruf erschallen und sie stiegen höher, über den Fluss, über den Nebel und suchten nach Crutch. Sie flogen schnell und ließen ihren Blick über die umliegenden Straßen schweifen, über Brücken und Kreuzungen, unermüdlich, und mussten sich doch eingestehen, dass sie nicht einmal wussten, wonach sie genau suchen sollten. War Crutch zu Fuß unterwegs? In einem Auto? Was, wenn er gar nicht selbst kommen würde, sondern die Dornhexen die schmutzige Arbeit erledigen ließ?

Was hab ich mir nur gedacht?! Dass ich mich in die Luft schwinge und Crutch dann sofort entdecke? In London leben Millionen von Menschen!

Sie brausten missmutig durch einen Schwarm Raben, die Skye wütend krächzend auswichen. Dachte Cedrik zumindest. Doch in Wirklichkeit wichen sie nicht aus.

Sie griffen an.

Er hatte Crutch gefunden.

Nein, anders: Crutch hatte sie gefunden.

Die Raben waren geschickt, gemein und in der Überzahl. Mit ihren harten, schwarzglänzenden Schnäbeln hackten sie und hieben mit ihren Krallen nach Skyes Flügeln. Die schrie auf, wütend, wirbelte herum und schlug nun ihrerseits ihre Krallen in einen der angreifenden Raben. Cedrik spürte die Gegenwart des anderen Druiden überdeutlich. Hier ging es um keinen Revierkampf zwischen Raubvögeln. Hier ging es um mehr.

Mit einem Mal fühlte Cedrik einen heftigen Schmerz in der Schulter, ein Rabenschnabel musste Skye verletzt haben. Er brüllte, dann war da ein Ziehen, ein Zerren.

Was machst du da? Nein, Skye, tu das nicht!!!

Sie antwortete nicht. Das Adlerweibchen wich einer erneuten Attacke aus und drängte ihn aus ihrem Körper.

Skye, nicht, lass mich bei dir bleiben!

Vergeblich. Sie hörte nicht auf ihn. Es war, als würde in seinem Kopf etwas reißen und er fiel in ein tiefes, schwarzes Loch. Er stürzte, trudelte, und fand sich unvermittelt unten auf der Mauer wieder. Er schnappte nach Luft, als wäre er eben aus großer Tiefe aufgetaucht.

Kiriakos, der gerade dabei war, eine warme Suppe zu löffeln, erschrak so sehr, dass Teller und Löffel in hohem Bogen durch die Gegend flogen. Verdattert starrte er Cedrik mit weit aufgerissenen Augen an.

»Wir müssen ihr helfen! Skye, sie wird angegriffen!«

»Was?«, fragte der Faun. Er wirkte jetzt hoch konzentriert. »Was kann ich tun?«

»Wir müssen Emily finden, und Elliot!«

Der Faun nickte, sprang auf die Beine und lief los. In wahnwitzigem Tempo sprang er die Mauer entlang, kletterte über Vorsprünge und Hindernisse.

Cedrik wollte ebenfalls aufspringen, als ihn ein heftiges Stechen im Rücken in die Knie sinken ließ. Er stöhnte.

Ich spüre die Schnäbel der Raben, stellte er entsetzt fest. Ich spüre Skyes Schmerzen.

Halte durch! Wir kommen, Skye!

Er hörte ein Rauschen, das Flattern von Stoff, und Elliot bremste einen zerfransten Besen vor ihm ab.

»Elliot! Gott sei Dank! Kannst du mich zu Skye bringen?«, fragte Cedrik keuchend.

»Natürlich! Was ist passiert? Wo ist Skye denn? Kiriakos hat nur gesagt, sie braucht unsere Hilfe, da bin ich sofort ...«

»Sie ist irgendwo dort drüben. Schnell!« Er zeigte über den Fluss. In den Nebel.

Skye!? Skye, wo bist du?

Er bekam keine Antwort.

»Irgendwo da drüben?! Genauer geht's nicht?«, stöhnte Elliot, half Cedrik auf den Besen und lehnte sich nach vorn. Der Besen sprang los, bockig wie ein junges Pferd, und Cedrik hatte alle Mühen, nicht herunterzufallen.

»Sorry, das Ding war das Einzige, was ich so schnell finden konnte. Jetzt sag schon, was ist passiert?«

»Ich denke, wir haben Crutch gefunden. Er hat uns angegriffen. Mit einem Schwarm Raben!«

Ein kleiner, brauner Falke schoss an ihnen vorbei und flog nun knapp vor ihnen.

Emily!

»Schwesterherz!«, schrie Elliot durch den Fahrtwind. »Flieg vor, du musst Skye finden. Wir sind auf der Suche nach ihr! Sie kämpft irgendwo da vorne mit ...«

Weiter kam er nicht. Cedrik spürte erneut einen

Schmerz, diesmal in seinem rechten Arm und so furchtbar, dass er sich krampfartig krümmte und Elliot den schlingernden Besen mit aller Kraft davon abhalten musste, auszubrechen.

»Mensch, Cedrik, alles in Ordnung mit dir?«

Cedrik stöhnte. »Es geht schon.« Er richtete sich auf. *Skye, wo bist du?*

»Da! Dort drüben!«, rief Elliot. »Da sind sie!«

Tatsächlich entdeckte nun auch Cedrik vor und etwas über ihnen den dramatischen Luftkampf zwischen Skye und dem Schwarm Raben. Doch seine Angst wich einem Gefühl der Erleichterung, als er feststellte, dass das junge Goldadlerweibchen mitnichten so unterlegen war, wie er die ganze Zeit befürchtet hatte. Sie war ein Raubvogel aus dem wilden Norden des Landes, ein großes, kräftiges Tier. Noch dazu kampferprobt durch zahlreiche Schaukämpfe in der Tierkampfarena des Devils Elbow. Geschickt wich sie eben einem angreifenden Raben aus, indem sie sich auf den Rücken rollte und noch in der Drehung dem vorbeischießenden Raben einen so heftigen Schlag mit ihrem Flügel verpasste, dass dieser die Kontrolle verlor und verzweifelt flatternd ein paar Meter absackte, bevor er sich wieder fangen konnte. Im gleichen Moment ließ sich Emily als Falke aus großer Höhe auf einen Raben fallen. Wie von einem Faustschlag getroffen, wurde er aus seiner Bahn geschleudert.

Elliot raste mit dem Besen nun auf die Raben zu, brach

mitten durch den Schwarm und schleuderte im Vorbeiflug mit einem zornigen »SÍOC!« eine frostige Eislanze auf einen der schwarzen Vögel.

Skye unterdessen stieß einen wütenden Schrei aus und schlug einem Raben ihre messerscharfen Krallen in den Körper.

Die Raben drehten ab. Krächzend sammelten sie sich und flatterten hastig davon, in den Nebel.

»Los! Wir dürfen sie nicht verlieren!«, rief Cedrik und Elliot legte sich sofort nach vorn, um den Besen zu beschleunigen. Der Falke ließ seinen hellen Ruf ertönen und schoss ihnen hinterher.

Skye! Skye, geht es dir gut? Ich hatte solche Angst um dich!

Der Adler flog nun ganz dicht neben Cedrik, der sich fest an Elliot klammerte, als sie in den dichten Nebel eintauchten.

Ich hatte Angst um dich, Baumjunge.

»Wo sind sie hin?«, fragte Elliot. »Ich seh sie nirgends!«

Hast du mich deshalb losgelassen?

Das Adlerweibchen schwieg für einen Augenblick. Der feuchte Nebel ließ Cedrik frösteln.

Ich bin ein Goldadler aus den Bergen, Baumjunge. Ich bin der Norden. Ich bin der Sturm.

Cedrik erschrak, als er nun deutlich erkennen konnte, dass Skye blutete. Unter ihrer linken Schwinge klaffte ein tiefer Schnitt.

Und ich weiß, wo dein Bruder zu finden ist. Folgt mir!

Skye ließ ihren schrillen Adlerschrei ertönen und ging in einen steilen Sinkflug über.

Cedrik klopfte Elliot auf den Rücken und sofort korrigierte Elliot seinen Kurs und flog ihr nach. Emily hinterher.

Sie durchbrachen die Nebeldecke und flogen nun so knapp über dem Fluss, dass die Gischt spritzte.

Skye hielt direkt auf die Tower Bridge zu, die sich hell beleuchtet vor ihnen aus dem Nebel erhob.

Kapitel 31

DIE TOWER BRIDGE

Crutch stand mitten auf der Brücke im Licht der Straßenlampen, als sich die Raben um ihn herum und auf seinen Schultern niederließen. Mit Anzug, Weste und einem schwarzen, halblangen Mantel sah er aus wie ein Lord. Ein dunkler Lord.

Crutch entdeckte Cedrik hinter Elliot auf dem Besen und ließ ihn nicht mehr aus den Augen. Teilnahmslos streichelte er einen der Raben.

In einem weiten Halbkreis um ihn herum stand ein gutes Dutzend Dornhexen, in Umhänge gehüllt, die Kapuzen ins Gesicht gezogen. Sie alle hielten ihre Arme leicht angewinkelt vor sich, die Handflächen nach oben und murmelten leise.

»Was machen sie?«, fragte Cedrik atemlos.

»Sieht so aus, als kommt der ganze Nebel von denen.«

Auf beiden Seiten der Brücke standen schwere, schwarze Jeeps und Rettungswagen, die mit eingeschaltetem Blaulicht den Verkehr stoppten.

Elliot hielt den Besen in sicherer Entfernung an.

»Bring mich runter«, sagte Cedrik.

»Was?! Bist du irre? Das sind viel zu viele, wir haben gegen die keine Chance!«, widersprach Elliot sofort.

»Ich muss mit ihm reden! Deswegen sind wir schließlich hier, oder?! Also setz mich ab und dann flieg wieder. Aber bleib in der Nähe, falls ...« Er schluckte.

Elliot nickte. »Ja. Mach ich.« Er landete den Besen geschickt auf dem breiten, steinernen Geländer der Brücke. Sobald Cedrik abgestiegen war, ließ sich der junge Hexer vom Geländer fallen, riss im Sturz den Besen nach oben und schoss in die Dunkelheit davon.

Cedrik sah ihm nach und obwohl er nach wenigen Sekunden im Nebel verschwunden war, wusste er, dass Elliot, Emily und Skye ihn nicht aus den Augen lassen würden. Und sofort bei ihm wären, sollte er sie brauchen.

Wenn sie helfen können.

Er sprang vom Brückengeländer und richtete sich auf. Crutch hatte ihn die ganze Zeit beobachtet, aber sonst nicht weiter reagiert. Die Dornhexen vollzogen währenddessen ohne Unterbrechung ihren Zauber. Sie beachteten ihn nicht.

Langsam ging Cedrik auf Crutch zu. »Crutch, was machst du hier? Warum lasst ihr die Leute vom Zirkus nicht in Ruhe?«

Der andere Druide sah ihn weiterhin nur an, aus dunklen, unergründlichen Augen.

Ein Rabe krächzte und flog auf.

»Und warum hast du uns angegriffen? Warum hast du die Raben auf uns gehetzt? Wir haben dir nichts getan.«

Nach einem weiteren kurzen Moment der Stille lächelte Crutch. »Ich habe die Raben nicht auf dich gehetzt, sie haben dich zu mir gerufen. Dich und deine Freunde.«

Cedrik runzelte zweifelnd die Stirn. »Du hättest auch so mit mir sprechen können. Ohne Skye zu attackieren.«

»So heißt sie also? Der Adler?« Crutch nickte. »Der Name passt zu ihr.«

»Was willst du von mir? Warum sollten wir herkommen?«

Irgendetwas stimmte hier nicht. Cedrik war, als wäre er am falschen Ort. Als würde er woanders gebraucht, aber nicht hier, auf dieser Brücke.

»Es ging mir mehr darum, dass ihr nicht *dort* seid.« Crutch grinste geringschätzig.

»Was meinst du mit ›dort‹?«, fragte Cedrik nervös. »Meinst du den alten Hafen?! Crutch, genug jetzt. Wo ist das Buch? Wir müssen es wiederhaben!«

Crutch hob den Kopf, als er hinter sich das Quietschen eines Fahrrads vernahm.

Von einem Ende der Brücke näherte sich ein Tandem. Zwei Männer, alles andere als groß, in Tweetanzügen, der eine mit Glatze und Bart, der andere mit wildem Lockenkopf und glatt rasiert. Im Lenkerkorb des Fahrrads wackelte ein kleiner Lederkoffer.

»Die Gebrüder Tywyll!«, entfuhr es Cedrik. Sofort hatte er wieder den Geschmack des Betäubungsmittels auf der Zunge.

Crutch nickte freundlich. »Ich habe schon gehört, dass du sie kennenlernen durftest. Außergewöhnliche Sammler, die zwei. Wusstest du, dass sie die Nachfahren von zwei deutschen Brüdern sind, die vor vielen Hundert Jahren Märchen gesammelt haben? Bis sie eines Tages feststellen durften, dass die Geschichten wahr sind. Seitdem sammeln sie alles, was mit Magie zu tun hat, und schützen es vor dem Vergessen.«

Die Brüder blieben mit quietschenden Bremsen neben Crutch stehen. Sie stiegen vom Fahrrad, klopften sich die Anzüge glatt und nickten erst Crutch, dann Cedrik zu.

»Sir ...«

»... mein Junge!«

Crutch neigte leicht sein Haupt. »Ich danke euch, dass ihr so schnell gekommen seid. Und? Was habt ihr herausgefunden?«

»Wie wir vermutet hatten ...«

»... es ist alles unverändert.«

»Das Buch funktioniert tadellos!«

»Wir haben es getestet ...«

»Noch immer tadellos!«

»Unverändert!«

»Sie haben es nicht einmal ...«

»… nicht einmal bemerkt!«

»Gar kein Problem!«

»Hin und zurück!«

»Erst hin, dann zurück!«

»Wir haben sogar etwas mitgebracht.«

»Mitgenommen.«

»War einfach da. Mussten wir nur einfangen.

»Einsperren, jaja.«

Crutch grinste breit. »Und? Habt ihr es da? Was ist es denn?«

Einer der beiden Brüder zog vorsichtig ein kleines, golden schimmerndes Schraubglas aus seinem Jackett.

Als er es hochhielt, erkannte Cedrik schockiert, dass das Licht von einer gefangenen Flirrelfe ausging. Wütend flatterte sie mit ihren Flügeln und hämmerte mit ihren kleinen Fäusten gegen das Glas.

»Eine vom feinen Volk!«

»Eine Flirrelfe! Sehr selten ...«

»Aus Mistle End!«

»Und so hübsch!«

»Wir wollten fragen ...«

»... dürfen wir sie ...«

»… sie behalten? Wir passen gut ...«

»... sehr gut auf sie auf!«

»Es wäre uns eine Freude!«

»Überaus!«

Sie hatten die verschlungenen Pfade benutzt, um nach Mistle End zu reisen und eine Flirrelfe zu entführen? Cedrik wurde übel.

»Macht mir ihr, was ihr wollt.« Crutch wedelte ungeduldig mit der Hand. »Das Buch! Habt ihr das Buch dabei?«, fragte er knapp.

»Natürlich!«

»Selbstverständlich!«

»Es ist hier ...«

»... in diesem Koffer!«

Hastig verstaute der eine das Glas wieder in seinem Jackett, während der andere den Koffer vom Fahrrad neben Crutch auf den Boden stellte. Dann zog auch er einen Gegenstand aus seiner Jackentasche. Es war eine kleine Holzschatulle.

»Und hier ...«

»... wie gewünscht«

»... das andere.«

»Ganz und gar anders!«

Behutsam legte er die quadratische Box auf Crutchs Handfläche.

Cedrik starrte auf den kleinen Lederkoffer.

Skye! Hörst du mich? Siehst du den Koffer neben Crutch am Boden?

Skyes Antwort kam sofort. *Was soll ich tun, Baumjunge?*

Du darfst diesen Koffer keine Sekunde aus den Augen lassen! Hast du verstanden? Er ist ungeheuer wichtig für uns! Wir dürfen ihn nicht verlieren.

Irgendwo weit über ihnen schallte Skyes Schrei durch die Nacht. Sie hatte verstanden.

Crutch betrachtete derweilen fasziniert die kleine Schachtel in seiner Hand. »Ist das ...?«

Die Gebrüder Tywyll nickten andächtig.

»*Vampyromorphis* ...«

»... *infernalis.*«

»Ein wunderbares ...«

»... ganz wunderbares Exemplar.«

»Höchst selten.«

»Man möchte meinen, das letzte ...«

»... das allerletzte ...«

»... seiner Art!«

Cedrik schluckte. *Vampyrowas?* Das hörte sich auf keinen Fall gut an. Und *infernalis?* Das klang noch schlimmer. Wie Inferno.

Crutch strahlte. »Komm und sieh es dir an.«

Er öffnete die Schachtel und Cedrik erkannte zu seinem Erstaunen eine der kleinen silbernen Statuen aus dem Figurenkabinett der beiden Brüder. Es war der Kraken mit den so lebendig wirkenden Tentakeln.

Er wurde nervös. »Was ist das, Crutch? Was hast du vor?«

Vorsichtig nahm Crutch die Figur aus der Box und besah sie von allen Seiten.

Die Hexen stimmten einen leisen Summton an.

»Ist er nicht wunderschön?«, flüsterte Crutch andächtig.

Das Summen der Hexen wurde lauter. Das silberne Seeungeheuer in Crutchs Hand funkelte. Er nickte, als hätte er sich noch einmal eines Gedankens versichert, dann ging er langsam zum Brückengeländer.

»Crutch, warte! Das Buch, gib mir das Buch und wir ...« Cedrik ging ihm nach, wollte ihn zur Rede stellen, als ihm die beiden Brüder den Weg versperrten.

»Nicht doch ...«

»Wir wollen doch nicht ...«

»... den Moment vermasseln ...«

»... den magischen Moment!«

Magischer Moment? Was hat er vor?

Er versuchte ein weiteres Mal an den Brüdern vorbeizukommen, aber sie hielten ihn fest.

»Crutch!«, rief Cedrik aufgebracht. »Was auch immer du vorhast, lass Basil und seine Leute aus dem Spiel! Sie haben nichts damit zu tun!«

Crutch drehte sich noch einmal zu ihm um. »Keine Sorge, Cedrik. Du bist hier in Sicherheit. Und deine Freunde ebenfalls. Sie sind doch irgendwo hier, habe ich recht? Freust du dich, dass ich auch an sie gedacht habe?«

Damit streckte er seine Hand aus und hielt die Figur über den Fluss. Er machte eine Faust, schloss seine Augen und schien sich zu konzentrieren.

»Crutch! Was machst du? Hör auf damit!«

Das Summen der Hexen war inzwischen zu einem lauten, vielstimmigen, nicht enden wollenden Schrei geworden.

Cedrik keuchte und versuchte sich loszureißen, doch der Griff der Brüder war eisern. Er spürte eine Energie von Crutch ausgehen, die machtvoll war. Uralt. Und böse.

»Crutch!!! Mach das nicht!«

Von der Seite sah Cedrik Elliot auf dem Besen auf sie zufliegen. Ein brauner Falke hielt sich über Crutch in der Luft. Ihm stockte der Atem, als er sah, dass sich ein glitschiger, glänzender Tentakel aus Crutchs Hand schlängelte und nach seinem Schöpfer tastete. Der dunkle Druide hatte den Kraken zum Leben erweckt!

Crutch zitterte, Schweißperlen traten auf seine Stirn. »Unser kleiner Freund hier wird wachsen und stark werden. Groß und mächtig. Ich schenke ihm sein Leben zurück! Und deshalb ... und deshalb wird er tun, worum ich ihn bitte.«

Dann passierte alles gleichzeitig: Elliot raste auf Cedrik und die Brüder zu und verpasste im Vorbeiflug einem der beiden einen so heftigen Tritt gegen die Schulter, dass sich Cedrik von ihnen losreißen konnte. Crutch öffnete erstaunt die Augen und ließ den lebendigen Kraken aus seiner offenen Hand fallen. Emily, die im Sturzflug eigentlich auf ihn herabstieß, wechselte im letzten Moment die Richtung und packte das winzige Seeungeheuer noch im Fallen mit den Krallen. Doch kaum hatte der Raubvogel, selbst nur wenig größer als eine Taube, den Kraken gefangen, schlängelten sich kräftige Tentakel um den Leib des Vogels. Emily schlug verzweifelt mit den Flügeln, aber nicht nur, dass der Krake sie nun zu umschlingen drohte, das Wesen in ihren Krallen wurde immer größer! War der Krake eben noch so klein gewesen, dass er leicht in Crutchs Hand gepasst hatte, war er nun schon fast so groß wie der Falke selbst.

Cedrik rannte an die Brüstung und starrte auf das ungleiche Paar. Emily schaffte es kaum noch, mit den Flügeln zu schlagen, der Krake hielt sie fest umklammert und sie verloren rapide an Höhe.

Verzweifelt sah Cedrik zu Crutch. Der betrachtete fasziniert den seltsamen Kampf der beiden Tiere. Und lächelte.

Cedrik schnappte nach Luft. »Skye, hilf ihr!«, schrie er laut.

Nur Sekunden später stieß Skye aus dem Nebel herab und schlug ihre Krallen in den Leib des Kraken. Mit Erfolg! Die Tentakel zuckten, lösten sich und der Falke konnte sich mit schnellem Flügelschlag in Sicherheit bringen. Aber der Krake dachte nicht daran, aufzugeben. Er wuchs weiter, wurde größer und größer. Inzwischen war er so groß, dass Cedrik seine Augen erkennen konnte. Schwarze, runde Scheiben, die ausdruckslos in die Nacht starrten. Und dort, wo Cedrik seinen Mund vermutete, sah er nichts als einen dunklen, reißzahnbewehrten Schlund.

Danke, Skye! Und jetzt lass ihn los!

Doch Skye ließ nicht los. Die Krallen tief in einen Arm des Seeungeheuers gebohrt, schlug das Adlerweibchen unbeirrt mit den Flügeln und stieg langsam in die Höhe. Ein weiterer Tentakel schnellte nach oben und wickelte sich um ihren Leib. Der Krake war schon wieder ein Stückchen gewachsen.

»Lass los, Skye! Lass los!«, schrie nun auch Elliot. Er war neben Cedrik auf der steinernen Brüstung gelandet, hielt den Besen aber noch immer flugbereit zwischen den Oberschenkeln.

Ein dritter Würgearm wand sich nun nach oben, und begann, sich um einen Flügel zu wickeln. Wütend hackte der Adler nach dem Tentakel, doch dieser zog immer fester zu. Cedrik und Elliot schrien auf, der Adler kam ins Trudeln und fiel kreiselnd und fest umschlungen vom Kraken in den Fluss.

»Neeeeeeiiiin«, rief Cedrik. Er klammerte sich an die Mauer und starrte verzweifelt zu der Stelle, an der die beiden im kalten Nass verschwunden waren. »Skye! Skye, wo bist du?!«

Elliot bebte vor Zorn. »Crutch, hast du einen verdammten Riss im Kessel?! Was soll das!? Bist du irre?! Gib uns das Buch und dann lass uns endlich in Ruhe! Du hast jetzt endgültig genug angerichtet!«

Ein PLOPP! und Emily stand keuchend neben Cedrik. »Wo?«, fragte sie knapp und völlig außer Atem.

Stumm zeigte Cedrik nach unten. Tränen liefen über sein Gesicht. Ein erneutes PLOPP! und ein Seehund stürzte sich neben ihm von der Brücke und fiel mit einem lauten Platsch in den Fluss.

Cedrik fuhr auf. »Emily, nein! Was machst du! Der Krake ist jetzt bestimmt ...« Er wirbelte herum. »Elliot, deine Schwester, Emily, sie ist eben in den Fluss ...«

Ihm stockte der Atem und die Stille traf ihn wie ein Hammerschlag. Die Hexen hatten ihr Ritual beendet und sich nun alle ihnen zugewandt. Stumm, kalt und von tödlicher Überlegenheit, standen sie in einer Reihe, Crutch in der Mitte. Er hielt den Koffer mit dem Buch in der Hand und schüttelte mitleidig den Kopf.

»Das habe ich nicht gewollt. Es tut mir leid.«

Cedrik ballte die Fäuste. »Ach nein?! Was hattest du denn erwartet?! Du hast ein Monster zum Leben erweckt, Crutch!«

Der lächelte traurig. »Ich hatte gehofft, dass ich dich überzeugen kann.« Er kam einen Schritt auf ihn zu. »Wir gewinnen, Cedrik.«

Elliot unterdrückte einen wütenden Schrei.

Cedrik spürte Zorn in sich aufsteigen, alles verzehrend, vernichtend, als er ganz leise und ganz schwach ein Ziehen spürte. Ein Schauer überlief ihn. Kaum wahrnehmbar.

»Siehst du es nicht? Du stehst auf der falschen Seite!«

War das wirklich ... Skye? Konnte das sein?

Crutch kam noch einen Schritt näher, sprach jetzt eindringlich auf ihn ein. »Wir sind viel stärker als ihr. Der Clown und seine Leute sind nur der Anfang. Mistle End wird untergehen.« Sein Blick wurde weich. »Komm zu uns. Bei uns wird es dir gut gehen!«

»Warum willst du unbedingt Mistle End zerstören? Was haben sie dir denn getan? Sie tun niemandem etwas. Sie sind meine Freunde! Weißt du das nicht?« Cedrik streckte trotzig sein Kinn vor. In seinem Herzen keimte Hoffnung, als er erneut das Ziehen spürte. Ein Ruf, wie aus weiter Ferne.

Skye? Bist du das?

Crutch blieb stehen. »Pah! Freunde! Sie haben mir angetan, was sie auch dir angetan haben. Und was sie immer tun werden. Sie haben mich ausgegrenzt. Weil ich anders bin. Sie haben mich verachtet. Weil ich wie du bin!«

Skye? Antworte!

»So wie sie dich verachten werden, wenn sie verstehen, wer du wirklich bist.«

Baumjunge ...

Skye! Du bist es wirklich!

Crutch machte eine kleine Pause. »Denkst du nicht, ich habe sie am Anfang genauso gemocht wie du?« Er schüttelte grimmig den Kopf. »Bis ich endlich verstanden habe, dass es ihre Gleichgültigkeit ist, die diese Welt zerstört.«

Skye!!! Wie geht es dir? Wo bist du?

Das Mädchen, sie hat mich aus dem Wasser geholt. Mir ...

»Sie kümmern sich nicht um die Natur. Sie nehmen keine Rücksicht, genauso wenig wie die Menschen um uns herum. Sie zerstören alles!« Crutchs Stimme wurde leidenschaftlich. »Wir sind besser als sie, Cedrik! Die Erde braucht uns!«

Mir geht es gut! Ich bin ... nass!

Crutch runzelte die Stirn. »Hörst du mir überhaupt zu?«

Cedrik lächelte. Er spürte so eine Freude, so ein Glück, so eine ... Ganzheit, dass er für einen Moment das Gefühl hatte, alles zu können. Dass in diesem Augenblick, alles möglich war.

»Gut! In Ordnung, Crutch. Aber nicht so!« Wie zufällig drehte er sich zu Elliot, der noch immer mit dem Besen zwischen den Knien auf dem breiten Geländer stand und ihn aufmerksam beobachtete. Er zwinkerte ihm zu, nur kurz, machte ein, zwei Schritte und stand nun direkt vor Crutch. »Dann soll es so sein. Wir zwei, du und ich. Lass uns gemeinsam überlegen, wie wir diese Welt zu einem besseren Ort machen ... Gut! Ich bin dabei!« Er streckte ihm seine Hand entgegen.

Damit der überraschte Crutch einschlagen konnte, musste er den Koffer von der einen Hand in die andere wechseln. Und genau diesen Umstand nutzte Cedrik, beugte sich nach vorn, entriss ihm den Koffer und warf ihn im hohen Bogen zu Elliot. Dieser fing ihn geschickt auf, während Cedrik sofort wieder etwas Abstand zwischen sich und den dunklen Druiden brachte.

Die Dornhexen zischten und Crutch schnappte vor Wut nach Luft. Auf ein Zeichen von ihm stürzten die Hexen vor und wollten Cedrik packen, doch Elliot schrie ein lautes »Stopp! Oder ich lasse den Koffer und das Buch fallen!«.

Alles stockte, nur kurz, doch lange genug für Cedrik, der sofort zu Elliot auf die Brüstung kletterte.

Der junge Hexenmeister stand dort und hielt den Koffer über den Fluss. »Eine falsche Bewegung und der Koffer landet in der Themse! Dann ist er weg! Versteht ihr? Weg! Mir wäre das ja ganz recht, aber wollt *ihr* das auch? Hä? Wollt ihr das?«

Die Dornhexen zögerten und warfen unsichere Blicke auf Crutch, in dessen Augen nun wilder Hass loderte.

»Du hast mich verraten, Cedrik.«

Cedrik stieg hinter Elliot auf den Besen.

»Das werde ich dir nicht verzeihen.«

»Mach, dass wir hier wegkommen«, murmelte Cedrik. Er klammerte sich an Elliot, als dieser sich vom Geländer fallen ließ. Der Fluss raste auf sie zu.

»Niemals, Cedrik! Niemals!«, brüllte Crutch ihnen nach.

Der Hexer riss den Besen im letzten Moment herum und bevor sie die Wasseroberfläche berührten, gewann der Besen an Fahrt und sie tauchten unter dem steinernen Brückenbogen durch.

Crutch rannte zur anderen Seite, beugte sich über das Geländer und schrie ihnen nach: »Das wirst du bereuen!«

Elliot drückte Cedrik den Koffer in die Hand, um den Besen besser durch den Nebel steuern zu können. »Oh Mann, war das knapp!«

»Wo ist Emily? Hast du Skye gesehen? Sie leben, habe ich recht?«

Elliot nickte. »Nachdem Emily ins Wasser gesprungen ist, dachte ich erst, es ist aus! Aber es hat nicht lange gedauert, da hat sie den Adler mit ihrer Schnauze aus dem Wasser gehoben und an Land bugsiert. Ich wusste gar nicht, dass sie das kann. Ein Seehund!?«

»Und der Krake?«

»Ein Riesenvieh! Ist im Nebel abgetaucht. Hat sich überhaupt nicht für die beiden interessiert. Aber ich fürchte, wir werden ihm heute Nacht noch einmal begegnen.«

Sie folgten dem Fluss ein Stückchen, bevor Elliot den Besen nach oben zog und sie in einer weiten Schleife und hoch über der Brücke zurück Richtung alter Hafen flogen.

Als sich der Nebel kurz lichtete, konnte Cedrik sehen, wie die Hexen zu den Autos eilten. Von Crutch und dem Doppling konnte er keine Spur mehr entdecken. »Beeil dich, Elliot! Schnell!«, rief er durch den Fahrtwind. »Sie greifen an!«

Kapitel 32

DER KRAKE

Sie hörten den Kampfeslärm schon aus der Ferne und als sie sich dem alten Hafen näherten, konnten sie die Feuerlanzen der Dornhexen blitzen sehen, die auf das Tor und die Verteidiger um Jonathan einprasselten.

Soweit Cedrik sehen konnte, hielt der Zauber die Samariter noch zurück. Alle, die nicht kämpften, hatten sich bis zum Haus, an das äußerste Ende des Piers zurückgezogen.

Elliot sprang vom Besen und rannte sofort zum Tor, um zu helfen. Als Cedrik ihm hinterherlaufen wollte, hörte er ein leises PLOPP! und Emily kam triefnass die Treppe vom Fluss hochgestapft. »Es geht ihr gut!«, rief sie schon von Weitem. »Sie ist weggeflogen, sobald ich sie aus dem Wasser geholt hatte, aber sie kommt sicher bald. Sie ist so tapfer!«

»Und du erst, Emily! Und verrückt!! Ich bin dir so dankbar, dass du sie rausgeholt hast, aber wenn der Krake euch beide …«

»Skye hat mich zuerst gerettet, schon vergessen? Und außerdem hatte der Krake überhaupt kein Interesse an uns! Er ist einfach abgetaucht. Ihm war völlig egal, ob mit oder ohne Skye. Er ist riesig, Cedrik. Riesig!«

Sie holte tief Luft, sah sich um und erfasste die Situation sofort. »Wir werden das Tor nicht lange halten können. Und der Krake ist auf dem Weg hierher. Ganz bestimmt! Wundert mich sowieso, dass er noch nicht da ist.« Sie warf einen Blick auf den Koffer in Cedriks Hand. »Sieh du zu, dass du eine Tür in der Nähe findest, die uns alle nach Hause bringt.«

Als sie losrannte, um die Verteidiger am Tor zu unterstützen, hörte Cedrik noch, wie sie murmelte: »Geben die Götter, dass das Buch auch wirklich da drin ist.«

Cedrik kniete sich hin und ließ die Messingschnallen des feinen Lederkoffers aufschnappen. Erleichtert atmete er aus. Das Buch war tatsächlich darin, eingewickelt in helles Leinen. Als er es vorsichtig herausnahm, spürte er, wie ein leichtes Zittern durch das magische Artefakt ging. Neugierig schlug er es aus seiner Verpackung. In Leder gebunden war es mit feinen Ornamenten versehen. Auf der Rückseite des Buches war mit goldener Farbe und feinem Strich der Kompass gemalt. Nur dass der Pfeil nicht nach Norden, sondern auf ein verschnörkeltes Symbol einer Pforte zeigte.

Das ist gar kein echter Kompass, dachte Cedrik verwirrt. Denn wie er das Buch auch drehte und wendete, der Pfeil zeigte immer stur auf das Symbol.

Wie soll man damit eine Tür finden?

Verwirrt schlug er das Buch auf – und seufzte schwer. Ganz bestimmt enthielt es eine detaillierte Auflistung aller Türen, mit genauer Beschreibung und Zutrittsempfehlungen, aber er verstand kein Wort. Er kannte nicht einmal die Buchstaben, mit denen es geschrieben worden war. Als er das Buch enttäuscht zuklappte, bemerkte er erneut das Vibrieren, dass ihm gleich zu Beginn aufgefallen war. Aufmerksam wog er das Buch in den Händen – und war verblüfft. Es zog ihn in eine bestimmte Richtung. Das Buch selbst war der Kompass. Er ließ seine Arme ganz locker. Es zog ihn zum Fluss. Ganz bestimmt. Der Kompass zeigte auf das Haus am Ende des Piers. Als Cedrik erstaunt aufsah, entdeckte er dort, am offenen Fenster stehend, die alte Szorobada.

Vielleicht hast du dich geirrt, dachte Cedrik voller Hoffnung. *Vielleicht wird heute niemand hier sterben.*

Er klemmte sich das Buch unter den Arm und rannte zum Tor, an dem die Werwölfe und die chinesischen Schwertkämpfer mit der Hilfe von Emily und Elliot die Hexen noch immer auf Abstand hielten. Noch.

Aissa und Basil standen am Fuß der Rampe und waren in eine heftige Diskussion verwickelt. Der Gaukler redete eindringlich auf die junge Priesterin ein. »Aber wenn sich die Wölfe nicht verwandeln, haben wir keine Chance!«

»Vielleicht schon«, rief Cedrik hoffnungsvoll. Als ihn Basil und Aissa erstaunt ansahen, redete er hastig weiter. »Es gibt eine Tür, genau hier, im Hafen! Unten, im Haus am Pier!«

»Wie bitte?« Basil runzelte die Stirn. »Natürlich sind da Türen ...«

»Nicht irgendeine Tür. Eine verwunschene Tür nach Mistle End! Wir können hier weg, wir alle! Versteht ihr? Wir müssen nur rausbekommen, welche Tür es ist, dann können wir nach Mistle End. Und wenn wir erst einmal dort sind, werden wir die Tür hinter uns zerstören und damit sichergehen, dass uns niemand folgt.«

Basil verstand endlich. »Das ist ...« Er zuckte zusammen, als eine besonders laute Explosion am Tor den alten Hafen erschütterte. »Wie lange brauchst du, um festzustellen, welche Tür die verzauberte ist?«

Cedrik zeigte ihnen das Buch. »Schwer zu sagen. Der Kompass ist nicht einfach zu lesen und außerdem habe ich noch nicht genau verstanden, wie sie –«

»Ich!«, rief Kiriakos. Er hatte sich unbemerkt zu ihnen gesellt und alles mit angehört. »Ich werde sie finden! Ich werde sie alle ausprobieren. Gib mir das Buch! Ich lass mich von ihm leiten!«

Cedrik gab ihm das Buch, ohne zu zögern. Dann kramte er einen Kieselstein aus seiner Hosentasche. »Hier, den brauchst du, damit du die Tür aktivieren kannst. Reise damit nach Mistle End und hol Hilfe! Beeil dich!«

Die Augen des jungen Fauns leuchteten auf und er hüpfte so schnell, wie nur ein Ziegenmann laufen kann, zum Haus.

Basil nickte entschlossen. »Dann müssen wir die Hexen nur noch so lange aufhalten, bis wir es hier rausgeschafft haben. Aissa, hilfst du uns jetzt oder nicht?«

Aissa biss sich auf die Lippen, bevor sie sagte: »Ich kann nicht den Mond rufen, aber ...« Sie atmete schwer. »Es gibt einen Loa, einen Gott in meiner Heimat. Na ja, nicht direkt. Er kommt aus Haiti. Meister Kalfou. Er zieht seine Kraft vom Mond, aber ich ...« Aissas Augen waren vor Angst geweitet. »... ich kann das nicht. Kalfou ist ...« Sie zog ihren Kopf ein und sah sich hektisch um, als das Tor, erneut von einer magischen Salve getroffen, dumpf dröhnte.

»Meister Kalfou ist nicht irgendein Gott. Er ist so was wie der Zwillingsbruder von Papa Legba, nur herrscht er nicht über den Tag, sondern die Nacht. Die Geister, die ihm unterstellt sind, sind ... böse!« Sie flüsterte. »Er ist der Vater aller Dämonen! Er ist der Grund, warum sich die Menschen vor Voodoo fürchten.«

Cedrik verstand ihre Sorge nur zu gut. Sie alle hatten gesehen, was schon Papa Legba angerichtet hatte, als er von ihr Besitz ergriffen hatte.

»Wenn ich ihn rufe, wird er von mir Besitz ergreifen.

Und er muss so lange in mir bleiben, bis wir den Mond und die Werwölfe nicht mehr brauchen. Aber was, wenn er nicht mehr gehen will?« Aissa verkrampfte die Schultern. »Die Szoroboda hat mich gewarnt. Wenn er zu lange bleibt, wird es für mich unmöglich sein, zurückzukommen.«

Basil warf einen verzweifelten Blick auf die Rampe, wo sich Jonathan und die anderen mit aller Kraft gegen das Tor stemmten. »Und du musst ausgerechnet jetzt anfangen, der alten Hexe zu glauben?« Er schrie wütend. »Wir können es nicht mehr halten, Aissa. Sie brechen jeden Moment durch!«

Die Situation am Tor war tatsächlich mehr als angespannt. Emily hatte sich in einen Bären verwandelt und lehnte sich brummend gegen die alten, metallenen Torflügel. Elliot stand auf der Mauer und feuerte abwechselnd Feuer- und Eislanzen in die Menge der Angreifer. Aber hätte er sich nicht just in diesem Moment hinter eine Brüstung geduckt, wäre er selbst von einem eiskalten Blitz getroffen worden. Als Cedrik das sah, spürte er einen feinen Stich im Herzen. Da war sie wieder. Die Angst.

»Dann werde ich dir helfen«, rief er aufgebracht. »Wenn du den Geist rufst, werde ich da sein. Und ihn aufhalten, wenn er zu mächtig wird. Und dich zurückholen!«

Aissa sah ihn ungläubig an. »Aber wie willst du ...«

»Ich habe keine Ahnung! Aber wir müssen es versuchen, oder? Wir haben keine andere Wahl!«

Aissa nickte schwach. Dann wandte sie sich an Basil. »Schnell, lauf in mein Zelt und bring mir mein Ritualmesser, Schießpulver und die Flasche Rum neben meinem Bett. Beeil dich!«

Basil nickte und rannte los.

Aissa kniete sich auf den Boden und ritzte mit einem Stein einen Kreis auf das Pflaster, mit einem Kreuz aus Pfeilen in der Mitte und allerhand Verzierungen.

»Schießpulver und Rum? Wofür das Messer?«, fragte Cedrik erstaunt.

»Die Götter meiner Heimat lieben Rum. Schießpulver bedeutet Macht. Und Blut ...« Aissa zuckte mit den Achseln.

Die wenigen Minuten, die verstrichen, bis Basil mit den Utensilien zurückkam, vergingen quälend langsam. Der Lärm am Tor wurde lauter, und als einer der Werwölfe aufschrie, weil es einer Dornhexe gelungen war, durch einen Riss im Metalltor den dahinterstehenden Mann zu verletzen, ging ihnen der Schmerzensschrei durch Mark und Bein.

Endlich war Basil zurück, Aissa nahm dem Gaukler das Messer aus der Hand, kniete sich auf den Boden und umfasste die nackte Klinge mit ihrer Faust. Sie schloss die Augen und zog das Messer mit einem schnellen Schnitt erst links, dann rechts über ihre Handfläche. »Jetzt das Schießpulver«, sagte sie mit schmerzerfüllter Stimme.

Vorsichtig ließ Basil das schwarzglänzende Pulver über

ihre blutenden Hände rieseln und Aissa unterdrückte ein Stöhnen.

»Gib mir einen Schluck Rum!« Als Basil sie verstört ansah, fauchte sie wütend. »Mach schon!«

Er hob ihr die Flasche Rum an die Lippen, sie nahm einen tiefen Schluck, spuckte ihn aber gleich wieder aus, über ihre Hände, die sie nun vor sich hielt wie zum Gebet. Als sie die Augen schloss und anfing in der Sprache ihrer alten Heimat vor sich hin zu murmeln, kniete sich Cedrik hinter sie. Er legte seine Hände auf ihre Schultern, schloss ebenfalls die Augen und betrat die goldene Welt.

Dort war alles so, wie er es erwartet hatte. Aber nur kurz. Denn das Licht von Aissa, die eben noch kräftig blau geleuchtet hatte, wie alle magiebegabten Wesen, wurde immer schwächer. Licht wurde zu Dunkelheit, wuchs und nahm immer mehr Raum ein.

Zu viel Raum.

Dann passierte es.

Aissa sprang auf und stieß Cedrik mit der Schulter nach hinten. Der Kontakt brach ab. Ihr ganzer Körper krampfte sich zusammen, sie drückte ihren Rücken durch und schüttelte wie wild Arme und Beine.

Cedrik sprang nun auch auf und wich einen kleinen Schritt zurück, ohne sie aus den Augen zu lassen. Sogar Basil nahm vorsorglich Abstand.

Die Krämpfe endeten so schnell, wie sie angefangen hatten. Aissa streckte sich, wiegte ihren Kopf hin und her und ließ die Arme hängen. Langsam drehte sie sich um – und grinste!

Cedrik erschrak, als er in ihr Gesicht sah. Ihre Augäpfel waren nach innen gedreht und das Einzige, was von ihren eigentlich bernsteinfarbenen Augen zu sehen war, war mit feinen Blutäderchen durchzogenes Weiß!

Der Gott, der von ihrem Körper Besitz ergriffen hatte, stolzierte vor ihnen auf und ab. Ihre ganze Haltung hatte sich geändert. Aus einem einfachen Grund: Ihr Körper war nicht mehr das Zuhause von Aissa, vor ihnen stand Meister Kalfou.

Der Gott rekelte sich, zufrieden mit sich und der Welt. »Ich rieche Blut. Ich schmecke Angst! Ich rieche ...« Er reckte die Nase in die Luft und schnupperte. »Ich rieche Tod!« Er lachte wild und das Lachen klang schrecklich hohl. »Oder bin ich das?« Er klang nicht wie Aissa. Dunkler. Rauer.

Er wirbelte herum und beugte sich zu Cedrik, kam ganz nah an sein Gesicht heran, sog die Luft durch die Nase und zuckte zurück. »Du bist das!« Er spuckte aus. »Nein, du bist nicht der Tod. Du stinkst nach Leben! Pah!!!«

Er ließ seinen Blick über den Pier gleiten und legte die Fingerspitzen seiner Hände aneinander. »Mal sehen. Ihr kämpft. Das ist gut. Ihr verliert. Das heißt Blut. Aber ... es geht zu schnell. Das ist ...«, er verzog sein Gesicht zu einer säuerlichen Grimasse, »... langweilig! Wie kann ich helfen?«

»Wir brauchen den Mond«, antwortete Basil heiser.

»Warum?« Der karibische Gott runzelte die Stirn.

»Warum sollte der Mond euch helfen? Es sei denn, ihr hättet ... oh!« Er strahlte. »Ihr habt Werwölfe in euren Reihen! Das sind wunderbare Neuigkeiten!«

Meister Kalfou fletschte die Zähne. Nein. Er lächelte. »Der Mond. Glanz der Nacht. Silberner Trost und stiller Begleiter, wenn die Sonne geht und der Tod erwacht.«

Die ganze Stimmung veränderte sich, und als Cedrik aufschaute, traute er seinen Augen nicht. Der Nebel war über ihnen aufgerissen und der Mond stand am nächtlichen Himmel. Klar, voll und rund warf er sein silbernes Licht auf den alten Hafen. Sofort brach Unruhe am Tor aus, Cedrik hörte die Rufe der Werwölfe. Erstaunen, Jubel, Wut, aber auch Angst. Er sah Elliot, der sich erschrocken an die Mauer presste, und Emily, die sich auf die Hinterbeine stellte und bedrohlich brummte.

Die Werwölfe begannen sich zu verwandeln. Sie krümmten sich, brachen in die Knie. Sie schrien, stöhnten, aus Haut wurde Fell, aus verkrampften Händen wurden Pfoten und bald gingen die Rufe in lautes Heulen über. Wolfsgeheul.

Die Dornhexen mussten ebenfalls den Mond gesehen haben. Vielleicht hatten sie auch gehört, was sich auf dieser Seite der Mauer abspielte, denn sie hatten ihre Angriffe unterbrochen.

Elliot richtete sich auf und riss triumphierend eine

Faust in die Luft. Dann lehnte er sich über die Brüstung der Mauer und brüllte in die Dunkelheit: »Ha, jetzt ist euch die Lust am Angriff vergangen, was? Ihr hättet euch eben vorher überlegen sollen, mit wem ihr euch anlegt!« Er lachte schallend, auch noch, als er sich geschickt fallen ließ, um einer wütend abgeschossenen Eislanze auszuweichen.

Cedrik war nicht zum Lachen zumute, auch wenn ihm der Anblick des eindrucksvollen Wolfsrudels eine gewisse Genugtuung bereitete. Die schwarzen Tiere strahlten eine Kraft aus, die gleichermaßen einschüchternd wie beruhigend wirkte.

Was ihn dagegen wirklich nervös machte, war das Kichern von Meister Kalfou. Nervös drehte er sich um ... und erschrak.

Im Mondlicht bemerkte Cedrik einen riesenhaften Schatten auf dem Fluss. Immer in Bewegung, mal groß wie ein Schiff, dann wieder kaum wahrnehmbar zwischen den Nebelschwaden und den Wellen. Doch als er ganz deutlich einen kräftigen Tentakel mit tellergroßen Saugnäpfen aus dem Wasser auftauchen sah, bestätigten sich seine schlimmsten Befürchtungen.

»Der Krake! Er ist hier!«

Meister Kalfou tanzte einen teuflischen Tanz auf dem Pier und die Nacht schien zu explodieren.

Ein schwarzer Jeep durchbrach krachend das Eisentor am Eingang und blieb schief über den niedergewalzten Torflügeln hängen. Sofort strömten unzählige blitzeschleudernde Dornhexen durch den Einlass auf die Rampe. Die Wölfe stürzten sich auf die Eindringlinge und ein heftiger Kampf entbrannte.

Der Kraken erreichte den Pier und die Nacht wurde vom Krachen hölzernen Planken erfüllt, als die schrecklichen Tentakel das Segelboot im alten Hafen zertrümmerten.

Cedrik klopfte das Herz bis zum Hals.

Ich muss ihn aufhalten! Er zerstört den Hafen!

Als Cedrik gerade zum Ende des Piers rennen wollte, traf eine Welle das Ungeheuer hart in die Seite und warf es zurück in den Fluss, spülte es raus aus dem Hafenbecken. Doch der Krake tauchte wieder auf, seine unfassbar langen Greifarme schnellten nach vorn und saugten sich am Pier fest, durchschlugen die Fenster des Hauses und schienen sich sogar im Haus selbst festzuhalten.

Der Fluss reagierte sofort mit einer wahren Flut an Sturzbächen und Fontänen, das Wasser prasselte auf das Monster ein, der Fluss schien mit aller Kraft am Ungeheuer zu zerren.

Was geht hier vor?

Dann sah Cedrik den Crannog. Er stand am Fuß der Treppe, wo er sie vorher abgesetzt hatte, mit ausgebreiteten Armen, umtost vom tobenden Wasser. Er war es, der den Fluss in den Kampf mit dem Seeungeheuer führte. Er war es, der den Kraken aufhielt.

Was hatte er gesagt? *Ich bin da, wenn ihr mich braucht.*

Die Gischt spritzte, der Fluss schäumte und die Themse hielt das Monster in Schach.

Doch die Erleichterung währte nur kurz. Als Cedrik das Krächzen der Raben hörte, lief es ihm eiskalt über den Rücken. Er schaute zurück zur Rampe und die Dankbarkeit, die er eben im Angesicht des kämpfenden Crannog empfunden hatte, verflog und machte Platz für Beklemmung und Furcht.

Crutch lief mitten durch die Kämpfenden auf ihn zu. Und was Cedrik im ersten Moment für eine schwarze Wolke hielt, die um ihn zu schweben schien, die ihn umhüllte wie eine unheimliche Aura, war in Wirklichkeit ein Schwarm Raben, die ihn umflatterten, ihn beschützten und jeden Verteidiger, der sich ihm in den Weg stellen wollte, mit schlagenden Flügeln, kratzenden Krallen und hackenden Schnäbeln aus dem Weg drängten. Als Elliot eine Feuerlanze nach Crutch schleuderte, warf sich ein Rabe vor ihn und ging getroffen in Flammen auf.

Seelenruhig schritt Crutch auf Cedrik zu. Um ihn herum tobte die Schlacht weiter und rechts und links fielen die Raben reihenweise den Gegenattacken der Verteidiger zum Opfer. Crutch schien es nicht zu kümmern, dass die Vögel für ihn ihr Leben gaben. Seine Augen ruhten auf Cedrik und in ihnen glomm der pure Hass.

Hektisch versuchte Cedrik, sich einen Überblick über die Situation zu verschaffen. Basil, Emily und die Wölfe kämpften an der Rampe gegen die Hexen und konnten sie immer noch zurückhalten. Elliot war inzwischen von den Raben selbst angegriffen worden, und hatte alle Hände voll zu tun, sich ihrer spitzen Schnäbel zu erwehren. Von Kiriakos, der ins Haus gerannt war und nach der Tür suchte, war keine Spur zu entdecken, während Aissa noch immer als Meister Kalfou ihren dämonischen Tanz tanzte und der Crannog den Kraken davon abhielt, vom Fluss her anzugreifen.

Crutch blieb ein paar Schritte von ihm entfernt stehen und die Raben wirbelten hinter ihm wie eine wilde, lebendige Wolke.

»Gib mir das Buch, Cedrik!«

»Warum sollte ich?«, erwiderte Cedrik zornig. »Damit du Mistle End angreifen kannst? Damit du dich an meinen Freunden rächen kannst? Wofür? Crutch, wofür?«

Crutch prustete verächtlich. »Freunde?! Fängst du schon wieder damit an? Wo sind sie denn, deine Freunde?«

In diesem Moment ertönte ein furchtbares Geheul. Die Wölfe hatten ihre Köpfe in die Nacken geworfen und heulten auf. Der Ruf der Tiere klang nach Triumph. Nach Sieg. Überrascht sah sich Crutch um.

Tatsächlich schienen die Werwölfe die Angreifer zurückgeschlagen zu haben.

Doch als in Cedrik schon die Hoffnung aufkeimte, sie hätten gewonnen, lachte Crutch spöttisch auf.

»Du glaubst doch nicht, ihr hättet eine Chance gegen

uns? Gegen mich, die Dornhexen ... und die Samariter?« Er grinste breit. »Dandelia muss inzwischen den alten Schutzzauber entfernt haben. Zeit, die Bühne für die anderen freizumachen.«

Und tatsächlich. Als hätten sie auf dieses Zeichen gewartet, huschten schwarze Schatten durch das zerstörte Tor und bewegten sich mit hoher Geschwindigkeit auf die Verteidiger zu. Die Vampire hatten die magische Grenze ohne Probleme überschritten. Der Zauber war gebrochen.

»Und jetzt gib mir das Buch, Cedrik. Dann werden wir euch verschonen. Ich verspreche es dir.«

Ein Teil in Cedrik wollte aufgeben, wollte ihm zeigen, wo das Buch zu finden war, da entdeckte er Elliot auf der Mauer, der ihm aufgeregt zuwinkte. Er brüllte und gestikulierte wild mit den Armen, aber Cedrik konnte ihn nicht verstehen.

»Es ist vorbei. Lass uns aufhören zu kämpfen, Cedrik. Das willst du doch. Frieden!« Crutch streckte die Hand aus. Die Raben umschwärmten sie nun beide und kamen Cedrik dabei bedrohlich nahe. Sie erschwerten ihm die Sicht auf die Rampe, aber was er zwischen den flatternden, schwarzen Flügeln sah, ließ ihn staunen.

Die Vampire griffen nicht an.

Er entdeckte Emily, die sich zurück in ihre menschliche Gestalt verwandelte und hastig auf einen von ihnen zuging, aber erst als er erkannte, wie sie einen der Vampire, ein großes Mädchen mit dunklen Dreadlocks, freudig umarmte, verstand Cedrik endlich.

SHIRLEY! Sie war mit ihren Freunden gekommen.

Crutch beobachtete ihn misstrauisch. »Warum lächelst du, Cedrik?« Er folgte seinem Blick und wurde bleich, als ihm klar wurde, dass es die Vampire rund um Shirley waren, die den Ring der Verteidiger verstärkten.

»Was, bei allen tausend Göttern, was macht sie denn hier?!« Crutch unterdrückte einen Fluch. Wütend wandte er sich wieder an Cedrik. »Genug. Gib mir jetzt das Buch. Wo hast du es? Sofort, Cedrik!«

Vorsichtig wich Cedrik zurück. Dass Shirley und ihre Getreuen ihnen endlich zu Hilfe geeilt waren, war eine gute Nachricht. Das hieß aber auch, dass die Samariter nun ebenfalls den alten Hafen betreten konnten. Und damit waren ihre Chancen erheblich gesunken.

»Es ist irgendwo hier, habe ich recht?« Crutch kam jetzt immer näher. Ungehalten. Bedrohlich.

»Crutch, hör zu: Zieh die Dornhexen zurück. Lass Basil und seine Leute in Frieden und wir beenden das alles hier einfach!«

Crutch brüllte zornentbrannt auf. »Du verstehst immer noch nicht, um was es geht. Aber gut. Dann wirst du eben mit der Schuld leben müssen. Deine Freunde werden hier nicht mehr lebend fortkommen. Niemals!«

»Was meinst du?«

Crutch schloss die Augen und verschränkte die Arme

vor der Brust. Die Raben wirbelten um ihn herum, zogen den Kreis immer enger, und bald war außer einem steten Strom schwarzer Flügel und glänzender Schnäbel nichts mehr zu sehen. Die Raben stoben auseinander und Crutch war verschwunden.

Panisch sah sich Cedrik um. Was hatte Crutch vor?

Die Raben schienen sich im Nebel zu zerstreuen.

Die Dornhexen dagegen griffen erneut an. Und diesmal hatten sie Verstärkung mitgebracht. Seite an Seite mit den Samaritern schritten sie durch das Tor, feuerten eine Salve Feuerlanzen nach der anderen ab, während sich die Werwölfe mit gebleckten Zähnen auf sie warfen und Shirleys Vampire die Samariter in brutale Zweikämpfe verwickelten. Die Schlacht war fürchterlich, beide Seiten kämpften gnadenlos und es dauerte nicht lang, bis es die ersten Verletzten gab. Noch schien der Crannog den tobenden Kraken im Griff zu haben, aber wie lange noch?

Cedrik war völlig überfordert.

Sollte er eingreifen?

Wie konnte er helfen? Wie?!

Und wohin war Crutch verschwunden?

Als Cedrik sah, wie Elliot auf ihn zulief, dachte er erst, er würde von Samaritern verfolgt, bis er verstand, was er ihm zurief: »Jonathan! Schnell, Cedrik! Er stirbt!«

Kapitel 33

EIN TANZENDER GOTT

Emily kniete auf dem Boden und hielt Jonathan. Sie hatten ihn vom Tor weggezerrt, fort von den heftigen Kämpfen, die noch immer tobten. Tränen flossen über ihr Gesicht. Der große schwarze Wolf lag ausgestreckt, die Beine eingeknickt, sein Oberkörper in ihren Armen.

Cedrik stürzte zu ihnen und packte John an einer Pfote. Er zuckte zusammen, als er spürte, wie seine Finger feucht wurden, ließ aber nicht los. Der Werwolf blutete stark, er schien bewusstlos und Cedrik spürte kaum einen Puls unter dem Fell.

»Ich habe alles versucht«, schluchzte Emily. »Zaubernuss, alle Tränke, alle Kräuter, die ich habe, aber es hilft nichts. Ich schaffe es nicht!«

Cedrik schloss die Augen und suchte nach dem Werwolf in der goldenen Welt. Er war erstaunt, als er John fand. Als Mensch lag er vor ihm. Sein Leuchten war nur noch ein Glühen, ein Schimmer, kaum wahrnehmbar. Und es wurde immer schwächer.

Es ist nicht zu spät! Es darf nicht sein! Ich darf nicht zu spät gekommen sein!

Cedrik legte die Hand auf die Erde und konzentrierte sich. Er flehte, er bettelte und warf alle Kraft, alle Energie, die er fand, auf John.

Bitte! Bitte! Lass ihn nicht sterben!

Er sah, wie die Energie von seinen Händen auf John übersprang. Aber sie blieb nicht bei ihm. Wann immer sie auf seinen Körper traf, wurde sie blasser und löste sich auf. Verschwand einfach.

Nein!

Er öffnete die Augen wieder und sah in Emilys tränenüberströmtes Gesicht. Ihre Hände hatte sie in das Fell des Tieres vergraben.

»Es funktioniert nicht«, presste er unglücklich zwischen den Zähnen hervor.

Meister Kalfou stolperte brüllend auf sie zu.

Erstaunt wich Cedrik zurück.

Aissa?

Sie zuckte und schrie wie ein Tier, Schaum vor dem Mund. Sie verdrehte ihre Gliedmaßen, lief gekrümmt, wie in starken Schmerzen. Sie stöhnte, gurgelte Wörter in einer fremden Sprache und auf einmal meinte Cedrik in dem undeutlichen Gestammel immer wieder einen Namen zu hören: »Jonathan!«

Und endlich begriff Cedrik. Aissa kämpfte mit Meister Kalfou. Sie wollte zurück in ihren Körper!

Schnell konzentrierte er sich und stellte sich in der goldenen Welt Meister Kalfou in den Weg.

Der Gott der Nacht schien weder zu brennen wie das Leben oder die goldene Kraft der Erde, noch schimmerte er blau wie die magiebegabten Wesen. Dunkel stand er vor ihm, in einem alles verzehrenden, wirbelnden Schwarz. Sein Gesicht war eine hässliche Fratze aus schwarzen Schatten, die waberten und sich gegenseitig zu verschlingen schienen.

»Was willst du?«, brüllte ihn der Gott an, kaum hatte er Cedrik entdeckt. »Das geht nur mich und das Mädchen etwas an!«

»Sie will, dass du gehst!«, rief Cedrik zurück.

»Na und?«, erwiderte Meister Kalfou kalt. »Wen kümmert's?«

»Verschwinde! Du hast deinen Spaß gehabt!«

»Spaß?!« Der Gott lachte. Hart und peitschend. »Der Tod ist pure Notwendigkeit, verstehst du? Das hat mit Spaß nichts zu tun. Wenn das Leben geht, komme ich an die Reihe!«

Da erinnerte Cedrik sich an etwas, was Kalfou gesagt hatte, vorher, als er erschienen war. Wie hatte er ihn genannt? Leben?

Er ging einen Schritt auf den Gott zu. Der fauchte.

»Wenn du keinen Spaß mehr hast ...«

Und noch einen Schritt.

»... wenn du genug hast, von all dem hier ...«

Der Gott brauste auf. »Zurück! Komm mir nicht zu nahe!«

Cedrik ging unbeirrt weiter und bei jedem Schritt, um den er den Abstand zwischen ihnen beiden verringerte, spürte er ein Vibrieren, ein Knistern wie von Strom.

»... wenn das Leben dich stört ...«

Der Gott begann zu grollen, zu spucken und zu keuchen.

»... dann wird es Zeit, dass du gehst!«

Der Gott brüllte wütend: »Niemals!«

Cedrik brüllte zurück: »Ich hab so die Schnauze voll vom Tod!« Er legte blitzschnell seine Hand auf die Brust des Gottes. Ein greller Blitz, ein dunkler Knall, und Cedrik und Kalfou wurden mit Wucht zurück in die Welt auf dem Pier geschleudert. Er fiel nach hinten und landete auf dem Boden. Ihm gegenüber kniete Aissa, eine Hand auf den Steinen abgestützt. Ihre Augen weit aufgerissen. Aissas Augen. Bernsteinfarben.

Sie sprang auf und hastete zu Emily und dem Werwolf, brach neben ihm in die Knie. Sie wollte ihn streicheln, schien zu zögern, als wagte sie nicht, ihn zu berühren und stammelte nur immer wieder das eine Wort: »Jonathan!«

Elliot schreckte auf und zeigte zum Fluss. »Cedrik! Der Krake ...«

Doch Cedrik beachtete ihn gar nicht. Er starrte weiter hoch konzentriert auf die Szene vor sich. Er schnappte nach Luft. »Aissa! Du! Du bist es!« Er ballte vor Begeisterung die Faust. »Du bist diejenige, die mir helfen wird, den Kraken zu besiegen!«

»Was sagst du?!«, fragte Aissa scharf.

»Du wirst uns retten, Aissa. Der tanzende Mond! Das weinende Kind! Mir hat die Szorobada gesagt, dass ich Erde vom tanzenden Mond bekommen werde, die mir ein weinendes Kind schenken wird!«

Aissas Blick wurde unstet, schien zu flackern.

»Was hat die Szorobada damit gemeint? Aissa?! Welche Erde?!«

Sie kniff die Augen zusammen, leckte sich über die Lippen. »Ich ... die ... ich weiß nicht!« Sie zitterte am ganzen Leib.

Cedrik packte sie an der Schulter. »Aissa, bitte! Hilf mir. Was kann sie damit gemeint haben?«

Aissa schob ihn weg, starrte ihn an. Wild. Keuchend. Dann begann sie hektisch an einem Lederband um ihren Hals zu nesteln. »Warte!«

Elliot kniete sich nun selbst neben Cedrik auf den Boden und sprach eindringlich auf ihn ein. »Cedrik, du musst mir zuhören! Ich glaube, Crutch hat den Crannog getötet!«

Geschockt wandte sich Cedrik an seinen Freund. »Was sagst du?!«

In Elliots Gesicht war die pure Angst. »Der Krake, Cedrik! Der Crannog ist weg!!!«

Cedrik bekam Panik, wusste nicht, was er tun sollte, wollte aufstehen, aber Aissa packte Cedrik mit erstaunlicher Kraft am Handgelenk. Sie zog einen kleinen Lederbeutel unter ihrem Hemd hervor, und löste ihn hastig von der Schnur. »Hier, probiere das! Versuch es damit! Bitte!«

Sie ließ feine, trockene Erde auf seine Handfläche rieseln. »Das ist Erde aus meiner Heimat. Aus dem heiligen Hain meiner Großmutter. Tu es, Cedrik!« Sie drückte ihm das Ledersäckchen in die Hand und brüllte. Verzweifelt. Fordernd. Voller Hoffnung. Und voller Wut. »Meine Großmutter hat diese Erde um die ganze Welt getragen! Das muss doch irgendeinen Sinn gehabt haben!«

Cedrik stockte der Atem.

Erde vom tanzenden Mond, geschenkt von einem weinenden Kind.

»Cedrik, wir müssen jetzt ...«

»Gleich, Elliot. Gleich!«

Er schloss die Augen und konzentrierte sich auf die goldene Welt in seinem Innern – und auf die Erde in seiner Hand.

Er schnappte nach Luft. Die Energie überstrahlte alles, was er bisher in dieser Welt gesehen hatte. Das Licht war gleißend, rein und unvorstellbar kraftvoll.

Er konzentrierte seine Gedanken auf Jonathan. Im nächsten Moment schien sich die Welt um ihn in Licht aufzulösen, eine gewaltige Welle erfasste ihn, warf ihn fast von seinen Füßen, aber er blieb stehen. Er legte seine lodernde Hand auf den Leib des Werwolfes und erschrak heftig, als das Licht in seinem Inneren zu explodieren schien.

Er riss seine Augen auf und blickte auf Aissa und Emily, die ihn angsterfüllt anstarrten. Dann erschraken beide. Der Wolf in ihren Armen verkrampfte sich, Fell, Klamotten und wilder Bartwuchs wirbelten durcheinander.

Er verwandelte sich!

Die Wunden schienen sich zu schließen, aus Krallen wurden Finger und Fell wurde zu Haut. John stöhnte. »In meinem Kopf jaulen tausend Welpen.« Er griff sich an die Stirn. »Emily, bist du das? Wieso lieg ich in deinen Armen?« Der zurückverwandelte Werwolf rappelte sich auf und wollte verlegen aufstehen, war aber noch immer viel zu schwach und sank zurück. Er lallte leise vor sich hin. »Ist der Mond verschwunden?«

Erschrocken sah Cedrik nach oben. Der Mond! Er wurde immer blasser! Es konnte nicht mehr lange dauern, und die Werwölfe würden sich zurück in Menschen verwandeln. Er wollte sich nicht vorstellen, was das für sie bedeuten würde.

Schnell hängte er sich das Ledersäckchen mit der Erde um den Hals. Er nickte Aissa dankbar zu, bevor er aufsprang. »Schnell, Elliot! Wir müssen uns beeilen!«

Zusammen rannten sie ans Ende des Piers und starrten auf den Fluss. Dort, wo eben noch der Crannog gestanden hatte und das Monster im ewigen Auf und Ab der Wellen gefangen gehalten hatte, lag der Fluss nun wieder wie unbewegt. Träge strömte er unter dem Nebel dahin. Irgendetwas stimmte ganz und gar nicht.

»Wo ist Crutch! Wo sind sie alle hin?«, fragte Cedrik aufgewühlt.

»Ich hab keine Ahnung«, antwortete Elliot. »Seine Raben haben den Crannog angegriffen. Die haben sich alle auf einmal auf ihn gestürzt. Der ganze Schwarm. Ich hab noch gesehen, wie ihn der Krake gepackt hat, aber dann waren sie beide weg.«

Cedrik hatte einen Kloß im Hals.

Sie sind nicht weg. Nicht beide. Nur der Crannog.

Mit einem Mal wölbte sich der Fluss, brach auf, und der Kraken stand für einen kurzen Moment über der Themse. Er hatte seinen riesenhaften Leib aus dem Fluss gehoben, das Wasser strömte an ihm herab, sein blaurot glänzender Körper war mit Algen, Schlamm und Müll bedeckt, die Tentakel krümmten sich über den Wellen, die roten Saugnäpfe öffneten und schlossen sich wie hungrige Münder. Die Augen der Bestie, Scheiben wie aus schwarzglänzendem Marmor, starrten blank auf Cedrik. Das Rauschen des herabströmenden Wassers und das Platschen der Würgearme auf den Wellen waren die einzigen Geräusche, die Cedrik hören konnte. Das Monster selbst blieb stumm.

Dann schlug der Krake zu. Die Arme krachten wie Baumstämme auf den Pier, trafen das Haus, durchschlugen einen Balkon, rissen eine Wand ein. Splitter und

Steine flogen durch die Luft, Holz zerbarst, dort, wo ein Stromkabel durchtrennt wurde, stoben Funken durch die Nacht.

Cedrik sah voller Entsetzen, wie der Körper einer Frau, in einen weißen, flatternden Bademantel gehüllt, in den Fluss geschleudert wurde. Dann traf ihn ein herabstürzender Balken an der Schulter und fegte ihn vom Pier in das eiskalte Wasser der Themse.

Kapitel 34

DIE KRAFT DER ERDE

Cedrik schluckte Wasser. Es war überall. Um ihn herum, über ihm, unter ihm. Er wurde umhergewirbelt, seine Lungen schmerzten, er musste husten, schluckte aber nur noch mehr. Panik stieg in ihm auf. Er öffnete die Augen, versuchte zu erkennen, wo oben, wo unten war, wollte auftauchen, aber hatte im eisigen, dunklen Wasser völlig die Orientierung verloren.

Mit einem Mal spürte er einen harten, schuppigen Leib, der an ihm vorbeistreifte und sich schließlich unter ihn schob. Instinktiv klammerte sich Cedrik mit der freien Hand fest, mit der anderen hielt er noch immer das Ledersäckchen mit Aissas Erde fest umschlossen. Er spürte Schuppen und Muskeln, wie von einem riesenhaften Reptil. Er spürte, wie sich der Leib unter ihm schlängelte, wie er schneller wurde, und nur einen Moment später durchbrach er die Wasseroberfläche. Er schnellte durch die Wellen und schnappte nach Luft. Er ritt auf einer gigantischen Schlange!

Er saß kurz hinter dem Kopf, den das Tier leicht aus dem Wasser gehoben hatte, während es mit ihm auf dem Rücken durch den aufgepeitschten Fluss schwamm.

Die Schlange drehte den Kopf kurz in seine Richtung, und er sah gewaltige Giftzähne, zwischen denen eine gespaltene Zunge zischend züngelte. Sie sah ihn an. *Sssssszz! Hallo Erdenjunge!*

Die Stimme! *Sarawati? Bist du das? Was ...*

Ich bin eine Naga, schon vergessen?

Die indische Flussgöttin hatte ihn gerettet. Die Gischt spritzte Cedrik ins Gesicht und er musste wieder husten. Die Stimme der Schlange zischte in seinen Gedanken. *Halte dich fest, Freund der anderen!*

Die Riesenschlange machte eine große Kurve und hielt wieder geradewegs auf den Pier zu. Der Krake hatte sich bereits halb auf die Mauer gezogen, und näherte sich nun von hinten den Verteidigern an der Rampe. Halb im Wasser, halb auf der Befestigung, walzte sich das Monster Richtung Tor. Elliot schoss Feuerlanzen auf das Ungeheuer, während Emily half, die Kinder und Schutzlosen in dem, was noch vom Haus übrig war, in Sicherheit zu bringen.

Sarawati hatte Cedrik ganz nah an den Pier gebracht, und er kletterte von ihrem Rücken auf den Kai.

Die Naga legte ihren Kopf auf die steinerne Mauer und

sah ihn an. Ihre Schuppen schillerten in allen vorstellbaren Grün- und Blautönen. Ihr Gesicht war mit feinen silbernen Linien nachgezeichnet, ihre Augen schimmerten Türkis.

Die Ssszzzorobada ist tot.

Die Nachricht schockierte Cedrik so sehr, dass er für einen Moment die Luft anhielt. Er wusste, dass Crutch mit der Entfesselung dieses Monsterkraken eine Grenze überschritten hatte, von der es kein Zurück gab. Aber der Tod der alten Wahrsagerin hatte endgültig alles geändert.

Er schaute zum Tor. Es war nur noch eine Frage der Zeit, bis ihre Verteidigung zusammenbrach, ohne den Mond, überwältigt vom nicht enden wollenden Strom der gemeinsam kämpfenden Dornhexen und Samariter. Dann würde es noch mehr Kummer geben. Noch mehr Leid. Und noch mehr Tote.

Ich bin so müde.

Er richtete sich auf und suchte nach dem Ziegenmann. Wenn Kiriakos die magische Tür nicht bald fand, wäre es um sie geschehen. Sein Herz schmerzte, aber er musste nun tun, wovor er sich schon so lange gefürchtet hatte.

Er legte eine Hand auf den schillernden Kopf der Schlange.

Ich werde deine Hilfe brauchen, Sarawati. Aber es ist gefährlich. Sehr gefährlich.

Die Schlange hob ihren Körper. Groß und glänzend stand sie über ihm, musterte ihn aus geschlitzten Reptilienaugen und ließ ihre Zunge schlängeln. *Wasss kann ich tun?*

Cedrik lächelte traurig. Er betrat noch einmal die goldene Welt und nutzte die Kraft der heiligen Erde aus Aissas Heimat, um Sarawati alles zu geben, was sie benötigte, um seine Bitte zu erfüllen. Als er getan hatte, was getan werden musste, drehte sich die Naga um und tauchte zurück in den Fluss.

»Crutch!« Cedrik brüllte den Namen seines ehemaligen Freundes in die Nacht. »Zeig dich endlich! Wir zwei sind noch nicht fertig!«

Ein Rabe flatterte herbei und setzte sich auf die Mauer neben Cedrik. Er legte den Kopf schief und sah ihn an. Dann landete noch einer. Und noch einer. Es wurden immer mehr.

»Du kommst zu spät, Cedrik«, vernahm er die Stimme des anderen Druiden hinter sich. Sie war kalt und abweisend.

Er drehte sich um. Crutch stand hinter ihm, in seinem eleganten schwarzen Anzug und beobachtete ihn.

Er ist enttäuscht.

»Es ist nie zu spät, Crutch«, sagte er sanft. »Lass es uns beenden. Hier und jetzt.«

Crutch schnaufte spöttisch. »Und wie sieht dein Ende wohl aus? Dass ich mich ergebe? Den Clowns und einer verlorenen Vampirprinzessin?« Seine Stimme klang hämisch. »Oder etwa dir?« Er richtete sich auf. »Wie lange, glaubst du, halten die jämmerlichen Werwölfe den Angriffen noch stand? Oder deine Vampirfreunde?«, drohte er. »Wir sind viel mehr als ihr. Willst du es nicht verstehen?«

Er droht nicht. Er fleht.

Crutch zeigte zum Fluss, in dem noch immer der Krake tobte. »Und selbst wenn ihr uns aufhalten könnt, das dort ist ein Ungeheuer, so stark, so uralt und mächtig, dass niemand es besiegen kann. Und ich habe es erschaffen, Cedrik! Ich! Mit der Kraft der Erde!« Er sprach jetzt wie im Wahn.

Cedrik schüttelte traurig den Kopf. »Das war ein Fehler, Crutch! Der Krake hat bereits einen Menschen getötet! Und wo ist der Crannog? Was hast du mit ihm gemacht?«

Crutch wirkte verstört. »Ein Fehler? Aber ...« Dann wurde sein Ton gehässig, auf seinem Gesicht zeigte sich pure Verachtung. »Der Crannog? Wer ist das schon. Ein Niemand! Was weiß ich, wo er ist. Wahrscheinlich ist er tot.« Er lachte. »Liegt irgendwo bei den Fischen. Wo er hingehört!«

Was über den Lauf der letzten Wochen, Tage und Stunden, immer mehr Risse bekommen hatte, und woran Cedrik immer mühsamer festgehalten hatte, brach mit den letzten Worten endgültig entzwei. Ein Gefühl von Zusammengehörigkeit oder nein, eher die Sehnsucht danach.

Cedrik wusste, dass nun der Moment gekommen war und er stark sein musste. Nicht nur für sich. Sondern auch für alle anderen. »Wenn du den Kraken und die Dornhexen nicht zurückrufst, werde ich es tun.«

»Du?!«, rief Crutch fassungslos. »Hast du den Verstand verloren, Cedrik? Du hast keine Chance gegen mich.«

»Ich habe etwas, was du nicht hast.«

»Und was wäre das?«, fragte Crutch spöttisch.

Jetzt.

Cedrik holte noch einmal tief Luft. »Ich habe Freunde, die auf mich aufpassen. Und um die ich mich kümmere.« Er umklammerte mit einer Hand die Kiesel in seiner Hosentasche. Mit der anderen hielt er noch immer das Säckchen mit Aissas Erde. Erstaunt stellte er fest, dass ihm auch der kleine Stein aus ihrem Garten Kraft gab. »Ich habe eine Heimat, in der ich Wurzeln geschlagen habe. Und ich habe die Erde eines tanzenden Mondes, die mir ein weinendes Kind geschenkt hat.«

»Wie bitte?!«

Greif an. Jetzt.

Eine riesige Gischtwelle brach über dem Pier zusammen, als sich der silbern schillernde Leib der Riesenschlange aus dem Fluss hob und auf den Kraken warf. Erschrocken sprang Crutch zurück und versuchte zu verstehen, was gerade passierte.

Die Naga hatte sich auf Cedriks Zeichen hin auf den Kraken gestürzt. Das war es, worum er sie vorhin gebeten hatte. Aber nicht nur das. Er hatte sie mit der Hilfe von Aissas Erde noch größer, noch schneller und noch stärker gemacht, als sie ohnehin schon war.

Und sie wuchs noch immer weiter.

Cedrik schloss die Augen und betrat die goldene Welt. Die Naga war aus dem Fluss geschnellt und hieb ihre langen Fangzähne in die Tentakel. Sie war wie flüssiges Licht. Sie war dem Kraken größenmäßig nun mindestens ebenbürtig, bewegte sich aber dabei mit so hoher Geschwindigkeit, dass schnell klar war, dass der Krake keine Chance hatte. Immer und immer wieder biss sie zu, spritzte ihr Gift in die Arme und den Körper des Ungeheuers. Und wenn der Krake sie mit seinen Tentakeln packen wollte, wand sie sich aus seinem Würgegriff und biss erneut zu.

Crutch rannte zum Kampfplatz, wollte dem Kraken beistehen, doch Cedrik hatte damit gerechnet und kam ihm zuvor.

Als Crutch zum magischen Schlag ausholte, nahm er all die Magie, all die Kraft, die ihm der kleine Kiesel aus Mistle End und das Säckchen mit der geweihten Erde verliehen hatten und schleuderte sie Crutch entgegen.

Der Zusammenstoß der beiden Druidenkräfte war so gewaltig, so voller Energie, dass die Zeit für einen kurzen Augenblick überrascht stehen zu bleiben schien.

Crutch sah ihn an.
Verblüfft.
Und dann stolz.
Und traurig.

Die Kraft der afrikanischen Erde und der Zauber des kleinen Kieselsteines, der für Cedrik so viel mehr als ein magischer Schlüssel für die Heimreise war, waren stärker als die wütende, verzehrende Kraft von Crutch. Er wurde durch die Luft geschleudert und prallte hart auf dem Steg auf. Er überschlug sich, schlitterte über den Boden, und fiel vom Pier in die tobende Themse.

Cedrik zögerte nicht, er lief sofort los, rannte die rutschigen Stufen nach unten und bekam Crutch zu packen, bevor ihn der Fluss fortriss. Er hielt ihn fest, doch die Strömung war stärker, als er erwartet hatte, und ihre Hände rutschig von Wasser und Dreck. Das Wasser umspielte Crutchs Gesicht. Sie sahen sich an.

Cedriks Herz klopfte schmerzvoll in seiner Brust. Das hatte er alles nicht gewollt. »Crutch, halt dich fest, ich ziehe dich raus!«

Doch Crutch schloss seine Augen, und es sah so aus, als ob er den Kopf schüttelte. Er wollte seinen Griff lösen, aber Cedrik hielt ihn weiter fest.

Der Fluss zog an Crutch, nicht schnell, aber kraftvoll. Er wehrte sich nicht, versuchte nicht, dagegen anzukämpfen, ließ sich vom Wasser tragen. Dabei schaute er Cedrik, der immer noch mit aller Kraft seine Hand umklammert hielt, ununterbrochen an. Crutch schluckte Wasser, musste husten, aber er ließ ihn nicht aus den Augen.

Bis zu dem Moment, in dem sich ihre Hände voneinander trennten. In dem Cedrik ihn nicht mehr halten konnte.

Das Wasser nahm Crutch mit sich, zog ihn fort, in die Dunkelheit. In den Nebel.

Kurz bevor er ihn aus den Augen verlor, meinte Cedrik das Krächzen von Raben und das Flattern unzähliger Flügel zu hören.

Dann war Crutch verschwunden.

Nur wenig später ließ der geschwächte Krake von seinen Angriffen ab und floh in die dunklen Tiefen des kalten Wassers, verfolgt von einer wütend tobenden Naga.

Der Fluss lag schwarz und still. So friedlich.

Müde und leer sank Cedrik in sich zusammen.

Warum höre ich keine Schreie mehr, vom Tor? Haben sie uns besiegt? Haben die Dornhexen gewonnen?

Er bemerkte gerade noch das vertraute Rauschen von Adlerflügeln neben sich, als er schließlich kurz das Bewusstsein verlor. Vor Erschöpfung.

»Cedrik? Cedrik!«

Mühsam öffnete er die Augen.

Er kauerte auf den Stufen am Pier, im Schatten der zertrümmerten Mauer, und Tränen liefen über sein Gesicht.

Skye saß mit aufgeplusterten Federn neben ihm auf der Mauer.

Kiriakos, der Faun, stand vor ihm und sah ihn besorgt an. »Ich habe die Tür gefunden«, sagte er mit leisem Stolz in der Stimme. Dann fügte er hinzu: »Und ich habe die Paladine mitgebracht!«

Kapitel 35

DAS FESTMAHL

»Aber das ist ein Wald! Ein richtiger Wald! In einer Kirche!« Er sah sich erstaunt um. Sie standen im Innern der ehemaligen Kirche von Mistle End – aber vor ihnen flatterten Schmetterlinge durch feine Sonnenstrahlen und Vögel zwitscherten in den Zweigen über den Festgästen. Vampire, Hexen, Elfen, Zwerge und viele andere magische Wesen schlenderten friedlich im Schatten der Bäume umher, aßen, lachten und tranken. Die Sonne brach durch die Blätterkronen des lichten Birkenwaldes und funkelte am Frühlingshimmel.

»Was stehst du so rum und glotzt?« Emily kicherte und boxte Cedrik auf den Arm. »Jetzt komm schon. Leute, ich habe so einen irren Hunger!«

»Du hast Hunger?«, fragte Elliot verblüfft.

»Natürlich!«, erwiderte Emily grinsend. »Irgendwann muss ich schließlich auch mal was zu essen kriegen.«

Cedrik blieb wie angewurzelt stehen. So etwas hatte er noch nie gesehen. Das Gebäude um sie herum war, wie fast alle alten Kirchen in den Highlands, aus schwerem, grob behauenem Stein gebaut und musste aus einer Zeit vor den Hexen stammen. Doch im Innern des großen Kirchenschiffs standen unzählige Bäume und bildeten so diesen magischen Hain.

»Gottesdienste gibt es hier schon seit vielen Hundert Jahren keine mehr. Dafür haben wir diesen Festwald gepflanzt und die Decke verzaubert. Hier scheint immer die Sonne«, erklärte Elliot schmunzelnd.

Er zog Cedrik mit sich und sie tauchten ein in das bunte Treiben der alten und neuen Bewohner von Mistle End. Die magische Gemeinschaft hatte sich heute hier versammelt, um bei einem rauschenden Festmahl die Ankunft der neuen Bewohner des Tollkirschenviertels zu feiern. Jeder hatte Speisen aus seiner Heimat mitgebracht, dazu gab es selbst gepressten Apfelsaft, süßen Tee mit Karamell und heiße Milch mit Honig.

Endlich fanden sie den Stand, an dem Sarawati ihr Curry verteilte. Seitdem sie es bei ihrem ersten Besuch im alten Hafen probiert hatten, schwärmte Elliot von dem feinen, indischen Essen. Als die Naga Cedrik und seine Freunde erkannte, nickte sie ihnen freundlich zu und klatschte ihnen besonders große Portionen auf die Teller. Sie hatten kaum gesprochen, seit sie in Mistle End angekommen waren, aber das mussten sie auch nicht. Nachdem sich die Naga wieder zurück in ihre menschliche Gestalt verwandelt hatte, verband sie die Tatsache, dass sie gemeinsam einen schrecklichen Feind besiegt hatten. Es war für sie beide nicht einfach gewesen. Aber notwendig.

Cedrik lächelte dankbar und setzte sich mit seinen Freunden auf eine der Bänke, die unter den Bäumen aufgestellt worden waren.

»Das ist so lecker!«, schwärmte Emily schmatzend.

Das Curry war wirklich fantastisch. Cedrik seufzte. Nicht vor Kummer, sondern vor Erleichterung. Weil sie es geschafft hatten. Er sah sich um. Sie waren alle da, manche verletzt, aber die meisten wohlauf. Seine Freunde. Die Gaukler. Die Hexen von Mistle End. Ihnen allen war die Erleichterung ins Gesicht geschrieben. Und die Dankbarkeit.

Er lachte auf, als er seinen Vater entdeckte, mit vor Aufregung geröteten Wangen, in ein Gespräch mit Kiriakos, dem Faun, vertieft. Sein Vater war seit der Ankunft der Wesen aus den unterschiedlichen Ländern völlig aus dem Häuschen gewesen. Die Möglichkeit, mit all den Wesen und Kreaturen, die er nur aus Büchern kannte, selbst zu sprechen, machte ihn überglücklich.

Und in Kiriakos hatte er eine schier unerschöpfliche Quelle für alle seine Fragen über die griechische Mythologie gefunden. Cedrik freute sich, dass er sich so gut mit seinem Vater verstand. Er mochte Kiriakos. Er war es gewesen, der, nachdem er endlich die verwunschene Pforte gefunden hatte, die Paladine um Alastair zu Hilfe gerufen hatte. Mit ihrer magischen Unterstützung war es dann gelungen, die Dornhexen und die Samariter im alten Hafen gerade so lange in Schach zu halten, bis sie es alle durch die Kellertür des Hauses nach Mistle End geschafft hatten.

Cedrik nahm einen weiteren Löffel von dem köstlichen Curry, als ihm jemand kräftig auf die Schulter klopfte und er sich heftig verschluckte.

»Ho, langsam, großer Druide! Keine Eile, ich esse dir nichts weg, versprochen!« Jonathan Jackelby setzte sich rittlings auf die Bank neben ihn und grinste ihn an. Er hielt ihm seine schwielige Hand hin. »Ich wollte mich bei dir bedanken, Cedrik. Ich glaube, du hast nicht nur mir das Leben gerettet.«

Verlegen ergriff Cedrik die Hand des Werwolfs und lächelte, überrascht von der Sanftheit des Muskelprotzes.

»Hättest du Crutch und den Kraken nicht im richtigen Moment erledigt, wäre es böse ausgegangen.«

»Ich war das nicht allein. Wir waren das alle gemeinsam.«

Jonathan nickte. »Ja. Wir alle. Dank deiner Hilfe, Druide.«

Emily kaute nachdenklich auf ihrem Essen. »Wie macht ihr das jetzt eigentlich? Ich mein, bei Vollmond. Müssen wir uns dann von euch fernhalten?«

Jonathans Miene erhellte sich. »Oh, ich freue mich so auf den ersten Vollmond hier! Ao'Taeras hat mir erzählt, dass es hier in den Bergen ein kleines Wolfsrudel gibt.

Wenn das nächste Mal der Vollmond aufgeht, werden wir in den Hügeln sein. Und uns dem Rudel anschließen. Wenn sie uns lassen. Das wird aufregend.«

Ao'Taeras hatte sich mit Basil um die Unterbringung der Neuankömmlinge gekümmert. Nach dem Auszug der Dornhexen waren viele Häuser im Dorf leer gestanden und der Rat von Mistle End hatte beschlossen, den heimatlosen Mitgliedern des Zirkus Bleiberecht anzubieten. Denn auch wenn für den Augenblick alle aufatmen konnten, hatte der Angriff auf den »Circus Paradise« doch schreckliche Wunden gerissen. Die alte Szorobada war tot und vom Crannog gab es keine Spur. Die Heimat der Gaukler im alten Hafen war zerstört und mit der Flucht von Shirley und ihren Freunden hatten die Samariter London nun vollständig in ihrer Gewalt.

Alastair hatte unmittelbar nach ihrer Ankunft das Buch der verschollenen Pfade und eine Handvoll begabter Paladine genommen und war mit ihnen zu jeder einzelnen Londoner Tür gereist, um zu sehen, ob sie von der dunklen Allianz benutzt werden konnte. Sie zerstörten viele Durchgänge und die wenigen, die sie nicht versiegelten, wurden scharf bewacht.

»Habt ihr das gesehen?« Elliot kramte eine zerknitterte Ausgabe der Londoner Times aus seiner Manteltasche.

»Woher hast du die?«, fragte Emily neugierig, immer noch fröhlich vor sich hin schmatzend.

»Ich habe sie mir von McKanaghans Treppenabsatz

ausgeliehen. Er holt sie sich immer beim Tabak&Tee-Laden in Brimthistle.«

»Schreiben sie was über den Kampf am alten Hafen?«, fragte Cedrik neugierig.

Er zog eine Schnute. »Nein, nicht wirklich. Die berichten nur von ungewöhnlich starkem Nebel über der Themse und einer Gasexplosion im alten Hafen, bei der sich ein Großaufgebot von Rettungskräften vor Ort versammelt hatte.«

»Natürlich waren da Rettungskräfte. Das waren alles die blöden Samariter!«, empörte sich Emily.

Elliot grinste breit. »Außerdem hat wohl irgend so ein Hobbyastronom die Königliche Akademie der Wissenschaften gestürmt und von einem Spiegelmond berichtet.« Er lachte vergnügt. »Das ist wohl eine extrem seltene, nächtliche Fata Morgana. Weil er aber keinen Beweis hatte, haben ihn die Wissenschaftler nicht weiter ernst genommen und rausgeschmissen! Abgefahren, oder?«

»Er hat Meister Kalfous Mond gesehen«, sagte Jonathan und nickte ehrfurchtsvoll. »Wie geht es ihr? Habt ihr etwas von Aissa gehört?«

Cedrik schüttelte den Kopf.

Jonathan nickte betrübt und hob noch einmal die Hand zum Gruß, bevor er sich wieder unter die anderen Festgäste mischte.

Aissa, die Hohepriesterin, war die Einzige gewesen, die nicht in Mistle End hatte bleiben wollen. Sie war dankbar gewesen für das Angebot, hatte aber Sorge um ihre Familie und wollte unbedingt zurück nach London. Der Rat gestattete ihr die Rückreise und sie verschwand, nur kurz nachdem sie alle sicher in Mistle End angekommen waren, wieder. Sie wollte sehen, wie es ihren Geschwistern ging und dann so bald wie möglich zurückkommen. Mit den Pferden und der Kutsche, wenn möglich.

Die Situation in London war wirklich besorgniserregend. Die wenigen Nicht-Dornhexen, die noch im Londoner Untergrund lebten, fürchteten um ihr Leben. Die Samariter hatten bereits Vergeltung angekündigt, und in Mistle End ging das Gerücht um, das Dorf wäre das nächste Ziel der unheilvollen und nach Macht strebenden Allianz der Dornhexen mit den alten Londoner Vampirfamilien.

»Und wo hat Alastair das Buch jetzt versteckt?«, fragte Cedrik. Er war noch immer müde von den Ereignissen, hatte es sich auf dem weichen Moos unter den Bäumen bequem gemacht und rekelte sich im Licht der magischen Sonne des verzauberten Deckengewölbes.

»Gar nicht. Er hat es Mr Elderling gegeben und der hat es in seinen Käfig gesperrt«, antwortete Elliot frohgemut.

»In seinen was?«

»Es hängt oben, unter der Decke. Da! Siehst du?« Elliot zeigte auf die Kuppel, in der früher der Altar gestanden haben musste. Nun wuchs an dieser Stelle eine mächtige Steineiche. Mit weit ausladenden Ästen, an denen nicht nur ein schwarzer Vogelkäfig hing, sondern auch eine Handvoll grauer, faltiger Wesen aus angelaufenem Metall. Kopfüber, mit angelegten Flügeln, klammerten sie sich mit scharfen Krallen an den Ästen fest und beobachteten das fröhliche Treiben unter ihnen missmutig.

»Aber, das sind ja ...«

»Gargouillen!«

»Und die bewachen das Buch?«

»Und wie!« Elliot kicherte. »Außerdem ist der Buchkäfig verzaubert. Glaub mir, da willst du nicht ran.«

Emily richtete sich auf. »Das Buch ist nur so lange im Käfig, bis der Rat entschieden hat, was sie damit machen. Eigentlich wollten sie es zerstören. Aber auf einmal ist die Idee, ein verborgenes Wegenetz zu haben, gar nicht mehr so uninteressant. Deswegen haben sie auch nicht alle Türen zerstört. Niemand weiß, wie es jetzt weitergeht«, sagte Emily und gähnte wie eine Katze. »Ich bin froh, dass wir wieder hier sind.« Sie holte tief Luft. »Wie ich diesen Crutch inzwischen hasse.«

Cedrik spürte einen Stich im Herzen. Kaum hatte Emily seinen Namen erwähnt, musste Cedrik an den Moment denken, als Crutch vom Fluss fortgetragen wurde.

Etwas kitzelte an seinem Ohr und riss ihn aus seinen Gedanken. Elliot wedelte mit einem Grashalm und grinste frech. »Was hast du?«, fragte ihn sein Freund. »Du schaust ja so düster.«

»Ach nein, es ist nichts.« Cedrik winkte ab. »Ich mein ...

wir hatten ein Riesenglück, dass wir alle heil zurückgekommen sind. Ich mein, das war ... krass, oder? Findet ihr nicht?«

Emily stützte sich auf ihre Ellenbogen und betrachtete Cedrik nachdenklich. »Wie meinst du das?«

»Na ja, wir haben gekämpft. Also so richtig gekämpft. Das war kein Spiel mehr.« Er schluckte.

Emily nickte ernst. »Ich weiß, was du meinst. Salamancas Tod. Die Szorobada. Von den ganzen Verletzten bei den Vampiren ganz zu schweigen.«

»Wo ist eigentlich Shirley?«, fragte Elliot neugierig.

»Sie war vorhin da«, erwiderte Emily schläfrig. Cedrik kicherte. Das viele, leckere Essen machte sie alle müde. »Und wisst ihr, dass sie jetzt auch im Inneren Rat sitzt? Als Vertreterin der Vampire?«

»Klar! Aber was ich mich gefragt hab: Woher kriegen die Vampire jetzt eigentlich ihr Blut?« Elliot war ganz aufgeregt. »Ich mein, nun, da sie nicht mehr ihr Krankenhaus haben.«

»Ganz einfach: Jeder von euch lässt sich einmal pro Woche beißen und alle sind glücklich!«

»Shirley! Du?! Äh, hast du mitgehört?« Elliot keuchte überrascht.

Die Vampirprinzessin lachte. »Keine Sorge! Wir bekommen jedes dritte Neugeborene. Das reicht uns locker eine Woche.«

»Wie bitte?!«, fragte Emily entsetzt.

Shirley krümmte sich vor Lachen. »Schon wieder reingelegt!« Sie klatschte mit dem breit grinsenden Cedrik ab und zog kichernd weiter.

Er erzählte seinen Freunden von der Idee, dass sie sich von nun an von Schafsblut ernähren wollten. Und auch das, ohne die Tiere zu töten.

»Ich finde das so irre!« Elliot zeigte begeistert auf die Wesen ringsum. »Shirley, Basil, die ganzen anderen! Das ganze Dorf ist voller Leben!« Er kaute begeistert auf dem Grashalm. »Im Tollkirschenviertel ist so viel los, wie die letzten Jahre nicht mehr. Und ich muss sagen, die Vampire und die Gaukler passen definitiv besser zu uns als die Dornhexen. Genau meine Art von Humor!«

Emily lachte, noch immer ganz erleichtert, dass Shirley ihre Sprüche nicht ernst gemeint hatte.

»Und habt ihr schon das von der Naga und Alastair gehört?« Elliot zeigte auf den alten Hexenmeister, der verlegen grinsend um den Stand mit dem indischen Curry kreiste.

Cedrik und Emily schenkten ihm sofort ihre ungeteilte Aufmerksamkeit.

»Was denn?«

»Ne, erzähl!«

»Sarawati war so begeistert von unserem klaren Gebirgsfluss, dass sie am Dreisprung gleich ins Wasser gesprungen ist. Und Alastair ...« Elliot fing an zu glucksen. »Alastair hat gedacht, es wäre ein Unglück passiert und ist ihr sofort hinterhergehüpft, um sie mit irgendeinem Zauber zu retten.« Er prustete los. »Sie hat ihn dann völlig unterkühlt und pitschnass zurück an Land gebracht. Er hat vergessen, dass am Stummen Fluss keine Hexenmagie funktioniert. Und als seine Frau mitbekommen hat, dass er wegen der hübschen Naga in den Fluss gesprungen ist, hat sie ihm die Hölle heißgemacht.«

Cedrik, Elliot und Emily lachten schallend.

»Sollen wir uns noch einen Nachschlag vom Curry holen? Ich könnte das Zeug kesselweise in mich reinkippen!«, rief Emily auf einmal.

Cedrik kicherte. »Aber klar! Und lasst uns lieber beeilen, bevor uns Alastair noch alles wegisst! Wie heißt es so schön? Liebe geht durch den Magen!«

Emily und Elliot kreischten vor Begeisterung und sie sprangen auf, um sich die Bäuche vollzuschlagen.

Kapitel 36

DER LETZTE TRAUM

Cedrik hatte schon geahnt, dass er ihn wiedersehen würde. Beim Festmahl hatte er sich, noch immer viel zu müde, früh von den anderen verabschiedet und war in sein Himmelbett am Aberdeen Square 13 geklettert. Er war aber nicht sofort eingeschlafen, sondern dämmerte vor sich hin, auf dem schmalen Grat zwischen der Welt der Vernunft und der wilden Welt der Träume. Und dort war ihm erneut der Gott mit dem Hirschgeweih erschienen. Sein Großvater.

Obwohl er sich ganz sicher war, dass er eben noch in seinem Bett gelegen hatte, stand Cedrik nun auf einer Klippe. Es musste kurz nach Sonnenuntergang sein, es war nicht Nacht, aber auch kein Tag mehr. Sturm toste über dem schäumenden Meer und die Wellen brachen sich krachend an den Felsen unter ihm. Cernunnos, in ein flatterndes, schwarzes Tuch gehüllt, gekrönt mit dem stolzen Geweih eines Hirsches, stand am Rand der Klippe und sah in die Ferne. Blitze zuckten über den dunkelgrauen Himmel und weit hinten über dem Meer bildete der Regen Vorhänge aus fallendem Wasser. Als Cedrik seinen Großvater erkannte, verwandelte sich all die Angst, die Anstrengung und die Verzweiflung der letzten Tage in eiskalten Zorn.

»Warum hast du mir nicht geholfen? Es sind Menschen gestorben! Es war schrecklich! Warum warst du nicht da?«

Der Sturm brüllte und zerrte an Cedrik, der hin und her taumelte und darum kämpfte, nicht das Gleichgewicht zu verlieren.

Cernunnos stand völlig unbewegt, das Tuch bäumte sich im Wind wie ein wildes Tier. Ein Blitz zeichnete seine Silhouette scharf gegen den düsteren Abendhimmel.

»Oder willst du mir nicht helfen? Ist es das?«

Der Sturm peitschte die Wellen so hoch, dass die Gischt bis über den Rand der Klippe spritzte.

»Was ist er denn, dein göttlicher Wille!?«, brüllte Cedrik durch den Sturm. »Dass ein Druide wie Crutch alles zerstört? Menschen tötet und Mistle End vernichtet und die Erde mit seinem Hass überzieht?«

Der Hirschgott sah ihn mit wutverzerrter Fratze an. »Schweig, du Narr! Das war nur der Anfang, die Jagd hat gerade erst begonnen. Weil du Crutch hast entkommen lassen! Wenn du jetzt nicht handelst, wird er es sein, der alles ins Verderben stürzt. Und er ist nicht allein, oh nein. Es ist die Morrigan, die sich hinter all dem verbirgt. Sie und ihr Hass stecken Hexen, Vampire und auch Menschen in Brand! Du wirst lernen müssen, sie und ihre Helfer zu bekämpfen! Du wirst lernen müssen, was es heißt, ein Krieger zu sein. Ein Beschützer! Ein Rächer!«

Der Wind traf Cedrik hart von der Seite, sein Kopf dröhnte, ihm wurde schwindelig. Der Hirschgott machte einen Schritt nach vorn, auf ihn zu. Das Geweih leicht gesenkt.

»Aber ich will nicht ...«, stammelte Cedrik.

»Was willst du nicht?! Willst du nicht den Schild heben, wenn das Schwert die Unschuldigen bedroht?! Du hast es in London getan, und du wirst es wieder tun, Cedrik! Du wirst deine Macht nutzen müssen, um Crutch endgültig zu stoppen, wenn es so weit ist!«

Ein Blitz schlug so nah bei ihnen ein, dass Cedrik dessen Hitze spürte.

»Du hast mich enttäuscht, diesmal. Du hast ihn ziehen lassen. Das darf nicht noch einmal geschehen. Hast du mich gehört? Du musst ihn aufhalten!«

Cedrik taumelte, konnte nicht mehr richtig sehen. Ihm würde übel, er bekam keine Luft mehr.

»Hilfe! Nein! Nicht!«

Eine besonders große Welle sprang über die Klippe und brach über Cedrik zusammen. Eiskalt und mit brutaler Wucht.

Cedrik schreckte auf.

»Hey, langsam, mein Freund! Alles gut! Ich wollte dich nicht erschrecken.«

Vor seinem Bett standen Emily und Elliot und sahen ihn erstaunt an. Cedrik rieb sich die Augen. Dem Licht vor seinem Fenster nach zu urteilen, musste es schon spät am nächsten Morgen sein.

»Hast du schlecht geträumt, oder so was?«, fragte Emily vorsichtig.

Elliot nickte. »Du hast kurz vor dem Aufwachen ganz schön unheimlich gestöhnt.«

Aufgewühlt fuhr sich Cedrik durch die zerzausten Haare. »Ich hab von meinem Großvater geträumt.«

Er fror, kalter Schweiß klebte an seinem Körper. »Ein fieser Traum. Gar nicht gut.«

»Willst du erzählen?«, fragte Emily mitfühlend.

Cedrik schüttelte den Kopf. »Nein. Vielleicht später. Was ist? Warum seid ihr hier? Wie spät ist es?«

»Es ist schon fast Mittag! Du hast ewig gepennt, Schlafmütze«, sagte Elliot fröhlich. »Und es wird Zeit, dass du aufstehst, denn wir möchten dir etwas zeigen!«

Kapitel 37

DAS STERNENNEST

Sie standen wieder in dem verlassenen Planetarium über der großen Ratshalle und Cedrik traute seinen Augen kaum. Der Raum unter der Kuppel hatte sich völlig verändert. Die Kisten und Koffer waren zur Seite geschoben, und hatten Platz für allerhand exotische Pflanzen und heimische Kräuter gemacht. Bücher stapelten sich in den Ecken, auf dem Boden lagen orientalische Teppiche, und samtene Kissen luden zum Ausruhen ein. In einer Ecke lehnten gleich mehrere von Elliots Besen und auf einem kleinen hölzernen Klapptisch stand eine dampfende Kanne Tee mit Scones, Buttercreme und Erdbeermarmelade bereit.

Skye hatte sich auf einer Stuhllehne niedergelassen und beäugte misstrauisch ihr Spiegelbild in der silbernen Teekanne.

Cedrik war sprachlos. »Wie habt ihr ...«

»Elliot hat alles ganz allein hergerichtet«, rief Emily begeistert. »Und er hat sogar meine Heilkräuter aus dem Schuppen hierhergebracht! Ist das nicht stark?«

Elliot grinste verlegen. »Ist ja wie ein Gewächshaus hier, mit der Kuppel und so. Dachte, die Blumen freuen sich und euch gefällt's vielleicht.« Er ließ sich ungeschickt in einen Kissenhaufen fallen, und die Flirrelfen, die sich dekorativ ringsum auf die metallenen Streben und Säulen gesetzt hatten, flatterten klingelnd mit ihren Flügeln und wisperten aufgeregt mit ihren hellen Stimmchen.

»Es ist wunderschön«, flüsterte Cedrik und strich dem Adlerweibchen über die weichen Federn. »Denkt ihr, wir dürfen hier sein?«, fragte er vorsichtig.

Elliot nickte eifrig. »Ganz bestimmt! Hier war seit Jahren keiner mehr. Wir stören hier niemanden!«

Cedrik sah nach draußen, in den Himmel jenseits der Kuppel. Der Wind trieb dunkle Wolken vor sich her und die Sonne ließ ihre goldenen Strahlen über die umliegenden Hügel der Highlands wandern.

Emily nickte energisch. »Wir brauchen einen Namen. Jedes Versteck hat einen Namen.«

Elliot breitete stolz die Arme aus. »Willkommen im Sternennest!«

»Sternennest?«, fragte Emily kritisch.

»Das gefällt mir«, rief Cedrik begeistert.

»Echt?« Elliot nickte glücklich. »Ich dachte, weil, na ja, ist ja immerhin ein Planetarium.«

»Dann sind wir ... die Sternenwächter!«, ergänzte Emily und boxte ihrem Bruder gut gelaunt auf die Schulter.

»Aua!«

Cedrik lachte. »Ich bin dabei!«

Neugierig zeigte er auf die Maschine unter der Mitte der gläsernen Kuppel. »Dann kann mir ja jetzt mal jemand erklären, was das hier ist.«

»Ah! Das ...«, erwiderte Emily. »Das ist ein Stellarium, ein Himmelsprojektor. Aber der ist schon lange kaputt.«

»Das glaube ich nicht«, widersprach Cedrik. »Als wir das letzte Mal hier waren, hat sich das Ding von ganz allein bewegt.«

»Im Ernst?«, wollte Emily wissen.

Die Maschine mit ihren Hebeln, Schaltern und Zahnrädern blitzte noch einmal im Sonnenlicht auf, bevor sich der Himmel verdüsterte und Regentropfen leise auf das Glas der Kuppel zu trommeln begannen.

»Und was ist das, ein Stellarium? Was macht das denn?«

»Ein Stellarium zeigt dir den Himmel zu jedem beliebigen Zeitpunkt. Du kannst vor- und zurückgehen, kannst hin und her spulen, wie bei einem Film. Dann kannst du sehen, wie das Wetter, zum Beispiel, übermorgen ist. Oder in einer Woche. Oder in einem Jahr«, erklärte Emily fröhlich.

»Außer eine Wetterhexe schraubt gerade mal wieder an den Wolken. Dann stimmt gar nichts mehr«, warf Elliot lässig ein.

Emily stellte sich an die Maschine. »Ich frage mich, ob ...« Vorsichtig legte sie einen schweren Messingschalter um und blieb ganz still stehen.

Doch nichts geschah.

»Schade«, sagte sie enttäuscht. »Ich dachte, vielleicht kriegen wir es ja doch noch zum Lau–«

Ein lautes Schnalzen unterbrach die junge Gestaltwandlerin. Dann ein Klicken und Rattern, Zahnräder begannen sich surrend zu drehen und die Kuppel über ihnen veränderte sich. Nein, anders: Die Welt außerhalb der Kuppel veränderte sich.

Sie blieb stehen.

Der Regen, der noch eben auf die gläsernen Scheiben geprasselt hatte, hielt einfach an. Cedrik sah einen Vogel, eine Lerche, die über dem Dach aufgehört hatte, mit den Flügeln zu schlagen. Mitten in der Luft stand sie starr am Himmel.

Die Wolken, die eben noch der Wind gejagt hatte, waren zu einem starren Bild gefroren. Unbewegt und still wie eine Fotografie.

Elliot grinste und zeigte Emily den hochgereckten Daumen. Die griff nach einer der kleineren Stellschrauben und begann, daran zu drehen.

Und die Welt startete wieder ihren Lauf.

Die Wolken ließen sich vom Wind über den Himmel jagen, der Regen prasselte auf die Scheiben, aber nur kurz, denn kaum hatte Emily weitergedreht, wurden die Wolken immer schneller, rasten dahin, verdichteten sich, wurden dunkel, schwarz und aus dem Regen wurde ein Sturm. Ein Gewitter jagte über den Himmel, löste sich auf, verdunkelte sich erneut und der Mond erschien, während die Sonne unterging. Emily drehte weiter und nicht nur das Wetter, die Tage und die Nächte selbst wechselten wie in einem Reigen. Sonne und Mond sprangen über den Himmel, die Schatten der Schornsteine jagten sich über die Dächer, immer schneller, Sonne, Mond, Sonne, Mond, bis sie wieder langsamer wurden und Emily das magische Stellarium schließlich anhielt.

Über ihnen war ein perfekt klarer Nachthimmel, mit unzähligen Sternen, einer wunderbar zarten Mondsichel und glitzernden Dächern nach einem leichten Regen.

»Siehst du? Deswegen Sternennest«, raunte Elliot leise.

Emily nickte. »So sieht der Sternenhimmel in zwanzig Tagen aus. Und das Wetter.«

Eine Eule flog dicht über der Kuppel durch die Nacht, mit einer Maus im Maul.

Cedrik staunte. »Ist das ... echt? Ich mein, wird das so passieren?«

Elliot lachte. »Ja, so irgendwie. Also, wenn ich das damals richtig verstanden hab, zeigt das Stellarium immer die wahrscheinlichste Variante, wie der Tag oder die Nacht aussehen wird.«

Er drehte nun auch am Rädchen, der Mond ging unter und ein wunderschöner Sonnenaufgang begann sich über den umliegenden Hügeln abzuzeichnen. »Wenn also nicht irgendeine Wetterhexe beschließt, dass es an diesem Tag endlich mal wieder regnen soll, werden wir einen wunderbaren Sommertag erleben. Jetzt in einundzwanzig Tagen!«

»Darf ich auch mal?«, fragte Cedrik begeistert.

»Klar! Hier«, sagte Emily und zeigte ihm den Knopf, an dem er drehen musste. Wie die ganze Maschine war er mit feinen, runenartigen Zeichen versehen.

Und tatsächlich. Sowie er den Knopf drehte, nach links oder nach rechts, ging die Sonne auf oder wieder unter. Er ließ den Mond und die Sterne vorbeiwandern, die Nächte und die Tage zogen vorbei wie im Flug.

»Wollen wir sehen, wann es das erste Mal schneit?«, rief Elliot begeistert.

Cedrik drehte schneller und immer schneller an dem Rad. Sonne und Mond rasten vorbei, hell und dunkel wechselten sich flackernd ab, die Tage waren jetzt nur Blitze zwischen dem Schwarz der Nächte. Cedrik jubelte – und stutzte. Irgendetwas stimmte nicht. Die Sonne war weg. Und der Mond. Der Himmel über ihnen, jenseits der magischen Kuppel war pechschwarz. Keine Sterne, keine Wolken, er sah nichts als Dunkelheit.

Erschrocken hörte er auf zu drehen.

Nichts geschah. Die Kuppel über ihnen blieb blind.

»Habe ich es kaputt gemacht?«, fragte er verunsichert.

Elliot und Emily starrten fassungslos nach oben.

»Das ist …«, stotterte Elliot. »Das habe ich noch nie gesehen. Du, Emily? Haben wir es zerstört?!«

»Nein«, antwortete sie. »Das Stellarium ist nicht kaputt, seht doch, die Maschine läuft ganz normal. Ich hoffe nur nicht …« Sie schluckte. »Dreh zurück.«

»Was?«

»Dreh die Zeit zurück. Bis wir wieder etwas sehen!«

Vorsichtig drehte Cedrik den Knopf in die andere Richtung. Die Maschine ächzte und ratterte, doch sonst passierte gar nichts. Er drehte weiter und tatsächlich: Auf einmal war der Mond wieder da, und machte Platz für die Sonne. Tag und Nacht begann wieder ihren ewigen Wechsel.

»Uff!« Elliot lachte erleichtert. »Und ich dachte schon, da wäre jetzt irgendwas Komisches passiert!«

Emily schwieg, schob Cedrik sanft beiseite und drehte nun ihrerseits an dem Rad. Zuerst drehte sie die Zeit wieder vorwärts, schnell, bis der Himmel wieder komplett schwarz wurde. Dann, langsam, drehte sie die Zeit zurück und sie sahen sich die Stelle genauer an.

Schritt für Schritt, Bild für Bild.

Am Anfang wirkte alles eigentlich ganz normal. Das Dorf lag friedlich im rötlichen Schein des Abendhimmels.

»Seht mal, es hat geschneit!«, rief Elliot erfreut. Tatsächlich waren die Dächer und Baumkronen weiß vom Schnee. Der Himmel war klar und über den Bergen stand blass ein runder, voller Mond. Cedrik wollte gerade einen flapsigen Spruch über Werwölfe machen, als er verstört innehielt.

Im Tiefflug flog etwas über den Kamm der tiefverschneiten Berge und näherte sich dem Dorf von der Bergseite. Es war schwarz, riesig und schien voller Stacheln und Dornen. Die großen fledermausartigen Flügel weit aufgespannt, brauste es durch die Abenddämmerung.

Das ist ein Drache!

Aus seinem Rachen loderten Flammen. Er schoss über den nächtlichen Himmel, flog noch tiefer und spie, kaum hatte er die Dorfmauer erreicht, seinen feurigen Atem über das Dorf. Was auch immer das Drachenfeuer berührte, ging in lodernde Flammen auf. Er kam schnell näher, flog direkt auf sie zu, bis er seinen gewaltigen Feuerstrahl auf das Ratsgebäude richtete.

Die Freunde duckten sich unwillkürlich und schrien erschrocken auf, als die Flammen die Kuppel über ihnen einhüllten und der Himmel zu explodieren schien. Die Flirrelfen flogen panisch klingelnd durcheinander und versteckten sich unter Pflanzen und Stühlen. Eine versuchte sich in Emilys Ärmel in Sicherheit zu bringen. Dann wurde die Kuppel über ihnen pechschwarz und zeigte keinen Himmel mehr. Nichts.

»Zurück«, flüsterte Cedrik. »Zeig es noch mal!«

Emily drehte den Regler wieder in die andere Richtung und so sahen sie alles noch einmal, nur in der umgekehrten Reihenfolge. Die Zeit lief rückwärts. Erst die Explosion, dann verschwand das Feuer speiende Ungeheuer rückwärts fliegend hinter dem Berg.

Emily stoppte das Bild und holte tief Luft. »Soll ich?«

Elliot und Cedrik nickten und Emily ließ den Angriff noch einmal von vorne ablaufen. Die Attacke hatte auch beim zweiten Ansehen nichts an Schrecklichkeit eingebüßt und wieder löste das Erscheinen des Monsters in Cedrik heftiges Herzrasen aus.

Wie der Drache bei meiner Prüfung. Nur schlimmer!

»Ich habe so einen Drachen noch nie gesehen«, stammelte Emily.

»Halt an! Stopp! Sitzt da wer auf seinem Rücken?«, rief Cedrik aufgewühlt.

Emily stoppte das Stellarium kurz vor dem vernichtenden Feuerstoß auf die Kuppel. Und tatsächlich, auf dem Rücken des Drachen saß augenscheinlich ein Mensch. Viel mehr war nicht wahrzunehmen, außer dass er einen schwarzen, wehenden Umhang trug, und sich am Hals der Bestie festzuklammern schien.

»Du hast recht!«, rief Elliot entsetzt. »Könnt ihr erkennen, wer das ist?«

»Nein«, sagte Emily gepresst.

»Wann wird das sein?«, fragte Cedrik heiser. »Wie viel Zeit haben wir noch?«

Emily warf einen Blick auf die in das Messing eingeprägten Runen. »Samhain. Irgendwann spät, sieht nach Abenddämmerung aus.«

»Das ist keine Abenddämmerung«, flüsterte Elliot atemlos. »Das Dorf brennt!«

Tatsächlich, auf den zweiten Blick entpuppte sich der rötliche Himmel als Widerschein von Flammen und brennenden Häusern, die in die Nacht leuchteten.

»Und ihr glaubt, das Stellarium zeigt uns wirklich die Zukunft?«

»Ich glaub schon«, murmelte Emily, die immer noch auf den Drachen starrte. Festgehalten im Moment seines Angriffes stand er vor ihnen. Das Tier war wirklich riesenhaft. Sein ganzer Körper war mit glänzenden, dornenbewehrten Hornplatten versehen, die Krallen waren so groß die Hörner eines Widders und die Augen funkelten wie schwarze Diamanten.

»Dann hatte mein Großvater also doch recht«, murmelte Cedrik matt.

»Was meinst du damit?«, fragte Elliot.

»Ich hatte heute Nacht einen furchtbaren Traum von Cernunnos. Er war wütend, weil ich Crutch in London habe entkommen lassen.«

»Du hast was?«, fuhr Elliot entsetzt auf.

»Ich habe ihn gehen lassen, ja! Keine Ahnung, was sollte ich denn tun? Ihn etwa umbringen?!« Cedrik war mit einem Mal furchtbar übel.

»Ist schon okay, Cedrik. Natürlich nicht«, sagte Emily sanft. »Erzähl weiter.«

»Mein Großvater will, dass ich kämpfen lerne. Dass ich

Crutch aufhalte. Und er sagt, dass die Morrigan hinter allem steckt.«

Elliot stöhnte und Emily schloss geschockt die Augen. »Im Ernst jetzt? Die Morrigan?«

»Ja. Sagt er. Keine Ahnung, was das heißen soll.«

»Du kennst die Morrigan, oder?«, fragte Emily. Sie schien um Fassung zu ringen. »Göttin des Krieges, des Heldenmutes und der Rache. Sie liebt Schlachtfelder, je blutiger, desto besser. Was haben die Götter denn jetzt damit zu tun?«

Elliot schlug sich mit der flachen Hand auf die Stirn. »Aber das macht alles Sinn! Versteht ihr nicht? Nymphen sind Ewige, Abkömmlinge von Göttern. Der Vater von Cedriks Mutter, und damit sein Großvater, ist Cernunnos, der Gott des Waldes.«

Er ging vor ihnen auf und ab. »Der Vater von Crutch ist auch ein Ewiger, ein Rabendämon. Und jetzt ratet mal, welches Tier für die Morrigan steht!?«

»Ein Rabe«, rief Emily geschockt.

»Eben! Ich möchte wetten, die Morrigan ist Crutchs Großmutter!« Geschockt blieb Elliot stehen. »Wenn ich nicht total falschliege, sind wir mitten in einen Streit zwischen den Göttern geraten.«

»Du meinst, Crutch, die Rabendämonen und die Morrigan auf der einen Seite kämpfen gegen Cedrik, die Nymphen und den Gott des Waldes auf der anderen?« In Emilys Gesicht spiegelte sich das blanke Entsetzen.

Elliot nickte blass. »Das wird ein Gemetzel ...«

»Halt, stopp! Hört auf damit! Wann ist Samhain?«

»In der letzten Nacht des Monats Oktober, in der Nacht zum ersten November.«

»Gut. Dann haben wir noch ein paar Monate Zeit. Ihr habt gesagt, das Stellarium kann auch manchmal falschliegen, richtig?«

»Ja, schon, aber ...«, wollte Emily einwenden, doch Cedrik unterbrach sie sofort.

»Dann müssen wir dafür sorgen, dass wir eine andere Zukunft erleben, als wir sie heute gesehen haben. Wir müssen sie verändern und damit verhindern, dass Mistle End zerstört wird.«

Er sah grimmig nach oben, in die Kuppel und auf den schemenhaften Reiter auf dem Rücken des Drachens. »Wir wissen alle genau, wer auf diesem Drachen reitet. Es ist Crutch, ganz bestimmt. Der dunkle Druide und seine Truppen werden Mistle End angreifen. Aber wir haben einen Riesenvorteil. Wir wissen wann. Und wir wissen wie.«

»Mit einem Drachen«, sagte Elliot ehrfürchtig.

»Richtig, mit einem Drachen. Aber wir haben schon einmal so ein Ungeheuer besiegt, erinnert ihr euch? Bei der Prüfung. Wir werden auch diesen besiegen!« Cedrik hatte sich wieder zu seinen Freunden umgedreht. Er hatte keine Angst und er wusste genau, was er tun wollte. »Und wir werden nicht allein sein. So wie Crutch seine Truppen gesammelt hat, so werden auch wir unsere Freunde um uns scharen. Wir werden Mistle End verteidigen!«

»Was willst du als Nächstes tun?«, fragte Emily beeindruckt.

»Ich werde den Lichterwald suchen. Den Wald, in dem meine Mutter in ihren Baum gebannt wurde. Ich werde meine Mutter um Rat fragen. Sie wird mir helfen, so wie sie mir schon einmal geholfen hat.« Sein Herz klopfte ihm inzwischen bis zum Hals. »Und danach werde ich nach Norden gehen. Nach Callanish.«

»Die Insel der Druiden!«, entfuhr es Elliot.

»Ja. Vielleicht finde ich dort jemanden, der mir helfen kann, meine Kräfte richtig einzusetzen.«

Skye schien seine Aufregung zu spüren, denn der Adler flog auf, um sich auf seine Schulter zu setzen.

»Skye hat recht, wir kommen mit!«, rief Elliot und schnappte sich einen Besen aus der Ecke.

»Auf jeden Fall!« Emily fing an, hektisch Blätter von den Topfpflanzen zu zupfen und in eine Umhängetasche zu stopfen.

»Im Ernst?« Cedriks Herz wurde weich.

»Natürlich, Mann! Glaubst du wirklich, wir würden dich allein in den Norden ziehen lassen?« Elliot zeigte auf den angreifenden Drachen auf der Kuppel. »Da draußen ist irgendwo dieses Riesenvieh. Und Crutch. Und Eisriesen. Und Trolle. Und was weiß ich. Die Morrigan vielleicht. Natürlich sind wir dabei. Geht gar nicht anders.«

»Elliot hat recht. Wir lassen dich nicht im Stich.«

Sie warf ihrem Bruder die Tasche zu, der sie sofort umhängte. »Lasst uns aufbrechen. Ich muss noch zu Hause ein paar Sachen holen.«

Cedrik lächelte. Und nickte glücklich.

Skye ließ einen stolzen Adlerschrei vernehmen und Elliot stieß ein Fenster im Glasdach der Kuppel auf. Das Bild mit dem angreifenden Drachen verschwand und vor ihnen weitete sich ihre Sicht auf den frühlingshaften Tag über Mistle End. Das Dorf lag friedlich unter ihnen, grüne Knospen zeigten sich an den ersten Bäumen und feiner Rauch stieg aus zahllosen Schornsteinen. Es hatte aufgehört zu regnen und die Sonne brach eben wieder golden hinter dunklen Wolken hervor.

Elliot kletterte auf das Fenster, stellte sich auf die Kante der Kuppel und streckte die Hand nach Cedrik aus. »Kommst du?«

Cedrik hörte hinter sich ein leises PLOPP!, bevor ein kleiner brauner Falke an ihm vorbei in den Himmel zischte, dicht gefolgt von einem Goldadlerweibchen.

Er stieg auf die Fensterkante. Der Blick von hier oben war atemberaubend schön. Unter ihnen lag der Marktplatz mit dem eingelassenen Hexenstern und er sah eine Gruppe Vampirkinder mit Hexenkindern spielen. Die Sonne glitzerte in den regennassen Dächern und ihm wurde mit einem Mal bewusst, wie sehr ihm Mistle End in den letzten Monaten ans Herz gewachsen war.

Mistle End darf nicht brennen.

»Was ist jetzt? Fliegen wir oder nicht?«

Cedrik lachte und sprang so ungestüm auf Elliots Besen, dass dieser das Gleichgewicht verlor und sie beide kopfüber von der Kuppel fielen. Cedrik rutschte das Herz in die Hose, aber Elliot juchzte nur vor Begeisterung, riss den Besen herum und sie in die Höhe. Schon rasten sie in irrwitzigem Tempo über den Marktplatz, jagten durch einen Schwarm auffliegender Tauben und Cedrik konnte einfach nicht anders.

Er juchzte laut auf, voller Freude.

Voller Hoffnung. Voller Vertrauen.

Wir werden Mistle End retten.

Wir werden es schaffen.

Gemeinsam.

ENDE

Mirow, Benedict:
Die Chroniken von Mistle End 2: Die Jagd beginnt
ISBN 978 3 522 18572 1

Gesamtgestaltung: Max Meinzold
Innentypografie: Bettina Wahl
Reproduktion: DIGIZWO GbR, Stuttgart
Druck und Bindung: GGP Media GmbH, Pößneck

Dieses Werk wurde vermittelt durch die AVA international GmbH
Autoren- und Verlagsagentur, München.
www.ava-international.de

MIX
Papier aus verantwortungsvollen Quellen
FSC® C014496

© 2021 Thienemann in der Thienemann-Esslinger Verlag GmbH, Stuttgart
Printed in Germany. Alle Rechte vorbehalten.

Die letzte Schlacht um Mistle End

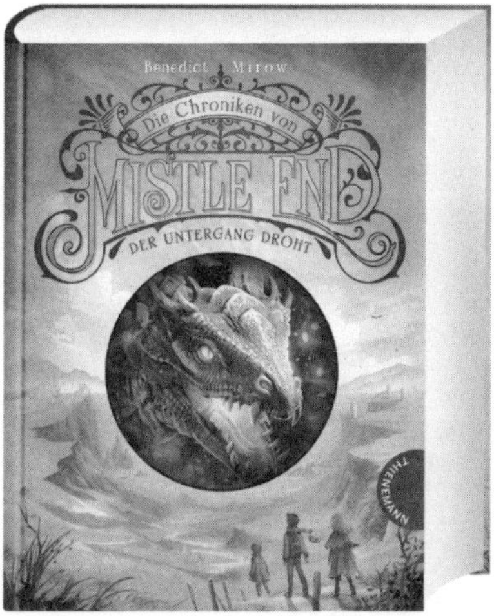

Benedict Mirow

Die Chroniken von Mistle End 3
Der Untergang droht

416 Seiten · Gebunden
ISBN 978-3-522-18586-8

Crutch, der dunkle Druide, hat Vampire und Dornhexen vereint. Cedrik und seine Freunde reisen in den Norden, um die Nymphen als Verbündete zu gewinnen. Hilfe erhofft sich er ebenfalls von einem alten Druiden, der am Steinkreis von Callanish leben soll. Doch die Reise offenbart Schreckliches: Dark Oaks, Heimat der Nymphen, steht in Flammen und das Heer der Dornhexen und Vampire ist bereits auf dem Weg nach Mistle End. Gelingt es Cedrik und seinen Freunden, Mistle End vor dem Untergang zu retten?

THIENEMANN
Wir schreiben Geschichten!

www.thienemann-esslinger.de

Der erste Teil eines spektakulären Abenteuers

Trenton Lee Stewart

Secret Keepers 1
Zeit der Späher

304 Seiten · Gebunden
ISBN 978-3-522-18496-0

In Rubens Heimatstadt herrscht der Schatten, ein mysteriöser und boshafter Mann. Sie haben es auch auf die geheimnisvolle Taschenuhr abgesehen, die Ruben gefunden hat. Wenn man sie auf genau zwölf Uhr stellt und aufzieht, wird ihr Träger unsichtbar. Ruben macht sich das zunutze und verfolgt eine Spur bis zum Leuchtturm Point William. Dort lernt er Penny kennen, mit der er sich auf Schatzsuche in den alten Schmugglertunneln begibt. Doch sie finden keinen Schatz, sondern erfahren etwas viel Unglaublicheres ...

THIENEMANN
Wir schreiben Geschichten!

www.thienemann-esslinger.de

Zwischen Meer und Wüste

Björn Springorum

Kinder des Windes

304 Seiten · Gebunden
ISBN 978-3-522-18532-5

Der Wind flüstert Lola Geheimnisse zu, sie kann sich beinahe lautlos bewegen und wenn sie wütend ist, spürt sie in sich eine Kraft, die ihr Angst macht. Warum ist sie so anders? Pablo kennt die Antwort, denn die beiden teilen ein Schicksal. Sie sind Kinder des Windes und damit in großer Gefahr!

THIENEMANN
Wir schreiben Geschichten!

www.thienemann-esslinger.de

EIN SPANNENDER ABENTEUERROMAN

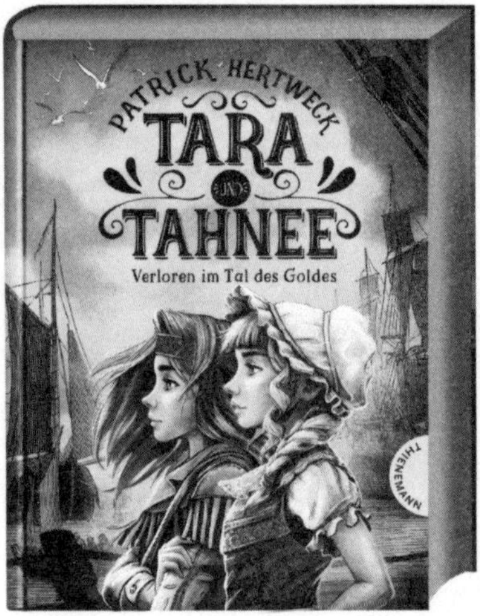

Patrick Hertweck

Tara und Tahnee
Verloren im Tal des Goldes

304 Seiten · Gebunden
ISBN 978-3-522-18467-0

Sierra Nevada, 1856. Mühsam kämpft sich Tahnee durch die Wildnis. Sie muss ihrem Vater helfen, der von Kopfgeldjägern gejagt wird. Immerzu denkt sie an das Versprechen, das sie ihm gegeben hat: Sie muss es schaffen, nach San Francisco zu kommen! Noch ahnt sie nicht, dass dort in einem herrschaftlichen Anwesen Tara lebt, mit der sie ein besonderes Schicksal verbindet …

THIENEMANN
Wir schreiben Geschichten!

www.thienemann-esslinger.de